KB057915

전라북도
전라남도
제주도

새로 쓰는
동학기행3

전라북도

전라남도

제주도

새로 쓰는
동학기행3

채길순 지음

장성 전투 승리 후 전봉준이 이끄는 동학농민군은 전주 감영을 치기 위해
장성을 떠나 갈재를 넘었다.

동학농민군은 곧 파죽지세로 전주성에 무혈 입성했으나
다음날부터 홍계훈의 관군을 상대로 하는 전주성 전투가 성 안팎에서 치열하게 전개됐다.

전봉준은 이들의 공격을 효과적으로 물리치고
전주 감영을 공고하게 점령한 채 이들과 대치했다.
그러자 조정은 동학농민군 토벌을 위해 청군을 불러들였고,
이를 구실로 일본군이 대거 조선으로 들어와 청일전쟁이 발발하면서
나라가 전쟁터가 됐다.

다급해진 동학농민군 지도부와 조정은 전주 화약을 서둘게 됐다.
전주 화약의 결과 전라도 모든 고을에 집강소가 설치되었고,
전라도 대부분 지역이 동학농민군의 영향권에 들어왔지만,
나주·운봉 두 고을에는 집강소 설치가 무산됐다.

도서출판 모시는사람들

일러두기

1. 역사적 용어는 가급적 사학계의 범례를 따랐다.
2. 역사적인 사건과 인물에 대한 용어가 불가피하게 통일되지 못한 부분이 있다. 예컨대, 현재 공식 명칭인 "동학농민혁명" "동학농민군"을 사용하는 것을 원칙으로 했다. 그러나 시기에 따라, 사건의 주체나 관점에 따라, 자료나 번역에 따라, 혹은 연구자들의 관점에 따라 다양한 용어가 사용될 수밖에 없었음을 밝혀둔다.
3. 원문 번역을 재인용하는 경우 요즈음의 어법에 맞도록 고쳐 쓰는 것을 원칙으로 했다.

조선 후기 사회와 동학농민혁명

조선 후기는 봉건 지배층의 무능과 부패로 인하여 백성의 고통이 점차 가중되어 가던 시기였다. 임진왜란(1592), 병자호란(1636)을 치르면서 민중들은 지배층의 무능을 뼈저리게 깨닫게 되었고, 결국 황폐화된 국토를 일궈낸 것은 지배층이 아닌 민중들 자신이라는 사실을 자각하게 되었다. 이 시기에 현실 체제에의 반항아로 등장한 홍경래·장길산과 임꺽정은 민중의 가슴에 살아 있는 전설이 되었다. 19세기 이후에는 현실 체제에 저항하는 민란이 전국 곳곳에서 빈번하게 일어나며 일상화되었다. 철종, 고종 때까지 지속된 민란은 막바지에 몰린 민중들이 낡고 부패한 정치를 징치하는 저항이었다. 그렇지만 민란은 민중들의 참혹한 희생만 남기며 실패를 거듭했고, 지도 이념과 조직이 없는 민란은 실패할 수밖에 없다는 사실을 뼈저리게 자각하게 되었다.

이 무렵 경주의 몰락한 양반가 출신 최제우는 천하[八路]를 주유(周遊)하면서, 이대로는 더 이상 희망을 가질 수 없는, 생존 자체가 보장되지 않는 절박한 현실을 직접 확인하고 지친 몸을 이끌고 경주 용담으로 돌아온다. 최제우는 폐허가 된 용담정에 앉아 수도에 전념한다. 결국 수운은 조선 후기 사회의 정치 사회적 혼란과 '서학'이라는 이질 문화의 유입으로 겪는 총체적인 혼돈의 시대가 실은 더 깊은 근원적인 대전환의 표현임을 자각하고, 결정적인 종교 체험을 통해 전환기의 위기를 극복하고 새로운 세상을 열어나갈 해법으로 '동학'을 창도하게 된다.

동학은 창도 이후 우여곡절을 겪으면서도 온 나라로 들불처럼 번져 갔다. 동학이 봉건 지배 질서에 대한 민초들의 불만을 총체적으로 결집하고, 새로운 전망을 제시할 이념을 제공함으로써 민중 운동은 새로운 방향을 전망할 수 있게 됐다.

이러한 체제 변혁, 시대 전환, 문명 교체의 전망 때문에 동학이라는 새로운 이념은 당대의 기득권 세력인 봉건 지배 계층과의 대립을 피할 수 없었다. 결국 최제우는 '혹세무민(惑世誣民)과 좌도난정률(左道亂正律)'의 죄목으로 대구 장대에서 처형되었고, 도통을 이어받은 최시형이 도피하면서 잠행포덕(潛行布德)에 나서게 된다.

이렇게 동학을 정점으로 봉건 지배층과 민중 세력이 대립의 파고를 높여 가던 그 시기에 나라 안팎의 상황도 한층 어지럽게 전개되고 있었다. 1860년, 조선이 속한 동아시아의 전통적인 강대국인 중국의 수도 베이징이 영국·프랑스군에 의해 함락됨으로써 굳게 닫혀 있던 동양의 문호가 열리게 되었고, 그로부터 10여 년 뒤 조선 역시 문호가 개방되어 하루아침에 세계 열강의 각축장이 되었다. 게다가 대원군 정권을 무너뜨리고 등장한 민씨 정권은 애초부터 부패하고 무능한 정권이었다. 민씨 정권은 민중의 내부 개혁 요구에 지레 겁을 먹고 민중에 대한 탄압을 가중시켜 가고 있었다.

동학 지도부가 공주취회·삼례취회(1892), 광화문복합상소와 보은취회(1893)를 연이어 치르는 동안 동학 교단 주도의 신원운동은 종교적인 교조신원운동 차원을 벗어나 봉건 정권의 개혁과 외세 침략에 대한 경계를 내세운 '보국안민(輔國安民)과 척왜양창의(斥倭洋倡義)'의 기치를 내세움으로써 사회운동으로 국면이 전환되어 갔다.

　　1894년 봄, 마침내 동학농민혁명이 일어나게 된다. 고부에서 타오른 횃불에서 금산·무장기포로 확장되면서 단숨에 전라도 지역을 석권했고, 동학농민군은 급기야 전주 감영을 함락하게 된다. 겁을 먹은 민씨 정권은 동학농민군 토벌을 위해 청군을 이 땅에 불러들였고, 이는 호시탐탐 조선에 상륙할 기회를 노리던 일본군을 불러들이는 결과를 초래하여 마침내 청일전쟁이 일어나 국내정세는 한층 복잡한 상황에 휘말리게 된다. 일본과 청국이 조선에 대한 주도권을 놓고 조선 땅에서 전쟁을 벌이는 지경에 처하여 국가의 안위를 염려한 동학 지도부는 관 측과 전주 화약을 맺고 전라도 지역에 집강소 통치를 실시하면서 정세를 관망하게 된다.

　　그러나 평양성 전투를 끝으로 청군을 국경 밖으로 몰아낸 일본군은 조선 침략의 일환으로 동학농민군 섬멸 작전에 돌입한다. 6월 21일 경복궁을 침탈한 데 이어, 8월에 동학교단의 도소가 있는 충청도에서 동학 두령 20여 명을 참살하고, 그 밖에 각처에서 동학 교도와 농민을 학살하는 사례가 빈번해진다. 결국 9월 18일 2세 교주 최시형은 전국의 동학교도에게 재기포령을 내린다. 이에 따라 온 나라의 동학농민군이 다시 봉기하게 된다.

전봉준이 이끄는 호남의 동학농민군과 손병희가 이끄는 경기
호서·관동·영남의 동학농민군이 논산에서 2만여 연합군을 형성
하여 물밀듯한 기세로 관-일본군이 진을 치고 있는 공주성을 압박
했다. 이에 앞서 공주성 주위로 목천 세성산, 홍주성, 공주 동쪽 한
다리〔大橋〕에서도 동학농민군과 일본군이 긴박하게 대치하면서
승기를 잡기 위한 치열한 공방전이 벌어졌다.

그러나 동학농민군은 신무기로 무장한 관-일본군에 애초부터
적수가 되지 못했다. 마침내 동학농민군 주력은 공주 우금티 전
투에서 일본군의 신무기에 의해 무참히 희생되었고, 이때부터 전
개된 관-일본군의 토벌전에서 이듬해 을미년 초까지 최소 10만여
명의 동학농민군이 학살되면서 동학농민혁명이 막을 내리게 된
다.

무명의 동학농민군이 걸었던 길. 그들이 간 길은 다시 돌아오지
아니함이 없는 위대한 길이었다. 비록 막은 내려졌으나, 그들이 바
랐던 개벽은 끝나지 않았다.

『동학기행1』(서울, 경기도, 강원도, 충청북도, 충청남도 편)을 낸 지 10
여 년이 흘렀다. 이후 경상도, 전라도, 제주도, 북한 지역 동학농민
혁명사를 『신인간』과 《개벽신문》에 연재하여 지역별로 살펴보았
다. 필자가 처음 동학의 발자취를 찾아 나설 때가 1985년 무렵이었
으니 3권이 나오기까지 30년이 넘는 세월이 흘렀지만 내용은 여전
히 미흡하다.

책을 쓰는 사이에 사료들이 추가로 발굴되어 연구 기반이 넓어지기도 했지만, 역사적인 현장의 증언들이 사라지는 아쉬움도 있었다. 미흡한 부분은 뒷날의 연구과제로 둔다.

동학농민혁명이 끝나고 일제 침략이 본격화될 때 동학농민혁명 참여자 중에는 해외로 이주하여 투쟁 활동을 이어가기도 했다. 해외 활동을 정리하지 못해 아쉽지만 역시 뒷날의 과제로 남겨둔다. 그리고 보니 북한 편 답사를 이루지 못한 점도 아쉽다.

우리 역사에서 민중의 심장이 가장 뜨겁게 끓었던 동학농민혁명! 조선팔도에서 이 사건으로 최소 10만 명에 이르는 민초가 개벽 세상을 꿈꾸며 풀잎의 이슬처럼 스러졌다. 아무쪼록 이 책이 '전라도 전봉준의 동학'이라는 제한된 인식을 넘어 '조선팔도의 동학농민혁명사'라는 이해의 보폭을 넓히는 첫걸음이 되었으면 한다.

2022년 7월
저자

차례

새로 쓰는 **동학기행3**

제9부 전라남도

제10부 제주도

제8부
전라북도

전라북도는 전라도 지역 동학 유입의 관문이고, 동학농민혁명의 중심 지역이다. 고부 봉기 시기에 동학농민혁명의 횃불을 든 전봉준, 1차 봉기 시초가 된 무장 여시뫼봉 기포, 백산 대회, 정읍 황토재 전투, 장성 황룡 전투, 김제 원평대회 끝에 전주성을 함락한다. 그러나 청일 전쟁 때문에 전주 화약이 체결되고, 전라도 지역에 집강소가 설치됐다. 2차 기포 시기에는 전라북도 곳곳이 전투지가 됐다. 따라서 관-민보군-일본군의 토벌전이 참혹하게 전개됐고, 이 과정에서 많은 동학농민군이 희생됐다.

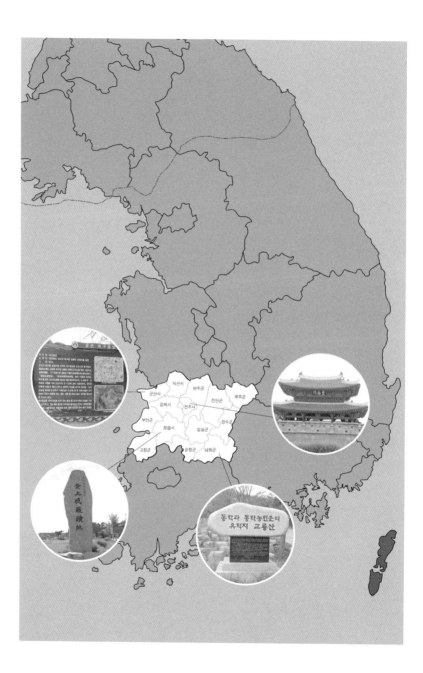

군산시 익산시 완주군 무주군
김제시 전주시 진안군
부안군 정읍시 임실군 장수군
고창군 순창군 남원군

황토현전투지
동학과 동학농민군의 유적지 교룡산

총론/ 전라북도 동학의 흐름

동학의 유입 및 포교시기

전라북도에 동학이 유입된 것은 창도주 재세 시기부터라는 일부의 주장도 있으나 대략 최시형의 포덕을 기점으로 보는 것이 적절할 것 같다. 앞의 주장은 1860년대 창도주 최제우의 남원 지역 행적 때문인데, 그가 남원 교룡산성 은적암에 도피하여 경전을 집필할 당시 금산 남원지역에 동학이 포교되었다는 것이다. 그러나 당시 입도했던 도인의 행적은 수운 순도 이후 멸절되다시피 했고, 본격적인 동학 포교는 1880년대 말 동학 2세 교주 최시형의 전라도 잠행 포덕으로 동학이 널리 퍼졌다고 볼 수 있다. 특히 1892년 공주·삼례 취회, 1893년 광화문 상소, 보은 취회 등 교조신원운동을 거치면서 동학교도가 폭발적으로 늘어났다.

고부 봉기, 동학농민혁명의 횃불을 든 전봉준

동학 지도부가 교조 신원운동을 펼치는 동안에도 부정부패를 일삼는 중앙정부나 지방 관아 관리의 횡포는 조금도 달라진 것이 없었다. 특히 고부 군수 조병갑은 탐관오리의 전형으로, 농토가 아닌 곳까지 세금을 매기고, 죄 없는 사람에게 불효·불목 등 명목의 죄를 씌워 벌금을 강요했고, 특히 필요도 없는 만석보 아래에 사람들을 동원하여 새 보를 쌓아 물세를 강제 징수하는 등 백성의 고혈을 짜는 악행이 극에 달했다.

전봉준은 고부 고을 동학 지도자로서 이같은 현실에 분개하면서 때를 기다리고 있었다. 전봉준은 태인의 김개남·최경선, 금구 원평의 김덕명, 무장의 손화중 같은 동학 지도자들과 교유하면서 어긋난 세상을 뒤집을 준비를 하고 있었다.

1893년 11월, 전봉준은 김도삼 최경선 등 20여 명과 함께 "고부 관아를 공격하여 조병갑을 죽이고, 전주성을 함락한 뒤 서울로 진격한다."는 내용이 담긴 '사발통문'을 작성했다. 그러나 군수 조병갑이 익산 군수로 발령 나면서 이 계획 실행은 유보됐다.

이듬해 1월, 조병갑은 뇌물을 써서 세금 징수의 텃밭인 고부 고을 군수로 재 발령이 나는 데 성공했다. 이에 격분한 고부 동학교도 및 농민 수천 명이 전봉준을 장두로 추대하여 죽창과 농기구를 들고 고부 관아로 쳐들어갔다. 이에 조병갑은 놀라 달아났다. 동학농민군은 감옥을 부숴 무고한 죄수들을 풀어주고, 무기고에서 병기를 꺼내 무장했다. 동학농민군은 원망의 표적이던 새로운 보를 헐어버리고, 부당한 물세로 거둬들인 곡식을 되찾아 빈민들에게 나누어주었다.

이에 놀란 전라 감사 김문현이 조정에 이 사실을 보고했고, 조정은 조병갑을 즉시 파면하고 박원명을 새 고부 군수로 임명했다. 박원명은 광주 사람으로, 고부 지역 사정을 잘 알고 있었기 때문에 동학농민군을 위무하여 사태를 무난하게 마무리하였고, 이에 동학농민군은 안심하고 해산했다.

그러나 안핵사로 임명된 장흥 부사 이용태가 역졸 8백 명을 거느리고 고부로 들어와 사태 수습은커녕 주동자들을 잡아 가두거나 살상하는 만행을 저질렀다. 이에 전봉준은 김개남, 손화중, 최경선, 김덕명 등을 찾아가 재봉기를 논의했다.

1차 기포, 무장 여시뫼봉에서 기포하여 단숨에 전라 지역 장악

3월 21일, 마침내 전봉준을 비롯한 동학 지도자들이 일제히 기포하여 무장 여시뫼봉에서 '잘못된 나라를 바로잡고 백성을 편안히 하겠다'는 요지의 포고문을 선포하여 동학농민 봉기의 횃불을 올렸다. 전봉준은 단숨에 고부 관아를 쳐서 무장을 강화하고, 백산으로 이동하자 사방에서 동학농민군이 모여들었다. 호남창의대장소의 이름으로 4대 강령과 격문을 발표하고, 동도대장 전봉준, 총관령 김덕명 김개남 손화중, 비서 송희옥, 정백현 등의 지도부를 구성하게 된다. 호남창의대장소의 이름으로 전라도 전역에 봉기의 명분을 밝히는 격문을 보내 '혁명적인 대열에 참여할 것을 호소' 했다. 이는 지금까지 민란이 각 고을에서 일어나 저항하다 스러졌던 원민(冤民)과 달리 지도 이념으로 무장하고, 체계를 갖춘 조직적인 저항이라는 점에서 동학농민군은 혁명군의 성격을 갖추게 되었다.

이에 전라도 각 군현에서 동학교도와 농민이 계속해서 동학농민군 진영으로 몰려들었다. 4월 1일에 태인, 4일 부안 관아를 점령했다. 이에 전라 감사 김문현은 영관 이경호가 이끄는 대군을 출동시켰다. 동학농민군은 4월 6일 고부 황토재에서 전라감영의 지방군을 격파하고, 단숨에 정읍을 점령했다. 이 보고를 받고 다급해진 조정에서는 홍계훈을 토벌대장으로 삼아 급히 중앙군을 전주로 파견했다.

전봉준은 전력을 보강하기 위해 남으로 방향을 돌려 흥덕, 고창, 무장 관아를 연이어 점령하여 무장하고 군량을 확보하면서 영광으로 향했다. 동학농민군은 영광 관아에 이어 법성포 창고를 공격하고 세미 운반선을 습격하여 운반 책임자와 일본인 선원을 징벌하고 군량을 확보했다. 동학농민군은 영광에서 사흘을 머물렀다. 이는 동학농민군을 토벌하기 위해 전주성으로 들어온 홍계훈 군의 동태를 살피기 위해서였다. 전주의 홍계훈이 이끄는 군사가 이동할 기미를 보이자, 동학농민군은 다시 움직여 함평 관아를 점령하고 전열을 가다듬으면서 6일 동안 머물렀다.

홍계훈 부대는 대포와 신식 총으로 무장한 8백여 명의 병사를 이끌고 있었지만 전라감영군이 황토현 전투에서 패했다는 소식을 접한 뒤부터 겁을 먹고 조정에 병력 증파를 요청하면서 시간을 끌고 있었다. 홍계훈은 함평에 있던 동학농민군이 장성으로 이동한다는 소식을 접하고, 이학승, 원세록 등을 선봉장으로 삼아 군사 300명과 대포 2문을 주면서 동학농민군 공격을 지시했다.

4월 23일, 전봉준이 이끄는 동학농민군은 장성으로 향하면서 홍계훈 부대를 격파할 계획을 미리 세워두고 있었다. 선발대를 보내 지형을 살피는 한편, 신무기인 장태를 제작했다. 장태는 대나무로 만든 원통형의 닭둥우리 모양인데, 보통 닭둥우리보다 크게 만들어 속에 짚을 채우고, 그것으로 몸을 숨겨서 아래로 굴리면서 공격하면 적이 쏘는 총탄을 막아낼 수 있었다. 대포와 신무기로 무장한 조정의 토벌대 300명이 장성 황룡강변에 도착했다. 그들은 강 건너 황룡 장터에 주둔한 1만여 명의 동학농민군과 마주쳤다. 관군 토벌대가 먼저 대포 몇 발을 쏘아 동학농민군이 소수의 사상자가 났으나 바로 전열을 수습하여 반격에 나섰다. 비장의 무기인 장태를 굴리면서 동학농민군이 물밀듯 공격해 들어오자 생전 처음 보는 해괴한 무기에 놀라 경군이 겁을 먹고 물러나기 시작했다. 이 싸움에서 관군 선봉장 이학승 대장 등 5명의 군졸이 전사했고, 관군이 대포 2문과 서양총 100자루와 탄환을 버리고 달아나 동학농민군은 전리품까지 챙겼다.

장성 황룡 전투에서 승리한 동학농민군의 사기는 하늘을 찔렀다. 동학농민군은 노령을 넘어 금구 원평에 들어왔다. 원평 장터에서 조정에서 파견한 관리 5명을 처단하고 단숨에 전주 감영으로 진격하여 4월 28일 마침내 전주성을 점령했다.

전주 화약과 집강소 설치 시기

지방군과 경군의 연이은 패배와 동학농민군의 전주성 함락 소식은 임금은 물론 조정 대신들에게 엄청난 충격을 안겨 주었다. 조정에서는 급히 청나라에 구원 병력을 요청했다. 청나라로서는 조선에 대한 영향력을 키울 절호의 기회라 여기고 지체 없이 청군 1천500명을 아산만에 상륙시켰다. 그러자 일본은 청의 조선 파병을

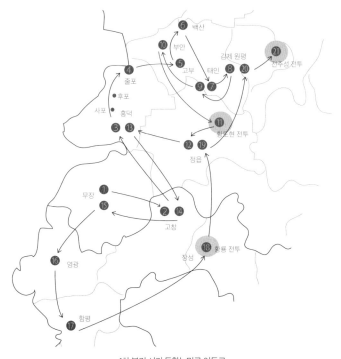

1차 봉기 시기 동학농민군 이동로
고창에서 기포하여 백산으로, 정읍 황토재 전투 뒤에 함평현아를 점령한 뒤 장성으로 이동하여 황룡강 전투를 치르고, 갈재를 넘어 북상하여 원평에서 대회를 열고, 전주성을 점령했다.

구실 삼아, 3천 병력을 인천에 상륙시켰다. 마침내 청일전이 벌어졌다. 일본군이 개입하는 뜻밖의 상황에 이르자 이에 놀란 정부는 동학농민군과 휴전을 서두는 한편, 청 일본 두 나라에 동시에 철병을 요구했다. 동학농민군 지도부도 외국 군대의 주둔을 원치 않았으므로 새로 부임한 전라 감사 김학진과 동학 지도부는 담판을 지어 전라도 지역에 폐정 개혁과 집강소 설치를 조건으로 전주 화약을 맺기에 이른다.

동학농민군은 군현에 집강소를 설치하여, 정치 폐단을 바로잡고 농민들을 핍박하던 부자와 양반 토호들을 징벌하는 동시에 동학농민군이 꿈꿔 왔던 새로운 세상을 건설해 나갔다. 집강소는 대개 동학 교단 조직인 접의 지도자 접주가 책임자가 되어 운영하였다. 집강소 단독으로, 또는 기존의 관 조직과 협력하여 폐정을 개혁하고 민원을 해결하며, 지역의 질서를 회복해 나갔다. 광역 단위로 보면, 전봉준은 금구에서 전라 우도를 호령하고, 김개남은 남원에서 전라 좌도를 감독하여 동학농민군의 혁명적인 폐정 개혁안 12조를 실천해 나갔다.

당시 집강소는 전라도 지역은 물론 동학교도의 세력이 왕성한 다른 지역에도 설치되었으며, 이에 따라 동학 교세가 경기·황해·평안 함경도에까지 빠르게 확산되는 효과를 거뒀다.

9월 재기포와 공주 우금티 전투 패배

청일전에서 승리한 일본이 조선 침략에 나서면서 서울 도성의 정치 상황은 급박하게 돌아갔다. 조정은 물론 미국, 영국, 러시아 등 열강이 나서서 청-일본 양국 군대의 동시 철병을 요구했지만, 일본은 군대 철수를 거부하고 오히려 조선의 내정개혁에 나서는 등 노골적으로 조선 침략 야욕을 드러냈다.

일본은 조선 조정에 내정 개혁을 요구하다가 반응이 없자 6월 21일 군대를 동원하여 경복궁을 점령한 뒤 친일 개화 정권을 세웠다. 그리고 6월 23일에 뒤늦게 청나라와 전쟁을 선포하고, 8월에 평양 전투를 끝으로 청나라 군사를 국경 밖으로 완전히 몰아내고 중국 대륙 초입까지 진출했다. 일본이 청일 전쟁에 승리하면서 동아시아에서 중국이라는 대륙 세력이 물러나고 일본이라는 해양 세력의 대두가 현실화되었고, 일본의 조선 침략이 급속하게 진행되었다.

이렇게, 일본의 조선 침략 야욕이 노골화되자 동학농민군 지도부는 더 이상 두고 볼 수가 없었다. 전봉준과 김개남 등은 7월 15일 남원에서 동학농민군 5만 명이 모인 남원대회를 열었다. 지난 수개월간 유지하던 정부와의 화해 관계를 청산하는 동시에 척양척왜를 내세워 정부와 일본에 맞서 봉기하기로 결정했다. 9월 4일, 전봉준은 전주에서 직속부대의 출정 준비를 마치고 삼례로 진출하기에 이른다.

9월 18일, 충청도 청산에 있던 동학 지도부가 2차 기포를 결정하고 최시형이 총기포령을 내리면서, 삼례에는 9월 하순을 전후하여 전라도 25개 지역에서 10만 여 동학농민군이 모여들었다.

논산에서 호남·호서 20만 동학농민군이 연합하여 전봉준을 총대장으로 삼고 서울로 진격하기 위해 공주성을 압박했다. 공주성 외곽으로는 동학농민군의 북상을 저지하기 위해 동원된 관-일본군이 무라타 소총과 같은 신무기로 무장하고 진을 쳤다. 동학농민군이 숫자로는 월등히 많았지만 무기가 단연 열세였다. 동학농민군과 관-일본군은 몇 차례 전투를 치르며 진퇴를 거듭했다.

동학농민군 연합 세력은 11월 8일부터 10일까지 최후의 우금티 전투에서 일진일퇴를 거듭했다. 시간이 흐를수록 동학농민군의 시신은 산과 들을 덮었고, 피가 내를 이뤘다. 거듭되는 패배 속에 전력이 크게 와해된 동학농민군은 퇴각하지 않을 수 없었다.

1894년 11월 13일, 우금티 전투에서 패배한 전봉준은 노성으로 후퇴했고, 우회하여 청주성을 공격했던 김개남의 동학농민군도 패했다. 동학농민군은 노성 봉화산 전투, 연산 황성산 전투, 논산 소토산 황화대 전투를 치르면서 후퇴를 거듭했다. 11월 25일, 27일에 원평과 태인에서 관군-일본군에 맞서 반격을 시도했지만 역부족이었다.

2차 기포 시기 동학농민군의 이동 경로를 보면 전라북도 지역의 동학농민군 활동을 어느 정도 짐작할 수 있을 것이다.

① 전봉준의 호남동학농민군 이동 경로: 전주 → 삼례(비비정) → 논산(소토산에서 호서 호남 2만 여명의 동학연합군 결성) → 노성 → 공주(우금티) 전투 → 노성 → 연산 → 논산(소토산→황화대) →태인 → 원평(해산) → 백양사 → 피노리(전봉준 체포)

② 손병희의 호서동학농민군 이동 경로: 안성 → 용인 → 충주 → 광혜원 → 괴산 → 진천 → 보은(장내리 집결) → 청산(문바위골) → 영동 황간 → 옥천 → 유성 → 논산(소토산에서 호서 호남동학농민군 2만 여 연합군 결성) → 노성 → 공주(우금티) 전투 → 노성 → 연산 → 논산(소토산→황화대) →태인 → 임실(새목치에서 최시형 합류, 소백산맥을 따라 북상) → 장수 → 무주 → 영동 → 황간 → 용산 → 청산 → 보은(북실) 전투 → 괴산(화양동) → 음성(되자니) → 칠장사(해산)

③ 김개남의 호남동학농민군 이동 경로: 남원 → 임실 → 전주 → 삼례 → 진산 → 금산 → 진잠 → 신탄진 → 청주성(전투) → 신탄진 → 진잠 → 연산 → 논산(소토산→황화대) →태인 → 원평(해산)

→ 태인(너듸마을, 김개남 체포)

관-일본군의 토벌 본격화

전봉준의 호남 동학농민군과 함께 후퇴를 거듭한 손병희의 호서 동학농민군은 임실 새목터에서 최시형을 만나 소백산맥을 따라 북상하고, 호남 동학농민군은 흩어져 장흥을 비롯한 전라도의 남쪽 땅끝 마을로 내몰렸다. 12월 1일, 관군과 일본군이 장성 갈재를 넘어오고, 전라 각 지역 지방군과 민보군이 동학농민군에 대한 대대적인 공세에 나서면서 전라 지역은 동학농민군의 학살 현장이 되었다. 동학농민군을 수색하는 과정에서 무고한 양민과 동학농민군 가족들에게까지 살육 폭행 약탈을 일삼았다. 동학농민군과 연계된 마을을 통째로 불태우기도 했다. 관군과 민보군-일본군은 동학농민군을 체포하는 대로 처형하거나, 지도자급은 초토영이 설치된 나주로 이송했다.

나주에는 토벌군의 본부 초토영이 설치되어 전라도 각지에서 체포된 동학 지도자들이 압송되어 모진 고문을 당하거나 형장의 이슬로 사라졌다. 일부 동학농민군 지도자는 서울로 이송되어 재판을 받았고, 대부분은 처형됐다.

옥구 임피 군산 지역 동학농민군의 활동 기록 군산

　군산 지역 동학교도 활동은 알려진 사실(史實)이 많지 않았다. 동학농민혁명 발발 초기에 전봉준 군이 황토현 전투에서 승전하고 전라남도 지역을 석권하고 있을 때 홍계훈이 이끄는 경군이 한양호를 타고 군산항에 입항했다. 경군이 전주로 가는 동안 도망병이 속출하여 토벌군 전력이 약화되었고, 그나마 관군 진중에 동학농민군과 내통하는 자가 많았다고 전해질 정도로 어수선했다. 최근 각종 기록을 통해 몇 가지 새로운 사실이 밝혀졌다. 동학농민혁명 당시에 군산보다 옥구, 임피가 더 중심이 된 고을이었지만, 군산이 번창하면서 1906년에는 옥구부로 바뀌었다가 1914년에는 군산부가 독립되어 옥구군과 나뉘었고, 임피도 면 소재지로 바뀌었다. 따라서 옥구 임피 군산 세 지역의 동학농민군 활동을 중심으로 살펴볼 수 있다.

옥구 접주 장경화 보은 취회에 참가

　옥구 지역 동학 활동에 대해서는 「옥구교구사」에 "1893년 보은 취회 때 옥구 대접주 장경화(張景化)가 활약했다."고 기록되었다. 또, 1894년 당시 "허공집(許公執)과 김현창(金賢彰)이 동학에 입도하여 두령으로 활동했고, 이 밖에도 오사옥(吳士玉), 조평환(曺平煥), 강소영(康昭榮), 홍만종(洪萬宗), 이대봉(李大鳳), 노호일(盧浩一), 노춘만(盧春滿), 노종렬(盧宗烈), 강문주(姜文周), 최열경(崔列卿) 등이 동학에 입교하여 교세를 확장하고 교인 관리에 심혈을 기울였다."고 했다.

허진, 양기용이 백산 대회에 참여

참여자 기록에 따르면, 1894년 3월 백산 대회에 옥구의 허진(許鑛), 양기용(梁奇容)이 옥구 동학농민군을 이끌고 참여했다고 했지만 참가 규모는 알 수 없다.

옥구와 임피 두 지역에 집강소 설치

동학농민군이 전주성을 점령한 후 전주 화약이 맺어지고 호남지방 각 군현에 집강소가 설치되기 시작했을 때, 옥구와 임피 두 곳에도 집강소가 설치됐다. 이는 1894년 6월에 동학농민군이 군산에서 봉기했다는 기록과 관련이 있어 보인다. 옥구 지역은 장경화

군산항. 홍계훈이 이 끄는 토벌군이 군산항에 도착하면서 동학농민군 토벌전이 시작됐다.

대접주와 주성갑 수접주 등이 동학농민군 활동을 벌였다.

2차 기포 시기에 옥구·임피 지역 동학농민군 기포

　1894년 9월 18일 동학교단이 청산에서 총기포를 선언하고, 전봉준이 이끄는 동학농민군이 거병했을 때 옥구·임피 지역 동학농민군도 기포하여 합류했다. 옥구 지역에서는 최두환(崔斗煥), 주성갑(朱聖甲, 수접주)이 참여했다가 피신했다고 했다. 그러나 동학농민군은 1894년 11월 9일 공주 우금티 전투에서 패해 퇴각하면서 군산·옥구·임피 지역의 정세도 급박하게 돌아간다.

옥구 임피 군산 지역 곳곳에서 토벌전 전개

　패한 동학농민군을 추격하던 진압군과 일본군은 1894년 11월 22일 군산의 나포, 서포, 임피를 점령한 뒤 동학농민군 14명을 사살하고 나서 전주성으로 향했다. 그리고 서산군수 성하영의 관군은 서천을 점령하고, 11월 30일 금강을 건너 군산진에 상륙하여 이 지역의 동학농민군 지도자였던 문규선 등 4명을 총살했다.

전군가도. 홍계훈이 이끄는 토벌군이 이 길로 전주성에 들어갔다. 들어가는 동안 도망병이 속출했다.

임피 동헌으로 사용
되었던 노성당. 임피
에서는 동학농민군
14명이 처형됐다.

참여자 기록으로 본 옥구 임피 군산 토벌전

최중여(崔仲汝)는 1894년 9월 옥구 지역에서 동학농민군으로 활동하다가 12월 10일에 체포되어 전주 감영 옥에서 사망했고, 고진호(高鎭號)는 이듬해 2월 21일에 옥구현 동헌에서 관군에 의해 처형됐다. 또, 1900년 4월 임피 동학 접주 김준홍이 체포돼 처형됐다.

이 밖에 군산근대역사박물관이 기획전을 통해 공개한 군산 지역 동학농민혁명 참여자는 옥구 지역 11명과 임피 지역 27명, 군산진 11명 등 총 49명이라고 밝혔다.

갑진개화운동 시기에 많은 교도 참여

군산 지역 동학교도들은 10년 뒤인 1904년에 전개된 동학-진보회의 갑진개화운동에 많은 교도가 참여했다. 옥구·군산 지역 동학교도들이 1919년 3.1운동으로 투쟁의 전통을 이었다.

1919년 3월 2일 이유상은 이리(裡里)에서 천도교 이리교구장 이

옥구 읍성 터였던 상평초등학교(현재 폐교). 1895년 2월에 동학농민군 고진호가 관군에 붙잡혀 처형됐다.

중열(李仲悅)로부터 독립선언서 100매를 받아 그날 오후 3시경 옥구군 대야면 지경리 천도교 교당에서 분담 구역을 정한 뒤 교인들에게 독립선언서를 배포하게 했다. 이유상은 군산부에서 독립선언서를 배포하다 체포되어 1919년 4월 21일 대구복심법원에서 보안법 및 출판법 위반으로 징역 6월을 언도받았다.

주요 사적지

- 군산항: (현, 군산시 시청로17) 동학농민군을 토벌하기 위해 홍계훈의 관군을 태운 한양호가 군산항에 도착하여 동학농민군과 싸움이 시작됐다. 관군은 전주 감영으로 들어가는 동안 도망하는 자들이 속출했다.
- 임피 동헌 동학농민군 처형터: (현, 군산시 임피면 동헌길 32, 읍내리 421) 관-일본군이 1894년 11월 22일 군산의 나포 서포 임피를 차례로 점령하고 동학농민군 14명을 처형했다.
- 옥구 동헌 동학농민군 처형터: (현, 군산시 옥구읍 상평향교길 32, 진말에 있는 우체국 뒤 등성이가 옥구 동헌 터) 1895년 2월 21일, 동학농민군 고진호(高鎭號)가 관군에 의해 처형됐다.
- 옥구군 천도교 교당 독립선언서 배부터: (당시, 대야면 지경리) 옥구군 천도교 교당에서 분담 지역을 정한 뒤 천도교 교인들에게 독립선언서를 배포하도록 했다.

익산 호남 지역 동학 포교의 교두보

최시형, 익산 사자암에서 포교 시작

『천도교서』에 "최시형은 고산 도인 박치경(朴致京)의 주선으로 1884년 6월에 익산군 금마면 사자암(獅子庵)으로 가서 여러 도인들을 만났다."는 기록이 있다. 익산 지역 동학 포교는 박치경의 주변 기록으로 보아 1882년쯤 이미 시작된 것으로 보인다. 최시형이 사자암에 오게 된 계기는 그해 3월 10일에 단양 장정리에서 치러진 창도주 최제우의 순도 제례에 많은 동학교도가 참례한 일로부터 비롯된다. 청주 서장옥, 보은 황하일이 가장 먼저 찾아왔다. 도인들의 출입이 갑자기 많아지자 단양 관아에서 최시형에 대한 지목이 심해졌고, 최시형은 피신해야 했다. 이때 1882년 6월 익산 사자암으로 주선한 이는 고산 접주 박치경이었다. 뒷날 손병희, 박인호, 송보여 등이 합류하여 함께 기도를 봉행했다. 당시 박치경은 상주 화서면 동촌리 앞재에 초가삼간을 마련하여 단양 장정리에 머물던 최시형의 가족이 옮기도록 주선했다. 박치경의 이런 행적으로 미뤄 이미 교단의 핵심 인물로 성장해 있었던 사실을 짐작할 수 있다.

최시형의 사자암 체류는 크게 두 가지 의미를 지닌다. 첫째, 본

격적인 호남 지역 포교의 교두
보를 확보했다는 점, 둘째, 동
학이 불교와 같은 타 종교와의
상호 교류 속에서 교세가 확장
된 사실을 보여준다. 최시형의
이 같은 사찰 관련 인연은 최제
우가 1860년대 초에 남원 교룡
산성 안에 소재한 은적암에 머
물면서 불교와 우호적인 관계
를 맺었던 사실과 연관지어 볼

여산부사 유재관(柳濟寬)이 재임 때 "東徒와 和應"했다는 혐의로 재판을 받았다.

만하다. 사자암에서 기도를 마친 최시형은 10월에 손병희, 박인호, 송보여를 대동하고 공주 마곡사 가섭사로 옮겨갔다.

1차, 2차 기포 시기에 다양한 활동

익산의 동학교도들은 1894년 고부 봉기에 참여한 것을 시작으로, 백산 기포, 정읍 황토재 전투, 장성 황룡 전투, 전주성 함락 전투에 이르기까지 지속적으로 참전했다. 전주 화약 이후 익산 동학교도들은 집강소 활동을 했다.

9월 재기포 시기에 당시 여산 동학농민군은 여산 동헌을 점령했는데, 이듬해에 여산부사 유재관(柳濟寬)이 동학농민군과 내통했다는 혐의로 재판을 받는 것으로 보아 기포 시기에 부사 유재관이 동학농민군에게 무기고를 열어 준 것으로 보인다. 이들은 공주성 전투에 참여하는가 하면 일부 세력은 금강을 건너 충청도 한산 전투

사자암은 전라도 동학 포교의 시작점이 된 곳이다.

사자암 가는 길(사진 성주현 제공)

를 치렀다. 그뿐만 아니라 진주성 전투, 장흥 석대들 전투 등 전라도 남부 지역 전투에도 참여한 특징을 볼 수 있다. 이 같은 다양한 활동 사실은 익산 출신 65명의 참여자 행적을 통해 확인할 수 있다.

이유상, 익산 지역에서 유림 의병 활동

　이유상(李有祥)은 익산 출신 유생으로 1894년 동학농민혁명에 참여하여 전라도 익산 각지에서 집강소 활동을 전개했으며, 2차 기포 때도 활약한 것으로 알려졌다. 이유상은 공주 우금티 전투에서 일본군을 물리치는 의병 자격으로 전봉준과 함께 행동한 것은 확실해 보인다.

동학농민혁명 참여자 기록을 통해 본 다양한 활동 양상

참여자 기록에 65명이 등록되었다.

■ 전동팔(田東八)은 1894년 3월 동학농민혁명 1차 기포 때 익산의 동학농민군을 이끌고 정읍 황토재 전투에 참여했고, 집강소 시기에는 익산에서 집강소 활동을 전개했다.

■ 강영달(姜永達), 소석두(蘇錫斗), 김문영(金文永), 고일(高逸), 이조병(李祖秉), 소석연(蘇錫年), 김양식과 그의 형 김준식은 익산 출신으로 1894년 3월 5월 전주성 전투에 참여했다.

■ 오지영(吳知泳, 湖南都禁察), 고제정(高濟貞), 강수환(姜水煥), 황치경(黃致敬), 황숙주(黃淑周), 홍순기(洪淳璣), 현치익(玄致益), 한정수(韓定洙), 한인보(韓仁甫), 정익중(鄭益仲), 정여광(丁汝光), 정양현(鄭良賢), 정덕삼(鄭德三), 정군선(鄭君善), 임태규(林泰圭), 이안준(李安俊), 이덕유(李德裕), 안여(安汝), 소경천(蘇敬天), 나병식(羅秉植), 김우범(金佑凡), 김영록(金永祿), 김수경(金守敬), 김영록, 김군성(金君性), 김국필(金國弼), 김국빈(金國彬), 김공우(金公佑), 김공숙(金公淑), 이용교(李用敎) 등은 익산 각지에서 집강소 활동을 벌인 것을 비롯해 전라도 여러 지역 동학농민혁명 활동에 참여했다.

■ 김성구(金成九), 정판성(鄭判成), 송병엽(宋秉燁), 송동학(宋東學), 석금동(昔今同), 김정운(金正運), 김영광(金永光), 김반암(金潘巖) 등은 1894년 10월 공주, 논산, 삼례 등지에서 관-일본군과 전투 중에 전사했다.

■ 진관삼(陳官三, 異名: 寬三), 정영조(鄭永朝), 정용근(鄭瑢根), 임덕삼(林德三), 이경화(李敬化), 김상규(金商奎, 三南都都省察), 박범이

(朴凡伊), 문쌀순(文쌀順), 김상규, 김방서(金方瑞, 異名: 方西, 芳瑞, 邦瑞) 등은 집강소 시기에 활동하다가 2차 기포 때 동학농민혁명에 참여했다. 특히 김방서는 대접주로서 1894년 집강소 시기와 2차 기포 때 익산에서 활동하다가 12월에는 전라도 장흥에서 활동했다. 김방서는 관군에 체포되어 일본군 진영에 압송됐다가 1895년 3월 무죄로 풀려났으나 1895년 4월 전라 감사 이도재 명에 의해 다시 체포되어 처형됐다.

■ 최정선(崔定仙, 砲士), 최학선(崔學仙, 砲士), 오경도(吳敬道, 異名: 景道), 이화인(李化仁), 박성래(朴成來), 고덕삼(高德三)은 1894년 10월 동학농민혁명 2차 기포 때 함열 지역에서 동학농민군을 이끌고 참여했으며, 이 중 최정선 최학선은 1894년 12월 4일에 체포되어 총살됐다. 최영환(崔永渙)은 익산에서 12월 4일 체포되었으나 가까스로 풀려났으며, 박여장(朴汝長)은 금구, 함열 등지에서 활동하다가 도피 생활을 했다.

■ 익산 출신 최득용(崔得用)은 충청도 한산, 전라도 함열 등지에서 활동하다가 12월 3일 한산의 보부상과 웅포 사람들에게 체포되어 처형됐다.

주요 사적지

■ 익산 미륵사 사자암: (현, 익산시 금마면 구룡길 57-125, 신용리 609-1번지) 1884년 6월, 최시형은 이곳에 머물며 전라도 지역 포덕 활동을 벌였다.
■ 여산 동헌 터: (현, 익산시 여산면 여산리 445-2, 전북 유형문화재 제93호) 동학농민혁명 시기에 동학농민군이 점령했으며, 당시 여산 부사 유제관이 동학농민군에 협조한 혐의로 재판을 받았다.

동학혁명의 시작과 대둔산 마지막 항쟁 완주

완주군 동학농민혁명사는 1892년 교조신원운동이 일어난 삼례 취회, 1894년 9월 재기포 시기에 일어난 삼례 재기포 주둔지, 동학 농민군의 최후 항쟁이었던 대둔산 동학농민군 최후 항쟁 사적이 대표적이다.

동학 포교 시기 박치경

고산현 일대 동학교도로 가장 먼저 거론되는 인물이 박치경(朴致京)이다. 『천도교서』에 따르면 박치경은 1884년 6월, 동학 2세 교주 최시형이 관의 추적을 피해 익산 사자암에 은신할 때 모든 편의를 제공하는 한편, 최시형의 가족을 상주 지역으로 옮기는 일을 주선했다. 박치경이 동학에 입교한 시기는 여러 정황으로 미뤄 1882년쯤으로 추정할 수 있다.(익산 편 참조)

전라 충청도의 관문 삼례에서 교조신원운동

삼례 취회는 충청감영 앞에서 열린 공주 집회에 이어 1892년 10월 27일에 열린 동학교도 집회를 뜻한다. 동학교단은 교조 최제우의 신원과 동학교도 탄압 금지를 요구했다. 공주 취회에서 동학교

동학농민혁명 삼례봉
기 기념비

도에 대한 관리들의 탐학과 수탈을 금지해 줄 것을 요구했다면, 삼
례 취회에서는 척왜양(斥倭洋)을 통한 보국(輔國)이 강조되고 왜이
(倭夷)와 양이(洋夷)에 대한 공격 의지 등 사회성이 짙어졌다. 광화
문복합상소와 보은 취회와 같은 사회 운동으로 발전하는 계기가
되었다. 당시 삼례가 집회지로 선택된 이유는 여산부터 전주-금
구-태인-정읍-장성으로 이어지는 교통의 요지였기 때문이다.

삼례 취회로 충청·전라 동학교도 소통

동학 교조신원운동은 1892년 10월 공주 취회에 이어 삼례 취회,
1893년 광화문 복합상소, 보은 취회·금구 취회로 이어졌다.

1893년 3월에 '보은 취회'가 개최될 때 전라 서부 지역 동학도들
이 보은을 오르내리는 길목이 고산이었다. 따라서 고산 접주 박치
경은 1893년 3월 보은 취회에도 참여했다.

삼례취회 기념 공원. 삼례 취회는 1892년 10월 27일 척왜양을 통한 보국안민이 강조되어 사회운동으로 발전하고 있었다.

전주 화약 이후 집강소 시기 동학교도 장악

동학농민군 지도부가 전주 화약을 맺고 전주성에서 철수한 뒤인 1894년 6월, 『갑오약력』에 따르면 "고산 화평(花坪, 현 완주군 화산면 화평리)의 동도들은 수백 명씩 무리를 지어 말을 타고 일산(日傘)을 펴고 날마다 교대로 찾아와서 돈이나 재물을 토색하고 패악한 짓을 하였다. 나는 이리저리 대접하면서 날마다 빌면서 지냈는데, 8월 초에 이르러서는 실로 건디기 어려웠다"라는 기록을 통해 집강소 시기에 동학농민군이 고산현 행정을 완전히 장악한 사실을 확인할 수 있다.

박치경 2차 기포 때 봉기

전봉준은 2차 기포 시기에 먼저 삼례에 대도소를 설치하고 전주를 비롯한 인근 지역에서 군수물자와 병력을 연일 보충했다. 충

삼례취회 기념 공원
조형물

청도 청산에 있던 동학 지도부의 2차 기포가 결정되자, 9월 하순을
전후하여 삼례에는 전라도 25개 지역에서 10만여 명의 동학농민
군이 집결하기 시작했다. 이 시기에 박치경은 고산에서 전현문(全
顯文), 유종춘(柳宗春), 김택영(金澤永), 김낙언(金洛彦), 최영민(崔永
敏), 신현기(申鉉基), 이은재(李殷在), 서인훈(徐仁勳) 등과 함께 기포
했다.

　　1894년 9월 하순, 삼례를 출발한 전봉준이 이끄는 호남의 동학

완주 대둔산 최후 행
쟁 전적비

농민군은 논산에서 손병희가 이끄는 호서 동학농민군과 연합하여
공주성 점령을 위해 우금티 전투에 나섰지만 신무기로 무장한 관
-일본군에 패하고 남쪽으로 후퇴를 거듭했다. 당시 일본군은 삼례
를 동학농민군의 본거지로 보고 삼례 점령 계획을 별도로 세울 정
도였다.

우금티 전투에서 패한 뒤 본격적인 토벌전 시작돼

　관-일본군의 기록에 따르면, 우금티 전투에서 동학농민군이 패
배한 뒤에 전개된 토벌 시기에 고산에서 몇 차례의 전투가 벌어졌
다. 교도중대장 이진호의 11월 12일 첩보에 "(12일에) 금산에 이르
렀으며, 11월 13일에는 일본군 대대장(日本大隊長) 미나미 고시로
(南小四郎)가 곧바로 대대를 이끌고 진산(珍山)을 향하여 전진하였
습니다."라는 기록으로 미루어 빠른 토벌전 개입을 엿볼 수 있다.

옛 삼례역 집회 터에 삼례동부교회가 들어섰다.

또 "11월 16일에 진안에 이르러 또 동도 수천 명과 맞닥뜨리게 되자 접전하여 수십 명을 사살하였습니다. 11월 17일에는 고산현 산천리에 이르러 동도 수백 명과 접전하여 30여 명을 사살하였습니다. 11월 18일에는 또 저 동도 몇만 명과 마주쳐 혼전하여 수백 명을 사살하였습니다. 그리고 생포한 30명 중 이른바 접사(接司) 이만학(李晚學), 여관서(呂寬西), 김치서(金致西) 등 세 놈은 본진(本陣)에 수감하고, 창성도(倉聖道), 임성원(林聖元), 김중이(金仲伊) 등 세 놈은 사살했으며, 그 나머지는 모두 타이르고 풀어 주었습니다."라고 했다. 당시 교도대 병사와 일본 병사는 다친 사람조차 없었다고 보고 했다. 그리고 노획한 군수물자에 대해서는 "고을 읍이 대부분 텅 비었기 때문에 총 200자루, 창 300여 자루는 깨뜨려 부수고, 화약 1,000여 근을 물에 떠내려 보냈으며, 연환(鉛丸) 10여 말은 불려서 주련하고, 긴요하지 않은 각종 물건은 소각했다"고 보고한다.

위의 기록처럼 고산현 산천리와 고산읍 전투에서 동학농민군 수백 명이 전사했지만, 그 구체적인 전황이나 장소는 알 수 없다. 고산 현감은 고산읍 전투 이후 동학농민군을 추격하여 체포할 계획이었고, 1895년 1월 22일 고산읍에 들어온 관군은 "읍호(邑戶)가 수백 호 남짓했으나 외양은 쓸쓸하여 파괴된 형국을 알 만했다"고 하여 당시 읍내 전투 뒤 상황을 말해주고 있다. 고산 전투에서 패한 동학농민군 일부와 진산의 동학농민군은 대둔산으로 들어가 최후 항쟁을 전개했다.

완주 대둔산에서 최후의 항전

　대둔산 동학농민혁명 전적지는 농민군이 우금티에서 패한 1894
년 12월 중순부터 다음해 2월 중순까지 70여 일 동안 대둔산 험준
한 지형을 이용하여 끝까지 남아 일본군에 맞서 싸운 역사적 현장
으로서 동학농민혁명의 저항 정신을 극명하게 보여준다.(『동학기행
1』 금산 편 참조)

주요 사적지

- **삼례 취회 터**: (현, 완주군 삼례읍 삼례리 1074-8, 삼례동부교회 자리) 1892년 11월, 이곳에서 교조신원운동이
  있었다.
- **동학농민혁명 삼례봉기 기념비**: (현, 완주군 삼례읍 삼례리 867-2) 1892년 11월 동학교도의 삼례 집회와
  1894년 9월 동학농민군의 2차 기포를 기념하여 세운 비.
- **동학농민혁명 삼례봉기 역사광장**: (현, 완주군 삼례읍 신금리 417-3) 1892년 삼례 집회와 2차 기포가 시작된
  삼례 봉기를 기념하여 조성된 공원.
- **고산 집강소 터**: (현, 완주군 화산면 화평리) 1894년 6월, 『갑오약력』에 따르면 이곳에 집강소를 열어 행정을
  장악했다.
- **위봉사(威鳳寺)**: (현, 완주군 소양면 대흥리 21) 동학농민군이 전주성으로 밀려들자 전라 감사 김문현은 책임
  을 면하기 위해 경기전에 있던 태조 이성계의 영정을 이곳으로 옮겼다.
- **삼례 2차 기포 전봉준군 집결지 비비정**: (현, 완주군 삼례읍 후정리 820-3, 비비정길 96-9, 삼례 비비정) 전봉준이
  이끄는 동학농민군이 전주를 떠나 만경강을 건너 이곳에 진을 쳤다.
- **고산 산천리 싸움터**: (현, 완주군 동상면 대하리 산천마을) 11월 17일 전투에서 동학농민군 30여 명이 전사
  했다.
- **고산읍 싸움터**: (현, 완주군 고산면 위치 불상) "1895년 1월 18일, 동도 몇만 명과 접전하여 수백 명을 사살
  하고, 30명을 생포했다."고 했다.
- **완주 대둔산 최후 항쟁 전적비**: (현, 완주 산북리 산15-24번지) 1894년 공주 우금티 전투 패전 뒤부터 이듬
  해 2월 중순까지 대둔산 산세를 이용하여 최후 항전을 벌였다.
- **이도재 영세불망비(李道宰 永世不忘碑)**: (현, 완주군 신금리 산 71-1, 완주도서관 구내) 동학농민혁명 시기에 전라
  도 관찰사로 동학농민군을 토벌했고, 동학농민혁명이 끝난 뒤에도 동학농민군을 색출하여 총살했다.
  1907년 삼례 역참에 산재했던 비를 현재의 자리에 모아 놓았다.

진안 주변 지역으로 이동하여 투쟁 활동 전개

진안 지역 동학교도들은 은진, 금산, 고산 등 주변 지역으로 옮겨서 활동했다. 1894년 3월 백산 대회에 김택선(金澤善), 전화삼(全化三) 등이 참여했고, 김동준(金東俊), 김인기 등은 9월 재기포 시기에 남원 방아치 전투와 11월 남원성 전투에도 참여했다.

9월 기포 때 진안 접주 전영동 참여

전봉준 공초 기록에 의하면, "9월에 재 기병을 위해 삼례역에 모였을 때 진안 동학 접주 전영동(全永東, 김영동은 오기), 문계팔(文季八), 이종태(李宗泰)가 동학농민군을 이끌고 합류했다"고 했다. 진안 접주로 이사명이 거명되는데, 이사명은 전주 이씨로, 학식이 높

은 유림출신이다. 주로 남원에서 김개남 함께 활동했다.

토벌 시기에 용담 진안 지역 수십 명이 전사하고 생포되어 총살

　교도 중대장 이진호의 11월 12일에 첩보에 "11월 13일에 (일본군 대대장 미나미 고시로가 곧바로 대대를 이끌고 진산을 향해 전진했고), 교도소 병사는 일본군 중위 히라키 조타로와 함께 행군하여 11월 14일에 용담에 이르러 저 몇천 명이나 되는 무리와 접전하여 30여 명을 사살하였습니다. 그리고 생포한 동도 320명 가운데 서도필(徐道弼), 박만호(朴萬浩), 이만실(李萬實), 조윤삼(趙允三), 박치팔(朴治八), 김윤일(金允一) 등 6명은 총살하고, 그 나머지는 타이르고 석방하였습니다."라고 했다. 또 같은 기록에 "11월 16일에 진안에 이르러 또 동도 수천 명과 맞닥뜨려 접전하여 수십 명을 사살하였습니다."라고 했다. 또 다른 일본군 기록에 따르면 "12월 13일 진안군 정천면의 전투에서 일본군의 기관총 난사로 농민군 수백 명이 사살되었다."고 했다. 이는 음력으로 11월 17일이 되는데, 하루 차이가 나지만 같은 사건 기록으로 보인다. 왜냐하면 교도 중대장 이진호와 일본군 대대장 미나미 고시로가 거의 같은 시기에 진안에 들어왔기 때문이다.

옛 진안 관아 터였던 현재 진안 군청. 동학농민혁명 당시 동학농민군이 진안 관아를 점령했다. (사진 진안군청 제공)

　1895년 5월 7일, 전익호(全益鎬)가 운장산에서 숨어 지내다 일본군에게 붙잡혀 처형됐다. 그는 진안 사람으로 전봉준의 부관으로 활

전봉준 딸 은거지 마이산. 전봉준이 처형되고 나서 딸이 10여 년 동안 마이산에 숨어 지냈다고 했다.(사진 진안군청 제공)

동했다. 김내칙(金乃勅), 전경서(全京瑞)는 동학농민군 지도자로, 1894년 전라도 진안에서 동학농민혁명에 참여했다가 임실로 이주했다. 이밖에 전봉준의 장녀 전옥례(全玉禮, 1880-1970)가 1895년 전봉준이 처형된 이후 마이산 금당사에서 김옥련(金玉蓮)으로 변성명해서 숨어 살다가 23세에 이영찬(李永贊)과 결혼하여 5남 2녀를 뒀다고 전한다. 이 같은 사실은 향토사학자 고 최현식(崔玄植)에 의해 확인되어 1984년 전옥례 여사의 비문을 세웠다.

주요 사적지

- 용담 관아 터: (현, 진안군 동향면 능금리 2202, 용담 향교, 전라북도 문화재자료 제17호) 동학농민혁명 시기에 무주 동학농민군의 공격으로 점령된 용담 관아. 2000년에 용담댐 건설로 곁에 있던 용담 관아는 물에 잠기고 용담향교만 이건했다.
- 진안 관아 터: (현, 진안군 진안읍 군하리 97-4) 동학농민혁명 당시 동학농민군에 의해 진안 관아가 점령됐다.
- 진안군 정천면 전투지: (현, 위치 불상) 일본군 기록에 "12월 13일 진안군 정천면의 전투에서 일본군의 기관총 난사로 동학농민군 수백 명이 사살되었다."고 했다.
- 용담 전투지: (현, 위치 불상) 11월 14일, 일본군이 동학농민군 30명을 사살했다.
- 전봉준의 맏딸 은거지 마이산 금당사와 전옥례 여사의 비문: (현, 진안군 마령면 동촌리8, 비석 위치 진안군 부귀면 신정리 산 시기정골) 전봉준이 처형되고 나서 맏딸은 10여 년 동안 마이산 금당사에 숨어 살다가 23세에 결혼하여 5남 2녀를 뒀다.(향토사학자 고 최현식 증언)

동학농민군이 무주 관아와 용담 현아 점령 무주

1894년 3월 백산 대회에 무주 출신 동학교도 갈성순(葛成淳), 윤기만(尹琦萬), 윤민(尹玟), 이형택(李馨澤, 접주) 등이 참여했고, 이들 중 이형택은 1894년 9월 재기포 시기에 무주에서 참여했는데, 1895년 1월 10일에 일본군에 체포되어 처형됐다. 김귀서(金貴西)는 경상도 남해로 정배됐다는 기록이 보인다.

용담 관아 문에 서양인과 맞서 싸울 것을 호소하는 방문

교조신원운동 시기인 1893년 2월 16일에 용담 관아의 문에 특이한 방문(榜文)이 게시되었다. 동학교도가 작성한 것으로 짐작되는데, 백성들에게 "서양인과 맞서 싸울 것"을 호소하는 내용이었다.

진안 접주 문계팔이 기포

1894년 동학혁명이 일어나자 진안의 동학 접주인 문계팔(文季八), 이사명(李士明), 전화삼(全和三), 김택선(金澤善) 등이 봉기했다. 정토 기록에 따르면, 1895년 1월 8일 무주에서 체포된 김성진(金成辰), 문성술(文成述), 문영술(文永述), 박덕윤(朴德允), 송석준(宋石俊)

동학농민혁명 시기에 무주 관아 터였던 무주군청. 동학농민혁명 초기에 관아가 점령됐다가 2차 봉기 시기에도 점령됐다. 공주 우금티 전투에서 패한 손병희가 이끄는 호서 동학농민군은 임실 새목치까지 후퇴했다가 올라오면서 무주관아를 점령했다.

등 5명의 동학농민군이 금산으로 압송되어 처형됐다.

무주 접주 이응백, 용담 관아 점령

동학농민혁명 참여자 기록에 따르면, "1894년 12월 8일에 무주 접주 이응백이 동학농민군을 이끌고 용담 관아를 점령했다"고 했다.

호서 동학농민군, 평지말 전투, 무주 관아 점령

손병희가 이끄는 호서 지역 동학농민군이 임실 새목치에서 최시형을 만나 소백산맥을 따라 북상할 때 18차례 전투를 벌였으며, 그 중에 "무주 관아를 파죽지세로 점령했다"는 기록을 만날 수 있다.

구체적으로 12월 5일에는 손병희가 이끄는 동학농민군과 지역

동학농민혁명 당시 동학농민군에 의해 점령됐던 무주 읍내.

민보군이 무주군 설천면 소천리 평지말에서 전투를 벌여 동학농민군이 민보군을 물리쳤다고 했다.

김제 금구 원평의 투쟁활동과 김덕명

금구 원평의 동학 대접주 김덕명의 교세 확장

보은 취회 때 금구 원평 출신 김덕명이 대접주 반열에 오른 것으로 미뤄 일찌감치 큰 교세를 형성했던 것으로 보인다. 김덕명은 막강한 교세를 바탕으로 1893년 원평 집회에 적극 참여했을 뿐만 아니라, 백산 대회에 2천여 명을 참여시켰고, 동학농민혁명 때에는 군량미 공급을 담당하는 등 큰 역할을 담당했다.

동학교조신원운동의 전환점이 된 금구 원평 집회

1892년부터 공주와 삼례에서 교조신원운동을 벌이던 동학 교단은 1893년 3월 10일 교조 순도일을 맞이하여 충청도 보은과 경상도 밀양, 전라도 금구 원평 등에서 교조신원운동을 전개했다. 충청도 보은 취회와 때를 같이하여 원평에 수많은 동학교도가 모여들었고, 김덕명을 비롯하여 전봉준, 김개남, 손화중, 최경선 등이 집회를 주도했다. 이들 중에는 동학교단에서 강경파로 분류되는 서장옥(徐璋玉), 황하일(黃河一)이 있었다. 비교적 온건한 성향의 김덕명, 김개남이 주도한 집회는 최시형의 의도가 반영된 것으로 볼 수 있다. 김덕명이 보은 취회에 참가하여 금구포(金溝包)라는 포명

원평대회 터. 구미란 입구에 있는 이곳에서 전주성을 공략하기 전에 원평대회를 열어 서울에서 내려온 조정 사자를 처단하여 동학농민군의 사기를 높였다.

과 대접주의 임첩(任帖)을 받았다는 기록으로 보아 여러 날에 걸쳐 진행된 보은 취회와 원평 집회를 오갔을 가능성이 크다.

금구 원평 집회의 구성원에 대한 언급도 이채롭다. 불갑사 백양사 선운사 등 전라도 인근 지역 사찰의 승려들도 원평 집회에 참여했고, 각지에서 동학농민 봉기를 주도한 봉기꾼들이 끼어 있었다. 이들은 "(조정의) 눈치를 살피는 보은 취회 사람들을 상관하지 말고 곧바로 (일본인들을 제압하기 위해) 제물포로 달려가자"고 공공연히 외치기도 했다. 이와 같은 맥락으로, 금구 집회에 참가한 동학 교도는 집회 목적을 이루기 위해 3월 25일 전주에 들어갈 것이라는 방문을 전주에 붙이기도 했으나 실현되지는 않았다. 당시 전주 감영은 이경식 감사가 경질되고 김문현이 신임 감사로 제수받아 감영에 도착하지 않았을 때였다.

전주 감영에 부임한 김문현은 3월 28일 "탐관오리를 처벌하고 동학교도에 대한 부당한 탄압을 금지한다."는 내용의 효유문을 전라도 각지에 게시했다. 금구에 모인 동학교도는 아직 해산하지 않고 머물고 있을 때였다. 이들은 보은 취회에 파견됐던 선무사 어윤중으로부터 "앞으로 관리들이 동학교도와 백성의 재산을 강제로 빼앗는 일을 금하겠다"는 약속을 받아들이고 나서 보은의 동학교도가 해산했다는 소식을 듣고나서야 부득이 해산했다.

김덕명과 전봉준의 운명적인 만남

김제 향토사학자였던 고 최순식 선생의 연구에 따르면 전봉준이 한때 정읍시 감곡면 황새마을에서 살았다고 했다. 그에 의하면 전봉준은 고창에서 태어나 아버지 전창혁을 따라 유년 시절에 감곡면 계룡리 186번지 황새마을로 이주한 뒤 17~18세까지 살면서 봉남면 종정마을 강당에서 공부했을 것으로 추정했는데, 그 근거로 원평 장터에서 황새마을은 1킬로미터 남짓 거리이고, 전봉준, 전창혁 부자에게 언양 김씨가 외가였고, 집성촌 거야(巨野)와 신암(新岩)을 오가며 식객(食客) 노릇을 하여 자주 이곳을 드나들었다는 것이다. 또, 전봉준의 가족이 한때 김덕명의 집에서 더부살이를 했다는 설도 있다. 어쨌거나 김덕명과 전봉준이 오래전부터 교유한 사실은 확실해 보인다.

원평 김덕명 대접주 백산 대회 2천여 동학교도 이끌고 참가

1894년 3월 동학농민군이 봉기했을 때 금구 원평은 중요한 거점이 되었다. 황현은 『오하기문』에서 "3월 20일 이후 고부에서 시

구미란 전적비. 앞산과 들을 사이에 놓고 전투를 벌였으나 동학농민군이 많은 희생자를 내고 패했다.

작하여 태인, 흥덕, 고창, 금구, 부안, 김제, 무장으로 동학농민군이 세력을 확대해 나간 사실"을 기록하고 있다. 초기에 동학농민군이 결성되어 활동한 지역에 금구가 포함되어 있다.

동학농민혁명 당시 김제 지역에는 김덕명 외에 영호대접주 김인배(金仁培)와 김사엽(金土曄), 김봉득(金鳳得), 김봉년(金奉年), 조익재, 황경삼 등의 걸출한 지도자가 있었고, 금구에서 송태섭 유공만 김인배, 만경에서 진우범이 동학농민군을 이끌고 있었다. 백산 대회 때 김덕명은 총참모로 추대되었는데, 당시 김덕명은 백산 대회 참가 인원 2천여 명의 동학교도를 거느리고 있었다.

원평대회에서 임금의 사자 목을 베어 결의

무장에서 봉기한 전봉준의 동학농민군은 황토현에 이어 장성 황룡 전투에서 승리를 거두고, 장성 갈재를 넘어 1894년 3월 13일 원평에 이르렀다. 원평 장터로 들어온 동학농민군은 전주성을 공략하기 위해 전열을 가다듬었다.

동학농민혁명 당시 집강소 터. 이곳은 백정 출신 동록개가 "좋은 세상을 만드는데 사용해 달라."고 기부한 집이다.

전봉준이 원평에 들어왔을 때, 홍계훈의 경군이 보낸 이효응과 배은환이 임금의 편지를 지니고 있었고, 이주호는 하인 2명을 데리고 내탕금 1만 냥을 들고 대장소를 찾아왔다. 전봉준은 원평 장터에 동학농민군을 모아 놓고 무리가 보는 앞에서 이들의 목을 베어 시체를 마을 뒤에 던져 버렸다. 전봉준의 이같이 임금이 보낸 사자의 목을 벤 행동은 어떤 회유에도 굴하지 않겠다는, 굳은 의지의 표현이었다.

원평 사건은 조정에 즉시 보고되었다. 전봉준이 이끄는 동학농민군이 전주성에 입성하고, 뒤늦게 성 밖에 도착하여 진을 친 관군과 싸움을 벌이고 있을 때 김덕명은 후방에서 보급 지원을 맡았다.

학원 마을에 동학 집강소 설치

전주 화약 이후 집강소 통치 시기에 전주, 원평, 삼례, 광주, 남원 등지에 대도소가 설치되었다. 금구 대접주 김덕명이 주도하는 원평 대도소는 전라도의 많은 접주들이 모이는 도회소가 되었다. 당시 대도소는 백정 출신 동록개(董錄介, 동네 개)가 많은 재물을 모았는데, "신분 차별이 없는 좋은 세상을 만들어 달라"며 동학 교단에 도회소로 쓸 가옥을 헌납했다. 최근까지 집강소 건물은 원형 골격을 유지해 오다가 최근 전면 보수되었다. 김덕명은 원평 집강소의 지도자가 되어 인근 지역에서 많은 군수품을 거둬들였고, 탐학한 지주를 응징하며 원민의 고통을 척결해 나갔다.

금구의 동학농민군 지도자 김봉득, 김복년, 송태섭

동학교단이 9월 18일에 다시 봉기를 선언하고 전라 지역의 동학농민군이 삼례에 집결하여 충청감영이 있는 공주성 공략에 나섰다. 1894년 9월 재기포 시기에 금구 김봉득이 5천여 명, 김제 김봉년이 4천여 명, 원평 송태섭이 7천여 명을 거느리고 참여하여 공주성 공격에 앞장섰다.

치열했던 구미란 전투

동학농민군이 공주 우금티 전투에서 크게 패한 뒤 노성, 연산, 논산에서 연이어 전투를 치르고 원평으로 후퇴했다. 전봉준이 이끄는 동학농민군은 공주성 전투 패배의 설욕을 다짐하며 원평 구미란에 집결하여 결전을 위해 전열을 가다듬었다. 원평과 구미란 사이에 있는 구미산(龜尾山)에 진을 친 1만여 동학농민군은 패잔병이었지만 결사 항쟁의 결의는 하늘을 찌르고 있었다.

김덕명 대접주의 생가 학원마을에서 본 마을 전경. 동학농민혁명 당시 동학교도가 많은 마을이었다.

11월 25일 아침, 뒤따라 추격해 온 관-일본군 300여 명이 구미란 마을 앞 원평 천변과 들판에 진을 치고 구미산을 마주보았다. 동학 농민군 수천 명이 한 명령, 한 계통을 따르는 일성팔렬진(一聲八列陣)을 삼면에 펼친 '품(品) 자' 진을 만들고, 한쪽을 터놓고 있었다. '품 자' 진 배치는 군사를 셋으로 나누어 전면에 한 부대, 뒤에 두 부대를 배치하는 진형으로, 적이 틈만 보이면 세 대열로 분산해 들판으로 포위 공격하여 내려가려는 전략적인 진형이었다. 관변 기록에는 당시 정황을 "포 소리가 우레와 같고 탄환이 비처럼 쏟아졌다. 적은 산 위에 있고 우리 군사는 들판에 있었다. 우리 군사는 사면을 둘러싸고 있었다. 서로 내지르는 함성이 땅을 울렸고, 대포의 연기가 안개를 자욱하게 이루어 멀고 가까운 곳을 전혀 구별할 수가 없었다."라고 당시의 치열한 전투 상황을 전했다. 이 전투는 하루종일 공방전이 전개되는 백중세를 보이는 듯했으나 결국 동학농민군이 전력 열세를 극복하지 못하고 결국 패하고 말았다.

　원평 구미란 전투 상황이 『갑오군정실록』에도 잘 나타나고 있다. "…대관 최영학 인솔 교도병 1대, 일본병 1대가 금구에서 하룻밤을 자고 1894년 11월 25일 새벽 5시경 행군하여 원평에 도착하니 동학농민군 수만 명이 나팔 소리 하나로 삼면으로 품자형 진을 쳤다. 적과의 거리는 천보이고, 서로가 포를 쏘는데 오전 8시부터 오후 5시까지 싸웠다. 포성은 번개 치는 소리 같았고, 탄환은 비 오듯 했으며 적은 산 위에 있고 아병은 들에 있었다. 사방에서 울리는 함성에 천지가 진동하고 불꽃의 연기는 안개와 같이 자욱하여 원근을 구별할 수가 없었다."

　일본군에게 무기와 탄약을 통제받으며 동학농민군을 진압했던 교도중대장 이진호는 보고서에 "대관 최영학이 칼을 뽑아 적을 향해 앞장서서 산 위에서 지휘하며 호령했고, 동서로 부대를 나누어 한번 힘을 써서 먼저 올라가서 찌르거나 목 베어 죽인 적이 37명이었습니다."라고 했다. 그러나 일본군과 경군의 기습으로 수많은 동학농민군이 살해됐음에도 불구하고 37명을 사살했다고 기록한 것은 대량 학살에 따른 비난을 우려하여 사망자 수를 줄인 것으로 보인다.

　『순무선봉진등록』에도 "원평에 와 보니 점포와 마을 집 40여 호가 불에 타고, 군량으로 쌓아둔 100석과 민가의 가재도구가 모두 불에 타 보기에 극히 처참했다. 태인 석현에서도 10집이 불에 탔고, 태인읍 700~800호도 참화를 입었다."고 했다. 이를 종합하면, 동학농민군은 원평 구미란 전투에서도 일본의 우수한 병장기 앞에서 크게 패하여 태인으로 퇴각했고, 이틀 뒤인 27일에 태인 성황산 전투에서도 다시 패했다.

한편, 원평 구미란 뒷산과 앞산에 묻힌 이름 없는 희생자의 원혼을 달래기 위해 학수재에 무명농민군 위패를 모시고 제를 올리고 있다.

김덕명의 최후

김덕명은 공주 우금티에서 패하고, 원평과 태인 두 차례의 전투에서 거듭 패한 뒤 후일을 기약하며 전봉준과 헤어졌다. 김덕명은 집안 재실이 있는 안정사 절골에 은신해 있다가 1895년 1월 1일 지인의 밀고로 태인 수성군에 체포되어 일본군에 넘겨져 3월 30일 서울에서 교수형에 처해졌다. 동학농민군 지도자의 무덤으로 유일하게 유골이 남아 있던 김덕명의 무덤은 현재 후손이 파묘하여 유골을 화장한 뒤 납골당에 안치했다.

인물지

○ 김덕명(1845-1895)은 언양 김씨로, 신분은 향반이며, 온화한 성품의 소유자였다. 1891년 김덕명은 금구 지방으로 순회 온 최시형을 만나 입도했다. 이듬해에 삼례에서 벌어진 교조신원운동에 많은 교도들을 동원하여 참가했다. 1893년 보은 장내리 집회에 참가하여 금구포라는 포명과 대접주의 임첩을 받았다. 1894년에 백산대회에 참여하여 호남창의소를 설치하고 군제로 편성할 때 동도대장 전봉준, 손화중, 김개남을 지원하는 총참모로 오시영과 함께

이름을 올렸다. 금구 원평에서 막강한 세력을 이룬 김덕명의 휘하에는 최경선, 김봉년, 김사엽, 김봉득, 유한필 같은 혈기 왕성한 젊은 지도자들이 있었다.

○ 김인배(1870~1894)는 금구현(현, 김제군 봉남면 화봉리) 출신으로, 당시 스물다섯에 동학농민군 지도자가 되었다. 김인배는 백산 기포 때부터 김덕명과 함께 많은 동학농민군을 이끌고 합류했다. 집강소 활동을 벌일 때 남원에 근거지를 둔 김개남의 포에 들었다가 김개남의 지시를 받고 남쪽으로 진출했다. 김인배는 영남과 호남을 두루 관할한다는 임무를 띤 '영호대접주'가 되어 동학농민혁명 시기에는 여수, 순천, 광양, 하동, 진주를 중심으로 활약했다.(이하 여수, 순천, 광양, 하동 편 참조)

주요 사적지

- **전창혁 유허지**: (현, 정읍시 감곡면 계룡리 황새마을 178번지) 전봉준의 아버지가 살았던 곳.
- **원평 동학 대도소 터**: (현, 금산면 원평리 184-3, 금산면 동학로5) 동록개의 집으로, 동학농민혁명 당시 금구 원평 지역 동학 대도소가 설치됐다.
- **종정마을 서당 터**: (현, 김제시 봉남면 종덕리 171-1) 전봉준이 어린 시절 공부했다고 알려진 종정마을의 서당이 있던 곳.
- **원평 집회 터**: (현, 김제시 금산면 원평리 149) 전주성 함락 전에 원평 장터에서 집회를 열어 왕의 사자의 목을 치고 전주성으로 향했다.

- 원평 팔정 터: (현, 김제시 금산면 금산리 377-1) 동학농민군이 전주성으로 들어가기 전에 유숙했던 곳. 현재 정자는 없고, 수령이 수백 년 된 느티나무가 남아 있다.
- 전주성 진격로 독배재: (현, 김제시 금산면 청도리 산 26-1 일원) 금산사에서 전주로 넘어가는 고개. 동학농민 군이 독배재를 넘어 삼천에서 유숙했다.
- 금구 관아 터: (현, 김제시 금구면 금구리 177-16, 금구면사무소와 금구초등학교 자리) 동학농민혁명 시기에 동학 농민군이 관아를 점령했다.
- 함성재: (현, 김제시 금구면 금구리 32번지 일원) 동학농민군이 금구관아를 점령할 때 많은 동학농민군이 일제 히 소리쳐서 관아의 관군에게 겁을 주어 쫓은 곳이다.
- 어유동 가마터: (현, 김제시 금산면 구월리 77, 어유마을) 동학농민혁명 당시 동학농민군들이 쓸 탄환을 제작 했다고 전해지는 가마터. 지금도 쇳물을 녹인 찌꺼기인 슬래그(slag) 흔적이 있다.
- 구미란 전투지: (현, 김제시 금산면 용호리 623-3 일원) 2차 기포 당시 농민군이 관군 및 일본군과 치열한 전 투를 벌여 수십 명이 전사했다. 전투 관련 안내판이 설치됐다.
- 구미란 무명농민군 묘역: (현, 김제시 금산면 용호리 산 121, 원평리 산 2번지 일원) 동학농민혁명 시기 1894년 11월 25일 벌어진 원평 구미란 전투에서 전사한 무명 동학농민군이 묻혔다고 추정되는 곳. 위치는 김 제 지역의 향토 사학자인 고 최현식 선생이 고로들로부터 전해 들었으며, 20여 기 정도로 추정된다.
- 금구 동학농민군 처형터: (현, 김제시 금구면 금구리 453) 전주 감영의 수교 정석희와 동학농민군이 처형됐다.
- 김덕명 장군 체포지: (현, 금산면 안정골) 김덕명의 집안 재실이 있는 안정사 절골
- 김덕명 생가터: (현, 김제시 금산면 쌍용리 262-1) 생가터에는 제조업체인 〈오성제과〉 공장이 들어서 있다.
- 김덕명 장군 묘역: (현, 김제시 금산면 장흥리 144, 안정 절골) 김제 지역 지도자 김덕명의 묘소·묘비가 있는 곳.
- 김인배 생가터: (현, 김제시 봉남면 화봉리 23-18 일원) 김인배는 영호대접주로 전라 동남부와 경남 서남 지역 에서 동학농민군을 이끌었다. 현재는 정미소가 들어서 있다.
- 김인배 추모비: (현, 김제시 금산면 선동리 407-1) 동학농민혁명 당시 영호대접주로 여수, 광양, 순천, 하동, 진주 등 영호남을 넘나들며 동학농민군을 이끌었다.
- 학수재(鶴壽齋) 위령각: (현, 김제시 금산면 원평리 180-2, 학수재) 김덕명 장군과 무명 동학농민군 희생자를 추 모하기 위해 김제 시민들이 1987년에 건립했다.
- 향토사학자 최순식 선생 공적비: (현, 김제시 금구면 원평리 180-4) 김제 지역 향토사학자. 한평생을 동학농 민혁명과 향토사 연구에 공을 세운 최순식 선생의 공적을 기리기 위해 세운 비.

전라도 동학농민혁명의 중심지 전주

1893년 정월, 전봉준의 고부 관아 함락 소식이 전라감영에 보고 되면서 동학농민혁명 상황이 본격적으로 전개된다. 무장에서 기 포하여 승승장구하는 동학농민군을 진압하겠다며 경군을 이끌고 군산포에 상륙하여 군사를 이끌고 전주 감영으로 들어온 홍계훈 은 먼저 전 영장 김시풍을 동학 세력과 내통했다는 이유로 목을 베 었다. 전봉준이 이끄는 동학농민군은 정읍 황토재와 장성 황룡 전 투에서 승리를 거두고 갈재를 넘어 원평으로 들어온다. 전봉준이 이끄는 동학농민군은 원평 장터에서 왕의 사자의 목을 치고 전주 성을 점령했다.

동학농민군, 용머리 고개를 넘어 전주성 입성

4월 25일, 전봉준이 이끄는 동학농민군이 원평 장터를 떠나 전 주로 들어가는 길목인 용머리 고개를 넘었다. 전봉준은 26일 전주 성 턱밑 삼천(三川)에 이르러 일부 동학농민군을 장꾼으로 변복시 켜서 전주성 안에 침투시켜 놓고, 긴밀하게 연락을 취하는 등 전주 성 입성을 위한 만반의 전략을 짜놓고, 동학농민군은 야영에 들어 갔다.

다음 날 아침(27일), 장꾼으로 변복하여 들어갔던 동학농민군이 성안에서 소요를 일으키는 틈에 동학농민군 주력이 전주성을 향해 진격했다. 동학농민군은 전주성 서문과 남문을 통해 무혈 입성했다. 전라 감사 김문현은 동학농민군이 물밀듯이 들어오자 전주 판관 민영승, 영장 임태두 등과 함께 경기전 이태조 영정과 조경묘 위패를 챙겨 들고 가마에 올라 동문으로 달아났다. 이는 뒷날 문책을 피하기 위한 고육지책이었다. 이들은 동학농민군이 알아볼까 봐 탔던 가마를 버리고 평복 차림으로 달아났다.

전주성과 완산칠봉 사이의 치열한 공방전 전개

홍계훈 부대는 동학농민군이 전주성에 입성한 다음 날 용머리 고개에 도착했다. 이들은 완산칠봉 남쪽 구릉에 지휘본부를 설치하고, 완산, 다가산, 사직단, 유연대 등 주변 산과 골짜기를 연결하여 진을 치고 포열을 정비했다. 이때부터 전주성 안의 동학농민군과 홍계훈의 경군 사이에 치열한 공방전이 벌어졌다.

5월 1일, 동학농민군이 남문으로 나가 부대를 남북 2대로 나누어 완산칠봉의 경군을 향해 돌진했다. 남쪽 1대는 남고천을 건너 곤지산 서쪽 벼랑의 골짜기를 공격했고, 북쪽 1대는 위봉으로 올라가 매곡을 사이에 두고 경군과 전투를 벌였다.

5월 2일, 경군은 동학농민군과 직접 전투를 하지는 않으나, 완산에 설치된 야포와 기관총으로 전주성을 향해 무차별 사격을 가했다. 그러나 포탄은 성안까지 닿지 못하고 서문과 남문 밖의 민가에 떨어졌다.

전라감영 선화당. 전주성을 장악한 동학농민군은 청일전쟁이 일어나자 전봉준과 김학진의 타협으로 '전주화약'을 체결하여 전라도 행정을 장악했다. 우리 역사 상 최초의 민중 권력 기관이 설치된 셈이다.

5월 3일, 경군과 동학농민군 쌍방에서 큰 희생이 따르는 큰 전투가 벌어졌다. 전봉준은 동학농민군을 직접 이끌고 북문과 서문으로 나가 싸웠으며, 이날 전투에서 선봉장으로 앞장섰던 소년 장사 이복룡이 전사했다. 전봉준도 왼쪽 허벅지에 총상을 입었고, 경군 역시 심각한 타격을 입었다. 완산칠봉에 진을 치고 대포 공격을 감행한 관군의 공세로 당시 전주성은 크게 파괴되었고, 심지어 경기전까지 훼손됐다. 그뿐만 아니라 이날 전투에서 수많은 동학농민군이 희생됐다. 최근에 발견된 일본 방위청의 자료에 의하면 이곳 완산칠봉에 동학농민군 희생자의 집단매장이 이뤄졌고, 그 기록에 따라 현장을 확인할 수 있을 것으로 기대하기도 했다.

청일전쟁으로 전주 화약 맺어

전주성을 두고 동학농민군과 홍계훈의 경군이 치열한 공방전을 치르고 있을 즈음, 조정에서는 동학농민군 토벌을 위해 청에 군대 파병을 요청했다. 청의 군대가 5월 5일과 7일 아산만에 상륙하자, 일본은 기다렸다는 듯이 5월 6일 인천항에 선발대를 상륙시켰다. 이어 청일전쟁이 벌어졌고, 이 소식이 전주성의 동학농민군 지도부에도 전해졌다. 전봉준과 동학 지도부는 조선을 두고 열강이 벌이는 싸움 때문에 한반도가 전장으로 폐허가 될 상황을 피하기 위해 관과 타협에 들어갔다. 동학 지도부는 폐정개혁을 단행하고 집강소를 설치한다는 조건이 수용되자 5월 7일 전격적으로 전주 화약을 맺었다.

최초의 민중 권력의 중심지가 된 선화당

전라감영 선화당은 감사 김학진의 집무실로, 전라도 권력과 행정의 상징이라고 할 수 있다. 전봉준과 김학진의 타협으로 선화당에서 공동 집무하면서 전라도 지역의 행정을 장악했다. 우리 역사상 최초의 민중 권력 기관이 설치된 셈이니 당시로서는 혁명적인 성과였다.

전주성에서 2차 기포 준비 돌입

전주 화약 이후 전봉준은 전라도 지역 집강소 순회에 나서고, 남원대회에 참여했으며, 집강소 설치를 거부한 나주목사 민종렬과 담판을 시도하는 등 긴박한 일정을 보내고 있었다. 그동안 일본은 청일전쟁에서 승리하고, 조선 침략 야욕을 드러내기 시작하더니 급기야 1894년 6월 21일 새벽 4시 일본군 2개 대대가 임금이 거

전주 삼가천변 아침 장터. 동학농민군이 1894년 4월 27일 전주성을 점령하기 전날 이곳 삼천에서 숙영했다.

처하는 경복궁을 점령했다. 이 소문을 접한 충청 경상도에서는 6월말부터 동학교도의 재기포 움직임이 시작됐다.

이에 전봉준과 김개남은 9월 8일 원평에서 본격적인 재기포를 확정하고 각자 준비에 들어갔다. 9월 9일부터 전봉준과 전주 일대의 동학농민군은 무기, 군량미, 군복 등을 확보하는 데 주력했다. 재기포 준비로 전봉준은 전주, 진안, 흥덕, 무장, 고창 등 지역 동학농민군에게 "일본군을 쳐서 물리치고 그 거류민을 국외로 몰아내기 위해 다시 기병하자"는 취지의 격문을 발송했다. 이 격문에 따라 호남의 동학농민군은 일제히 기포하여 각 군현의 무기고를 헐어 무장을 시작했다. 9월 17일, 전봉준은 전주성을 떠나 만경강을 건너 호남동학농민군의 집결지 삼례로 향했다. 남원에 웅거하던 김개남도 움직임을 보이기 시작했으나 실제 출전으로 이어진 것은 10월 14일이다.

김개남의 전주성 행적과 출정

10월 14일 저녁, 김개남 부대가 남원을 출발하여 전주로 향했다.

덕진공원에 서 있는
전봉준 장군 동상

이때 김개남 부대의 규모는 "총통을 가진 자가 8천 명이었고, 치중(輜重, 말이나 수레에 실은 짐)이 백 리를 이었다"고 했다. 전봉준이 삼례로 떠난 지 약 1개월 후인 10월 16일 전주감영에 도착한 김개남은 고부 군수 양필환, 남원 부사 이용헌, 순천부사 이수홍 등을 가렴주구 혐의로 처단했다. 이 상황을 『오하기문』에서 "김개남이 남원 부사로 임명되어 내려오던 이용헌(李龍憲)을 전주에서 체포했다. 이용헌은 남원으로 사람을 먼저 보내 백성들에게 성을 탈취하라 부추겼으며, 또한 운봉 박봉양에게도 동서에서 협공하자고 밀계를 꾸몄다. 김개남이 이 사실을 추궁했으나 이용헌은 극구 부인했고, 이때 옷깃에서 임금이 소모사에게 내리는 동학농민군 토벌 기밀 명령서가 떨어졌다. 이에 격분한 김개남은 신임 남원 부사 이용헌을 처단해 버렸다."고 했다.

이후 전주성을 떠난 김개남은, 논산 → 노성 → 공주성 공격에 나선 전봉준과 다른 길을 선택하여 10월 23일 금산 점령하고, 11월 10일 진잠, 11일 회덕-신탄진을 파죽지세로 점령했다. 이어 10월 13일 기세를 돋구며 청주성 공격에 나섰지만 미리 준비하고 있던 일본군에 대패하고 말았다.

김개남 처형터 초록바위

초록바위는 김개남 장군의 처형지이다. 그런데 「주한일본공사관기록」에 따르면 "1894년 12월 3일 신시에 군인과 백성들을 서교장에 모이게 한 뒤 김개남의 머리를 베어 군중에게 보여 경각심을 일으키게 했다."고 했다.

서교장(西敎場, 장대將臺, 숲정이, 공북루拱北樓 아래, 초록바위 등 모두 다섯 곳으로 정리하고 있다)은 진북동의 옛 해성학교 자리, 지금의 숲정이성당 및 해성아파트 일대로 알려져 있다. 동학농민혁명 이전부터 초록바위는 전라감영 죄인들의 처형터여서 김개남의 처형지도 이곳으로 알려졌다. 이곳은 전주 남부시장 맞은편 왼쪽의 산등성이가 끝나는 곳으로 여러 바위가 있는데, 그 색깔이 푸른색을 띠고 있으며, 천변도로가 개설되기 전까지는 공터였다. 오랫동안 전주천 싸전다리 부근 '초록바위'로 알려져 왔다.

참여자 기록을 통해서 본 전주의 동학농민혁명 활동 기록

전주 출신의 동학농민군들은 백산 기포, 황토재 전투, 장성 황룡 전투에 참여했고, 전주성 전투, 공주성 전투, 장흥 석대 전투까지 참여한 뒤 총살되는 등 다양한 활동을 보이고 있다. 전주 출신이거나 전주를 배경으로 활동한 참여자 수(등록)가 109명이다.

■ 박채현(朴采炫, 異名: 彩現)은 전주성 전투에 참여하고, 1894년 12월 28일 장흥 석대들 전투에 참여했다가 붙잡혀 그날 처형됐다. 이 밖에 석대들 전투 참여자로는 위계항(魏啓恒), 채봉학(蔡奉學), 이양우(李良宇), 홍영안(洪永安), 김승언(金昇彦), 김양한(金揚漢, 이방언 접주의 막장), 강일오(姜日五), 고윤천(高允天, 성찰), 고영의(高榮義, 접주), 고채화(高采化, 접주), 이인환(李仁煥), 이매안(李賣安), 채

수빈(蔡洙彬), 이춘삼(李春三), 홍순서(洪順瑞), 최양운(崔良云), 이공빈(李公彬), 임상순(林相淳), 구창근(具昌根), 김기성(金基成), 민영진(閔泳軫), 백인명(白仁命, 異名: 寅明, 仁明), 박성구(朴成九), 고재열(高在烈, 접사), 마향일(馬向日), 문생조(文生祚), 김일지(金一祉), 김춘배(金春培, 異名: 春盃, 春杯, 도성찰), 손자삼(孫子三), 김희도(金熙道, 異名: 希道), 변운경(邊云京), 김수권(金守權), 문찬필(文贊弼), 주백산(朱白山), 이수일(李壽日), 이창순(李昌淳), 박상순(朴相淳), 백홍거(白洪巨, 異名: 洪擧), 강상근(姜尙根), 최동의(崔童儀), 문치화(文致化) 등 40여 인이며, 대부분 처형됐다.

■ 전주성 전투 참여자로 강문숙(姜文叔), 이환혁(李煥赫, 접주), 이덕기(李德基), 이상진(李相瑨), 이의승(李義承), 송덕원(宋德元, 접주), 김춘옥(金春玉), 이춘봉(李春奉), 오두서(吳斗栖), 고천년(高千年), 강수한(姜守漢), 오두병(吳斗炳, 화포영장) 등이다.

■ 전주성 전투에 참여했다가 전사하거나 5월 집강소 활동을 전개하고, 같은 해 10월 충청도 공주 논산, 전라도 삼례 전투에 참여 동학농민군으로 허내원(許乃遠), 최대봉(崔大奉 異名: 大鳳), 박기준(朴基準), 선판길(宣判吉), 안만길(安萬吉), 민영일(閔泳一), 송덕인(宋德仁), 송창렬(宋昌烈, 접주), 서영도(徐永道, 접주), 고덕문(高德文) 등이다.

■ 1894년 5월 전주성 전투에 참여한 이들로 박춘장(朴春長, 접주)과 김준식(金俊植), 홍관범(洪官範, 성찰)이며, 김준식, 홍관범은 전사했다.

■ 고문선(高文詵, 異名: 文善, 대접주)은 1894년 전라도 전주에서

참여했다가 1900년 체포되어 같은 해 3월 18일 옥에서 사망했다.

■ 최화심(崔和心)은 동학농민혁명에 참여했다가 1894년 전주에서 처형됐다.

■ 박봉열(朴鳳烈)은 1894년 전라도 태인과 전주에서 참여했다가 체포되어 전주옥에 수감된 뒤, 1896년 4월 '장삼십(杖三十)'의 처벌을 받고 사망했다.

■ 황희성은 집안 동생 황화성과 함께 참여하여 전라도 무장 기포에 참여한 뒤 1894년 5월 전라도 전주성 전투에 참여했다.

■ 김순명(金順明), 서상은(徐相殷), 정덕수(鄭德守)는 동학농민군 지도자로서, 김순명은 1894년 5월 3일 전라도 전주 용머리 전투에서 전투 중 초토사 홍계훈에게 체포되어 처형되었고, 서상은(徐相殷), 정덕수(鄭德守), 이복룡(李福龍, 異名: 福用)은 전사했다. 특히 이복룡은 14세 소년장사로 전설적인 활약을 했다.

■ 윤상오(尹尙五)는 1892년 전라도 태인에서 동학에 입도한 뒤 1894년 전라도 고부, 전주에서 백형(伯兄) 윤상홍을 따라 참여했다.

■ 송일두(宋一斗, 접주), 장영식(張永植), 이봉안(李鳳安), 유달수(柳達洙), 안승환(安承煥), 박영준(朴泳準) 등은 1894년 5월 전라도 전주에서 집강소 활동을 전개한 뒤 같은 해 10월 논산 삼례전투에 참여했다.

■ 황화성(黃化性)은 1894년 집안 형과 함께 무장기포에 참여했으며, 전주성 전투에서 전사했다.

■ 이문교(李文敎)는 1894년 동학 접주로서 무장 기포, 황룡 전투, 전주성 점령 등에 참여했으며, 공주성 전투 패전 후 은신하다

체포되어 12월 26일 총살됐다.

■ 서단(徐鍛)은 사촌 서용(徐鏞)과 함께 김개남 포에 속하여 1894년 3월 백산 기포에 참여했고, 5월 초 전주성 전투에서 홍계훈 부대와 전투 중 전사했다.

■ 김사엽(金士曄)은 동학도로서 1894년 3월 고부 백산 기포에 참여했으며, 11월 우금티, 원평 전투에서 패한 뒤 피신했으나 체포되어 1895년 1월 전주에서 처형됐다.

■ 최중여(崔仲汝)는 1894년 9월 옥구 지역 동학농민군으로 활동하다 12월에 체포되어 전주 감영에서 12월 10일 처형됐다.

■ 황준삼(黃俊三), 김순여(金順汝)는 동학농민군 지도자로서 1894년 전라도 금구에서 동학농민혁명에 참여했다가 피신했으나 1896년 봄 전라도 나주에서 재기포를 모의하다가 체포되어 그해 8월에 전주에서 처형됐다.

■ 유수덕(劉壽德, 異名: 水德, 접주)은 1894년 전라도 광양에서 참여하여 전주성 점령에 참여했다가 충청도 홍성 전투에서 패한 뒤 체포되어 전라도 보성으로 압송됐다가 살해됐다.

■ 김경수(金敬洙)는 1894년 3월부터 동학농민혁명에 가담했으며, 전주 용머리 고개에서 전투 중 부상을 당한 후 피신했다.

■ 이 밖에 전주 출신 전상률(全尙律)이 완도에서 활동했고, 박태로(朴泰魯, 異名: 泰老)는 전봉준의 선봉으로서 1894년 전라도 전주성 전투에 참여한 뒤 전라도 보성에서 활동하다가 1895년 1월 체포됐다.

■ 이 밖에 참여자로, 김흥섭(金興燮)은 전봉준의 진중 수행 비서

로 참여했고, 송학운(宋學運), 나재원(羅載元), 김상준(金商俊, 접주),
김문환(金文桓), 김삼묵, 김양식, 김준식, 김영서(金永西), 이응범(李
應凡), 윤상홍(尹尙弘), 이창돈(李昌敦) 등이 참여했다.

주요 사적지

- 용머리고개 전투지: (현, 전주시 완산구 서완산동 1가6 / 서완산동 94-1 일대) 전주성으로 들어가기 전 동학농민
  군과 관군 사이에 전투를 벌였다.
- 전주 풍남문(豊南門): (현, 전주시 완산구 풍남문3길 1, 완산구 전동 83-4, 보물 제308호) 동학농민군은 호남의 관문
  격인 전주성을 점령하고 집강소를 설치했다.
- 경기전: (현, 전주시 완산구 풍남동 3가 102번지) 관군이 전주성을 점령한 동학농민군을 향해 포를 사격하여
  경기전이 훼손됐다.
- 완산칠봉 전투지 (현, 전주시 완산구 평화동 1가 산 43번지 일대) 1894년 4월 27일부터 동학농민군과 관군 사
  이에 치열한 공방전을 벌였다.
- 황학대(黃鶴臺)와 유연대(油然臺): (현, 전주시 완산구 중화산동 2가 산 119 일대, 기전대학과 신흥중학교 뒷산) 전주
  성을 점령하고 있던 동학농민군과 외곽을 포위한 관군 사이에 치열한 전투를 벌였다.
- 동학농민군 대도소 전라감영: (현, 전주시 완산구 중앙4가 1번지 일대, 구 도청 자리) 1894년 전주성 점령 시
  기에 동학농민군 대도소가 설치됐다.
- 전주 객사(客舍): (현, 전주시 완산구 중앙동 3가 1-1, 보물 제583호) 동학농민혁명 시기 동학농민군 대도소가 설
  치된 전라감영의 부속 건물.
- 삼천(三川) 동학농민군 숙영지: (현, 전주시 완산구 효자동1가 410-23 일원(우림교 부근)) 동학농민군이 4월 27일
  전주성을 점령하기 전날 숙영했다.
- 전주성 서문지(西門址): (현, 전주시 완산구 다가동 1가 128) 동학농민군이 전주성을 점령할 때 먼저 진격했던
  전주성 서문 터.
- 김개남 장군 처형터 초록바위: (현, 전주시 완산구 동완산동 산 1-2 현, 전주 남부시장 맞은편 왼쪽 산등성이) 전라
  감사 이도재가 김개남을 이곳에서 처형했다.
- 덕진공원 호남동학농민군 지도자 추모비: (현, 전주시 덕진구 권삼득로 390, 덕진동1가 1314-4) 공원 안에 전봉
  준, 김개남, 손화중 장군 추모비가 서 있다.
- 동학농민군 전주입성비: (현, 전주시 완산구 서서학동 20, 완산공원 내) 1894년 4월 27일 동학농민군의 전주성
  점령을 기념하여 1991년에 세웠다.
- 동학농민혁명백주년기념관: (현, 전주시 완산구 풍남동 3가 76-2) 천도교에서 동학농민혁명 100주년을 기념
  하여 건립한 기념관.
- 이두황(李斗璜) 묘와 묘비: (현, 전주시 완산구 중노송동 산 1-3) 이두황은 동학농민혁명 시기에 양호도순무영
  우선봉에 임명되어 동학농민군 진압에 앞장섰던 인물이다. 1895년 민비 시해에 앞장섰다가 일본으로
  망명했다. 뒷날 일본에서 귀국하여 전라북도 지사를 지내다가 전주에서 세상을 떴다.

부안 백산 대회로 본격적인 동학농민혁명 전개

1890년대 초부터 동학 유입

부안 동학은 1890년 6월 쟁갈마을 김낙철, 김낙봉 형제가 동학에 입도함으로써 비롯되었다. 김낙철, 김낙봉 형제가 부안 일대 포덕에 나서 이듬해 3월에는 동학교도가 수천 명에 이르렀다. 최시형은 김낙철의 요청에 따라 그해 7월에 부안, 금구, 전주 순회에 나섰다. 당시 윤상오의 집이 부안 신리(옹정리)에 있었기 때문에 최시형이 이곳에서 수백 명의 도인을 모아 놓고 설법했다.

1891년 3월 김낙철 형제를 비롯하여 부안 옹정마을 출신 김영조(金永祚, 김석윤), 무장의 손화중 등이 공주 신평에 은거하던 최시형을 배알하고 지도받았다.

최시형이 부안에 다시 온 것은 1891년 5월이었다. 7월에 최시형은 태인 김낙삼의 집에 들러 육임첩을 발급하고 쟁갈리에 있는 김낙철의 집으로 돌아왔다. 최시형은 김낙철 대접주에게 동학이 "부안에서 꽃 피어 부안에서 결실이 맺어진다.(花開於扶安 結實於扶安)"라는 예언을 남겼다.

문벌 타파의 교화를 설파한 곳

그즈음부터 호남 우도는 윤상오가, 좌도는 백정 출신 남계천(南啓天)이 맡게 되었다. 출신 배경이 서로 달라 두 지도자를 따르는 도인들도 두 패로 나뉘어 서로 반목과 질시가 심했다. 특히 남계천을 따르는 도인들의 불만이 더 심했다.

어느 날, 최시형이 윤상오의 집에 머물고 있을 때, 남계천을 따르던 김낙삼이 자신의 관내 16포의 도인 1백여 명을 데리고 최시형을 찾아와 백정 출신 남계천을 따를 수 없다고 항의했다. 이에 최시형이 "대신사(=최제우)께서 (말씀하시기를)… 썩은 문벌의 높고 낮음과 귀천의 구별이 왜 필요한가? 대신사께서 일찍이 계집 종 두 사람을 해방하여 양녀를 삼고 며느리를 삼지 않았는가? 선사의 문벌이 제군만 못한가. 제군은 먼저 이 마음을 깨우치고 자격을 따라 지휘를 따르라"라고 역설하여 김낙삼 등 동학교도를 훈계했다.

동학집강소 신원재 신씨 재각. 동학 포덕 때 육임첩을 발급한 장소였고, 동학농민 혁명 시기에는 집강 소로 사용되었다.

교조신원운동 시기에 김낙철을 중심으로 한 동학교도 활동은 1893년 광화문 복합상소에서 확인된다. 1893년 2월의 광화문 복합 상소 시기에 김낙철은 도도집(都都執)의 직책으로 김낙봉을 비롯 하여 김영조와 함께 수백 명의 교인들을 이끌고 상경하여 복합상 소에 참여하고 이어서 보은 취회에도 참여했다.

'서면 백산(白山) 앉으면 죽산(竹山)', 백산에 호남창의대장소 설치

1894년 3월 20일 무장에서 전봉준, 손화중, 김개남 등의 동학 지 도자들을 중심으로 동학농민군이 기포했다. 이들은 3월 25일 백산 으로 이동하는 동안 1만여 군세로 늘어났다. 백산에 모인 동학농 민군의 위세에 '서면 백산(白山) 앉으면 죽산(竹山)'이라는 말이 생 겨났다.

동학농민군 진영에서는 전봉준을 총대장으로 추대하고 김덕명 손화중 김개남을 총관령으로, 최경선을 영솔장에 임명하여 진영을 군제로 개편하는 한편 창의의 뜻을 만천하에 밝히는 「사대명의(四

大名義)」와 동학농민군의 행동 준칙이 되는 「12개조 기율」을 발표하고, 민중들의 적극적인 호응을 촉구하는 「격문(檄文)」을 띄웠다. 이로써, 군 조직을 하고 창의문을 선포하여 결의를 다진 것이다.

부안 동학농민군 기포와 송정리 줄포에 제2 도소를 설치

1894년 4월 1일, 김낙철 대접주가 이끄는 부안 동학농민군이 기포하여 송정리 신씨 재각에 도소(都所=執綱所)를 설치하는 한편, 김낙철 대접주의 동생 김낙봉과 신소능은 줄포에 제2 도소를 설치했다. 이는 백산에서 군제로 편성한 동학농민군이 부안 관아를 점령하기 이틀 전이었다.

전봉준이 백산에서 기포하고 총대장에 추대되는 등 동학농민군의 대오를 편성하여 전투 태세를 마친 4월 3일, 동학농민군 일부를 부안현 부흥역(扶興驛)으로 보내 부안 관아를 습격하여 현감 이철화(李哲和)를 결박하고 군기고를 타파한 뒤에 군기와 전곡을 접수했다. 이때 군장급(軍長級)으로는 신명언, 백이구 등이 활약했다.

전라감영의 긴박한 대응과 화호 나루 전투

백산에 진을 치고 있던 동학농민군 주력은 전라감영군이 동학농민군을 진압하러 내려온다는 정보에 따라 전주로 향하려던 진로를 바꾸어 부안과 고부의 접경지에 근접한 성황산(城隍山)에 진을 쳤다. 이때 무남영병 700여 명과 보부상을 주축으로 한 전주 감영병 600여 명이 원평과 태인을 거쳐 백산 부근으로 진출했다.

4월 6일, 동학농민군과 감영군은 태인 용산 화호(禾湖) 나루 부근에서 최초로 전투를 벌였다는 기록이 보이지만 전투 상황은 뚜렷하지 않다. 그러나 전투 끝에 동학농민군은 고부 매교(梅橋) 방향으로 퇴각했고, 감영군이 추격을 시작했다. 이에 동학농민군은 계속 패한 척하며 결전 장소인 정읍 황토재로 올라가 진을 쳤다. 감영군은 후퇴를 거듭하는 동학농민군을 얕잡아 보게 되었고, 이는 동학농민군이 황토재 전투에서 감영군을 크게 물리치는 계기가 되었다. (이하 정읍 편 참조)

동학농민군의 줄포와 부안현 전투

동학농민혁명 초기 부안의 동학농민군 활동 내용은 잘 알려지지 않았다. 다만 줄포에 세곡 창고가 있어서 동학농민군의 일차적인 공격대상이 되었지만 구체적인 전투 기록이 없는 것으로 보아 무혈점령한 것 같다. 『김낙철역사』 기록에 "당시 군수 이철화(李哲化)가 동학농민군에 붙잡혔고, 줄포에서는 식량을 구하러 온 제주도 선박과 선원을 나포했으며, 일본 선박 선장이 동학농민군에게 붙잡혔다"고 했다.

집강소 시기에는 부안 군수 이철화가 동학농민군과 협력하여 민정을 폈으며, 이철화는 뒷날 한양 전옥서에 갇힌 김낙철, 김낙봉 형제를 대신들을 찾아다니며 탄원하여 구명하게 된다.

전주 화약과 집강소 시기, 김낙철 김낙봉 형제 송정과 줄포에 도소 설치

전주 화약 이후 본격적인 집강소 운영은 김낙철 대접주와 현감 이철화의 긴밀한 협조 체제에서 원만하게 치안을 유지한 것으로

보인다.

천도교 호암수도원에서 발행한 『학산 정갑수 선생 전기』(1994) 와 전라북도에서 발행한 『전설지』에 따르면 "전주 화약 이후 김낙철은 송정리로 돌아와 영월 신씨(申氏) 제각에 도소(都所)를 설치하고 부안 군수 이철화의 협조를 얻어 민정을 실시했다."라고 했다. 이로 보아 김낙철이 부안 행안면 역리 송정마을 영월 신씨 제각에 대도소를 차려 민정을 폈고, 동시에 동생 김낙봉이 줄포 춘원장에 제2집강소를 열어 온건한 기조를 유지하며 폐정 개혁에 임했다.

동학농민혁명 시기의 줄포와 동학도소 활동

동학농민혁명 당시 줄포에는 고부군을 비롯한 인근 각지에서 거둬들인 세곡을 보관하던 큰 창고가 있었고, 한양 마포 나루로 오가는 세곡 운반선들이 빈번하게 출입하고 있었다. 1894년 동학농민혁명 당시 세곡 운반선 '한양호'의 일본인 기관수 파계생(巴溪生)의 기록에 "5월 24일(음 4.20) 곰소(=줄포)로 공미(貢米)를 받으려고 나갔는데, 현익호(顯益號)가 강화병(江華兵)을 싣고 같은 곳에 와 있었으므로 곧 가서 강화병을 법성(法聖)으로 호송하고 다시 곰소로 돌아와 공미를 실었다. (중략) 한양호는 이번에 공미를 법성 및 곰소에서 1천7십 포를 싣고 돌아왔다"고 하여, 갑오년 4월 20일에 한양호가 줄포에서 세미를 싣고 한양으로 올라간 사실을 전하고 있다. 당시에는 김낙철의 동생 김낙봉이 신소능과 함께 줄포에 도소를 설치하여 민정을 펴고 있었는데, 인명 살상이나 재물 탈취와 같은 극단적인 갈등은 없었다.

위도에서 동학농민군 400여 명 활동

이와 같은 시기에 위도에 동학농민군 활동 기록이 보이는데, 일본 공사관 보고에 따르면 "위도에 정박 중인 일본 상인 소유의 선박이 동학당의 공격을 받아 팔다 남은 상품과 한전(韓錢)을 잃었으며", "위도에는 당시 400여 명의 동도가 잠입해 있다"고 보고했다.

2차 동학농민혁명 시기 동학농민군 활동

이 시기에 부안의 동학농민군 활동 기록이 뚜렷하게 전해지지 않지만, 당시 부안 지역 지도자는 대접주 김낙철 외에도 김영조, 신명언, 강봉희, 신윤덕, 이준서, 신규석의 활동을 통해 짐작할 수 있다. 이들은 동학농민군이 공주 우금티 전투에서 관군과 일본군에 패퇴한 뒤 부안으로 돌아왔다.

이 시기의 부안 출신 동학농민군 활동은 송희옥(宋憙玉)의 행적으로 추정할 만하다. 송희옥은 부안 출신 도집강(都執綱)으로,

1894년 3월 전봉준의 비서(秘書)로 발탁된 뒤
그해 9월 전라도 삼례에서 재기포할 때도 전
봉준 군에 합류했다.

이 밖에 부안 동학농민군은 무안으로 내
려가 손화중, 최경선이 이끄는 동학농민군에
합류하여 나주성 공격에 가담했다. 강봉희
(姜鳳熙)의 행적이 대표적인 예인데, 그는 나
주성 공격 때 전사했다.

부안읍성 동문 밖 동
학농민군 처형터. 정
월 대보름날 마을 사
람들이 이곳에 모여
당제를 지냈다. 동
학농민혁명 시기인
1895년 2월 10일에
부안의 동학농민군이
이곳에서 처형됐다.

동학농민군 토벌 시기

갑오년 11월 이후 동학농민군 주력이 공주 우금티 전투에서 궤
멸적인 타격을 입고 후퇴를 거듭하는 국면이 전개되면서 부안 지
역에서도 관군-일본군-민보군의 대대적인 토벌전이 전개됐다.

「갑오군공록」에 따르면 유학 이현기, 유림 유정문, 최봉수 등이
활약하여 동학농민군 20여 명을 죽였다. 동학도인 쟁기리 최정현
은 고향을 떠나 화순에서 살다가 죽었으며, 뒷날 아들이 기차에 유
골을 싣고 와 마을 어귀에 묻었다고 했다.

부안 동학농민군 주력이 공주 전투에서 패하고 부안으로 돌아
왔을 때는 새 현감 윤시영이 부임해 있었다. 부안에서는 향유(鄕
儒) 유정문, 최봉수 등이 앞장서 새 현감을 충동하여 동학농민군
20여 명을 붙잡아 총살했고, 가족에게도 견디기 어려운 형을 가했
다.

1894년 12월 11일, 김낙철 등 32명은 윤시영이 이끄는 민보군에

수운 최제우 기록
(1906년)(사진 왼쪽)
『제2세교조훈어』(사
진 가운데) 『濟世眞詮』
: 수운 최제우 사적(사
진 오른쪽)

의해 체포되어 부안 옥에 수감되었다. 그달 23일 관군-일본군이 부안으로 들어와 수감 중인 김낙철 등 32명을 나주로 압송했다. 나주옥에서 27명이 즉결 재판으로 총살됐고, 김낙철·김낙봉 형제는 제주도민들의 탄원에 힘입어 살아남아 서울로 압송됐다. 김낙철·낙봉 형제가 나주 수성군에 끌려갔을 때 제주도에서 선원들이 소문을 듣고 몰려와 그들을 선처해 주도록 탄원서를 내어 구명운동을 했다. 줄포항에서 곡식을 실은 제주민들의 배가 동학농민군에 나포되자 김낙철 김낙봉 형제가 이를 풀어줬기 때문이다.(이하 제주 편 참조) 당장 총살은 면했으나 김낙철·낙봉 형제는 서울로 압송됐다. 서울 전옥서에 갇히자 이번에는 전날 현감 이철화가 대신들을 찾아다니며 김낙철·낙봉 형제에 대한 구명운동을 벌여 살아남았다.

참여자 기록을 통해서 본 부안 동학농민군 활동

참여자 기록에 부안 출신 동학농민혁명 참여자로 44명이 등재

되었다. 『천도교백년약사』(상)에는 대접주 김낙철(金洛喆), 김낙봉 (金洛鳳), 김석윤(金錫允), 신명언(申明彦) 등 4인을 소개하고 있다. (참고로, 부안 동학농민혁명유족회가 제공한 자료에는 동학농민혁명 희생 자가 2명이 더 많은 46명이다.)

■ 강봉희(姜鳳熙)는 1887년 동학에 입도하여 1892년 삼례 집회, 1894년 3월 백산 기포에 참여했다가 나주성 공격 때 전사했다.

■ 곽덕언(郭德彦)은 1894년 부안에서 동학농민군으로 참여했다 가 소모소(召募所)의 관문(關文)으로 인해 고부로 압송됐다.

■ 김석윤(金錫允)은 부안 출신으로 1894년 9월 전라도 삼례에서 전봉준 부대에 합류했다.

■ 노대규(盧大圭)는 1894년 12월 29일 경군(京軍)에 의해 총살됐다.

■ 손양숙(孫良淑), 손순서(孫順西)는 동학농민혁명에 참여했다 가 1894년 12월 22일 부안에서 체포되어 1895년 1월 4일 나주로 압송됐다.

■ 이기현(李基鉉)은 관군에게 쫓기는 동학농민군 황명구 외 여 러 명을 자신의 집에 숨겨주었다.

■ 함완석(咸完錫)은 김덕명 휘하에서 활동하다가 부안 전투에 서 어깨에 총상을 입고 형 기택과 함께 도피했다.

■ 송원환(宋元煥, 접주)은 1895년 1월 11일 일본군에 처형됐다.

■ 김기병(金基炳), 노입문(盧入文)은 이웃 백성의 밀고로 체포되 어 1895년 2월 10일 부안읍 동문 밖에서 총살됐다.

■ 송희옥(宋憙玉)은 부안 출신으로, 1894년 3월 백산 대회에서 전봉준 총대장의 비서(秘書)가 되었다가 도집강(都執綱)으로서 같

은 해 9월 전라도 삼례에서 전봉준과 함께 활동했다.

■ 김인권(金仁權)은 1894년 12월 22일 부안에서 관군에게 체포됐다가 1895년 1월 4일 나주 초토영 일본군 진영으로 압송됐다.

■ 이기범(李基範, 異名: 基凡), 배홍렬(裵洪烈)은 1894년 12월 22일 부안에서 체포되어 1895년 1월 4일 나주 초토영으로 압송됐다.

■ 신소능(申少能)은 1894년 4월 부안에서 김낙봉과 함께 동학농민혁명에 참여했다가 1894년 전라도 고창에서 살해됐다.

■ 김낙철(金洛喆)은 동생 김낙봉(金烙鳳)과 함께 1890년 동학에 입도하여, 부안 대접주로 활동했다. (본문 활동 내용 참조)

■ 이 밖에 부안 출신 참여자로 26명이 등재됐다. 다음과 같다.
오치호(吳致浩, 지도자), 배준오(裵準五, 접주), 이준호(李俊鎬), 백원장(白元長), 이학서(李學西), 유영근(兪永根), 최진국(崔振國), 차도일(車道一), 김윤조(金允朝), 이기천(李基天), 김태수(金台洙), 조하승(曺夏承), 노학진(盧學辰), 이귀성(李貴成), 신규석(辛圭錫), 신순희(辛順熙), 조제강(趙濟綱), 황사덕(黃四德), 김득식(金得植), 신기동(申基東), 신명언(申明彦), 이학선(李學先), 김윤석(金允錫), 김낙주(金洛柱), 송성구(宋成九), 백이구(白易九)

주요 사적지

■ 부안 최시형 은거지1: (현, 부안군 동진면 내기리, 신리마을) 동학 포덕 시기 윤상오의 집. 최시형이 설법을 남겼다.
■ 부안 최시형 은거지2: (현, 부안군 부안읍 옹중리, 상리) 동학 포덕 시기 김영조의 집. 최시형이 포덕 활동을 펼쳤다.
■ 부안 대접주 김낙철 생가터: (현, 부안읍 봉덕리[長興里], 쟁갈마을) 부안 지역 동학 포교를 주도했다.
■ 동학농민혁명 백산 대회 터: (현, 부안군 백산면 용계리 산8-1, 국가문화재 사적 제409호) 1894년 3월, 1만여 명

의 동학농민군이 진을 치고, 군제로 대오를 편성했다.

■ 부안 동학농민군 집결지 분포재: (현, 부안군 부안읍 모산리 대모산[분포재, 粉圃齋]) 부안 지역 동학농민군이 이 곳에 집결했다.

■ 줄포 사정 동학농민군 주둔지: (현, 부안군 줄포면 장동리, 사정마을) 1894년 3월 23일, 부안 현감 이철화가 "이곳(사정마을)에 2, 3천 명의 동학군이 모여 있다"라고 보고했다.

■ 부흥역 동학농민군 주둔지: (현, 부안군 행안면 역리[驛里], 송정 마을 서쪽 역참 마을) 이 지역 동학농민군이 주 둔했다.

■ 성황산 동학농민군 주둔지: (현, 부안군 부안읍 동중리 산4-1번지, 서림공원) 부안의 진산인 성황산(城隍山)에 부 안과 태인 지역 동학농민군이 진을 쳤고, 2차 봉기 때는 민보군이 향교를 중심으로 진을 쳤다.

■ 도소봉(道所峯) 동학농민군 천제 터: (현, 부안군 주산면 백석리 홍해, 예동마을) 동학농민군이 출정하기 전에 제 를 올렸다.

■ 내소사(來蘇寺) 동학농민군 천제 터: (현, 진서면 석포리 268) 부안의 동학농민군이 출정에 앞서 이곳에서 제 를 올렸다.

■ 장전평 동학농민군 주둔지: (현, 부안군 상서면 장전리, 장밭들, 장밭 뜸) 상서면 소재지로부터 동남 사산제(裳 山提, 士山提) 옆 마을로, 동학농민군이 주둔했다.

■ 읍전동 동학농민군 훈련장(邑前洞 敎鍊私習基): (현, 위치 불상) 『홍재일기』 1894년 9월 22일 자에 "모든 동 학인이 읍전동의 교련 사습터에 모였다는 말을 들었다"고 기록했다.

■ 부안 관아 터: (현, 부안군 부안읍 서외리 239-2번지, 부안군청 뒤) 1894년 4월 3일 동학농민군에 의해 부안 관 아가 점령됐고, 12월 11일 민보군에 의해 김낙철 등 32명이 체포되어 옥에 갇혔다가 나주로 압송됐다.

■ 줄포 세고[南倉] 터: (현, 부안군 줄포면 줄포리 732-12번지 일대) 동학농민혁명 초기에 동학농민군에 점령하여 여기서 군량을 조달했다.

■ 위도 동학농민군과 일본 상인의 갈등: (현, 위도면 장소 불상) 당시 "동학농민군 400명이 활동했다."는 일본 인 기록으로 전한다.

■ 동학집강소 신원재 신씨 재각: (현, 부안군 행안면 봉덕리 쟁갈리, 역리 283, 송정2길13-4) 동학 포덕 때 육임첩 을 발급한 장소이자 집강소였다.

■ 줄포 동학 집강소 춘원장: (현, 부안군 줄포면 장동리 산6, 선돌로 1235-39, 각동마을) 동학농민혁명 시기 김낙봉 접주와 신소능이 집강소를 맡았다.

■ 부안 향교 유회소 민보군 진지: (현, 부안군 부안읍 서외리 255) 동학농민군이 공주성 전투에서 패하자 토벌 대를 결성하여 토벌에 나섰다.

■ 부안읍성 남문 밖 동학농민군 처형터: (현, 부안군 부안읍 남문안길10, 부안교육문화회관) 동학농민군 20여 명 이 처형됐다.

■ 부안읍성 동문 밖 동학농민군 처형터: (현, 부안군 부안읍 동중리5) 1895년 2월 10일 동학농민군이 처형됐다.

■ 동학농민혁명군 대장 김기병 행적비: (현, 부안군 상서면 감교리 714번지, 개암사 주차장 옆) 김기병은 부안 동 문 밖에서 2월 10일 처형됐다.

■ 사발통문 서명자 황홍모 묘소: (현, 주산면 사산리)

■ 호암수도원: (현, 부안군 상서면 감교리 449, 병목골길 67-5) 김낙철 대접주의 사위이자 수제자 정갑수가 설립 하여 현재까지 전해 내려오고 있다.

정읍 동학농민혁명의 발원지

정읍 지역 동학 유입과 태인의 동학 포덕 활동

정읍 지역에 동학이 포교된 것은 1886년 무렵 태인 지역에서 비롯되었다. 이는 『천도교서』 1886년 조에 "(최시형이 태인에 머물고 있을 때) 충청, 전라, 경상, 경기 등지의 인사들이…신사(최시형)를 찾아오는 분이 많았다."고 한 대목에서 확인된다. 한때 최시형이 시산 김삼묵의 집에 머물며 도첩을 발행한 일도 있었으며, 태인 지금실에 살던 김개남의 집에 머물면서 동학 교리를 지도한 일도 있었다.

태인과 김개남

동학농민혁명 초기에 태인 지역 동학농민군은 임실군 청웅면 향교리에 모였다가 3월 18일에 산외면 동곡리 지금실에 김개남을 중심으로 집결한 동학농민군과 합류하여 백산으로 갔다. 또 오수에 모였던 남원의 동학농민군도 지금실로 이동하여 김개남이 이끄는 동학농민군과 합류하여 백산으로 갔으니, 지금실이 동학농민군의 중간 집결지였던 셈이다.

동학농민혁명 참여자 기록에 태인 지역에서 기포한 접주로는

무명동학농민군위령
탑. 고부면 신중리 주
산마을 어귀에 있다.

김개남을 비롯하여 최영찬(崔永燦), 김지풍(金智豊), 김한술(金漢述), 김영하(金永夏), 유희도(柳希道), 김문행(金文行), 김삼묵(金三默), 김연구(金煉九), 임홍택(林弘澤) 등이 확인된다.

김대원(金大遠)의 행적에 따르면 태인 남촌에서 동학농민혁명에 참여했다가 1894년 12월 전라도 곡성 인근에서 처형됐다는 기록이 보이는데, 이로 보아 태인 지역 동학농민군이 다른 지역으로 옮겨서 활동했음을 알 수 있다.

정읍 지역의 동학 유입 및 활동은 손화중의 행적에서 유추할 수 있다. 손화중이 동학에 입도한 동기는 처남 유용수와 함께 경상도 청학동으로 승지를 찾아 나섰다가 "때마침 경상도에서 들불처럼 번져가던 동학에 입도했다"고 했다. 손화중이 고향으로 돌아와 2년 동안은 부안 지역에서 포덕 활동을 했다. 손화중이 정읍 농소동에서 머물다 다시 입암면 신면리로 옮겨 갔는데, 이는 관헌의 눈을

피해 포덕했기 때문이다. 본거지를 음성리 본가로 옮겼다가 무장
으로 근거지를 옮겼다. 이후에 다시 이웃 마을 무장면 덕림리 양실
마을로 옮겼다. 당시 손화중의 명성이 무장을 비롯한 전라 서남부
지역에 퍼져 있었는데, "(손화중이) 선운사 도솔암 암벽불상에 검단
대사의 비결록(秘訣錄)을 꺼냈다"는 신비한 소문과 함께 동학이 빠
르게 널리 전파되었다. 손화중은 교단의 뜻을 충실하게 따르면서
도 전봉준의 급진적인 혁명론과 뜻을 같이하여 1894년 3월 기포의
주역으로 동학농민혁명의 중요한 축을 형성했다.

동학농민혁명의 불을 당긴 고부 봉기

고부 봉기는 1894년 1월 고부 지역 동학 접주 전봉준이 고부 군
수 조병갑(趙秉甲)의 탐학에 항의하고자 이 지역 동학농민들을 규

합하여 일으킨 사건이다.

조병갑이 고부 군수로 부임한 이래 저지른 죄과는 ①농민에게 면세(免稅)를 약속하고 황무지를 개간하게 하고서는 추수 때 강제로 세금을 갈취했고 ②군민들에게 불효, 불목(不睦), 음행, 잡기 등 죄명을 날조하여 2만 냥 이상을 강탈하고 ③태인 군수를 지낸 자신의 아버지의 송덕비각을 짓는다고 농민들로부터 1,000냥 이상을 강제로 징수했으며 ④대동미를 정미(精米)로 받는 대신 돈으로 거두고, 그것으로 질이 나쁜 쌀을 사서 상납하여 그 차액을 착복했으며 ⑤기존의 만석보가 제 기능을 발휘하고 있는데도 농민들을 강제로 동원하여 임금 한 푼 주지 않고 신보(新洑)를 쌓게 한 뒤, 가을에 가서 1두락에 1~2말의 수세를 받아 700석을 착복했다는 것이다.

1893년 12월, 전봉준을 장두로 삼아 40~60명이 조병갑에게 몰려가서 두 차례 만석보 수세 감면을 진정했으나 받아들여지지 않고 쫓겨나고 말았다. 전봉준은 동지 20명을 규합하여 사발통문을 작성하고 거사를 맹약했다. 당시 사발통문은 다음과 같은 내용으로, 혁신적이었다.

- 고부성을 격파하고 군수 조병갑을 효수(梟首)하라.
- 군기창과 화약고를 점령하라.
- 군수에게 아첨하여 인민을 침학한 관리를 격징하라.
- 전주 감영을 함락하고 서울로 곧바로 향하라.

사발통문에 명시한 "서울로 향하라."는 이전의 민란에서는 볼

무성서원, 당시 유림들이 민보군을 조직하여 동학농민군 진압에 나섰다.

수 없는 혁신적인 내용이었다. 이는 나라의 폐단과 모순을 척결하고 모든 사람을 고통에서 벗어나게 하기 위해 "서울의 조정"과 담판을 짓겠다는, 전봉준을 비롯한 핵심 지도자들의 의지를 볼 수 있는 내용이다.

한편, 조병갑은 1893년 말경에 임기가 끝나 다른 곳으로 가야 했지만 당시 고부 지역은 다른 지역에 비해 큰 군이었고, 물산도 풍부했다. 조병갑은 고부군에 계속 머물기 위해 물밑으로 재임운동을 벌인 끝에 1월 9일 고부 군수 재임에 성공했다. 이는 10일 동안 6명의 고부 군수가 뒤바뀌는 웃지 못할 일이 벌어진 결과였다.

이렇게 되자, 고부 농민들의 억눌려 있던 분노가 폭발하여 1월 10일 전봉준을 중심으로 1천여 명의 동학농민군이 말목장터에 모였다. 전봉준은 동학농민군을 이끌고 고부 관아를 습격했다. 동학농민군은 먼저 무기고를 열어 무장을 강화하고, 옥을 열어 억울한 죄수들을 석방하는 한편, 불법으로 약탈한 수세미를 농민들에게 돌려주고, 수탈의 원천이었던 만석보의 신보를 허물었다. 조병갑

만석보유지비, 만석
보지(萬石洑遺址碑, 萬
石洑址). 만석보는 탐
관오리 조병갑의 수
탈 방편으로 사용되
었다.

은 전라감영으로 도피했다가 정부의 명에 의해 체포되어 서울로
압송됐다.

　박원명(朴源明)이 새 고부 군수로 부임하여 사태를 수습하고 농
민들도 흩어져 귀가하여 이대로 잠잠해지나 싶었다. 그러나 안핵
사로 임명된 장흥 부사 이용태가 역졸 8백 명을 데리고 들어와 민
란을 조사한다는 명목으로 죄 없는 농민들을 체포하고, 부녀자들
을 능욕하며, 재산을 약탈하는 패악을 자행하여 고부 농민들을 다
시 자극했다.

　이에 전봉준은 3월 20일 무장 여시뫼봉에서 기포하여 포고문
을 선포하고, 25일 백산(白山)으로 이동하여 진영을 설치한다. 백
산 대회에서 호남창의대장소의 이름으로 「4대 강령」과 「격문」을
발표하고, 전봉준 동도대장, 김개남 손화중을 총관령, 김덕명 오시
영 총참모, 최경선 영솔장, 송희옥 정백현 비서로 군제를 편성하고
「12개조 군율」을 발표함으로써 동학농민군의 위용을 갖추게 된다.
(이하 부안 편 참조)

황토재 전투 승리로 전라도 전역 석권

전라 감사 김문현은 무장에서 기포한 동학농민군이 고부를 점령하고 백산에 집결했다는 소식을 접하고, 이 사태를 급히 정부에 보고하는 한편, 이서와 군교를 풀어 전주성 서문과 남문을 지키게 했다. 그리고 영관 이경호로 하여금 무남영의 군대와 잡색, 각읍에서 올라온 포군을 거느리고 금구 대로로 나가 동학농민군의 전주성 공격에 대비하도록 했다.

백산에 모인 1만여 동학농민군은 4월 4일 부안 관아를 점령하여 무기고를 열고 무장을 강화했다. 동학농민군은 전라감영군이 진압하기 위해 내려온다는 소식을 접하고 전주로 향하려던 계획을 바꾸어 부안과 고부의 접경 지역인 성황산에 진을 쳤다. 이때 무남영병 700여 명과 보부상을 주축으로 형성된 향병 600여 명은 원평 태인을 거쳐 백산 부근으로 접근해왔다.

4월 6일, 동학농민군과 감영군은 태인 용산 화호나루 부근에서 최초로 접전을 벌였다. 이때 동학농민군은 패한 척하며 후퇴했다. 동학농민군이 고부의 매교까지 퇴각하자 감영군이 바짝 추격해

동학농민혁명군 우물. 동학농민혁명 당시 동학농민군이 이 우물을 사용했다.

왔다. 동학농민군은 다시 거짓으로 패한 체하며 황토재로 올라갔다. 감영군이 다시 추격하여 황토재 부근에 진을 쳤다.

동학농민군과 감영군이 대치하던 6일, 점차 날이 저물고 다음날 새벽이 되자 황토재 마루에서 몸을 숨기고 있던 동학농민군이 고개 아래에 주둔하고 있는 감영군 진영을 향하여 포를 쏘아 기습 공격을 감행했다. 동학농민군의 기습에 감영군은 미처 대처하지 못하고 혼란에 빠지고 말았다. 동학농민군은 달아나는 감영군을 뒤쫓아 영관 이경호를 죽이는 등 감영군을 격퇴함으로써 최초의 전투에서 크게 이겼다. 이 전투에서 감영병의 사상자가 1천여 명이라고 하지만 여러 정황으로 보아 200여 명쯤 희생된 것으로 보고 있다.

황토재 전투는 동학농민군이 감영군을 대상으로 전투를 벌여서 거둔 최초의 값진 승리였다. 이후 동학농민군은 흥덕, 고창, 무장, 영광, 함평 등 전라도 지역을 차례로 점령하여 군세 확장에 나섰다.

황토재 전투 승리로 동학농민군의 사기가 하늘을 찔렀고, 전라도 지역 세력 규합에 성공한 동학농민군은 4월 23일 장성 황룡 전투에서 초토사 홍계훈이 이끄는 경군을 맞아 대승을 거두고 여세를 몰아 파죽지세로 전주성을 함락하게 된다. (황룡 전투-장성편 참조/ 전주성 함락-전주 편 참조)

전주 화약 시기와 동학농민혁명 시기, 전봉준·손화중 중심으로 활동

전주 화약 이후 전봉준이 이끄는 동학농민군의 정읍 지역 활동

기록은 많지 않다. 정읍에 집강소가 설치 운영되었고, 정읍의 동학농민군은 재기포 시기에 전봉준을 따라 전주에서 활동을 시작했고, 우금티 최후 전투를 치렀다.

손화중, 최경선의 활동을 통해 집강소 이후 정읍 지역 동학농민군의 활동을 살펴볼 수 있다. 손화중은 전주 화약 후 나주와 장성에 머물고 있었다. 손화중은 그해 7월 나주성 싸움에서 최경선이 거느리는 동학농민군과 함께 주력 부대를 형성하고 있었다. 그러나 9월 재기포 시기에는 일본군이 나주 해안으로 상륙한다는 소문이 있어 손화중은 전봉준과 합류하여 북상하지 않고 최경선과 함께 나주에 머물렀다.

전봉준이 공주 우금티 전투에서 패한 시기에도 손화중은 최경선과 함께 나주성을 포위하고 공격을 시도하고 있었다. 그러나 대세가 재기 불능에 이르자 손화중, 최경선은 동학농민군을 이끌고 11월 27일 광주에 입성했다가 12월 1일 동학농민군을 해산했다.

손화중은 몸을 피해 흥덕에 있는 이 모의 제실(祭室)에 숨어 있다가 12월 11일 제실지기 이봉우의 밀고로 체포되어 나주 옥에 갇혔다가 서울로 압송되어 전봉준 등과 함께 처형됐다.

동학농민군의 마지막 전투, 태인 성황산 전투

공주 우금티 전투에서 패한 동학농민군 주력은 전봉준 부대와 손병희 부대가 함께 후퇴를 거듭하여 원평으로 들어왔다가 구미란 전투에서 다시 패한 뒤 태인으로 물러나 대오를 재정비했다. 11월 25일 태인 성황산 한가산 도리산 일대에서 뒤따라온 관-일본군

과 전투를 벌였지만 다시 일본 신무기의 위세에 눌려 관-일본군에
패하고 말았다.

동학농민혁명 참여자를 통해서 본 동학농민군 활동

동학농민혁명 정읍 지역 참여자는 55명이다. 이들의 행적을 통
해 다양한 활동 양상을 알 수 있다.

■ 황찬오(黃贊五)는 1893년 사발통문에 서명했으며, 1894년 고
부 봉기이래 갑오년 내내 혁명에 참여하다가 1894년 12월 16일 사
망했다.

■ 전동팔(田東八)은 1894년 3월 1차 기포 때 정읍에서 동학농민
군 활동을 하다가 익산에서 집강소 활동을 했다.

■ 김연구(金煉九) 최영찬(崔永燦) 김지풍(金智豊) 김한술(金漢述)
임정학(林正學) 등은 태인 동학농민군으로, 1894년 3월 백산 기포

태인 동헌 피향정. 태인은 동학농민혁명 초기에 백산 대회에 가기 위한 길목이어서 집결지가 되었고, 김개남 최경선 등 걸출한 동학 지도자의 관할 지역이었다. 동학농민혁명 초기에 태안 관아는 동학농민군에 의해 점령됐다.

에 참여했다.

■손병수(孫炳壽)는 동학도로서 1894년 3월 손화중과 함께 무장에서 기포하였으며, 1895년 3월 정읍시 입암면 차단리에서 체포됐다가 1895년 3월 23일 처형됐다.

■이기학(李基學)은 1894년 4월 황토현 전투에 참여한 뒤 행방불명됐으며, 이경오(李敬五)는 전투 중에 팔에 총상을 입었으나 살아남았다.

■김치범(金治範, 접주)은 동학농민군의 훈련을 담당했으며, 10월 나주 전투에 참여한 뒤 피신하여 연명했다.

■1894년 12월에 정읍에서 처형된 이로 임석범(任石凡), 안기홍(安基洪) 손익중(孫益中), 고원숙(高元淑) 유흥철(柳興轍)의 이름이 전하며, 박원집(朴元集)은 이듬해 1월에 풀려났다.

■1894년 12월에 흥덕에서 처형된 정읍 출신 동학농민군으로

신준직(申俊直, 접사), 강윤언(姜允彦, 사접주)이 있으며, 손덕수(孫德秀)는 손화중의 친척으로 1894년 12월 4일 장성에서 체포되어 처형됐다.

■ 조진옥(趙辰玉), 문선명(文先明)은 태인 동학농민군으로 정읍에서 활동했으며, 문선명은 1894년 12월 20일 태인 수성군에게 체포되어 처형됐다.

■ 12월 27일, 정읍의 정하표(鄭夏杓, 접사), 유광오(柳光吾, 접주)가 장성 장터에서 처형됐다.

■ 1895년 1월에 26명이 체포됐다. 다음과 같다. 이봉춘(李奉春), 손치경(孫致景), 박중현(朴仲鉉), 박영지(朴英之), 손영석(孫永錫), 정성도(鄭聖道), 박장근(朴長根), 박대삼(朴大三), 임경학(林景學), 이인행(李仁行), 윤행오(尹行五), 유직선(柳直先), 유중길(劉仲吉), 손치수(孫致秀), 손춘익(孫春益), 손덕로(孫德老), 박용서(朴用西), 박영지(朴永之), 박신현(朴臣鉉), 박세풍(朴世豊), 박성문(朴聖文), 김재팔(金在八), 김정화(金正化), 최익서(崔益瑞), 유극서(柳克西), 심도풍(沈道豊)

■ 이춘선(李春善)은 당시 입암산성 별장으로, 전봉준 장군이 태인 전투에서 패한 뒤 부대를 해산하고 부하 몇 명과 입암산성에 들어왔을 때 숨겨준 이다.

■ 다른 지역에서 정읍으로 들어와 활동한 동학농민군도 있다. 김형순(金亨順), 임몽기(林蒙基)는 광주에서 동학농민혁명에 참여했다가 1898년 1월 전라도 태인에서 체포됐다. 강도연(姜道連)은 전라도 함양 출신으로, 1898년 1월 21일 태인에서 체포되었으나 뒷소식은 알 수 없다.

■ 김삼묵은 김개남의 종형(從兄)으로, 그의 아들 김문환(金文桓)과 함께 김개남 장군과 활동하다가 청주성 전투에서 부상을 입은 뒤 김제로 피신하여 연명했다.

인물지

○ 전봉준(全琫準, 1854-1895): 봉준(琫準)은 초명이며, 녹두(綠豆)는 체구가 작아서 불린 별호다. 이설은 있으나, 1890년대 초에 동학에 입도했다고 본다. 전봉준은 1894년 정월 조병갑의 학정에 저항하여 고부 봉기에 앞장섰다가 3월 무장 기포에 나섰다. 단숨에 감영군, 중앙군을 차례로 격파하고, 전주성의 전라감영을 함락했지만 조선을 사이에 두고 청일전쟁이 벌어지자 최초의 민정 통치에 합의하고 5월 8일(음) 전주 화약을 맺는다. 이어 9월에는 일본의 침략에 항거하여 제2차 기포에 나서 동학농민군을 이끌고 서울로 진격하다가 10월 23일 공주에서 15일 동안 일진일퇴를 거듭하며 저항했으나 일본의 신무기 앞에서 패하고 만다. 1894년 12월 2일 체포되어 12월 18일 서울에 도착하여 일본 영사관 감방에 수감되었다. 다음해 2월부터 3월까지 5차에 걸쳐 일본 영사의 심문을 받고 손화중, 최경선, 김덕명, 성두한과 함께 교형에 처해졌다.

○ 김개남(金開南, 1853-1895): 정읍시 산외면 동곡리 지금실에서 출생했다. 개남이란 이름은 '호남 지방을 연다'라는 뜻으로 동학 입교 후에 호칭된 별호인 것으로 알려졌다. 김개남은 전봉준, 손화중과 더불어 동학농민혁명의 3대 장두로, 강경파에 속했다. 9월 재기포 시기 전봉준 주력이 북상할 때 김개남은 금산, 청주 쪽으로

우회 공격을 시도했으나 청주성 전투에서 일본군에 패하여 흩어졌다. 김개남은 태인으로 돌아와 태인 너듸마을(산내면 장금리)에 피신해 있다가 12월 1일에 피체되어 전주로 이송됐다. 전라 감사 이도재는 12월 3일 서교장에서 참형하여 그의 머리를 상자에 넣어서 서울로 보내, 서소문 밖에 효시했다.

○손화중(孫化中, 1861-1895): 정읍시 과교동에서 태어났다. 손화중이 동학에 입도한 동기는 처남 유용수와 함께 경상도 청학동으로 승지를 찾아갔다가 때마침 경상도에서 들불처럼 번져가던 동학에 입도하게 되었다. 그는 전봉준의 혁명론에 동감하여 3월 기포 때 주역으로 참가, 전봉준·김개남·김덕명 등과 동학농민혁명을 이끌었다. 손화중은 전주 화약 후 나주와 장성 등지에 머물고 있다가, 그해 7월 나주성 싸움에서 최경선이 거느리는 동학농민군과 함께 주력 부대를 이루었다. 9월 재기포 때에도 일본군이 나주 해안으로 상륙한다는 설이 있어 전봉준의 북상에 참여하지 않고

정읍 동학농민혁명기념관

최경선과 함께 나주에 머물고 있었다. 손화중은 나주성을 포위하고 공격을 시도했으나 대세가 재기 불능 상태에 이르자 11월 27일 광주에 입성했다가 12월 1일 휘하의 동학농민군을 해산했다. 손화중은 12월 11일 관군에 체포되고 나주 초토영을 거쳐 서울로 압송되어 전봉준 등과 함께 처형됐다.

○ 최경선(崔景善, 1859-1895): 전봉준, 김개남과 동향으로, 동학농민혁명에서 역할이 컸다는 것은 영솔장이라는 직책으로 잘 나타나고 있다. 9월 재기포 때는 일본군이 나주 해안으로 상륙해 온다는 소문에 따라 손화중과 더불어 나주에 머물렀다. 손화중과 함께 전라도 서남지방의 동학농민군을 소집하여 나주성을 수 차례 공격했지만 끝내 실패했다. 11월 27일 광주로 입성하여 군대를 해산한 뒤 남평을 거쳐 동복 벽성리에서 관군과 싸웠으나 패하고 피체되어 담양에 주둔하던 일본군에게 넘겨져 나주 초토영에 이송됐다. 다시 서울로 압송되어 전봉준, 손화중, 김덕명, 성두한과 함께 처형됐다.

주요 사적지

- **동학혁명모의탑(사발통문 작성지):** (현, 정읍시 고부면 신중리 562-1) 1893년 11월, 고부 인근의 동학지도자들이 봉기를 계획하는 사발통문을 작성했다.
- **만석보유지비, 만석보지:** (萬石洑遺址碑, 萬石洑址, 현, 정읍시 이평면 하송리 17-1, 전라북도기념물 제33호) 만석보는 동학농민혁명의 한 단초가 되었다.
- **만석보혁파선정비:** (현, 정읍시 이평면 팔선리) 조병갑에 의해 새로 만들어진 보를 허물었다.
- **동학농민군 집결지 말목장터와 말목정:** (현, 정읍시 이평면 두지리 161-10) 1894년 1월 10일 고부 관아를 점령하기 위해 1천여 동학농민군이 집결했다.
- **말목장터 유지비(遺址碑):** (현, 정읍시 이평면 두지리 161-6 일원) 말목장터의 역사성을 기리기 위해 세운 비
- **말목장터와 감나무:** (현, 정읍시 이평면 두지리 191-3 일원, 전북 기념물 제110호) 1894년 1월 고부 봉기 때 동학

농민군이 주둔했다.

■ 고부 관아 터: (현, 정읍시 고부면 교동 3길 14, 고부리 160, 고부초등학교, 병설유치원) 고부 관아는 수탈의 진원지 이자, 동학농민군의 첫 공격 대상이 되었다.

■ 화호나루 전투지: (현, 정읍시 태인면 화호나루) 4월 5일 동학농민군과 지방군 사이에 첫 접전이 있었다.

■ 사시봉(謝矢峯) 동학농민군 진터: (현, 정읍시 덕천면 우덕리 산 52 일원) 황토현에 진을 치고 있던 전라감영군 에 맞서 동학농민군이 진을 쳤다.

■ 황토현전적지: (현, 정읍시 덕천면 동학로742, 하학리 산8) 동학농민군이 감영군을 격파했다.

■ 연지원(蓮池院) 동학농민군 주둔지: (현, 정읍시 연지동 252-16번지 일원) 동학농민혁명 시기에 정읍을 점령한 뒤 동학농민군이 주둔했던 장소.

■ 태인 동헌: (현, 정읍시 태인면 태성리 351-9, 태인면 동헌길 24, 유형문화재 제75호) 동학농민혁명 초기에 동학농 민군이 태안 관아를 점령했다.

■ 태인 성황산 전투지: (현, 정읍시 태인면 태성리 산 151-1) 동학농민군이 공주성 전투에서 패한 뒤 물러나 한 가산 도이산에 진을 쳤다가 관-일본군에 패퇴했다.

■ 손화중 생가터: (현, 정읍시 과교동 289)

■ 손화중 장군 묘역: (현, 정읍시 상평동 산 134, 음성동마을) 손화중 장군과 동학농민혁명에 관한 역사적 사실 을 알려주는 안내판이 있다.

■ 김개남 장군 묘역: (현, 정읍시 산외면 동곡리 윗지금실 630번지)

■ 지금실 김개남 생가터: (현, 정읍시 산외면 동곡리 618-1 일원) 김개남이 태어나 성장한 마을이자 한때 전봉준 이 기거했다.

■ 최경선 묘역: (현, 정읍시 칠보면 축현리 31-1) 묘는 지금의 위치보다 조금 위쪽(축현리 산73-4)에 있었으나, 1996년 9월 현 위치로 이장하고 비문과 안내판, 조형물이 조성됐다.

■ 최경선 생가터: (현, 정읍시 북면 마정리 432-22, 월천동)

■ 무성서원 민보군 주둔지: (현, 정읍시 칠보면 무성리 500, 사적 제166호) 태인의 김기술(金箕述) 등 유림 세력이 동학농민군 토벌을 위해 민보군을 조직해 주둔했다.

■ 전봉준 공원: (현, 정읍시 쌍암동 392) 1997년 정읍시에서 동학농민혁명 100주년을 기념하여 내장산 입구 에 조성한 기념공원.

■ 구민사(求民祠) 황토현사우: (현, 정읍시 덕천면 동학로742, 하학리 산8)

■ 조병갑 탐학의 상징 군자정: (현, 정읍시 고부면 고부리 65번지) 조병갑이 고부 군민에게 탐학을 일삼고 풍류 를 일삼았던 곳.

■ 동학농민혁명기념관, 동학농민혁명100주년기념탑: (현, 정읍시 덕천면 동학로742, 하학리 산8)

■ 무명동학농민군위령탑: (현, 정읍시 고부면 신중리 618, 주산마을회관 앞) 1994년 정읍동학농민혁명계승사업 회에서 세웠다.

■ 예동마을 〈안길수 만석보 혁파 선정비〉: (현, 정읍시 이평면 하송리 198-4 일원, 예동마을) 1894년 1월에 발발 한 고부봉기 때 전봉준의 지시에 따라 봉기에 가담했고, 1898년에 부임한 군수 안길수가 만석보를 철 거한 공적을 기려 세운 비.

■ 전봉준 고택과 전봉준단소: (현, 정읍시 이평면 조소1길 20, 사적 제293호/ 현, 정읍시 이평면 장내리 458-1)

■ 조규순 영세불망비: (현, 정읍시 태인면 태창리 10번지) 조병갑의 아버지에 대한 선정비.

임실 동남부 지역 동학 포교의 거점

일찍부터 동학 유입

임실 지역 동학 유입은 두 길로 이루어진다. 먼저 1880년 3월, 운암면 선거리의 김학원(金學遠)과 청운면 새목터(鳥項里)의 허선의 입도로 비롯되었다는 기록이다. 다른 기록 『천도교서』에 따르면 "고산 교도 박치경(朴致京)의 주선으로 1884년 6월에 익산군 금마면 사자암에 머물던 최시형을 찾아가 입도했다"고 했다. 같은 기록에 "1885년에 임실군 운암면 지천리에 사는 최봉성(崔鳳成)이 최시형으로부터 도를 전수받아 남원군 오수에 사는 강윤회와 종형인 김영기에게 포덕하고, 1887년 이병춘(李炳春), 1888년 김영원(金榮遠), 1889년 이종현(李鍾鉉), 엄민문(嚴敏敗), 이종대(李鍾大), 조석걸(趙錫杰), 성덕화(成德嬅), 1890년 덕치면 회문리의 김춘성(金春成), 이종근(李鍾勤), 김종우(金鍾友), 이기면(李起冕), 김종황(金鍾黃), 유태홍(柳泰洪), 장남선(張南善), 조동섭(趙東燮), 1891년 성수면 월평리 박태준(朴奉俊)과 청운면 향교리 이종태(李鍾泰), 이기동(李起東), 황내문(黃乃文), 이규순(李奎淳), 최진악(崔鎭岳), 변홍두(邊洪斗), 변한두(邊漢斗), 정동훈(鄭東勳) 등 뒷날 지도자들이 된 인물들이 입도하면서 임실·남원 지역에는 수천 명에 이르는 동학 교세를

갖추게 되었다."고 했다.

위의 기록을 종합하면 임실 지역 동학 유입은 1880년 3월 김학원(金學遠)과 청운면 새목터(鳥項里)의 허선의 입도로 비롯되었으며, 본격적인 포교는 1885년부터 전개된 사실을 알 수 있다.

교조신원운동 시기 동학 활동

임실 지역 동학은 1892년 11월 공주 삼례 교조신원운동, 1893년 광화문복합상소와 보은 취회를 거치면서 동학교도가 급격히 늘어났다. 특히 1894년 6월 21일 일본군이 경복궁을 침범한 사실이 전해졌을 때는 전주 이씨 문중 사람들까지 동학에 입도했다. 당시 임실 현감 민충식(閔忠植)이 동학에 입도했다는 소문까지 돌자 군민들이 앞다투어 동학에 입도했다.

교조신원운동 시기에 전라도 지역 동학 지도부에서는 누구를 소두로 삼을 것인가를 두고 고민했는데, 좌도에 남원 출신 류태홍, 우도에 전봉준이 자원하여 관찰부에 소장을 제출한 것으로 미뤄 교조신원운동 초기 임실·남원 지역은 류태홍 포가 주도한 것으로 보인다.

이 무렵 태인의 김개남은 임실과 태인 지금실을 오갈 때였다. 김개남의 외가가 임실에 있었고, 첫째 부인이 연안 이씨였으나 바로 상처하고 재취로 얻은 전주 이씨가 임실 성밭(현, 청웅면 향교리) 출신이었기 때문이다.

원촌에서 기포하여 백산으로 이동

1894년 3월 무장 기포 시기에 임실 대접주는 최봉성이었다. 그는 연로하여 행동에 직접 나서지 않았고, 그의 아들 최승우가 봉기를 주도했다. 최승우는 임실군 운암면 지천리(원촌)에 동학농민군을 집결시켰다. 같은 때에 최봉성의 사위 김홍기가 백산 대회 출정을 위해 임실군 둔덕면 둔기리에 동학농민군을 집결시켰다. 위의 두 세력은 3월 18일 태인 지금실에서 김개남 포와 합류하여 백산으로 이동했다.

전주 화약 이후 임실 지역에 집강소 설치

임실 동학농민군은 전주 화약 이후 돌아와 김개남과 함께 집강소 활동을 하는 등 임실·남원 일대의 동학농민군 활동을 주도해 나갔다. 김개남이 전주를 떠나 임실로부터 남원으로 들어올 때의 일화다. 『오하기문』에 "남원으로 들어오는 도중 오수에 이르렀을 때 동학농민군 가운데 한 명이 찰방의 사무실에 들어가 은가락지를 빼앗았다. 김개남은 이 말을 듣고 즉시 은가락지를 빼앗은 동학농민군의 목을 베어 막대기에 매달아 행렬 앞에 세워 동학농민군의 군기를 세웠다."고 했다.

동학농민혁명 시기에 많은 지도자 활동

1894년 9월 18일 재기포 시기에 임실 지역 동학농민군은 남원 담양 등의 이웃 고을과 연계하여 활동을 벌였다. 재봉기 시기에 기포한 임실 지역 지도자는 최승우(崔承雨), 최유하(崔由河), 임덕필(林德弼), 이만화(李萬化), 김병옥(金秉玉), 문길현(文吉賢), 한영태(韓榮泰), 이용학(李龍學), 이병용(李炳用), 곽사회(郭士會), 박경무(朴敬武), 한군정(韓君正), 조석걸(趙錫杰), 이병춘(李炳春), 허선(許善) 등이었다. 특히 김정갑(金正甲)은 1894년 재봉기 시기에 임실에 6대 연원을 거느리고 있었으며, 그 아래에 31명의 접주가 있을 정도로 세력이 막강했다. 재기포 시기에 최승우는 임실군 운암면 지천리(원촌)에 동학농민군을 다시 집결시켰다. 뒷날 이곳은 치열한 전투지가 됐다.

김개남이 떠난 남원성, 운봉 박봉양이 점령

김개남이 동학농민군을 이끌고 전주로 떠나자 운봉 박봉양이 이끄는 민보군이 남원성을 점령했다. 10월 24일, 담양에 머물던 남응삼이 남원성이 함락됐다는 급보를 받고 동학농민군 수백 명을 이끌고 남원으로 향했다. 남응삼이 남원으로 직행하지 않고 병력을 증강하기 위해 태인 오공리 김삼묵에게 들러 수천 명의 병력을 합류시켰으며, 25일에 임실로 들어와 군사력을 증원한 뒤 남원 동학농민군과 합세했다. 이로 보아 2차 기포 때 임실 지역의 동학농민군은 김개남을 따라 전주로 이동한 세력과 남아서 남원성 전투에 참여한 두 세력으로 나뉜 듯하다.

남응삼은 10월 27일에 유복만, 김경률, 김홍기, 김우칙, 이춘종, 김원석 등의 지도자가 거느린 동학농민군 수천 명의 군세로 남원성으로 공격해 들어갔다. 당시 박봉양은 남원성을 점령한 3일 동안 동학농민군을 체포하고 군량을 빼앗는 등 횡포가 극에 달해 있었다. 남응삼, 유복만 등이 동학농민군을 이끌고 남원성으로 향했다는 소식을 들은 박봉양은 운봉으로 달아나 남원성을 쉽게 탈환했다.

치열하게 전개된 남원성 전투

이후부터 남원성 전투가 치열하게 전개됐다. 동학농민군은 화산당(花山堂) 접주 이문경(李文卿)과 오수 접주 김홍기, 임실 접주 최승우가 성문을 굳게 닫아걸어 지키고 있었다. 이 상황을 관변기록에서 "동학농민군이 성 위에서 방포하며 돌을 던져 감히 접근할 수 없게 하였다."고 했다. 운봉 민보군은 신시 무렵에 성문 아래 민가에 불을 지르고 남·서 두 문에 나무 단을 쌓고 기름을 부어 불을 질렀다. 『오하기문』에 더 세밀한 전황이 나온다. 곧, "대나무로 문짝 같이 짜서 나무 단에 묶어 짊어지게 하여 구부린 채 뒷걸음질로 성문에 날라다 쌓아 불을 질렀다."고 했다. 동학농민군은 서문과

삼요정(三樂亭)과 삼
요정복원기념비. 임
실 동학농민군 지도
자 김영원이 1883년
이곳에 삼요정을 개
설하여 학동들을 가
르쳤다.

삼요정복원기념비

남문이 불타자 밀려드는 민보군을 막지 못하고 북문으로 달아났
다. 「박봉양경력서」에는 "사살한 자(동학농민군)는 30여 명이고, 생
포자는 백여 명"이라 했다. 사살된 자 중에는 표자경(表子景), 최진
철(崔鎭哲), 고량신(高良信) 등 8명의 접주가 포함됐다. 민보군 측은
"사살된 자가 5명, 부상자가 84명"이라고 했다.

최시형의 은거지 청운면 새목터

남북접 동학 연합군이 공주성을 향해 마지막 총공세를 펼치던

최시형 은거지 조항 마을[새목터]은 동학 농민혁명 당시 허선의 집이 있는 마을이다. 최시형이 12월 초순부터 머물다 공주 우금티에서 패하고 내려온 손병희와 임실 갈담장터에서 만나 소백산맥을 따라 북상길에 올랐다.

최시형의 은둔지였던 임실 동학지도자 허선의 집 터. 최시형은 동학농민혁명 이전에 이곳에서 설법을 펼쳤다.

11월 초순, 동학 2세 교주 최시형은 임실군 청웅면 조항리 새목치 동학교도 허선의 집에서 12월 초순까지 머물면서 전봉준·손병희의 동학연합군의 공주 전투 상황을 예의 주시하고 있었다. 최시형은 공주 우금티 전투에서 패하고 임실까지 내려온 손병희 휘하 호서 지역 동학농민군과 합류하여 소백산맥을 따라 북상에 나섰다.

토벌 시기의 동학농민군 활동

공주성 청주성 전투에서 패하고 돌아온 임실지역 동학농민군은 관-일본군의 가혹한 토벌전에 휘말렸다. 교도 중대장 이진호(李軫

鎬)와 죽산 부사 이두황의 보고에 따르면 "이달(12월) 1일에 임실에 도착하여 염탐했더니 고을 현감 민충식(閔忠植)이 본래 양반가의 후예인데다가 심지어 지금 목민관으로 재직 중인데도, 동도와 결속하여 괴수 김개남과 형제가 되기를 약속하고…우선 일본군 대대의 진영으로 잡아들였으며, 접주 문한근(文漢根) 등 세 놈은 당일 같은 무렵에 함께 총살하였습니다."라고 보고했다. 민충식은 임실 현감으로, 1894년 10월 전라도 임실에서 김개남에게 항복하여 행군도성찰(行軍都省察)로서 동학농민혁명 전투에 참여했다. 민충식은 12월 10일 압송 도중 충청도 천안 부근에서 탈출했다.

토벌대 관-일본군이 "당일로 만마관에 도착하여, 12월 1일에는 임실에 들어왔다가 3일에 남원으로 들어간 것"으로 보아 바로 다음날 남원으로 떠난 듯하다.

이 밖에 토벌군에 의해 희생된 자로, 덕고면 배산리 출신 변홍두가 1894년 겨울 오수 장터에서, 산동면 부절리 박중봉이 1895년 1월에 운봉 장터에서, 덕고면 후리 김연호가 1894년 겨울 장수읍 장터에서, 산동면 부절리 김춘영이 원촌 장터, 산동면 대리 이동기가 판암치에서 각각 포살되었다.

김개남의 체포 과정과 처형 뒤 몸통 무덤

김개남은 청주성 전투에서 패한 뒤 임병찬이 사는 종송리의 이웃 마을인 너듸(四升) 마을 서영기 집에 숨었다. 임병찬은 바로 전라관찰사 이도재에 알렸고, 12월 1일 강화병방 황헌주에게 체포되어 전주 서교장(또는 초록바위)에서 처형됐다. 김개남의 수급(首級)

은 상자에 담아 서울로 올려보내져 12월 25일부터 서소문 밖에서 3일 동안 효시(梟示)된 뒤 다시 전주로 돌아왔다. 김개남의 몸통이 임실군 운암면 학암리로 옮겨져 묻혔다는 구전에 따라 2010년 2차례 걸쳐서 충북대학교 호서문화연구소에서 발굴 작업을 벌였으나 실체를 확인하는데 실패했다.

참여자 기록을 통해서 본 임실 동학농민군 활동

　임실 지역 동학 참여자는 무려 83명이다. 기록에 나타난 임실 지역 참여자의 특이점은 운암면 지천리 출신이 27명에 이르고, 활동한 지역도 다양하여 3월 백산 기포에 참여하고, 남원-임실 지역 전투, 10월에는 공주 우금티 전투, 청주성 전투, 장흥 전투 등 여러 지역에서 다양한 활동을 벌였다.

　■이만화(李萬化), 한영태(韓榮泰), 이용거(李龍擧), 이병용(李炳用), 임덕필(林德弼), 곽사회(郭士會), 한윤정(韓尹正)은 임실의 동학농민군을 이끌고 1894년 3월 백산 기포에 참여했다.

　■최승우(崔承雨, 도집강), 최유하(崔油河) 형제는 3월 백산 대회에 참여했고, 2차 봉기 시기에는 남원성 전투에 참여한 뒤 피신했다.

　■김교필(金敎弼)은 동학 지도자 김학원의 장남으로 3월 운암 지천리에서 기포하여 9월과 11월 방아치, 남원성 전투에 참여했다.

　■이 밖에 동학농민혁명에 참여하여 전사하거나 피신했다가 귀가 한 사람은 25명으로, 다음과 같다. 문길현(文吉鉉), 임재수(林再

洙), 박경무(朴京武), 김학원(金學遠), 최봉상(崔鳳商), 신학래(申鶴來), 박정환(朴廷煥), 이용수(李龍洙, 접사), 최학윤(崔學胤), 이종필(李鍾弼), 송광호(宋光湖), 최태서(崔太瑞), 노병철(魯柄轍), 박순만(朴順萬)·박용운 형제, 이광의(李光儀), 이백우(李佰雨)·이헌우(李憲雨), 형제, 이종인(李鍾仁), 이기완(李起完)

■ 김홍기(金洪基, 대접주)는 장인 최봉성에게 도를 받아 순천 김씨 혈족 다수를 포함한 5천 호에 포덕한 대접주이자 동학 지도자로 활약했다.

■ 최봉성(崔鳳成)은 동학 지도자로서 세 아들과 사위를 참여케 했고, 동학농민군에게 군량과 무기를 지원해 주는 역할을 했다.

■ 김영기(金榮基)는 1894년 남원 지역에서 김홍기와 함께 동학 농민혁명에 참여했다.

■ 김종문(金鍾文)은 1894년 동학농민혁명에 참여했으며, 1895년 2월 14일 아버지의 공개 처형을 목격하고 병을 얻어 1895년 5월 15일에 사망했다.

■ 이사명(李士明)은 1894년 11월 남원성 전투 때 체포되어 12월 9일 오수 저자거리에서 처형됐다.

■ 최성명(崔誠明), 강윤회(姜允會)는 1894년 4월 임실에서 활동하다가 전라도 진산에서 민보군에게 체포되어 총살됐다.

■ 김락기(金洛基)는 동생 김홍기로부터 도를 받아 순천 김씨 혈족 다수와 함께 동학농민혁명에 참여했고 이듬해 3월에 옥사했다.

■ 김종우(金鍾友, 봉훈의 원직), 김종황(金鍾黃, 수접주), 김종오(金鍾五), 김종순(金鍾淳), 김종웅(金鍾雄), 김종하(金鍾河)는 순천 김씨

혈족으로 임실, 남원에서 활동했다.

■ 김영원(金榮遠)은 3월 백산 기포 때 김병옥이라는 이름으로 참여했고, 11월에는 남원성 전투에서 패한 뒤 연명했다가 일제강점기에 독립운동을 이끌었다.

■ 김재홍(金在弘, 접주)은 곡성, 임실, 순창 등에서 활동하다 완주군 구이면 항가리에 피신했다가 1922년 사망했다.

■ 권억규(權億圭, 異名: 順九)는 임실 출신으로, 1894년 손화중의 화포대장으로 있다가 1895년 1월 28일 충청도 홍산에서 관군에게 쫓겨다녔다는 기록이 전한다.

■ 김봉득(金鳳得)은 1894년 11월 태인·임실·금구지역의 동학농민군을 이끌고 운봉 전투에 참여했다.

■ 한홍교(韓興敎)는 김개남의 사돈이자 진사 출신 동학농민군 지도자로, 임실에서 많은 동학교도를 거느리고 동학농민혁명에 참여했다.

■ 김내칙(金乃勅), 전경서(全京瑞)는 동학농민군 지도자로, 1894년 전라도 진안에서 동학농민혁명에 참여했고 임실로 이주했다.

■ 이병춘(李炳春, 접주)은 전라도 무장 출신으로 1894년 10월 동학농민혁명 2차 기포 때 임실에서 활동했다.

■ 이 밖에 참여자 기록에 등록된 임실 출신 동학농민군은 21명으로 다음과 같다. 한동교(韓東敎, 접주), 허선(許善), 조석휴(趙錫烋), 최우필(崔祐弼), 한군정(韓君正), 김성주(金性珠), 박만택(朴萬澤), 김병옥(金炳玉), 박용운(朴龍雲), 이창화(李昌化), 백필환(白弼煥), 최권서(崔權瑞), 김교봉(金敎奉), 정성권(鄭成權), 박성근(朴成

根), 이종현(李鍾鉉), 김경환(金景煥), 박성진(朴城鎭), 엄해순(嚴海?),
최봉관(崔鳳官), 김한익(金漢翼), 최봉칠(崔鳳七), 최봉현(崔鳳現), 최
봉구(崔鳳九), 최명국(崔明國), 모낙선(牟樂善), 이응호(李應浩), 김용
기(金容琦), 황희영(黃熙榮), 허성(許誠)

주요 사적지

- 청웅 지천리 봉기 터: (현, 임실군 청웅면 지천리 329 일대) 1894년 3월에는 최봉성의 아들 최승우가 기포했고, 재 기포 때는 전투지가 되었다.
- 청웅 향교리 봉기 터: (현, 임실군 청웅면 향교리) 1894년 3월 18일에 기포하여 태인 지금실에서 김개남의 동학농민군과 합류하여 백산으로 갔다.
- 오수 둔기리 기포지: (현, 임실군 둔덕면 둔기리, 현 오수면 오수리) 김홍기의 주도로 기포하여 백산으로 갔다.
- 상이암 결의형제 터: (현, 임실군 성수면 성수산길 658) 김개남이 상이암에 있을 때 현감 민충식이 찾아와 결의형제를 맺었다.
- 새목터 최시형 은거지: (현, 임실군 청웅면 옥석리 1137번지, 조항마을[새목터]), 최시형이 12월 초순부터 머물다 공주 우금티에서 패하고 내려온 손병희와 임실 갈담장터에서 만나 소백산맥을 따라 북상길에 올랐다.
- 허선(許善) 집 터: (현, 임실군 청웅면 옥석리 1093, 조항마을) 최시형이 임실 지역 동학농민군 지도자인 허선의 집에 은거했다. (현재 표지판 있음)
- 임실 갈담 장터: 손병희가 이끄는 호서 동학농민군이 우금티에서 패하여 여기까지 후퇴한 뒤, 최시형을 만나 북상했다.
- 오수장터 동학농민군 처형터: (현, 임실군 오수면 삼일로, 오수리 장터) 동학농민군 지도자 이사명, 변홍두 등이 1895년 겨울에 포살됐다.
- 남원 대접주 김홍기 묘소: (현, 임실군 삼계면 삼은리 산 49)
- 성밭 마을 김개남 서당: (현, 임실군 청웅면 향교리 578-1 일대) 김개남의 외가 및 처가 마을로, 김개남이 훈장을 하며 학동들을 가르쳤다.
- 김개남 분묘 터: (현, 임실군 운암면 학암리 산 162번지) 김개남의 몸통이 묻혔다는 구전이 있어 발굴에 나섰지만 아무런 근거를 찾지 못했다
- 갑오동학혁명 기념비: (현, 임실군 운암면 상운길12, 운암초·중학교) 갑오동학혁명 기념비, 기미삼일운동 기념비, 무인멸왜운동 세 기념비가 나란히 서 있다.
- 삼요정(三樂亭)/〈삼요정복원기념비〉: (현, 임실군 운암면 선거리 713-6) 이곳에서 임실 동학농민군 지도자 김영원이 1883년 개설하여 학동들을 가르쳤다.
- 김영원 생가터: (현, 임실군 운암면 선거리 시목동마을) 임실 동학 접주로 동학농민군을 이끌었다.

장수 황내문이 장수 관아 점령

김신학이 최초로 최시형으로부터 도호 받아

「천도교임실교사」에 따르면, "해월 최시형은 장수 도인 김신종을 대동하고 1873년 3월에 임실 지역을 방문하여 새목터(청웅면 조항리, 입석리) 허선(許善)의 집에 묵으면서 포덕 활동을 했다."고 되어 있다. 그렇지만 이는 정확하지 않은 기록으로 보인다. 다만 장수 지역은 최시형이 김신종을 대동했다는 기록으로 미루어 주변 지역보다 동학 유입이 빨랐던 것은 사실 같다.

장수 지역 김신학(金信學)이 최시형으로부터 직접 도호를 받았다는 기록과 1890년 11월에 장수면 용계리 장영섭(張永燮)이 입도했다는 구체적인 기록으로 보아 장수 지역에는 1880년대 중반이나 1890년대 초에 동학이 유입된 것으로 보인다.

특히, 1908년 진주교구에 시무했던 신용구(1883-1967, 천도교 교령 역임)가 『신인간』과의 대담에서 "임진년(1892)에 백낙도(白樂道, 현, 경상남도 산청군 삼장면 당산리) 씨가 전북 장수군에 있는 유해룡(劉海龍)으로부터 도를 받고 돌아와 포덕에 종사하여 진주를 중심으로 점차 퍼져 갔다."고 증언했다. 하지만 장수 지역 유해룡과 관련된 기록은 없다.

장수접, 보은 취회에 230여 명 참가

1893년 3월에 보은 취회에 참가한 기록이 보이는데, 「취어(聚語)」에 "초 3일 아침부터 저녁까지 돌아간 자 중에는 전라도 장수접 동학도가 230여 명이나 되었다."라고 하여 다른 지역에 비해 많은 인원이 보은 취회에 참가한 사실을 보여주고 있다.

제1차 기포 때 장수지역 동학농민군의 활동에 대해서는 오지영의 『동학사』에 "김숙여(金淑汝), 김홍두(金洪斗), 황학주(黃鶴周)가 백산 대회에 참여했다."고 언급했다.

집강소 시기 보수 집단 간의 갈등

집강소 시기에 장수 지역 동학농민군은 남원에 대도소를 둔 김개남 포에 속해 있었다. 그러나 7월에 들어 장수와 주변의 진안, 무주, 용담, 금산 5개 읍은 민포(民砲)를 일으켜 거적(拒賊) 하였다는 『오하기문』의 기록으로 보아 장수 지역 민보군의 저항도 만만치 않았을 것으로 추측된다. "1894년 7월 중순 남원에 있던 김개남이 임실 상여암으로 갈 때 처음에는 장수로 가려고 했다가 민보군이

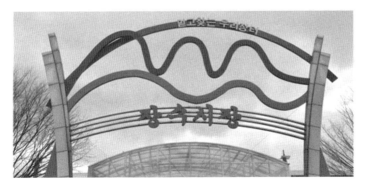

장수 장터. 동학농민혁명 시기에 동학농민군 지도자 황내문이 민보군에 붙잡혀 이곳에서 처형되었다. (사진 장수군청 제공)

장수 향교. 동학농민
혁명이 막바지에 이
르자 지역 유림을 중
심으로 민보군이 결
성되어 동학농민군
토벌에 나섰다.(사진
장수군청 제공)

저항하여 임실로 갔다"는 『오하기문』의 기록이 이를 뒷받침한다.

장수의 대표적인 동학 지도자 황내문

2차 기포 때 장수에서 기포한 지도자는 황학주 외에 김학종(金學鍾), 김숙여(金淑如, 異名 淑女, 淑汝) 김병두(金炳斗), 김홍두(金洪斗) 등이었다. 특히 『영상일기』와 『오하기문』에 장수 지역 접주를 황내문(黃乃文)이라 했다. 황내문은 운봉의 민보군 대장 박봉양이 집강소 시기에 가산을 지키기 위해 잠시 동학에 입도했을 때 박봉양을 입도시켰던 인물이다. 이 밖에 수천 명의 동학교도를 거느린 막강한 세력의 접주들이 많았는데, 이춘경(李春卿), 김성지(金成之), 이익삼(李益三) 등이다.

2차 기포 때 황내문은 곧장 남원으로 향한 것 같지 않다. 「찰리전존안(札移電存案)」 기록에 "11월 10일에는 현재 장수(관아)가 함락되었으며, 장수의 동학농민군이 운봉을 거쳐 영남으로 향하려 하니 구원해 줄 것을 요청했다는 기사가 실려 있다."고 했다. 또 같은 정황으로, 「소모일기(召募日記)」에는 11월 18일 안의 현감 조원식이 경상 감사 조병호에게 보고 하기를 "동학농민군 수만이 장수현을 불태우고 (경상도) 안의와 거창으로 향하고 있다는 첩보를 보내왔다."고 했다. 이로 미루어 11월 10일 장수의 동학농민군이 장수 관아를 점령했으

박봉양 공적비. 박봉양은 운봉과 남원을 오가며 전투를 치렀던 민보군 대장이었다. 박봉양 공적비가 오랫동안 땅에 묻혀 방치되었다가 밀양 박씨 종중에서 복원했다.

며, 그 기세를 몰아 운봉의 민보군을 공격하고 영남으로의 진출을 시도한 사실을 알 수 있다. 그러나 장수 동학농민군은 운봉을 공격하기 위해 진군했다가 박봉양 민보군의 기습을 받아 패퇴했다. 이 상황에 대해 상고할 필요가 있겠다.

11월 26일, 장수의 동학농민군 접주 황내문은 방아재, 관음치 전투에서 패한 뒤 후퇴한 남원 동학농민군과 합세하여 운봉을 공격하기 위해 반암(磻巖)의 원촌(院村)까지 진출했다. 당시 박봉양은 남원성을 공격하기 위해 운봉 현감 이의경과 함께 출진하여 남원 동쪽 10리 떨어진 남평촌(藍坪村)에 주둔하고 있었다. 황내문이 이끄는 장수 동학농민군이 반암에 주둔해 있다는 정보를 입수한 박봉양은 운봉 현감 이의경에게 운봉으로 돌아가 성을 수비하도록 하고, 자신은 민보군을 이끌고 반암방(磻巖坊) 원촌 가까이에서 유숙했다. 전투는 다음날인 11월 27일 새벽에 벌어졌다. 박봉양의 민보군이 황내문의 동학농민군을 기습하여 동학농민군 21명이 전사하고 36명이 체포되는 큰 피해를 입고 장수 쪽으로 후퇴했다. 이 전투를 끝으로 장수 지역 동학농민군의 활동은 수그러들었다.

동학 지도자들, 장수 장터에서 처형

　11월 27일 장수 동학농민군 지도자 임병천(林炳天)은 진압군에게 붙잡혀 처형되었고, 신경일(申敬日)은 밤에 담배밭에 숨었다가 일본군에게 발각되어 장계 소재지 장터에서 11월 17일 화형을 당했다. 그리고 황내문(黃乃文), 김연호(金沿鎬, 異名, 淵鎬)는 12월 9일 민보군에게 체포됐다가 다음날인 10일에 장수 장터에서 처형됐다. 당시 동학농민군 김성지가 관-일본군에 체포되어 처형될 위기에 놓였던 150여 명의 결박된 동학농민군을 풀어주고, 자신은 거창으로 달아나 동학농민군의 여러 목숨을 건졌다는 일화도 함께 전해진다. 동학교단 계열의 문헌 사료 "제12장 무술년의 조난(第十二章 戊戌遭難(1895년 정월 조))"에 "대신사(=해월 최시형)가 장수(長水)의 교인 김학종(金學鐘)에게 신암(信菴)이란 호를 지어주었으니…아마 김학종이 그 믿음을 독실하게 지킨 때문이었으리라." 하는 기록으로 보아 살아남은 김학종이 도피 중인 최시형을 따른 것으로 보인다.

주요 사적지

- 장수 관아 점령터: (현, 장수군 장수읍 호비로10, 장수리 176-7, 장수군청) 1894년 동학농민혁명 때 동학농민군이 장수 관아를 점령했다.
- 원촌 전투지: (현, 장수군 번암면 대론리 84 일대) 황내문이 이끌던 장수 지역 동학농민군이 박봉양이 이끌던 운봉의 민보군과 전투를 벌여 크게 패했다.
- 장수 동학농민군 처형터: (현, 장수 450-2, 장수장터) 동학농민군이 민보군에 붙잡혀 장터에서 처형됐다.
- 장계 동학농민군 처형터: (현, 장수군 장계면 장무로 203, 장계리 443-2) 11월 17일, 신경일(申敬日)이 일본군에게 붙잡혀 장계장터에서 화형을 당했다.
- 박봉양 공적비: (현, 장수군 번암면 대론리 산88-1번지) 오랫동안 방치되었다가 밀양 박씨 종중에서 복원했다.

무장에서 동학농민혁명의 횃불을 올리다 고창

무장에서 동학농민혁명의 횃불

　동학농민혁명의 횃불이 전봉준이 있는 고부가 아니라 왜 무장 땅에서 점화되었을까. 이는 무장에 대도소(大都所)가 설치되어 있었기 때문이다. 대도소가 설치된 정확한 시기는 알 수 없지만 대략 안핵사 이용태가 고부에 도착하여 고부 봉기 주동자를 색출하기 시작한 2월 29일에서 3월 3일 전후 시기였을 것으로 보인다. 당시 무장에는 손화중 대접주가 있었다. 손화중 포는 전라도 일대에서 교세의 규모가 가장 컸고 영향력도 막강했다. 또한 손화중은 1년 전 보은 취회 때 독자적으로 호남의 동학교도를 모았던 '금구취당'의 주동자로 활동했다. 따라서 무장에 도소를 설치하면 단기간 내에 효율적으로 대규모의 동학 조직을 세력화하고, 동시에 동학 농민군을 도소의 지휘 아래 둘 수 있었기 때문이었다.

　또한 고부 접주 전봉준과 무장 대접주 손화중은 단순한 동료 차원을 넘어 혈맹적인 동지였기에 두 접주 사이에 신임이 절대적이었고, 손화중은 막강한 동학 세력을 이끌 수 있었다. 여기서 무장 여시뫼봉에서 기포하게 된 배경이나 원인을 찾을 수 있다.

　알려진 대로 이용태의 고부 지역에서의 만행은 근동 고을인 무

무장읍성, 동학농민혁명 당시 동학농민군에 의해 점령되었다.

장, 태인, 금구, 정읍, 김제, 부안 등에서도 소문을 듣고 있었다. 이러한 이용태의 폭압 속에서 전봉준은 고부 봉기에서 드러난 한계를 극복하고 동학농민혁명으로 진전시키기 위해서 손화중과 김개남의 참여를 적극적으로 유도했다. 마침내 전봉준은 손화중, 김개남, 김덕명 등과 전라도 주요 동학 지도자들이 의기투합하여 무장에서 대대적으로 기포할 바탕을 마련할 수 있었던 것이다.

무장 구수마을 앞 강변에 4천 명 집결

3월 16일부터 18일 사이에 사방에서 동학농민군들이 밤낮으로 모여, 무장 동음치면 당산마을 앞 강변에 순식간에 1천여 명이 집결했다. 그 수는 하루 이틀 사이에 급속히 불어나 20일 전후에는 4천여 명을 헤아리게 되었다.

이들 중 수백 명은 법성 진량면(陳良面) 용현리(龍峴里) 대나무 밭에서 죽창을 만들고, 민가에서 총포 등을 마련하여 본격적인 전투 태세에 들어갔다.

3월 20일까지 동학농민군은 만반의 싸움 태세를 갖추고 처음으로 격식을 갖추고 관을 상대로 한 창의 포고문을 발하여, 동학농민군이 봉기하게 된 대의를 포고했다. 즉, 선전포고였다. 이어 주변 각 고을에 통문을 돌려 제폭구민, 보국안민의 대의를 위해 모두 동참할 것을 호소했다. 이렇게 하여 본격적인 1894년 3월의 1차 기포, 동학농민혁명의 횃불이 점화되었다.

1차 기포 때 활동

고창 무장에서 기포한 동학농민군은 1894년 3월 손화중을 중심으로 백산 대회, 정읍 황토재 전투에 참여하고, 장성 황룡 전투를 치르고 전주성에 입성하여 전주성 전투를 치렀다.

제2차 기포 때 활동

무장 지역 동학농민군은 전봉준을 따라 공주성 전투에 참여한 세력도 있지만, 손화중을 따라 광주 나주 고막포 전투 등에 참전했다가 피체된 사례가 많다. 또 우금티 패전 이후 피신 도중 고창 수성군에 체포되어 처형되거나 나주로 압송되어 일본군의 지휘에 따라 총살되는 사례도 많다.

차치구(車致九)는 2차 기포 때는 전봉준 주력 부대와 함께 원평, 태인 등의 전투에 참여하고 이후 피노리로 피신했다가 귀향, 국사봉 토굴에서 수성군에 체포되어 12월 29일 흥덕 현아에서 화형으로 처형됐다.

고창 재봉기 사건

고창 재봉기란 1898년과 1899년 두 차례에 걸쳐 전개된 농민봉
기를 뜻한다. 1898년 흥덕 농민봉기는 흥덕 군수의 탐학에 저항한
사건이며, 1899년 봉기는 1898년 때 주동 인물인 이화삼을 구출할
목적으로 일어났다. 농민 봉기 수습 과정에서 당사자인 흥덕 군수
는 아무런 처벌도 받지 않고 이화삼은 고창옥에 갇혔다가 광주옥
으로 이감된다는 소문을 접하고 영학당을 주축으로 봉기했다. 동
학농민혁명 때와 마찬가지로 고부 말목 장터에서 기포하여 고창
관아를 습격했다. 그러나 고창 관아는 방비를 한데다 때마침 몰아
친 폭우로 패퇴하고 말았다. 이들 중에 김장일(金長一), 양선태(梁
先太), 오재봉(吳在奉)은 1894년 동학농민혁명에 참여한 이들이었
다. 이들은 1899년 재봉기에 참여했다가 체포되어 그해 9월 광주
옥에 수감됐다.

참여자 기록을 통해서 본 고창 동학농민군 활동

고창 지역과 관련된 동학농민군 참여자는 102명이다.

■ 곽창욱(郭昌旭), 홍계관(洪桂觀)은 3월 백산 대회에 참여했고,
서울에서 재판을 받았다.

■ 김호석(金浩錫)은 관-일본군을 피해 순창 복흥면 심적산에 은
거한 동학농민군에게 식량과 각종 편의를 제공했다.

■ 정근영(鄭根永)은 동학농민혁명이 일어난 3월부터 전봉준의
비서로 참여했으며, 고향으로 돌아와 은거했다.

■ 황화성(黃化性), 서상은(徐相殷), 정덕수(鄭德守)는 전주성 용머

동학농민혁명발상지
기념비. 동학농민혁명
의 햇불이 타올랐던
사실을 기념하여 기념
공원을 조성했다.

리 전투 중에 사망했다.

■ 1894년 5월부터 고창에서 동학농민혁명에 참여한 이로 25명
이 등록됐다. 이병춘(李炳春, 접주), 정진구(鄭進九), 이동술(李同述),
서재성(徐在成), 천진명(千陣名, 접주), 신정옥(申正玉), 임형로(林亨
老), 오하영(吳河泳), 송진호(宋鎭浩), 오시영(吳時泳), 박중양(朴仲良,
접주), 변방기(邊方基, 접주), 표종길(表宗吉, 접주), 김흥섭(金興燮, 전
봉준 진중수행비서), 엄대영(嚴大永, 접주), 국인영(鞠寅映, 접주),, 엄흥
삼(嚴興三), 이성천(李成天), 임천서(林判基), 한학삼(韓學三), 김경도
(金景道, 접주), 이재헌(李栽憲), 강경중(姜敬重)

■ 김규일(金圭一)은 손화중 휘하로 군수전을 제공하고 2차 기포
에 참여했다.

■ 신소능(申少能)은 1894년 4월 전라도 부안에서 김낙봉과 함께
동학농민혁명에 참여했다가 고창으로 피신했으나 붙잡혀 살해됐
다.

■ 최윤주(崔潤柱)는 1894년 3월 무장 기포에 참여했다가 영광, 장성 일대에서 모병 활동을 했고, 화승포 명사수로 황룡 전투에 참여했다. 주 활동지는 무장, 고창, 영광 등지였다.

■ 최재신(崔載愼)은 손자 최평집(崔平執), 종손자 최시철(崔時澈) 3대가 3월 무장 기포에 참여했으며, 장성 황룡 전투, 나주 고막포 전투 등에 참전했다가 피체됐다. 조부와 증손자는 처형되었고, 최평집만 상처 악화로 석방되어 살아남았다.

■ 김두일(金斗一)은 손화중 포에 속해 군자금과 군량을 조달했다. 12월 관군에게 체포되어 고문을 당하는 등 옥고를 치렀다.

■ 송문수(宋文水, 異名: 文洙)는 1894년 12월 3일 영광에서 민보군에게 체포되어 처형됐다.

■ 김수병(金琇炳)은 우금티 패전 이후 피신 도중 고창 수성군에 체포되어 12월 6일에 처형됐다.

■ 김인배(金仁培)는 김덕명과 함께 고부 봉기, 무장 기포부터 참여한 뒤 영호대접주가 되어 순천, 광양, 하동, 진주로 진출하여 영호남 일대에서 활동했다. 광양에서 민보군에 체포되어 1894년 12월 7일 효수되었다.

■ 홍낙관(洪樂寬)은 고창에서 지도자로서 활동하다가 1894년 12월 9일 체포되어 1895년 3월 '장일백(杖一百) 유삼천리(流三千里)'의 처벌을 받았다.

■ 김병운(金丙云), 박경석(朴景錫)은 동학농민군으로 활동하다가 무장에서 체포되어 1894년 12월 12일 참형됐다.

■ 남사규(南士奎), 김치삼(金致三), 문만조(文萬祚), 박용삼(朴用

三), 김문의(金文儀), 김광오(金光五), 추윤문(秋允文)은 12월 20일 전라도 고창에서 관군에게 체포되어 이듬해 1월 4일 전라도 나주로 압송됐다.

■ 김천일(金千一)은 형(김규일)과 함께 무장에서 기포한 뒤 체포되어 12월 26일에 함께 처형됐다.

■ 김영달(金永達)은 무장 기포 뒤에 문서 송달을 담당했으며, 민보군에 체포되어 12월 27일에 처형됐다.

■ 송경찬(宋敬贊, 접주)은 무장에서 기포하여 백산 대회, 우금티 전투 등에 참여한 뒤 피체되어 12월 27일 나주에서 처형됐다.

■ 김유복(金有卜)은 무장 출신으로, 우복록(禹福祿)은 최경선의 마부로서 활동하다가 전라도 광주에서 체포되어 1894년 12월 28일 매를 맞아 사망했다.

■ 차치구(車致九)는 1894년 3월 백산 기포에 참여한 후 2차 기포 때는 전봉준 주력 부대와 함께 했다. 국사봉 토굴에서 수성군에 체포되어 12월 29일 흥덕 현아에서 화형으로 처형됐다.

■ 1894년 12월 30일, 고창 무장 지역에서 체포된 동학농민군 31명이 나주로 압송됐다. 명단은 다음과 같다. 김계룡(金桂龍, 대접주), 이군서(李君瑞, 대접주), 김덕여(金德汝, 접주), 강판성(姜判成, 지도자), 김성청(金成靑, 접주), 선부길(宣夫吉, 도성찰), 이남석(李南石, 도성찰), 오양신(吳良臣, 접사), 최순칠(崔順七, 대접주), 강기수(姜基秀, 대접주), 문연규(文連奎, 접주), 송영석(宋永石), 이부겸(李富兼), 김일중(金一仲, 접주), 김영래(金永來, 대접주), 송경창(宋景昌, 대접주), 김재영(金在英), 김응백(金應伯, 도성찰), 김영심(金永心, 대접주),

당촌마을 전봉준 생가

전봉준은 자주 옮겨
살아서 거주지가 여
러 곳이다.

김자일(金子一, 접주), 최문학(崔文學, 접주), 송군화(宋君化, 접주), 윤
상은(尹相殷, 포사대장, 砲士大將), 송진팔(宋鎭八), 김경운(金景云, 도
집강), 조경순(趙景順, 대접주), 김순경(金順京, 대접주), 장두일(張斗
一, 대접주), 황찬국(黃贊菊, 書寫), 황정오(黃正五, 書寫), 성두팔(成斗
八, 書寫)

　■손병수(孫炳壽), 고순택(高順澤)은 3월 무장 기포, 백산 기포에
참여했다. 1895년 3월 고부에서 체포되어 무장에서 처형됐다.

　■이문교(李文敎, 접주)는 무장 기포하여 전봉준과 함께 모든 전

투에 참여했다. 공주 방면 전투 패전 후 은신하다 체포되어 12월 26일 총살됐다.

■ 이형택(李馨澤)은 3월 무장 기포에 참여했고, 9월 무주에서 접주로 참여했다. 1895년 1월 일본군에게 체포되어 처형됐다.

■ 서천일(徐千日)은 고창에서 활동했다가 1895년 1월 9일 관군에게 체포되어 나주로 압송됐으나 뒷기록은 알 수 없다.

■ 송원환(宋元煥)은 부안의 동학 접주로, 1895년 1월 11일 일본군에 체포되어 처형됐다.

■ 손낙회(孫樂會)는 손화중의 족제로서 3월 무장 기포에 참여, 익산 만석리로 피신하여 연명했다.

■ 유공선(柳公先), 양상집(梁相集)은 무장에서 활동하다가 1895년 1월 16일 체포되어 조사를 받았다.

■ 문만호(文萬浩), 유광삼(柳光三)은 3월 무장 기포에 참여하고 공주전투에서 패한 뒤에 귀향했으나 관군의 체포를 피해 행방을 감췄다.

■ 김선명(金善明, 성찰), 손치범(孫致凡), 임벽화(林碧花, 접주), 이춘경(李春京), 김준옥(金俊玉), 전성숙(田成淑)은 동학농민혁명에 참여했다가 1899년 4월 26일(양 6.4) 고창에서 체포되었고, 김준옥은 같은 달 27일(양 6.5) 사망했다.

■ 오재봉(吳在奉)은 흥덕 출신 동학농민군 지도자였고, 김장일(金長一), 양선태(梁先太)는 고부 출신으로 1894년 동학농민혁명에 참여한 뒤 피신했다. 1899년 고창에서 재봉기에 참여했다가 체포되어 9월 광주옥에 수감되었다.

인물지

○오시영(吳時泳)은 무장 덕림리에서 태어나 고창읍 향교동으로 이거했다. 『동학사』의 저자 오지영(吳知泳)과 친족 간으로 알려졌다. 백산 대회 때 김덕명과 함께 총참모가 되었다. 그는 1893년 동학교단에서 충청도 보은 취회를 할 때 임형로와 함께 고창 지역의 접주로 참여했고, 갑오년 3월 무장 기포에 1500여 명을, 9월 재기포 시기에는 동학농민군 8천여 명을 이끌고 영광에서 봉기했다. 우금티 패전 뒤에 이현숙(李鉉淑)이 이끄는 민보군에 피체되어 관군에게 이첩되었으나 뒷일은 알 수 없다.

○정백현(鄭伯賢, 1869~1920, 자 伯賢, 호 藥峰, 법호 眞菴) 무장 와공면 상례 마을에서 진주 정씨 정만원의 독자로 태어났다. 여덟살 때 족숙 정학원(鄭學源) 문하에서 수학하여 선비의 길을 걸었다. 1893년 손화중 접주와의 연계로 전봉준의 수행 비서가 되었다. 백산 기포 때 동도창의대장소의 창의 조직에서 송희옥(宋喜玉)과 함께 동도대장의 비서로 발탁되어 창의문, 격문 등 각종 대외 문서의 작성과 통문(通文)의 수발과 회신을 챙기는 등 전봉준 보좌역을 수행했다. 전봉준의 밀령에 따라 서울로 들어가 급변하는 시국 대처에 적응할 정보 수집 활동을 펼쳤다. 동학농민혁명이 좌절된 이후 한양에서 근거를 마련했다. 문장이 탁월하여 판서를 지낸 신헌구(申軒求), 참판을 지낸 이근용(李根鎔) 등과 두터운 교분을 나눔으로써 당시 세도가의 자제들과 교류를 텄다. 1903년에 아산면 오정동으로 이거했다가, 52세로 세상을 하직했다.

주요 사적지

- 고창 전봉준 생가터: (현, 고창군 고창읍 죽림리 59, 당촌마을) 전봉준의 출생지는 정읍시 태인면, 이평면 조소리, 덕천면 시목리, 산외면 동곡리, 고창읍 죽림리 [당촌] 등 출생지나 거주지에 대한 다양한 설이 있다. 이곳은 그중 하나.
- 선운사 도솔암 마애불: (현, 고창군 아산면 삼인리 618, 보물 제1200호) 선운사 도솔암 좌측 절벽에 새겨진 높이 17미터 마애불 조각. 동학을 포덕하던 손화중이 마애불 배꼽에 든 비결을 꺼냈다는 소문이 돌았다.
- 손화중 양실 도소 터: (현, 고창군 성송면 괴치리 632) 무장 대접주 손화중이 살면서 동학을 포교했던 도소.
- 여시뫼봉[狐山] 왕제산: (현, 고창군 공음면 신대리 산 3-1 일원) 기포 터와 1킬로미터 남짓 떨어진 곳으로, 여기에 진을 쳤다.
- 고창읍성(모양성): (현, 고창군 고창읍 읍내리 산9, 사적 제145호) 동학농민군이 이곳을 점령했다.
- 무장읍성 및 관아: (현, 창군 무장면 성내리 156번지 일원) 동학농민군이 초기에 관아를 점령하여 무장했다.
- 무장동헌: (현, 고창군 무장면 성내리, 전북 유형문화재 제35호) 1914년 무장이 고창군에 통합되기 전까지 무장 동헌으로 사용됐다.
- 흥덕동헌: (현, 고창군 흥덕면 흥덕리 428-3, 전라북도 유형문화재 제77호) 동학농민혁명 초기에 점령됐다.
- 당산마을 기포지: (현, 고창군 고창읍 죽림리) 동학농민혁명의 횃불을 올렸던 기포지.
- 굴치 동학농민군 진격로: (현, 고창군 부안면 상등리 산3 일원) 무장에서 기포한 동학농민군이 고창을 거쳐 흥덕과 줄포 방향으로 이동했다.(무장 기포지-소숙재-무장읍성-무장향교-첨금정 바위-월증마을-끄덩재-깨진바위-사신원-임낸보-운곡 람사르 습지)
- 손화중 피체지: (현, 고창군 부안면 안현리 120, 수강산 산당) 12월 11일 제실지기 이봉우의 고발로 관군에 체포되어 서울로 압송되어 처형됐다.
- 차치구 피체지 국사봉 토굴: (현, 순창군 쌍치면 국사봉로 308-75, 장소 불상) 차치구는 피노리로 피신했다가 귀향, 수성군에 체포되어 12월 29일 흥덕 현아에서 화형으로 처형됐다.
- 정백현 생가터: (현, 고창군 공음면 예전리 222-1, 상예마을) 전봉준의 수행 비서로 알려졌으며, 동학농민혁명 시기에 격문, 통문, 행동규약, 폐정개혁 등 문서 작성을 맡았다.
- 〈동학농민혁명발상지〉 기념비: (현, 고창군 공음면 구암리 1114-7) 동학농민혁명의 횃불이 타올랐던 사실을 기념하여 세운 비.
- 동학농민혁명 기념탑: (현, 고창군 공음면 구암리 589) 무장기포 108주년을 기념하여 고창군과 고창동학농민혁명기념사업회에서 세운 기념탑.
- 갑오동학농민군 고창주의장 추모비(甲午東學農民軍高昶柱義將追慕碑): (현, 고창군 공음면 구암리 588) 무장 지역 동학농민군 지도자 고창주의 행적을 기려 세운 추모비.

순창 막강한 동학 교세와 전봉준의 피체지

1990년 대 초기에 동학 유입

순창에 동학이 포교된 시기는 분명하지 않으나 1948년도 천도교 교인 명부와 『천도교회월보』의 환원 기사에서 "1889년에 쌍치면 금성리의 이병선(李炳善), 1890년에 쌍치면 시산리의 계두원(桂斗源), 금성리 김동화(金東嬅), 1891년에 동계면 관전리 김만두(金萬斗), 1892년에 금과면 방성리 설임철(薛臨鐵), 쌍치면 금성리 임병선(林炳善), 1894년에 인계면 세룡리 신석우(申錫雨), 안의만(安義萬)이 동학에 입도했다"라는 구체적인 기록이 보인다. 「전북순창군천도교교안」에 지동섭(池東燮), 지동두(池東斗), 방진교(房鎭敎)가 교인으로 수록됐다.

『우동암행문집』에 따르면 순창 접주 우동원이 동학에 입도한 시기는 1893년 말이다. 1893년 3월, 당시 순창 군수였던 이성렬은 삼남 지역 민란에 이어 공주 취회, 삼례 취회, 광화문 복합상소, 보은 취회가 열리는 등 어수선한 사회 분위기에 위기를 느끼게 된다. 군수 이성렬은 우동원에게 순창을 수성하는 데 협조하라는 명을 내렸으나 우동원이 이를 거부했고, 강제로 군아에 끌려가 구타당한 끝에 군역에 임했다. 우동원은 담양 남응삼을 찾아가 1893년 11월

26일 동학에 입도했다. 이렇게 순창 지역은 막강한 동학 교세를 이뤄 수백 명의 동학교도가 보은 취회에 참여했다.

갑오년 봄, 1차 동학농민혁명 시기의 활동

동학농민혁명 시기 순창 지역 투쟁 활동에 대해서는 오지영이 쓴 『동학사』에 "오동호가 1천5백의 동학농민군을 거느리고 기포했다."는 단편 기록이 보인다. 동학농민혁명 인명록에는 오동호(吳東浩, 금구 출신)만 나오고, 동학농민혁명 참여자 기록에는 금구 출신 오동호와 순창 출신 오동호(吳東昊) 두 사람이 각기 다른 사람으로 실렸다. 그러나 「우동암행문집」에 따르면 "고부 봉기와 전봉준의 활약, 고창 여시뫼봉에서 기포한 소식을 순창에서도 접했다."고 했으며, "이에 부응하여 3월에 순창 지역에 수천 명의 동학농민군이 기포하여 백산 대회에 참여했다. 이때 백산에 모인 순창의 장령급 인물은 이용술, 양회일, 오동호, 김치성, 방진교, 최기환, 지동섭, 오두선 등이다." 라고 한 기록이 보인다. 순창 동학농민군은 전봉준 휘하에서 황토현 전투, 장성 전투, 원평 대회, 전주성 전투를 차례로 치렀다. 이는 순창 동학농민군 주류의 활동으로 보이며, 우동원은 순창의 다른 세력으로 보인다.

여기서 우동원의 황토재 전투 관련 기록을 상고할 필요가 있겠다. 무장 기포 소식을 접한 우동원은 순창 동학농민군을 이끌고 백산 기포에 참여했다가 황토현 전투에도 참전했다. 당시 황토현에 투입된 지방군은 순창과 담양의 보부상군이 투입됐다. 순창 담양 지역에 많은 동학농민군이 빠져나가자 군역을 감당할 사람이 부

족했기 때문에 부상(負商)이 긴급 소집된 것이다. 이는 오지영의
『동학사』와 일치하는 내용이다.

전주 화약 시기 집강소 활동

『매천야록』에 따르면 "전주 화약 이후 집강소 통치가 이루어질
때는 순창의 아전들과 군민이 동학에 들어간다는 명분을 내세워
도소를 설치하고 집강을 배치함으로써 타 지역의 동학농민군에
의한 순창 내의 침탈을 예방했던 지역"이라고 했다. 이는 순창도
전라도 다른 지역처럼 집강소가 설치되었다는 뜻인데, 집강소 활
동에 대한 구체적인 기록이 없다.

재기포 시기에 순창 동학농민군의 활약

동학교단의 9월 18일 재기포 선언으로 경기·충청·강원·경상·
황해도 등지에서도 동학농민군이 봉기했다. 이 시기에 우동원은
담양접주 남응삼과 함께 활동하다가 9월 18일 이후 전봉준이 동학
농민군을 이끌고 북상할 때 순창의 동학농민군을 이끌고 합류했
다. 우동원이 이끄는 동학농민군은 삼례에 집결한 뒤 전봉준 휘하
에서 전령관으로 참여했다. 「우동암행문집」에 "전봉준 부대가 1차
로 여산 영장 김갑동 군과 공주 유장 이유상 군을 대파하고 강경을
통해 논산으로 진출했다"고 기록했는데, 이는 전봉준이 논산에 도
착할 무렵인 10월 중순경 공주 유생 이유상 군과 전 여산 부사 김
원식 군이 동학농민군에 합류한 사실을 말하는 것으로 보인다.

전봉준 주력 부대는 북상하여 10월 16일 논산에 도착했고, 남원

에 있던 김개남 부대는 이날 전주에 도착했다. 손병희가 이끄는 호 서 동학농민군과 전봉준이 이끄는 호남의 동학농민군이 논산에서 연합군을 형성하여 공주성 공격에 나서게 된다. 1894년 10월 23일 부터 25일에 걸쳐 제1차 우금티 혈전과, 제2차 11월 8일부터 9일에 걸쳐 우금티 일대에서의 공방전 끝에 동학농민군은 일본의 신무 기의 위력을 극복하지 못하고 수많은 희생자를 낸 끝에 패퇴했다.

우금티 최후 전투에서 물러난 우동원은 12월 초순에 순창으로 숨어들었으나 이미 동학농민군 두령으로 수배 중이어서 임만원 (林萬源)이라는 이름으로 변성명하여 12월 11일 남원으로 도피했 다가 강진 고금도, 해남도에 당도했을 때는 12월 그믐이었다. 여기 서 제주에서 온 어민 고만순(高万淳)과 뜻을 같이하여 어업에 종사 하여 연명했다.

토벌 시기의 순창 지역 활동

우금티 전투에서 패퇴한 동학농민군에 대한 관-일본군의 토벌전이 전개되었다. 그동안 숨죽이고 기회를 엿보던 지역 보수 세력으로 결성된 민보군이 합세했다. 「갑오군정실기4」에 따르면 11월 6일 자 전라 감사 보고 공문에, "도내 순창에 사는 임두학(林斗鶴)과 이봉규(李鳳奎)가 의를 내세워 사람을 모아 힘을 다해 방어해서 해당 현이 편안하다는 소식을 듣고 가상하게 여겼다. …그래서 소모관과 참모로 임금께 아뢰어 임명했다. 임낙선(林洛善)·조치숙(曺致淑)·전대순(全大淳)을 군관으로 정해 전령을 내려보낸다. 도착하는 대로 해당 현에 (민보군에게) 지시해서 전해 주고, 성의를 다해 병정을 모아 방책을 세워서 비류를 소탕하여 양민을 안정시키도록 하라. 공로가 가장 두드러진 자에게는 공을 따져 상을 줄 것이고 또한 본영(本營, 전라감영)에서도 그들을 장려하고 북돋아 주어야 할 것이다."라고 했다.

「우동암행문집」을 보면, 관-일본군이 들어와서야 민보군 활동이 활기를 띤 것으로 보이는데, 우동원의 기록에 "11월 13일 관군 수십 명이 방축리 수박동 가택을 내습했다. 둘째부인 노씨는 어린 치홍을 데리고 옥과로 피신했다. 그러나 집에 남은 노모는 재산을 적몰하고 불을 지르는 중에 난타 당해 불에 타 죽는 참변을 당했고, 우동원의 며느리 윤순애, 장녀 우기순과 차녀 우미례 세 사람은 포박되어 잡혀갔다가 11월 16일 순창 장날 숲정이 사정에서 총살됐다."고 했다. 같은 시기에 순창의 많은 동학농민군 가담자와 가족이 처형되었겠지만 그동안 전해진 구체적인 기록이 없었다. 다만 참여자 기록에 나타난 총살 기록과 같은 시기에 이뤄졌을 것으로 추측할 뿐이다.

12월 16일 선봉진 보고에 "…순창도 의병(=민보군)들이 와서 지원하고 있기 때문에 비류들이 이미 도망가 사방으로 흩어졌습니다. 따라서 일단 대관 신창희(申昌熙)를 머무르게 한 뒤에 부대로 복귀시켰으며, 다른 읍도 특별히 경계할 일은 없습니다."고 하여 전봉준, 김개남, 최경선, 김덕명 등 호남 지도자들의 체포와 함께 토벌전이 잔잔해진 정황을 짐작하게 한다. 전봉준의 피체 과정은 별도로 다루기로 한다.

<우동암행문집(禹東菴行文集)> 우동원의 차남 우치홍이 아버지의 유고와 자료를 정리하여 엮은 책. 국한문 혼용체 40쪽 분량으로 우동원의 생애전반을 기록하고 있다. 소장자 증손자 우남조(禹南朝)

한편, 아버지 우동원을 따라 동학농민혁명에 함께했던 맏아들 우종삼은 운봉 까바라재 전투에서 패한 뒤 순천, 여수, 남원 등지를 전전하며 도피 생활을 하다가, 1900년 8월 추석에 부자가 상봉하고, 옥과 마전리에서 연명하여 도피 생활을 하던 부인 노씨와는 순창 앵산면 대동리에서 같은 해에 상봉하게 된다.

참여자 기록에 "김호석(金浩錫)이 관-일본군에 쫓겨 복흥면 심적산에 은거하고 있던 동학농민군에게 식량과 각종 편의를 제공하여 동학농민군의 목숨을 연명해 주었다."고 했다. 이로 보아 귀가하지 못한 순창의 동학농민군 일부가 심적산에서 은거 생활을 한 것으로 보인다.

전봉준의 피노리 피체 과정

순창 지역에서 가장 특징적인 동학 사적은 전봉준의 체포지 피노리다. 전봉준은 공주성 공략 전투에서 패한 뒤, 11월 27일 태인 싸움을 치르고 났을 때는 동학농민군이 대부분 죽거나 흩어지고, 수행 부하 몇몇과 11월 29일 입암산성으로 들어가 밤을 지냈다. 백양사에서 일박하고, 오랜 동지 김개남의 거주지인 동시에 한때 자신이 거주했던 태인 산내면 동곡리를 바라고 길을 나섰다. 순창군 쌍치면 피노리에 이르렀을 때 날이 저물었다. 전봉준은 한때 동지이자 부하였던 김경천의 집을 찾았다가 그의 밀고로 붙잡히니 1894년 12월 2일이었다. 체포된 전봉준은 순창을 거쳐 담양의 일본군에게 인계되어 나주, 전주를 경유하여 12월 18일 서울에 도착했다. 체포 과정은 「갑오군정실기8」 12월 1일 자 교도 중대장 이진호 보고에 잘 나타나 있고, 전라 감사 이도재의 보고가 더 상세하다. "…지금 도착한 소모관 임두학의 공문에, '이달 2일 밤에 비괴 전봉준이 순창의 피노리로 도망가서 잠복하였는데, 전주의 퇴교(退校) 한신현(韓信賢)이 고을 사람 김영철(金永徹) 등 11명과 함께 곧바로 적들이 있는 곳으로 쳐들어가 같은 무리 세 놈을 일시에 사로잡았습니다. 일본군이 와서 말하기를, '이놈들은 큰 괴수[大魁]이니 경사(京司)로 압송해야 한다.'라고 하면서 동 죄인들을 즉시 데려갔습니다." 서울로 이송된 전봉준은 일본 영사관 감방에 수감되었다가 몇 차례 심문과 판결을 거쳐 1895년 4월 24일(음3.30) 새벽 2시에 처형됐다.

참여자 기록을 통해서 본 순창 동학농민군 활동
　■3월 백산 기포에 순창의 동학농민군을 이끌고 참여한 지도자

로 양회일(梁會日), 오두선(吳斗善), 이용술(李容述), 지동섭(池東燮), 최기환(崔琦煥) 등이다.

■ 1894년 6월, 순창 동학농민군으로 전봉준과 함께 전라 감사 김학진에게 등장(等狀)을 올릴 때 참여한 김대춘(金大春), 송창헌(宋昌憲)이 있다.

■ 2차 기포 때 순창에서 동학농민군을 이끌고 전봉준을 따라 공주 전투에 참여한 이로 강두선(姜斗善), 강종실(姜宗實), 김봉희(金奉喜), 김치성(金致性, 접주), 방진교(房鎭敎), 신기섭(申基燮), 오동호(吳東昊, 접주), 최진환(崔鎭煥) 등이다. 그리고 임오남(林五男)은 전봉준의 서기로 활동했고, 최세현(崔世鉉, 금구 대접주)은 원평 김덕명에게 재정적인 지원을 했고, 뒷날 원평 구미란 전투에 참여한 사실이 발각되어 체포된 뒤 심한 고문을 당했다.

■ 손계환(孫桂煥)은 1894년 겨울 장흥의 동학농민군에 합류하여 순창과 장흥을 오가며 연락병으로 활동했다.

■ 김윤경(金允卿), 이철우(李哲雨), 윤정오(尹正五, 화포장), 문자삼(文子三)은 관-민보군에 체포됐다가 김윤경 이철우 윤정오는 처형되었고, 문자삼은 생사를 알 수 없다.

■ 김호석(金浩錫)은 관-일본군에 쫓겨 복흥면 심적산에 은거하고 있던 동학농민군에게 식량과 편의를 제공하여 동학농민군의 목숨을 연명해 주었다.

■ 이 밖에 참여자로 김재홍(金在弘, 접주), 정창진(鄭昌振)이 있는데, 김재홍은 곡성 임실 순창에서 활동하다 완주군 구이면 항가리로 피신하여 살아 남았고, 김만두(金萬斗)는 서북 양도로 피신하여

연명했다.

인물지

○우동원(禹東源, 1844~1921)은 순창군 금과면 방축리 수박동에서 태어났다. 1893년 3월 당시 순창 군수였던 이성렬은 우동원에게 수성하는 데 협조하라는 명을 내렸으나 이에 응하지 않다가 끌려가 고초 끝에 군역에 응했다. 우동원은 담양의 남응삼을 찾아가 1893년 11월 26일 동학에 입도했다. 동학농민혁명 시기에는 남응삼 김개남과 밀접한 관련을 맺고 담양, 순창, 남원 등지에서 활동했다. 우동원의 남은 가족은 총살당하거나 재산도 몰수당했다. 우동원은 해남도에 피신하여 1900년에 살아남은 가족과 상봉하여 진보회에 가입, 갑진개혁운동에 참여하고 1905년 12월 천도교에 들어가 활동하다가 1921년 환원했다. 「우동암행문집(禹東菴行文集)」은 1951년 그의 차남 우치홍이 아버지의 유고와 자료를 정리하여 엮은 문집이다. 국한문 혼용체로 우동원의 생애 전반을 40여 쪽에 기록하고 있다.

주요 사적지

■ 전봉준 피체지와 녹두장군 전봉준관: (현, 순창군 쌍치면 피노길 8) 12월 2일, 옛 부하인 김경천의 밀고로 체포돼 서울에서 처형됐다.
■ 순창 동학 동학농민군 총살 터: (현, 순창군 순창읍 남계리, 숲정이 사정, 순창 장터) 우동원의 며느리와 두 딸이 11월 16일에 총살됐다.
■ 순창 접주 우동원 집터: (현, 순창군 금과면 방축리 수박동, 위치 불상) 동학농민혁명에 참여한 우동원이 도피하자 집을 불태워 노모가 불탔고, 며느리 윤순애, 두 딸 우기순 우미례 세 사람은 잡혀갔다가 11월 16일 순창 장날 숲정이 사정에서 총살됐다.
■ 순창 군수 이성렬 영세불망비(郡守李聖烈永世不忘碑): (현, 순창군 복흥면 석보리 224-1, 마을회관 앞) 동학농민혁명 당시 순창 군수로, 동학농민군을 핍박한 대표적인 인물이었다.

동학의 성지, 전라좌도 지역 동학농민혁명의 중심지 　남원

동학 창도주 최제우의 남원 행적

동학 창도주 최제우(1824~1864)가 경상도 경주를 떠나 전라도 남원에 들어온 것은 관의 지목을 피하기 위해서였다. 최제우는 남원성 남문 밖 광한루 오작교 부근 한약상을 하는 서형칠(=徐公瑞)의 집에 10여 일 묵었다. 최제우는 서씨에게 도를 전하고, 서형칠의 생질 공창윤 집에 수일간 머물면서 양형숙, 양국삼, 이경구, 양득삼 등 6인에게 포덕했다. 그러나 최제우가 머물던 집은 사람들의 출입이 빈번한 저자거리여서 적절한 장소가 아니었다. 이들의 주선으로 12월 말, 남원성 서쪽 10리 밖 교룡산성 안에 있는 선국사(일명 용천사)에 들어가 한 암자를 빌려 이름을 '은적암(隱寂庵)'이라 고치고, 수련 생활을 시작했다.

최제우는 은적암에 3개월간 머물면서 동학의 주요 경전을 지었다. 또 기록에 "날이 갈수록 도력이 깊어지고, 도의 이치가 밝아져 스스로 기쁨을 이기지 못하여 목검을 들고 밤을 이용하여 산봉우리에 올라가 검가(劍歌)를 지어 부르며 검무(劍舞)를 추었다."고 했다. 최제우는 환희에 들떠 동학의 국문 경전 「논학문」「검가」「도수사」「교훈가」「안심가」「권학가」 등 여러 편을 지었다. 「포덕문」

과 「용담가」를 지은 연대가 분명치 않지만 글의 내용으로 미뤄 세상에 도를 펴기 시작한 1861년 6월 이후에 쓴 것으로 보인다.

　동학의 주요 경전이 남원 은적암에서 저술된 셈이다. 「수덕문」과 「불연기연」 그리고 「몽중노소문답가」와 「도덕가」 및 「흥비가」는 내용으로 보아 뒤에 쓴 것이 확실하지만, 이 저술 역시 은적암에서 구상된 것이다. 이렇게 은적암은 동학경전 저술과 인연이 깊다. 특히 1862년 1월에 지은 「논학문」에서 '동학(東學)'이라는 명칭을 처음으로 사용했다. 뒷날, 동학농민혁명 당시 남원에 웅거한 김개남 대접주는 수운이 머물던 교룡산성에 동학농민군을 주둔시키고 훈련을 시켰다.

동학 포교 시기와 신원운동 시기의 활동과 동학 지도자들

　최제우 재세 시기에 남문 밖 '동학 입도자 6인'의 행적이 뒷날 어떤 기록에도 나오지 않는 것으로 보아 남원 지역 동학교도 활동은 수운 수도 이후 단절된 듯하다.

　이후 동학 2세 교주 최시형의 포교 시기에 남원 지역 동학 유입에 대해 고 표영삼 상주선도사는 1885년 이후로 추정하고 있다. 『천도교서』에 따르면 고산 교도 박치경(朴致京)의 주선으로 1884년 6월에 익산군 금마면 사자암에 머물던 최시형을 찾아가 입도했다는 기록을 근거로 들었다. "1885년에 임실군 운암면 지천리에 사는 최봉성(崔鳳成)이 최시형으로부터 도를 전수 받아 남원군 오수에 사는 강윤회와 종형인 김영기에게 포교하고, 1890년에는 김종우(金鍾友), 이기면(李起冕), 김종황(金鍾黃), 류태홍(柳泰洪), 장남선

(張南善), 조동섭(趙東燮) 등에게 포덕했다. 1891년에는 이기동(李起東), 황내문(黃乃文), 이규순(李奎淳), 최진악(崔鎭岳), 변홍두(邊洪斗), 변한두(邊漢斗), 정동훈(鄭東勳) 등 동학 지도자 급 인물들이 입도하면서 남원·임실 지역에는 수천 명에 이르는 동학교도 세력을 갖추게 되었다." 또 "이들이 포덕한 지역으로는 진안, 임실, 장수, 무주, 용담, 순창, 남원, 구례, 곡성, 옥과 등지를 다니면서 포덕 활등을 전개하여 5천여 호에 이르는 대접주가 되어 남원 지역 지도자로 성장하게 된다. 특히 1892년 11월 삼례 교조신원운동 때부터 동학교도가 급격히 늘어났다."고 기록했다.

이런 상황에서 전라감영에 소장을 제출할 때 동학 지도부에서는 누가 소장을 올릴 것인가를 두고 고민했는데, 전라좌도에 남원 출신 류태홍, 전라우도에 전봉준이 자원하여 전라감영에 소장을 제출하게 되었다. 이때부터 류태홍이 전라좌도의 동학 지도자로 추앙 받게 되었다. 따라서 초기에 남원 지역 동학 교세는 류태홍

최제우가 처음 남원에 들어와 포교한 곳이 오작교 아래 서형칠 약방으로 알려졌다. 현재는 완월정 앞 호랑이 석조물 부근이다. 동학 창도주 최제우는 남원 은적암에서 경전의 대부분을 기록했다.

포에서 주도한 것으로 보인다.

그러나 보은 취회 이후부터 분위기가 달라졌다. "보은 취회 뒤에 손화중은 무장, 김개남은 남원에 본포(本包)를 두었으며, 전봉준은 금구 원평에 주재했다."고 했다. 이후 "전봉준과 김개남은 호남지방에서 교도들을 모이게 하고 혹은 흩어지게 하며 이끌고 있었다."라 했다. 동학교도들의 회집(會集)은 1892년 7월에 시작하여 1894년까지 이르렀다고 했다. 즉, 동학농민혁명 시기에 접어들면서 남원의 동학 활동이나 지도력이 김개남으로 중심이 옮겨간 것이다.

1차 봉기와 집강소 설치시기와 남원대회

당시 「남원군종리원 종리원사부동학사」에 1차 봉기 역사를 보면, "1894년 봄 남원 지역 접주로 김홍기(金洪基), 이기동(李起東), 최진학(崔鎭學), 전태옥(全泰玉), 김종학(金鍾學), 이기면(李起冕), 이창우(李昌宇), 김우칙(金禹則), 김연호(金淵鎬), 김시찬(金時贊), 박선주(金善周), 임동훈(林東薰), 이교춘(李敎春), 강종실(姜宗實) 등이 기포했다."고 했다. 이 중에 오수접 부동접 조산접은 강접(强接)으로 분류되었다. 『오하기문』에도 "화산당접(花山堂接)은 남원의 강접이라고 했으며 접주는 이문경(李文卿)"이라 했다.

1894년 5월 8일 전주 화약에 따라 전라 감사 김학진이 군현 단위의 집강소 활동을 공인했고, 전라 감사의 집무실인 선화당을 동학 지도부에 내주었다.

김개남은 전주 화약 시기까지 전봉준과 함께 있다가 태인에서 헤어졌다. 김개남은 동학농민군을 이끌고 순창, 옥과, 담양, 창평, 동복, 낙안, 순천, 곡성을 거쳐 6월 25일 남원으로 들어왔다. 이 때 김개남을 남원으로 인도한 사람은 김홍기 남원 접주와 이사명 진안 접주였다. 멀리 흥양의 유희도(柳希道) 대접주도 수천 명의 동학농민군을 이끌고 남원성으로 들어와 김개남 세력에 합류했다. 당시 남원 부사 윤병관이 남원성을 버리고 도망쳤기 때문에, 남원은 아무런 저항도 없이 동학농민군에 의해 장악됐다. 이 시기에 김개남이 주도하는 전라좌도 대도소의 관할은 금산, 진산, 용담, 진안, 무주, 태인, 장수, 임실, 순창, 담양, 곡성, 구례, 창평, 옥과, 순천, 광양, 낙안, 보성, 흥양 등 19개 지역으로 광범위했다.

김개남은 접주들과 의논하여 7월 15일경 수만 명의 동학교도가 모이는 남원대회를 열었다. 『오하기문』에 "7월 보름 무렵 전봉준과 김개남 등이 남원에서 수만 명의 동학농민군을 불러 모았다."고 했다. 동학 대도소에서는 노비들을 해방시켰고, 백성들을 착취했던 아전, 유림, 토호들에게 재물을 반환케 했다. 식량 무기 등을 비축하여 장기전에 대비했다.

조정과 일본 공사관은 남원대회를 심각하게 주시했다. 전라 감사 김학진의 9월 22일 장계에서 "남원에 모인 동학농민군 군세를 5-6만 명"이라고 보고했고, 일본공사관은 "전라도 각처의 동학농민군은 남원 땅에서 대공론(大公論)을 열 터이니 집합하라는 취지의 격문을 사방으로 보내어 이미 집합한 자가 수만 명이다. 각자 병기를 들고 곳곳에 횡행하면서 당외자(黨外者)의 재산을 강탈함에 따라 행로(行路)가 위험하여 여행자의 통행이 거의 없는 상황에 이르렀다."고 하여 남원의 동학농민군 군세에 대해 위협을 느끼고 있었다.

김개남 부대는 남문 밖 광한루 앞에 넓게 펼쳐진 요천 주변에 주둔하여 각종 집회와 군사 훈련을 실시했다. 일부 동학농민군은 교룡산성에 주둔하며 무기와 군수 물자를 관리했다.

전라좌도의 집강소 통치를 지휘했던 김개남은 지리산 너머 경상도 일대에도 집강소를 설치하기 위해 힘을 기울였다. 김개남은 금구 출신인 24세의 열혈 청년 부하 김인배(金仁培)를 영호대접주라는 직함을 주어 순천 지역으로 내려 보냈다. 김인배는 당시 동학농민군을 거느리고 현지 동학농민군의 협력을 얻어 섬진강을 넘어 경상도 하동 진주 지역을 석권했다. (이하 『새로 쓰는 동학기행2』 여수, 순천, 광양, 하동 편 참조)

이때부터 김개남은 남원을 중심으로 한 전라좌도 지역을 통치하게 되었고, 김개남은 5영을 설치하는 등 군세 안정과 확장을 꾀했다.

남원 지역 동학농민군이 운봉을 공략한다는 소문이 돌자, 7월 26일 운봉에서는 박봉양 주도로 민보군을 결성하게 된다. 하지만 김개남의 남원 활동이 순탄하지만은 않았다. 『오하기문』에, "남원 동학농민군이 경상도 안의와 함양을 공격했으나 (안의 현감 조원식의 간교한 꾀에 넘어가 동학농민군) 3백여 명이 사망했다."는 기록을 볼 수 있다. 당시 김개남으로서는 비분강개할 소식이었겠지만 재기포 때문에 대응할 여력이 없었던 듯하다. (『새로 쓰는 동학기행2』 함양 편 참조)

남원 시내 쪽에서 본 교룡산성. 이곳 정상 부근에 동학 창도주 최제우가 머물던 은적암이 있었다.

교룡산성 입구 공원에 조성된 기념 조형물. 호롱불과 경전은 은적암에서 대부분의 동학경전을 기술했기 때문이다.

교룡산성 어귀에 있는 동학과 동학농민군의 유적지 교룡산성 기념비. 동학에서 남원은 동학의 성지일 뿐만 아니라 곳곳에 동학농민군의 사적이 서려 있다.

김개남이 막강한 군세를 유지하자, 충동하는 세력도 있었다. "9월 8일 이전 이건영(李建英)이 남원의 김개남을 찾아가서 국태공(대원군)의 명령이라며 '기병부경(起兵赴京)'할 것을 밀유(密諭)했다." 하여 정치적 재기를 노리는 대원군이 동학 지도부를 이용하려던 움직임도 포착된다. 이에 대해서는 별도의 연구가 필요하다.

김개남의 재기포 준비

8월 말부터 김개남은 남원에서 재기포 준비에 박차를 가하게 된다. 일본공사관 기록에 따르면 "남원의 동학농민군들이 군목(軍木) 색리들을 구타하고 창고에 있던 쌀과 상납할 군목 20동(同) 27필을 탈취해 갔다."고 기록했으며, "김개남이 이 무렵 인근 읍으로부터 무기와 군수물자를 적극적으로 끌어모았다." 고 했다.

9월 15일 자 「영상일기(嶺上日記)」에도 "동학농민군들이 전라 각지의 관아와 민간으로부터 대동목(大同木)과 공전을 거두었으며, 전세미(田稅米)도 매결(每結) 10두씩 거두었다.", "앞서 적이 각방(各坊)에서 거둔 쌀은 대방(大坊)에서 백 석, 소방(小坊)에서 8-90석이므로 48방에서 거둔 쌀은 몇백 석인지 알 수 없다."고 했다. 또, "남원 산동방(山洞坊)과 구례에서 거두어들인 쌀은 300석이나 되었다."고 했다.

이 밖에도 많은 '전곡 탈취' 관련 기록이 보인다. 『오하기문』에 "9월 15일 밤 8시경 순천, 고산, 남원, 태인, 금구접이 연합한 동학농민군 천여 명이 순천 선암사에서 각자 총창을 들고 낙안 이교청을 공격했다."고 했다. 그리고 9월 16일 일본공사관에서는 "동학농민

남원부 관아 터 유적지. 동학농민혁명 당시 남원부 관아는 동학농민군에 의해 점령되었고, 전주화약 이후에는 집강소 가 되었다.

군 1백여 명이 남원 대도소 김개남의 지휘에 따라 능주에서 군수전과 군수곡을 징발했다."고 했고, 9월 17일 남원 대도소 김개남이 광주에 통문을 보내, "동전 10만 냥과 백목 100동(同)을 보낼 것을 요구했고, 만약 이를 어길 시에는 공형들에게 군율을 적용해 엄벌하겠다."는 위협을 했다고 했다. 위의 기록들은 보수 세력이 남원 동학 세력의 부정적인 측면을 부각시키려는 의도가 있지만, 실상은 동학농민군 쪽에서 보면 막강한 군세 유지를 위한 방편이기도 했다.

2차 기포와 김개남의 출정 행적

1894년 10월 14일 저녁, 김개남 부대가 남원을 출발하여 임실을 향해 떠났다. 이때 김개남 부대의 규모는 "총통을 가진 자가 8천 명이었고, 치중(輜重)이 백 리를 이었다."고 했다. 김개남 부대가 임실을 지날 때 현감 민충식이 마중을 나왔다. 민영준의 조카인 그는 김개남이 상이암에 머물고 있을 때 찾아가 동학에 입도하고 결의형제까지 맺은 인물이다.

10월 16일 전주에 도착한 김개남은 고부 군수 양필환, 남원 부사 이용헌, 순천 부사 이수홍을 가렴주구의 혐의로 단호하게 처단했다.(이하 전주 편 참조)

김개남은 전주를 떠나 10월 23일 금산을 점령하고, 11월 10일 진잠, 11월 11일 회덕 신탄진을 파죽지세로 점령했다. 마침내 11월 13일 새벽에는 청주성 공격에 나섰으나 신무기로 무장한 일본군 중심의 수성군에 대패하여 후퇴하고 말았다. 이때 김개남 군은 전투력을 완전히 상실할 정도로 궤멸된 것으로 보이는데, 이러한 결과는 충주(가흥)와 수안보에 주둔해 있던 신식 무기로 무장한 일본군이 청주성 전투에 미리 집중 투입되었기 때문이다.

10월 24일 민보군 남원성 점령

한편, 10월 20일, 남원에 살던 전 운봉 군수 양한규(梁漢奎)가 선비 장안택(張安澤) 정태주(鄭泰柱)와 함께 운봉 박봉양을 부추겨 김개남이 떠난 남원성을 탈환할 계획을 세우도록 했다. 김개남이 떠난 남원성을 탈환할 계획을 세웠다. 24일에 민보군을 2천 명이나 동원하니 남원성은 거의 비다시피 하여 동학농민군과 싸우지 않고 쉽게 점령할 수 있었다.

이 소식을 들은 담양의 동학 지도자 남응삼이 긴박하게 움직였다. 전날, 남응삼은 9월 30일에 병력을 이끌고 남원을 떠나 담양으로 돌아왔다. 정석모(鄭碩謨)의 「갑오약력」에 따르면 "남응삼이 담양에 이르자 온 고을의 동학도 수천 명과 이졸들이 모두 나와 맞이하니 그 위용이 대단했다. 남응삼이 비록 식견이 없으나 본심이 독하지 않아서 민정은 조(趙) 담양 부사에게 일임하고 조금도 간섭하지 않았다. 10월에 김개남이 기병하여 남원을 떠날 때 무리를 이끌고 오라는 명령을 받았으나 남응삼은 병을 핑계로 가지 않았다."고 했다.

10월 24일, 담양에 있던 남응삼은 운봉 박봉양 군이 남원성을 점령했다는 급보를 받자 수백 명의 동학농민군을 이끌고 남원으로 출동했다. 남응삼은 병력 증강을 위해 태인 오공리 김삼묵에게 들러 수천 명의 병력을 합류시켰으며, 25일에는 임실로 내려와 다시 충원한 다음 남원 동학농민군과 합세했다. 27일에 유복만, 김경률, 남응삼, 김홍기, 김우칙, 이춘종, 김원석 등이 동학농민군 수천 명을 이끌고 남원성으로 향했다. 이때 남원성을 점령한 박봉양은 며칠 동안 동학농민군을 체포하고 군량을 빼앗는 등 횡포를 자행하고 있었다. 기세등등한 박봉양은 남응삼, 유복만 등이 동학농민군을 이끌고 남원성으로 향했다는 소식을 듣고 양곡을 토민(土民)과 관리들에게 맡기고 운봉으로 달아났다.

방아치 전투

동학농민군과 운봉 민보군이 대대적으로 전투를 벌인 것은 11월 14일이었다. 「박봉양경력서」에는 11월 13일에 관음치(觀音峙)를 지키던 방수장(防守將)인 전주부(前主簿) 정두회(鄭斗會)가 와서 이

방아치 전투 사적 탑. 방아치 전투에서 남원 임실 동학농민군이 크게 패했다.

르기를 "고개 아래 남원의 산동방(山東面) 부동(釜洞) 마을 앞에 남원에서 나온 적들이 많이 모여 운봉을 침범하려 한다."고 전했다. 「영상일기」11월 조에 "15일 날씨는 맑았는데 적도들은 운봉을 넘어가고자 관음치 아래에 수만의 무리를 주둔시켰다."고 했다. 당시 운봉 민보군은 경상도로부터 3백 정의 무기를 지원 받아 전투력을 강화시켜 놓았을 때였다. 함양 안의 산청 등지의 보수 양반 세력들은 동학농민군이 경상도로 침입하는 것을 막기 위해 운봉 수성군을 적극 지원하고 있었다.

박봉양이 이끄는 운봉 민보군은 14일 축시(새벽 2시)에 2천 명의 병력을 관음치 일대에 배치했다. 담양의 남응삼, 남원 관노 김원석과 남원 접주 김홍기, 임실 접주 최승우 등이 군악을 울리며 수천 명의 병력을 산상을 향해 진격하게 했다. 당시 전황을 「박봉양경력서」에는 다음과 같이 썼다. "병력의 절반을 이끌고 산 밑으로 내려가 선제공격하여 접전할 기세를 보였다. 그러다 후퇴하는 척 산상으로 올라가며 적을 유인했다. 과연 동학농민군이 계략에 말려들어 운봉 경계까지 따라 올라오자 운봉 민보군이 돌연 돌아서서 포환을 쏘아댔다. 한편 뒤에 포진해 있던 지원군은 남북의 정상에서 일제히 활을 쏘고 돌을 굴려댔다. 뒤이어 좌우에 쌓아 두었던 나무더미를 굴리고, 대포를 발사하자 많은 무리들이 쓰러지게 되었다. 그러나 동학농민군은 더욱 기세를 올렸다. 전투는 14일 인시(寅時)로부터 15일 진시(辰時)까지 계속됐다. 함께 싸우는 사졸들과 하늘에 서약하고 죽기로 전진하여 거괴 이용석(李用石), 박중래(朴仲來), 고한상(高漢相), 조한승(趙漢承), 황경문(黃京文) 등 5한(漢)을 베어 버리자 적의 기세는 드디어 꺾이었다."

『오하기문』에 전하는 전투 정황도 비슷하다. 이틀 동안 계속된 전투에서 남원의 동학농민군이 일방적으로 당한 것은 아니지만, 동학농민군은 사상자가 3천 명에 이를 정도로 큰 타격을 입었다.

원촌 전투

크게 패한 남원 동학농민군은 다시 싸움을 맞이했다. 11월 24일, 송내(松內)의 김원집(金元執)과 양상렬(梁相烈)이 운봉 박봉양에게 달려가 공격을 부추겼다. "지금 (남원)성 중에는 이사명, 유복만, 김경률, 김홍기, 김우칙, 이춘종, 이춘홍, 권일선, 김원석, 최진악과 이름을 모를 자칭 대장이라는 승려가 지키고 있을 뿐이다. 그나마 유복만은 3백 명의 무리를 이끌고 곡성에 가 있으며, 그 밖의 천여 명은 약탈하려고 흩어져 성안에는 3천 명이 못 된다."고 남원성 안의 정황을 전했다. 이에 박봉양은 다음날인 11월 25일 아침에 운봉 군수와 같이 병력을 출동시켰다. 불선치(佛仙峙)를 넘어 이백면 남평촌(藍坪村)에서 유진했을 때 전 진주 만호(萬戶) 윤순백(尹順伯)이 2백 명의 원병을 데리고 왔다. 그런데 오후에 유치(柳峙)를 지키던 오재언(吳在彦)이 달려와 "장수의 황내문이 동학농민군을 이끌고 상동면 번암리(磻岩里)에 모여 장차 운봉을 침범하려 한다."고 보고했다. 운봉 군수는 즉시 운봉을 수성하기 위해 돌아가고, 박봉양은 황내문이 둔취한 번암으로 향했다.

한편, 장수 접주 황내문은 날이 저물어 번암에서 운봉으로 넘어가는 초입인 원촌(院村)에 유숙했다. 황내문은 운봉 수성군이 남원으로 떠나 고을이 비어 있는 틈을 타 공격하고자 수백 명을 이끌고 번암으로 내려온 것이다. 그런데 뜻밖에 박봉양이 저녁때 되돌아와, 26일 새벽에 박봉양이 이끄는 민보군이 기습 공격해 왔다. 그러나 날이 밝아 민보군이 반격을 가하자 동학농민군은 이를 당해 내지 못하고 장수 방면으로 달아났다. 이렇게 황내문이 이끄는 원촌 전투도 패배로 끝났다.

남원성 전투와 동학농민군 토벌 시기의 남원

원촌 싸움 뒤에 박봉양은 일단 운봉으로 돌아가 병력을 재정비한 뒤 11월 28일에 다시 남원으로 출동했다. 주천면 솔치를 넘어 남원 동문 밖 5리 지점인 용담 앞들에 당도하여 요천(蓼川) 산림 속에 숨어 들었다. 산상에서 동학농민군의 움직임을 살펴보고 포군 백여 명을 쑥고개에 보내 소수의 동학농민군을 공격하고 나서 남원 성을 포위해 진격했다. 『오하기문』에는 당시 군세에 대해 "민보군의 병력은 4천여 명이요, 동학농민군은 8백여 명"이라 했다. 동학농민군은 화산당(花山堂) 접주 이문경(李文卿)과 오수 접주 김홍기와 임실 접주 최승우가 성문을 굳게 닫은 채 지키고 있었다. 성위에서 완강하게 공격하자 운봉 민보군이 접근하기가 어려웠다. 그리고 "동학농민군이 성 위에서 방포하며 돌을 던져 감히 접근할

수 없게 하였다."고 했다. 운봉 민보군은 신시(오후 3시~5시)경에 성문 아래 민가에 불을 지르고 남·서 두 문에 나무 단을 쌓고 기름을 부어 불을 질렀다. 『오하기문』에는 좀 더 자세하게 기록되었다. 즉, "대나무로 문짝 같이 짜서 나무 단에 묶어 짊어지게 하여 구부린 채 뒷걸음질로 성문에 날라다 쌓아 불을 질렀다"고 했다. 동학농민군은 서문과 남문이 불타자 밀려드는 민보군을 피해 북문으로 달아났다.

성안으로 들어간 박봉양군은 닥치는 대로 약탈하고 사살했다. 당시 「주한일본공사관기록」에는 "(토벌대가) 남원에 이르니 동비는 이미 보성·옥과 쪽으로 도주한 뒤였다. 성안의 집은 모두 불에 타 잠을 잘 만한 집이 한 채도 없었다. 운봉 민보군이 가옥을 모두 불태웠기 때문이다. 박봉양은 민보군을 이끌고 남원에 들어와서 된장, 남비, 솥 기타 일체 백성의 재산을 빼앗아 갔다. 이곳에는 관미(官米)와 동학농민군의 군량미가 많았는데 박봉양이 민보군을 시켜 모두 빼앗아 갔다."고 했다.

박봉양은 12월 3일에 일본군과 경병이 전주로 내려왔다는 소식을 듣고 남쪽 산동방(山洞坊) 상동원으로 갔다. 「박봉양경력서」에는 "일병이 전주에 도착하자 소인배들의 헐뜯는 말을 듣고 자신을 용납하지 않으리라는 기미를 알아차리고…"라고 했지만, 실은 박봉양 자신이 저지른 죄상에 대한 처벌이 두려워 지레 겁을 먹고 달아난 것이다.

　　박봉양은 산동방에 이르러서도 민가를 약탈했다. 이 지역의 동학 접주 김형진(金亨鎭)이 저항해 보았으나 힘이 부쳐 흩어졌다.

　　남원성 전투에서 패한 뒤 임실로 돌아온 김영원을 포함한 동학농민군 지도자들은 순창의 회문산 등으로 피신하여 명을 보존했다. 박봉양이 이끄는 민보군의 동학농민군에 대한 토벌이 잔혹했다. 『천도교백년약사』(상)에 수록된 동학농민혁명 당시 남원 접주 출신 희생자로 강종실(姜宗實), 김낙기(金洛基), 김종학(金鍾學), 김종황(金鍾璜), 김홍기(金洪基), 변한두(邊漢斗), 이규순(李奎淳), 이기동(李起東), 이기면(李起冕), 장남선(張南善), 전태옥(全泰玉), 조동섭(趙東燮), 최진학(崔鎭學) 등 13인이 기록되었다. 뒤이어 관-일본군 토벌대가 남원에 들어왔다. 토벌대에 의해 수십 명이 처형되었는데, 처형장은 남원성 밖 시장이며, 현재의 광한루원이다.

김개남의 체포 과정과 최후

　　남원을 기반으로 활동한 김개남은 청주성 전투에서 일본군에 패하고 태인 너디마을(산내면 장금리) 매부인 서영기 집에 피신해 있다가 임병찬의 발고로 12월 1일 강화병방 황헌주에게 체포됐다.

김개남이 잡혀 전주 감영에 끌려갈 때, 사람들은 다음과 같은 노래를 불렀다.

광한루원. 동학농민혁명 시기에는 많은 동학농민군들이 이곳에서 처형되었다.(사진 왼쪽)

광한루원 동학농민군 처형지 표지석(사진 오른쪽)

"개남아 개남아 김개남아. 수천 군사 어디다 두고 짚둥우리가 웬 말이냐?"

김개남이 전주로 압송된 뒤 전라 감사 이도재는 서울로 가는 중도에서 탈주할 우려가 있다는 이유를 들어 김개남을 서울로 이송하지 않고 전주 서교장(또는 초록바위)에서 처형시켰다. 황현은 『오하기문』에 당시 잔혹한 정황을 다음과 같이 전했다. "도재는 마침내 난을 불러오게 될까 두려워 감히 묶어서 서울로 보내지 못하고 즉시 목을 베어 죽이고 배를 갈라 내장을 끄집어냈는데 큰 동이에 가득하여 보통사람보다 훨씬 크고 많았다. 그에게 원한을 가지고 있는 자들이 다투어 내장을 씹었고, 그의 고기를 나누어 제상에 올려놓고 제사를 지냈으며, 그의 머리는 상자에 넣어서 대궐로 보냈다."

　서울 도성으로 이송된 김개남의 수급(首級)은 12월 25일 서소문 밖에서 3일간 효시(梟示)된 뒤 다시 전주로 보내졌다.

주요 사적지

- 초기 동학 포덕 터: (현, 남원시 천거동 77-1. 광한루 경내 호석 부근) 서형칠의 약방 자리
- 은적암(隱寂庵) 동학경전 저술 터: (현, 남원시 산곡동 선국사 뒤편) 최제우는 이곳에서 대부분의 경전을 집필했다.
- 〈동학성지 남원〉 기념비: (현, 남원시 산곡동 251) 동학교조 최제우가 1861년부터 다음 해까지 남원 교룡산성에 은적암에서 수도하면서 동학경전을 저술한 사실을 기념하여 세운 비.
- 남원성 전투지: (현, 남원시 동충동 385-2 일대)동학농민혁명 시기에 이곳에 대도소가 설치되었고, 관군 및 민보군과 동학농민군이 치열한 전투를 벌였다.
- 전라좌도 동학대도소: (현, 남원시 하정동 192-4, 옛 남원군청 자리) 김개남이 남원 집강소를 관할했다.
- 교룡산성 선국사 동학농민군 주둔 및 훈련지: (현, 남원시 산곡동 436, 남원시 산곡동 419) 김개남이 웅거하는 동안 동학농민군이 주둔하며 이곳에서 군량과 무기고를 관리했다.
- 남원 동학농민군 요천 훈련터와 〈동학농민혁명 유적지 요천〉기념비: (현, 남원시 쌍교동 52-1) 김개남은 대도소를 설치한 뒤 요천에 진을 치고 훈련을 했으며, '남원대회'를 개최했다.
- 남원성 전투 사적지: (현, 남원시 동충동 197-1, 사적 298호, 구 남원역) 남원성 4대문 중 북문 터(공진루) 11월 28일, 박봉양의 4천여 민보군이 남원 성을 포위 공격하여 동학농민군이 패해 북문을 통해 달아났다.
- 방아치 전투지: (현, 남원시 산동면 부절리 391-5) 1894년 11월 14일부터 남원지역 농민군과 운봉의 박봉양이 이끄는 민보군 및 관군 사이에 치열한 전투를 벌여 동학농민군이 크게 패했다. 방아치 입구에 〈동학농민혁명 방아치 전투지〉기념비가 세워졌다.
- 원촌 전투지: (현, 임실군 운암면 지천리) 3월에는 이곳에서 기포했고, 재기포 시기에는 전투지가 되었다.
- 쪽뜰 동학농민군 주둔지와 〈동학농민혁명 유적지 쪽뜰〉 기념비: (현, 남원시 이백면 남계리 435-4) 동학농민혁명 시기인 1894년 11월 13일 남원의 동학농민군 1만여 명이 박봉양이 이끄는 운봉의 민보군을 공격하기 위해 진을 쳤던 곳이다.
- 동학농민혁명 기념 유물 깃대바위: 남원에서 운봉으로 가는 길목. 동학농민군은 이곳에 깃대를 꽂고 승전을 다짐했다.
- 여원치 전투지와 〈동학농민혁명 백두대간〉 기념비: (현, 남원시 운봉읍 준향리 산 76) 동학농민혁명 당시 남원의 동학농민군이 운봉의 박봉양이 이끄는 민보군 및 관군과 치열한 전투를 벌였던 전적지, 이를 기념하여 세운 비.
- 광한루원 동학농민군 처형터: (현, 남원시 금동 요천로 1447) "당시 성 밖 시장"에서 동학농민군 수십 명이 처형됐다.
- 갑오토비사적비(甲午討匪事跡碑): (현, 남원사 운봉읍 서천리 348-1) 박봉양이 민보군을 일으켜 동학농민군을 물리친 사실을 기념하여 세운비.

제9부
전라남도

전라남도는 동학농민혁명 초기에 전봉준이 이끄는 동학농민군이 세 규합을 위해 영광 홍덕 무장 함평 나주 장성으로 진출하면서 혁명이 본격적으로 전개된다. 전주 화약의 결과로 이루어진 동학 집강소 시기에는 나주와 운봉을 제외한 전남 전 지역에 집강소가 설치됐다.

2차 기포 시기에 전봉준이 이끄는 전라도 지역 동학농민군은 손병희가 이끄는 주력 연합부대에 합류하여 공주성 전투에 참여했고, 일부 전라 남부 세력은 손화중 최경선 등 주력 부대에 합류하여 후방을 방위했다. 이들 전남 세력은 전봉준 주력군의 군수 물자 조달 임무와 전라 남부 해안 지역 방어 임무를 맡아 광주, 화순, 고창, 나주 권역에서 투쟁 활동을 펼쳤다. 김인배는 전라도 경상도에 걸친 해안 지역인 여수 순천 낙안 광양 하동 진주를 중심으로 '영호도회소 활동'을 했고, 영암 장흥 해남 진도 등지에서도 동학농민군 활동이 활발하게 전개됐다.

토벌 시기에는 관-일본군이 동학농민군을 전남의 남-서부 지역으로 몰아가는 포위 작전을 펼치면서 나주 소토영을 중심으로 동학농민군 대학살이 자행됐다.

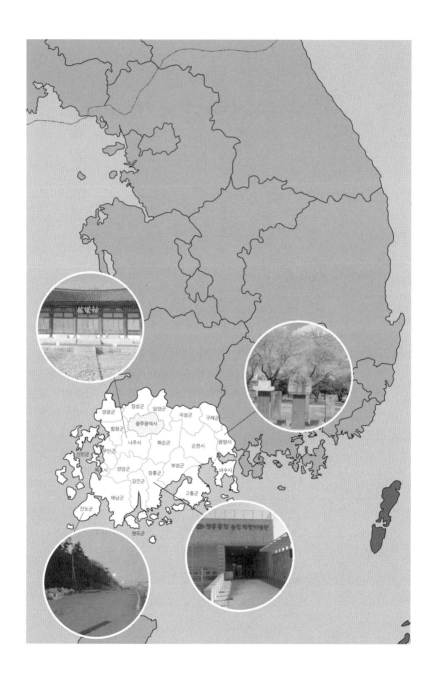

영광군　장성군　담양군　곡성군　구례군
함평군　광주광역시
무안군　나주시　화순군　순천시　광양시
신안군
목포시　영암군　장흥군　보성군　여수시
　　　강진군
해남군　　　　　　고흥군
진도군
완도군

총론/ 전라남도 동학의 흐름

동학농민군 주력, 관아를 점령하며 전남 지역으로 남하

1894년 3월 21일, 전봉준, 손화중, 최경선, 김덕명, 김개남 등 전라도 동학 지도자들이 무장에서 "잘못된 나라를 바로잡고 백성을 편안하게 하겠다."는 포고문을 선포하고 혁명의 햇불을 올렸다. 이들은 단숨에 고부 관아 등 인근 고을 관아를 들이쳐 무장을 강화하고 세를 규합하여 백산으로 이동, 진영을 구축하고 '백산 대회'를 열어 전봉준을 창의대장으로 추대했다.

이에 대응하여 전라감영에서 감영군을 출동시키자 전봉준 대장의 동학농민군은 백산을 떠나 후퇴하는 척 물러나 정읍 황토재에 새롭게 진지를 구축, 4월 7일 황토재에서 전라감영군을 격파하고, 정읍을 비롯한 인근 고을 관아를 점령했다.

전봉준이 이끄는 동학농민군 주력 부대는 전력 보강을 위해 전라남도 지역으로 내려와 영광, 흥덕, 무장, 함평 관아를 연달아 점령하여 무기를 빼앗아 무장 강화를 계속하고, 군량을 확보하면서 군세를 키워나갔다. 이런 사태를 보고 받은 감영과 조정에서는 다급해졌다. 조정에서는 감영군을 독려하여 동학농민군 주력을 뒤

병영성 정문. 동학농민군에 맞서 유생 수백 명으로 수성군을 조직하여 병영 장대에서 훈련을 시켜왔고, 수성군은 수많은 동학농민군을 체포하여 포살하는 등 동학농민군 탄압에 앞장섰다. 동학농민군은 1894년 12월 10일 총공세에 나서 병영성을 함락시켰다.

쫓는 한편, 청나라에 구원군 파견을 요청하고, 홍계훈을 토벌대장으로 삼아 중앙군을 급히 전주로 파견했다.

전봉준, 남하하면서 군세를 불리고, 장성 전투에서 경군 격퇴

정읍 황토재에서 승리를 거둔 동학농민군은 영광 함평 무안으로 남진하면서 군세가 엄청나게 불어나 대세를 장악하면서 전라도 전 고을이 동학농민군 수중에 들어오게 하는 효과를 거두고 있었다. 이 시기에는 백산 대회에 전남 전 지역에서 동학농민군이 참여하고 있어서 전라남도는 사실상 동학농민혁명 초기의 중심지가 됐다.

당시 동학 지도부는 고도의 심리전을 펼치고 있었다. 황현은
『오하기문』에서 "장년의 동학농민군이 선두에서 나이 14, 5세쯤 된
아이를 무등 태워 진 앞에 나섰는데, 아이는 푸른색 홀기(笏旗)를
쥐고서 마치 지휘하는 것과 같았고, 그 깃발을 따라 수많은 동학농
민군들이 질서 있게 움직였다."고 했다. 이는 동학 지도부의 고도
의 심리적인 고려가 깔린 행동으로 보이는데, 관을 상대로 기포한
많은 동학농민군들이 공포감을 극복하도록 하는 동시에 동학농민
군의 질서를 유지하려는 목적을 띠고 있었다.

전봉준의 동학농민군 주력 부대는 전남 일대를 장악해 가면서
암암리에 연락망을 가동하여, 뒤따르는 경군의 동태를 예의주시
하고 있었다. 동학농민군 주력 부대는 영광 무안에서 갑자기 머리
를 동쪽 방향으로 돌려 장성으로 향한다.

동학농민군은 장성 황룡 전투에서 다시 한번 이학승이 이끄는
중앙군을 상대로 대승을 거두었다. 황토현에서 지방군을 격파한
데 이어 정예병인 경군을 크게 물리친 것이다.

전주성 점령과 전주 화약으로 집강소 설치

장성 전투 승리 후 전봉준이 이끄는 동학농민군은 전주 감영을
치기 위해 장성을 떠나 갈재를 넘었다. 동학농민군은 곧 파죽지세
로 전주성에 무혈 입성했으나 다음날부터, 홍계훈의 관군을 상대
로 하는 전주성 전투가 성 안팎에서 치열하게 전개됐다. 전봉준은
이들의 공격을 효과적으로 물리치고 전주 감영을 공고하게 점령
한 채 이들과 대치했다. 그러자 정부는 동학농민군 토벌을 위해 청

군을 불러들였고, 이를 구실로 일본군이 대거 조선으로 들어와 청일전쟁이 발발하면서 나라가 전쟁터가 됐다. 다급해진 동학농민군 지도부와 조정은 전주 화약을 서둘게 됐다.

전주 화약의 결과 전라도 모든 고을에 집강소가 설치되었고, 전라도 대부분 지역이 동학농민군의 영향권에 들어왔지만, 나주·운봉 두 고을에는 집강소 설치가 무산됐다.

9월 재기포로 다시 전면전에 나서

일본군은 평양 전투에서 청군에 대승한 여세를 몰아 일거에 청나라 군사를 국경 밖으로 몰아낸 뒤에 본격적으로 조선 장악에 나서게 된다. 이미 경복궁을 침탈하여 국왕의 무릎을 꿇렸고, 전국의 여러 지역에서 관-일본군이 동학교도 탄압에 나서게 되자 동학 2세 교주 최시형은 1894년 9월 18일, 청산 대도소에서 전 동학교도에게 재기포를 선언한다.

전봉준은 호남의 동학농민군을 삼례에 집결시켰고, 호서 경기 영남의 동학농민군은 보은 장내리에 집결했다. 전봉준이 이끄는 호남의 동학농민군과 손병희 통령이 인솔하는 호서의 동학농민군이 논산 소토산에서 합류하여 연합 전선을 구축하고 공주성 공격에 나서게 된다.

이 시기에 전남 지역 동학농민군 활동은 전봉준의 주력 동학농민군에 합류하여 북상했고, 나머지 세력은 후방에서 군수를 조달하는 역할을 맡기도 하고, 무엇보다 장차 해안으로 상륙할 일본군에 대비하여 서쪽 해안과 남쪽 해안 지역 방어에 주력하게 된다.

2차 기포 시기에 전남 지역 동학농민군의 권역별 활동 분포를 보면 광주 장성 나주는 손화중·최경선, 담양 구례 곡성은 김개남, 장흥과 강진 보성 등지는 이방언, 순천과 광양·승주·낙안은 김인배, 무안 함평은 배상옥이 중심 세력을 형성하고 있었다. 특히 지역 별로 보면 함평의 이화진, 담양의 국문보, 무안의 배상옥, 장흥의 이방언이 각각 상당한 세력의 동학농민군을 이끌고 지역을 방어하고 있었다.

'영호도회소' 동학농민군의 활약

　그중에서도 전라 남부 해안 지역인 여수, 순천, 광양을 중심으로 전개된 김인배의 영호도회소 활동을 주목할 만하다. 김인배는 금구 출신으로, 김개남 대접주의 휘하에 있었다. '영호도회소'란 영남과 호남 지역을 아우르는 동학 본부라는 뜻이다.

　9월 초가 되자 김인배 대접주는 먼저 여수 순천 광양을 평정하고, 1만여 동학농민군을 이끌고 섬진강을 건너 경남 하동 동학농민군 1천여 명과 연합하여 이튿날 하동 읍성을 점령했다. 김인배가 이끄는 주력 부대는 하동을 떠나 계속 동진하여 곤양 진주까지 진격하고 진주 병영을 점령했다. 이어 경남 서부 지역 동학농민군과 함께 폐정 개혁을 추진해 나갔다. 영호도회소의 동학농민군은 9월 말쯤에 진주성에서 철수했다.

　이후에도 영남 해안 지역의 동학농민군과 연합하여 경남 서남부 지역 관아를 점령하여 군량과 무기를 확보하고 억울하게 갇힌 죄수들을 석방했다. 나아가 서남부 동학농민군 수천 명은 두 개 부대로 나뉘어, 부산에 주둔한 일본군을 공격할 계획을 세웠다.

이에 맞서 경상 지역의 관-일본군은 경상도 서남부 동학농민군 토벌에 나섰다. 대구 판관 지석영을 토벌대장으로 하동으로 파견했고, 부산 주재 일본 영사관에서는 200여 일본군 병력을 경남 남서부 방면으로 출동시켰다. 이들은 10월 초에 하동을 중심으로 동학농민군 진압에 나서 하동 고성당산 전투에서 경상 서남부 지역과 전라도 영호대도소 동학농민군을 궤멸시키는 전과를 거둔다.(이하 하동 편 참조)

장흥 전투와 관-일본군의 잔혹한 토벌전

공주성에서 동학 연합군 주력을 물리친 관-일본군 진압 부대는 남하를 계속하여 12월 1일 장성 갈재를 넘어왔다. 더욱이 이들에 호응하여 나주 지방군과 민보군의 적극적인 반격이 시작되면서 전남 지역 동학농민군은 급격하게 수세에 빠져 참극의 상황으로 내몰리게 됐다. 관-일본군의 토벌 전략의 핵심은 동학농민군을 전라 지역 남서쪽 해안으로 몰아붙여 한반도 동북 및 만주 지역으로의 탈출과 세력 연계를 차단하고, 포위망을 좁혀 동학농민군의 씨를 말리겠다는 작전이었다.

이후에 동학농민군은 장흥을 중심으로 최후의 일전을 준비했는데 이방언이 5천, 해남 이병태가 3천, 무안 백규인이 2천, 장성 기우선이 1천, 나주 오권선이 3천 명을 이끌고 합류하여 관-일본군에 맞섰다. 이 시기에 장흥 지역에 집결한 동학농민군은 11만 4천500명으로 집계되었다.

12월 1일 사창에 집결한 동학농민군들은 12월 3일 벽사역과 장흥부 인근까지 진출했다. 여기에는 금구, 광주, 남평, 화순, 보성 등지의 동학농민군까지 합세하였으며, 장흥의 이방언 등이 이끄는 1만 명 이상의 동학농민군도 합류했다. 이처럼 장흥 인근 지방의 동학농민군이 집결하여 장흥부와 벽사역을 사면에서 포위하자 벽사역 찰방 김일원은 장흥부 성안으로 달아나 버렸고, 수성군 역시 벽사역으로부터 장흥부 성안으로 철수했다. 12월 4일 아침, 동학농민군은 벽사역을 점령한 뒤 각 공해와 역졸들이 살던 사가를 불태웠다. 벽사역을 함락한 동학농민군은 장흥부로 향했다. 장흥부사 박헌양은 수성장졸과 부내 백성들을 독려하여 동학농민군과의 일전을 준비했다.

동학농민군이 장흥부성을 공격하기 위해 성 주위를 에워싸고 12월 5일 새벽 총공격을 펼쳤다. 동문에 진격했던 동학농민군은 성문이 굳게 닫혀 있으므로 수십 명을 거목으로 충돌시켜서 동문을 파괴하고 입성했으며, 동문이 열림과 때를 같이하여 석대군은 남문에, 웅치접군은 북문에 입성하여 관아를 불사르고, 아전 집 3호 외에 성내 가옥을 모두 불태웠다. 당시 부사 박헌양은 선화당에 있다가 동학농민군의 칼에 희생됐다.

동학농민군은 12월 10일 병영을 함락시켰다. 이날 나주의 관군은 일본군의 동학 토벌대장격인 후비보병 제19대대 대대장 미나미 고시로(南小四郞)의 지시에 따라 영암, 장흥, 능주 세 길로 나누어 강진을 향해 진격해 들어왔다. 그러나 조선군인 이규태군은 12일에야 강진을 거쳐 상흥으로 들어오게 되며, 일본군은 15일, 이두황군은 20일에야 장흥으로 들어오게 된다.

당시 전라도 지역 동학농민군은 남쪽으로 모여들면서 그 수가 엄청나게 불어나 있었다. 12일 남문 밖과 모정 등지에 주둔하고 있던 동학농민군은 13일 새벽 통위대 교장 황수옥이 이끄는 30명과 12일 밤늦게 장흥에 도착한 일본군과 1차 접전에서 20여 명의 희생자를 내고 퇴각했다.

동학농민군이 13일부터 14일 사이에 재집결하여 수만의 군세를 이루면서 다시 장흥부를 포위했다. 그러나 교도중대와 일본군이 장흥에 도착하면서 전세는 급 반전했다. 15일 동학농민군은 고읍 쪽에서 자울재를 넘어 석대들을 가득 메우며 장흥부로 진격해 들어갔으나 동학농민군의 최후의 일전은 수백 명의 희생자를 내고 퇴각하는 것으로 귀결되었다.(이하 장흥 편 참조)

석대들에서 물러난 이방언은 장흥에서 전열을 가다듬어 재기를 위한 대반격을 시도했으나 다시 패하고 말았다.

이 무렵, 광주 나주 장성 일대의 손화중, 최경선 역시 신무기를 앞세운 일본군과 관군의 연합 부대의 공세에 눌려 항쟁을 중지하고, 1894년 12월 1일 동학농민군을 해산시켰다.

전라, 경남 남서해안 지역의 잔혹한 토벌전

관-일본군의 포위 작전에 따라 동학농민군은 장흥 해남 진도를 비롯한 남쪽 땅끝 마을로 내몰리게 되었고, 이들은 관-일본군의 무자비한 대학살에 무참히 스러져갔다. 전라남도 해안 지역에 희생자가 유난히 많은 이유다.

나주에 토벌군의 본부 초토영이 설치됐다. 관-일본군-민보군에 의해 체포된 동학농민군은 현장에서 살해되거나, 나주 초토영으로 압송했다.

　일본군의 참전으로 패배를 거듭한 동학농민군은 살아남기 위해 무리를 해산시키고 피신해야 했다. 지역 유생을 중심으로 결성된 민보군 토벌대가 마을 마을을 지키고 있어서 고향으로 돌아갈 수도 없었다. 동학농민군은 관-일본-민보군에 붙잡혀 희생되거나 인근의 산속으로, 혹은 강진의 대구 칠량을 거쳐 해남으로, 보성 회령으로, 또는 회진 등 남쪽 바닷가로 숨어들었다가 배를 타고 섬으로 숨어들어 생명을 보존해야 했다.

　당시 일본군이 전라도 각 군현의 수령들로부터 동학농민군 처단 결과를 보고받았는데, "해남 250명, 강진 320명, 장흥 320명, 나주 230명, 그리고 함평, 무안, 영암, 광주, 능주, 담양, 장성, 영광, 순창, 운봉, 무장 등에서는 30~50명씩을 처단했다"고 했으니 당시 희생자의 규모를 짐작할 만하다.

영광 동학농민혁명 전후 시기에 다양한 투쟁 활동을 벌이다

동학농민혁명 초기부터 투쟁 활동 전개

동학농민군이 정읍 황토현 전투에서 감영군을 물리치고, 여세를 몰아 영광 읍성으로 들어온 것은 4월 12일 정오 무렵이다. 이때 동학농민군 수는 1만 명에 육박했다. 이 소식을 접한 영광군수 민영수는 법성포 조창에서 세곡 배에 올라 칠산 앞바다로 도망쳤다. 이 때문에 동학농민군은 큰 저항 없이 영광 관아와 법성포를 점령했다.

동학농민군이 영광 읍성에 둔취했을 때, 그들의 동태나 전황이 전라 감사와 초토사에 의해 긴박하게 중앙 정부에 보고되고 있었

영광 관아 터였던 영광군청. 동학농민혁명 초기에 1만여 동학농민군이 들이닥쳐 큰 저항 없이 영광 관아를 점령했다.

다. 당시 동학군의 영광 입성에 대한 보고에 "1만여 명의 적(동학농민군)이 영광 읍성으로 들어가자 백성들은 흩어져 피난 가는 자와 적에 가담하는 자가 반반이라. 적의 기세는 더욱 무섭게 떨쳤다."고 했다.

영광 읍성에 둔취한 동학농민군은 4일 동안 머물면서 전열을 정비하는 한편 외부에는 자신들이 봉기한 당위성과 대의명분을 알리는 데 주력했다. 그리고 인근 지역에 통문을 보내 동학교도와 농민들에게 영광으로 와 합류할 것을 종용했다. 동학농민군이 영광에 머무는 동안 이웃 고을 무장과 함평 지역에서도 동학농민군이 합세하여 동학농민군의 수는 1만 2천 명에서 1만 4천 명 사이로 불어났다.

동학농민군은 이곳에서 경군이 남하하고 있다는 소식을 접하고 반은 영광에 남고 나머지 반은 함평으로 향했다. 동학농민군의 주력 부대가 영광 읍성을 떠난 것은 4월 16일이다. 수성통장 정만기(鄭萬基)를 처형한 뒤 오전에 영광을 출발한 동학농민군 6, 7천여 명은 이날 오후 함평 관아를 점령하고, 초토사에게 봉기 목적을 알리는 글을 보내고, 집강소를 설치했다. 동학농민군은 18일에 나주로 향했으나 나주 수성군의 대비가 만만치 않다는 것을 전해 듣고 함평으로 발길을 돌렸다. (이하 함평 편 참조)

법성포를 장악하여 군량을 확보, 한양호 접수

당시 법성포는 일찍부터 개항하여 일본 상선이 빈번하게 출입하고 있었을 뿐만 아니라 상당수의 일본 상인들이 성업 중이었다.

법성포

법성포 거리. 영광군수 민영수는 동학농민군이 밀어닥치자 이곳으로 와서 세곡선을 타고 도망쳤다.

또 동학농민군 쪽에서 보면 법성포는 세미를 보관하는 조창이 있는 곳이기 때문에 군량 확보를 위해 가장 먼저 점령할 필요가 있었다. 4월 18일에는 법성포의 앞산 뒷산과 물 건너 구수산의 앞뒤 촌락에 이르기까지 동학농민군이 점령하여 진을 쳤다. 창칼과 총포들을 선박으로 반입하는가 하면 거류 중인 왜 상인이나 왜 선원들을 구타하는 사건이 벌어지기도 했다.

법성포에서 군량을 확보한 동학농민군은 영광에 인접한 고을인 무장 정읍 장흥 태인 옥과 등지에서 온 동학농민군 부대가 저마다 진법을 조련하고, 밤이면 동학의 주문을 송독하면서 전열을 가다듬었다.

이 무렵 경군을 군산포로 수송한 한양호가 세미를 싣고 올라가기 위해 법성포에 입항했다가 동학농민군에게 나포됐다. 이들은 마침 통신 체계가 마비된 터라 영광 법성포가 동학농민군의 수중에 들어간 사실을 모르고 있었던 것이다. 화승총과 죽창으로 무장한 동학농민군이 한양호에 타고 있던 인천 전운국원 전용덕과 군산 전운국원 강고부, 일본인 기관수를 강제로 하선시켜 추방했다.

당시 일본공사관 임시대리공사 스기무라(杉村濬)의 보고서에 따르면 전운사(轉運使) 공격에 대해 "옥구의 군산과 영광의 법성포에 주둔하고 있는 동학도들이 함께 전운선을 공격하여 모두 쫓아냈으므로 전운이 끊어지게 되었다. 이번 소요의 근본 원인은 백성들에게서 일어난 것일 뿐만이 아니고 각읍의 서리들도 전운하는 데 지쳤으므로 죽을힘을 다해 전운을 폐지하려고 백성들과 한통속이 되어 안팎에서 서로 호응한 것이다."라고 함으로써 당시 일본공사관에서도 조선 관아의 수탈 사정을 파악하고 있었다.

한편, 홍계훈이 이끄는 경군이 군산항에 도착했지만 전주로 가는 중에 도망병이 속출하여 병력이 약화되었을 뿐만 아니라, 그나마 진중에서도 동학농민군과 내통하는 자가 많았다. 이렇게 전반적으로 사기가 저하된 관군은 하늘을 찌를 듯한 동학농민군의 기세에 압도되어 싸움은 엄두도 내지 못하면서 중앙에서 보충할 지원군 파견을 기다리는 처지가 되었다.

"양호(兩湖, 전라·충청)의 읍이 모두 동학농민군의 수중에 들어갔다"는 보고를 접한 조정에서는 4월 19일 증원부대로 총제영 중군 황헌주에게 출병을 명했다. 800여 명의 지원병을 실은 현익호가 인천을 떠나 법성포로 향했는데, 같은 날 고종은 전라도민에게 다음과 같은 윤음을 내렸다. "…불법한 지방관은 징계할 것이며, 제반 폐정을 시정하겠다. 그리고 위협에 못 이겨 따라나선 농민은 처벌하지 않겠으니 각자 고향으로 돌아가 본업에 충실하라."

그렇지만 분노로 기포한 동학농민군의 사기는 이미 하늘을 찌르고 있었다. 동학농민군은 낮에는 창과 검을 사용하는 군사훈련을 받고, 밤에는 동학 주문을 외며 시간을 보냈다. 이와 함께 관군의 공격에 대비해 짚과 진흙으로 성을 보수하기도 했다. 영광 관아에 머물면서 법성포 조창에 보관 중이던 쌀을 실어 날라 군량을 확보했다.

홍계훈군 뒤늦게 영광 입성, 장성에서 전투 치러

초토사 홍계훈은 조정에서 증원 부대가 출발했다는 정보에 따라 비로소 동학농민군을 추격할 계획을 세웠다. 4월 18일, 홍계훈이 삼(3) 대의 경군을 이끌고 전주 감영을 떠나 정읍과 고창을 경유하여 영광 읍성에 들어온 것은 4월 21일이다. 이때 동학농민군 주력 부대는 함평으로 이동했을 때였다.

한편, 홍계훈이 이끄는 관군이 동학농민군을 추격한다는 정보를 입수한 동학농민군이 남하하던 진영의 머리를 돌연 장성으로 바꾼 것은 22일이다. 이는 조정이 파견한 군사와 정면 승부하겠다는 동학농민군 지휘부의 결단에 따른 것이다.

4월 23일, 동학농민군이 장성 황룡천을 건너 월평리로 향하는 도중에 있는 황룡천 강변 장터 일대에서 동학농민군과 관군의 접전 벌어졌다. 점심을 먹던 중 갑자기 포격을 받고 당황한 동학농민군은 사투 끝에 경군을 물리치고, 대장 이학승을 사살했다.(이하 장성 편 참조)

동학농민군이 장성 전투에서 관군을 상대로 크게 이기고, 일부 병력이 영광으로 다시 들어온 날은 당일(23일)이었는데, 이날은 서울을 출발한 황헌주가 이끄는 8백여 증원 병력이 법성포에 상륙한 날이다. 그렇지만 법성포를 점령했던 동학농민군이 이들 증원군에 어떻게 대응했는지는 기록이 없다.

2차 기포 시기, 여러 지역에서 투쟁 활동

영광의 동학농민군이 2차 기포 시기에는 전봉준을 따라 삼례로 가서 공주 전투에 참여하거나, 아래쪽인 나주, 함평, 무안 전투에 참여하거나, 심지어 남해안 지역까지 진출하는 등 다양한 행적을 보여주고 있다. 이 같은 사실은 동학농민혁명 참여자 기록을 통해서 확인할 수 있다.(아래, 참여자 기록으로 본 영광 동학농민군 활동 참조)

12월 초순부터 토벌전 전개

영광 지역의 동학농민군 토벌은 동학농민군 주력이 공주 우금티에서 패하고 물러난 12월 초순부터 시작했다. 영광 지역에는 영관 장용진(張容鎭)과 대관 신창희 및 오창성이 거느린 경군과 일본군 대위 모리오 마사이치(森尾雅一)가 함께 들어왔다. 초토사 보고에 따르면 "김몽치(金蒙治), 김낙선(金洛先), 최재형(崔載衡), 송분수

(宋文水, 동학 지도자), 양경수(梁京洙, 지도자), 오태숙(吳泰淑), 김용덕(金容德, 접주) 등이 수성군 혹은 일본군에 의해 12월 초순 무렵에 체포되어 총살되거나 참형당했다."고 기록했다. 1월 20일 법성포에서 포살된 기록으로 보아 영광 지역은 12월 초순부터 이듬해 1월까지 토벌전을 벌였을 것으로 추측된다.

참여자 기록으로 본 영광 동학농민군 활동

영광 지역 동학농민혁명 참여자들은 다양한 지역에서 다양한 활동 행적을 보이고 있다.

■ 김영달(金永達)은 무장기포 뒤에 전봉준이 이끄는 동학농민군 주력 부대 본부에서 문서 송달을 맡은 이로, 뒷날 민보군에 체포되어 12월 27일에 처형됐다.

■ 영광에서 체포되어 나주로 압송된 뒤 1894년 12월 30일 일본 진영에서 총살당한 영광 출신 동학농민군은 신항용(申恒用, 접주), 봉윤정(奉允正), 고휴진(高休鎭), 봉윤홍(奉允弘), 황상련(黃相連), 김원실(金元實), 임명진(林明辰), 조명구(曺明九), 강대진(姜大振), 전후겸(全厚兼), 김관서(金寬西), 박인지(朴仁之, 도령기수: 都令旗手), 정기경(丁基京), 노명언(魯明彦) 등 15명이다.

■ 장옥삼(張玉三), 장공삼(張公三), 장경삼(張京三) 3형제는 처조카 이화진의 권유로 동학에 입도했으며, 1894년 영광 무안 지역에서 벌어진 전투에 참여했다가 모두 처형됐다.(함평 편 참조)

■ 1895년 1월 20일에 법성포 지역에서 체포된 김풍종(金豐宗), 이만순(李萬順), 오홍순(吳弘順), 박복암(朴卜巖), 남궁달(南宮達) 등

은 전라도 나주로 압송되어 조사를 받았다.

■이 밖의 참여자로 이관현(李官現), 장호진(張昊鎭, 접주), 임치덕(林致德), 박중양(朴仲良), 김용택(金容宅, 접주), 최윤주(崔潤柱), 임경윤(林京允), 정훈직(丁熏直), 오정운(吳正運)이 있다.

■영광 출신 동학 지도자 이종훈(李鍾勳, 대접주)은 동학농민혁명 초기에 법성포를 공격할 때 함께 행동에 나섰다. 2차 기포 때는 손병희의 동학농민군 좌익장을 맡아 동학농민혁명에 참여했다가 살아남아 최시형과 손병희를 후원했다. 뒷날 최시형이 체포되었을 때(1898)도 마지막까지 보필했으며, 그 이후 천도교 지도자의 길을 걸어 3.1운동 때는 민족대표 33인 중 한 사람이 되었다.

주요 사적지
- ■영광 관아 점령터: (현, 영광군 영광읍 중앙로 203, 영광군청) 동학농민혁명 당시 영광 관아는 군수 민영수가 법성포로 도망쳐서 동학농민군이 무혈 입성했다.
- ■용현리 죽창 제작지: (현, 영광군 법성면 용덕리 용현마을 대숲) 동학농민군은 여기서 생산된 대나무로 만든 죽창으로 무장했다.
- ■법성진 성터 동학농민군 점령지: (현, 영광군 법성면 진내리 947번지 일대) 법성포 일대에 진을 친 이유는 경군과 일본군 상륙에 대비해서였다.
- ■법성진 조창터 동학농민군 점령지: (현, 영광군 법성면 진내리 454번지 일대) 동학농민군이 법성포를 점령하여 군량미를 확보하고 진을 쳤다.
- ■영광 동학농민군 처형지: (현, 영광군 영광읍 신하리 10-1, 영광버스터미널 자리) 민보군, 관-일본군에 붙잡힌 동학농민군이 당시 영광 장터에서 처형됐다.

장성 황룡강 전투 승리로 전주성 함락 계기 마련

장성 동학 유입과 포교

장성에 동학이 유입되고 포교된 과정은 기록이 없어 알 길 없다. 다만 장성 출신 이춘영이 직접 쓴 「동학약사(東學略史)」에서 1886년 2월 10일에 남원에서 최시형으로부터 직접 도를 전수받았으며, 포교에 전념하여 도인 수가 1천여 명에 이르렀다 했다. 이는 장성 인접 지역인 정읍 무장 고창으로 동학 세력이 성했던 곳이며, 호남의 길목이기 때문에 1892년부터 시작된 교조신원운동은 물론 보은 취회에도 참여했을 것으로 보인다.

3월 백산 기포에 참여

기동도(奇東濤) 기수선(奇守善) 김주환(金柱煥) 박진동 강성중 강서중 등은 3월 백산 결진 당시 장성의 동학농민군을 이끌고 참여했다. 이들은 황토재 전투와 장성 황룡 전투는 물론 전주성 전투도 함께 치렀다.

장성 황룡 전투 기념탑 전경. 이 전투에 등장한 장태라는 신무기로 경군을 크게 물리쳤다.

황룡 전투 전적비 가는 길. 황룡 전투는 동학농민군이 경군을 상대로 최초로 거둔 값진 승리였다.

황룡 전투에서 최초로 경군 물리쳐

황토현 전투에서 지방군을 물리친 동학농민군은 영광, 함평을 거쳐 남진하던 중 동쪽 장성으로 돌연 방향을 바꿨다. 한편, 동학농민군을 추격하면서 예의주시하던 홍계훈은 동학농민군이 장성과 나주 방향으로 각각 이동해 갔다는 보고를 받고 대관 이학승에게 군사 300명을 영솔하게 하여 장성으로 급파했다. 동학농민군

쪽에서 보면, 이학승 부대를 장성으로 유인하는 데 성공한 셈이다. 이로써 전봉준이 이끄는 동학농민군과 경군이 장성 황룡천을 사이에 두고 맞닥뜨리게 되었다.

장성으로 들어온 동학농민군은 마침 점심때가 되어 월평리에서 점심을 먹었다. 이때 동학농민군은 관군으로부터 불의의 포격을 받아 일시적으로 혼란에 빠졌다. 그러나 동학농민군은 이내 혼란을 수습하여 조금 물러났다가 곧바로 황룡천 뒷산인 월평 삼봉으로 올라가 진을 쳤는데, 마치 학의 날개 모양[鶴翼陣]과 같았다. 잠시 뒤에 동학농민군이 커다란 대나무로 만든 통 수십 개를 굴리면서 산 아래로 내려오는데, 닭둥우리(장태)와 비슷한 모양이었다. 사람은 보이지 않는데, 밖으로 창과 칼이 삐죽하게 꽂은 것이 마치 고슴도치와 같았다. 아래에는 두 개의 바퀴를 달아 미끄러지듯 아래를 향해 내려왔다. 관군이 난생 처음 보는 괴물이 나타나자 당황하여 총탄과 화살을 연달아 쏘아댔지만 모두 대나무 통에 차단됐다. 동학농민군은 대나무 통 뒤에 숨어서 총을 쏘며 내려오다가 일시에 함성을 지르며 관군 진영을 향해 공격에 나섰다. 홍계훈의 진영은 멀리서 이 해괴한 모습을 바라보면서 사방으로 달아나는 관군을 구경만 하다가 함께 달아났다. 동학농민군은 도망치는 관군을 30리 지경까지 추격했고, 이 전투에서 동학농민군은 경군의 대관 이학승과 병정 5명을 사살하고 포 2문과 여러 무기를 노획하는 전과를 올렸다. 무엇보다 중앙에서 파견된 경군을 물리쳐 사기가 충천했다.

오지영은 『동학사』에서 이날 동학농민군의 황룡강 전투 상황에 대해 비슷하게 기술하고 있으나, 여기서는 이병수가 쓴 「금성정의록」을 참고할 만하다. "…함평에 있을 때 대를 베어다 장태를 만들었는데 하나의 둘레가 몇 아름이며 길이가 10발이나 되는 장태를 여러 개 만들었다. 그리하여 나주로 들어오려다 장성 월평으로 나가 경군과 싸우게 되었다. 전봉준이 진중에 영을 내려 '청을(靑乙)' 자를 써서 등에 붙일 것이며, 머리는 수건으로 싸매고 입은 앞 옷깃을 물고 엎드려서 장태를 굴려나가는데 옆을 돌아보지 말 것이니, 이렇게 하면 적군의 포환이 들어오지 못할 것이다.", "…경군이 바라보니 무슨 커다란 물체가 굴러오는데, 뒤에는 보졸 수천 명이 엎드려서 몰려 내려오고 있었다. 경군 측에서 포를 쏘아대니 죽은 자가 무수했으나 죽음을 무릅쓰고 달려오고 있었다. 그리고 머리를 싸맨 사람들이 일어나서 포를 쏘고는 다시 엎드렸다. 그들이 좌우를 돌아보지 않으니 옆에서 죽고 사는 것을 모른 채 달려드는 바람에 경군은 어찌할 바를 모르고 패주하게 되었다. 실은 '청을' 자는 아무런 뜻이 없고 앞 옷깃을 입에 물고 있으니 허리를 펴 일어나기가 어려워 좌우의 죽는 모습을 돌아보지 못했던 것이다." 전투 장면이 오히려 희화화된 듯 보인다. 이는 전봉준이 초기 전투에서 동학농민군에게 고도의 심리전을 활용하여 거둔 승리로 볼 수 있다. 기록은 다양하지만, 공통점은 장태라는 괴상한 물건을 만들어 동학농민군이 승리를 거두었다는 사실이다. 장태라는 신무기를 만든 이는 장흥 접주 이방언이라고 널리 알려졌지만, 구전에 담양 이용길 혹은 장성 이춘영으로 전해지기도 한다.

장성 황룡강 싸움에서 크게 이긴 동학농민군은 기치를 북으로 향해 4월 24일 오후 장성 갈재를 넘어 물밀듯이 전주성으로 향했다. 전봉준이 이끄는 주력은 전라도 북부 지역을 중심으로 구성되었지만, 당시는 전라도 전 지역의 동학농민군들로 구성된 세력으로 보인다. 백산 대회와 황토재 전투를 치르면서 전라도 각지에서 동학농민군이 밀려들었기 때문이다.

집강소 시기의 장성

장성에 집강소가 언제 설치되었으며, 집강을 누가 맡았는지 정확한 기록이 없다. 다만 전봉준이 5월 중에 수십 명의 호위군을 거느리고 장성을 순회했기 때문에 장성의 집강소 설치는 다른 고을보다 빨랐을 것이라고 짐작된다.

신빙성에 문제가 있지만 이춘영의 「동학약사」에 의하면 "집강소를 장성군 황룡면 토말 이춘영의 집에 설치하고 별첨의 〈동학군 포고문〉, 〈장성 동학당 포고문〉과 〈동학군 집강소 폐정개혁 12개조〉를 낭독하고…" 라고 하여 집강소 설치 사실을 전하고 있다.

전봉준 마지막 도피처 백양사. 관-일본군에 쫓긴 전봉준은 이곳에서 1박한 뒤 쌍치면 피노리로 갔다. (사진 백양사 제공)

2차 기포 때 전봉준을 따라 북상, 혹은 다양한 활동

1894년 10월, 강계중(姜戒中) 등 장성 동학농민군 지도자가 전라도 장성에서 많은 동학농민군을 이끌고 북상하여 전봉준 군에 합류했다. 장성 동학농민군 활동은 지역 특성상 다양한 양상으로 참가한 것으로 파악된다. 즉 장성 지역의 동학군들은 전봉준을 따라서 수행한 9월 재기포와 공주성 전투, 구미란 전투, 황성산 전투, 무안 배상옥 대접주의 고막포 전투에 참여했으며, 광주 화순 나주를 중심으로 활동한 손화중, 최경선 휘하로 들어가 수행한 나주성 전투, 남평 전투, 벽송 전투, 김개남과 남응삼을 따라 수행한 남원성 전투, 방아치 전투, 원촌 전투, 곡성 전투에 참여했고, 장흥 이방언 휘하의 전라병영 전투, 강진성 전투, 벽사역 전투, 석대들 전투, 대내장 전투, 심지어 김인배 대접주가 이끄는 영호도회소의 각종 전투에도 참여한 사실을 확인할 수 있다.

참여자 기록으로 본 장성 동학농민군 활동과 피해 상황

장성 동학농민군의 희생 양상은 총살, 화형, 교살, 타살 등의 방식으로 혹독한 보복을 당한 것으로 전해지고, 1894년 10월부터 1896년 8월까지 희생이 이어졌다.

■ 김주환(金柱煥), 기수선(奇守善), 기동도(奇東濤)는 1894년 3월 백산 기포 시에 전라도 장성의 동학농민군을 이끌고 참여했다.

■ 최윤주(崔潤柱)는 1894년 3월 무장 백산 기포에 참여하여 영광, 장성 일대에서 모병 활동을 벌였으며, 화승포 명사수로 황룡 전투에서 활약했다. 그의 활동 무대는 백산, 고창, 영광, 장성 등지였다.

■ 채봉학(蔡奉學), 곽윤중(郭允仲)은 1894년 4월 장성 황룡 전투를 치르고 12월 장흥 석대들 전투에 참여하여 중상을 입었다.

■ 윤재영(尹在英), 윤재명(尹在明)은 1894년 3월 고부 전투, 황토재 전투, 황룡 전투에 참여하고, 12월에는 강진성 전투, 전라 병영 전투, 장흥 벽사역, 석대들 전투, 대내장 전투 등에 참여했다.

■ 나운경(羅雲景), 신정옥(申正玉, 고창 접주)은 1894년 전라도 장성에서 동학농민혁명에 참여했다가 체포되어 유배됐다.

■ 최평집(崔平執)은 부친 최재신, 종형 최시철과 함께 1894년 3월 무장 기포 때부터 참여하여 장성 황룡촌, 나주 고막포 전투에 참전했다. 뒷날 피체되었으나 상처 악화로 석방됐다.

■ 강계중(姜戒中), 임경윤(林京允)은 1894년 4월 23일 장성 전투에 참여하고 2차 기포 때는 이화진 장공삼 등과 동학농민군을 규합하여 삼례로 진출하여 전봉준 군에 합류했다.

■ 임벽화(林碧花, 접주)는 1894년 장성 전투에 참여했다가, 동학농민혁명이 끝나고 4년이 지난 1899년 4월 26일 고창에서 체포되어 같은 달 27일 사망했다.

■ 1894년 4월 29일 전라도 장성 황룡강 월평 전투에 참여한 인물로 주창조(朱昌調), 김창현(金昌鉉), 고복암(高福岩), 변봉국(邊奉局), 최경호(崔京鎬), 박윤지(朴允芝), 황경룡(黃京龍), 송형순(宋炯淳), 김종거(金鍾巨), 김남수(金南洙), 이희영(李喜榮) 등이었다.

■ 이사홍(李士弘)은 1894년 7월 곡성 관아 습격 싸움에 참여했다.

■ 박진동(朴振東), 기우선(寄宇善)은 1894년 10월 2차 기포 때에

장성에서 동학농민군을 이끌고 참여했다.

■ 양해일(梁海日)은 1894년 11월 매형 윤세현 접주와 함께 동학 농민군으로 활동했으며, 강진 장흥 석대들 전투에서 패한 뒤 윤세현과 나주 장성 등으로 피신하여 살아남았다.

■ 1894년 12월 4일, 체포되거나 처형된 이로 정정칠(丁正七), 이봉학(李奉學), 정정국(鄭正局), 국오묵(鞠五默), 이춘학(李春學), 신재일(申在一), 정찬문(鄭贊文), 정성삼(鄭成三), 정석원(丁石元), 이영진(李永辰), 이달용(李達用), 백만조(白萬祚), 박준명(朴俊明), 김일순(金日順), 김명달(金明達), 유동근(劉東根), 손덕수(孫德秀) 등 17인이다.

■ 12월 27일 장성 장터에서 동학농민군들이 처형됐다는 기록이 나오는데, 정하표(鄭夏杓 접사), 유광오(柳光吾), 추영시(秋永是), 오영기(吳永基), 손홍모(孫鴻謨), 손의영(孫宜榮), 손기환(孫基煥), 백태일(白泰日), 공치선(孔致先), 강일회(姜日澮), 추영풍(秋永豊, 태인 사람), 강유회(姜有澮, 접사), 손학모(孫鶴模), 손경서(孫敬敍), 공치광(孔致光), 강서중(姜西中, 異名: 瑞中) 등 16인이다.

■ 1894년 12월경, 관-일본군이 남나구(南羅九), 김종익(金宗益), 김사문(金士文), 공치환(孔致煥), 공기로(孔基魯), 한덕일(韓德一), 이기주(李基周), 이궁궁(李弓弓), 이문현(李文賢, 접주), 변창연(邊昌淵) 등을 처형한 기록이 전한다. 이듬해 1월 희생자로 황범수(黃凡秀), 김낙주(金洛柱), 유공선(柳公先), 차석만(車石萬), 변중환(邊重煥) 등의 이름이 보인다. 이 중 차석만은 나주로 압송됐다.

■ 변창연(邊昌淵, 접주), 천진명(千陣名, 접주, 고창인)은 장성 전투에 참여자로, 김용택(金容宅, 접주)은 장성 전투에 참전했다가 부상

으로 사망했다.

■ 백좌인(白佐寅), 이겸호(李兼浩)는 장성 전투, 장흥 석대 전투
에 참여했다. 백좌인은 체포되어 12월 30일 장흥 벽사역에서 처형
되었고, 이겸호는 부용산으로 피신하여 살아남았다.

■ 김복환(金卜煥, 접주), 김진환(金鎭煥, 접주)은 동학농민혁명에
가담하여 공주 전투 패전 후 남하하면서 관군과 일본군의 살육전
에 맞서 싸우다가 함평에서 전사했다.

■ 장호진(張昊鎭, 영광접주)은 동학농민혁명 시기에 장성, 금구,
충청도 논산 등지에서 활동했다.

■ 최범구(崔範九)는 화순 지역에서 동학농민군을 모아 최경선
휘하에 들어가 남평 전투를 치렀으며, 화순 벽송 마을까지 후퇴하
여 항전하다 체포되어 처형됐다.

■ 박사옥(朴士玉), 황처중(黃處中), 한윤화(韓允化), 응운(應雲, 승
려)은 금구 지역에서 활동하다가 살아남았으나, 1896년 전라도 장
성에서 체포되어 그해 8월 전주에서 처형됐다.

주요 사적지

■ 황룡 전투지: (현, 장성군 황룡면 월평리 93-3일대, 현, 월평면사무소) 동학농민군이 경군과 전투를 최초로 벌여
승리한 곳이다.
■ 황룡 전투 기념탑: (현, 장성군 황룡면 신호리 산1-1/장산리 356일대, 사적 406호) 동학농민군이 경군을 상대로
승리한 전투를 기념하여 세운 전적비.
■ 이학승 순의비: (현, 장성군 황룡면 물뫼길 25, 구 황룡면 장산리 356) 황룡 전투 기념탑 아래쪽에 있다.
■ 장성 동학농민군 처형터: (현, 장성군 황룡면 월평리 93-3, 월평면사무소) 신호리 옛 장터.
■ 백양사 전봉준 도피처: (현, 장성군 북하면 백양로 1239) 전봉준은 공주 우금티 전투에서 패한 뒤 수하 몇 명
과 피신하던 중에 11월 30일 이곳에 머물렀다.

임실과 남원의 동학 세력과 연대한 투쟁 세력 형성 담양

1890년대 초에 동학 교세 형성

『천도교회월보』에 따르면 담양 지역에 동학이 전파된 시기는 남원에 동학이 들어온 시기와 비슷한 1891년이다. 담양의 동학 교세는 인근 지역 임실 태인 남원에 비해 뒤지지 않았다. 『천도교회월보』〈환원록〉에 의하면 이 지역에서 1892년에는 김학원(金學元, 담양면 백동리)과 추병철(秋秉哲, 무면 성도리)이 입도했다. 1894년에는 전오봉(全伍奉, 용면 복용리)과 황정욱(黃正旭, 수북면 남산리) 송구진(宋樞鎭)이 입도했다. 1889년에는 최수선(崔洙善, 고서면 보촌리)이 입도했다.

황현의 『매천야록』에 "담양의 강접(强接)은 용귀동(龍龜洞) 접"이라고 했다. 용귀동은 담양읍에서 서쪽으로 10리 정도 떨어진 수북면 주평리에 있다. 특히 김중화(金重華)와 남응삼은 김개남 부대의 중군으로 활약하며 군수물자를 조달하는 책임을 맡았던 거물급 지도자였고, 김개남이 북상한 뒤에는 남원성 전투를 이끌었다.

『천도교백년약사』(상)에 따르면 담양 접주로 강일수(姜日洙), 기봉진(奇鳳鎭), 김현기(金玄基), 오정선(吳正善), 조석하(趙錫夏), 조재영(趙在英) 6명이 활동했다.

1차 동학농민혁명 시기 담양 동학농민군 활동

1894년 3월 백산 대회 시기에 담양 동학농민군도 기포하여 백산으로 이동했다. 백산으로 간 동학농민군 접주로 남응삼(南應三, 南周松), 김중화(金重華), 이경섭(李璟燮), 황정욱(黃正旭), 윤용수(尹龍洙), 김희안(金羲安), 이화백(李和伯) 등의 이름이 언급된다. 이들은 황토현 전투와 장성 황룡 전투에 참여했다. 특히 접주 이장태(李長泰)는 담양과 태인에서 활동했다. 그는 대나무 장인이었기 때문에 당시는 변변한 이름조차 갖지 못했다. 그는 태인을 관할하던 손화중 대접주와 연계되어 주로 태인 지역에서 활동했고, 장성 황룡 전투에서 장태를 제작하여 승리로 이끌었다. 또 이어지는 전주성 전투에도 참여했다.

4월 초순에 창평 관아에서는 군대(감영군)와 포군을 징발하여 태인과 부안으로 보냈다. 5월 2일에는 양호초토사 홍계훈이 담양부에서 동학농민군을 진압할 포군 300명을 징발하여 보내기도 했

주평 마을에서 바라본 용구동 뒷산, 동학농민군과 수성군이 치열한 전투를 벌였다.

다. 이로 보면 동학농민혁명 당시 담양 지역에서는 동학농민군과 보수 집단의 진압군이 모두 활발하게 활동한 셈이다.

한편 감영군 수성별장으로 참전했던 국인묵은 황토현 전투에서 패한 뒤 담양에 돌아와 있었다. 전주 화약 후인 6월 2일 동학농민군 40여 명이 전주성에서 담양으로 돌아와 담양 수성청에 불을 지르고 수성별장 국인묵의 집을 부순 사건이 있었다. 이는 이들이 정읍 황토재 전투에 보부을 상대로 지방군을 도와 참여했기 때문이다.

전주 화약 시기의 활동

전주 화약 이후 전봉준은 담양 등 전라도 지방을 순행하며 폐정 개혁운동 점검에 나섰다. 당시 담양의 동학농민군 가운데 가장 강력한 조직은 용구동접(龍龜洞接)인데, 수북면 주평리 일대였다. 관측 기록에 용구동접에 대해 "동학에 빠져들지 않은 자가 거의 없었으며 흉도들이 각 집을 찾아가 동학 입문을 강권하는 한편 밖에서는 독을 품고 활개 쳤다."고 했다.

황현은 『오하기문』에서 "(용구동접은) 남원의 화산당접과 함께 강접(强接)이며 잔인하다."고 했다. 그러나 구체적인 악행 내용은 없다. 오히려 집강소 설치 시기의 정황에 "남응삼이 비록 식견이 없으나 본심이 독하지 않아서 민정은 조(趙) 담양 부사에게 일임하고 조금도 간섭하지 않았다."고 한 것으로 미뤄 보면, 동학농민군이 직접 집강소를 운영하지 않았거나 당시 담양 조 부사와 우호적으로 집강소를 운영한 것으로 보인다.

주평마을 어귀. 황현의 <매천야록>에서도 "동학농민혁명 시기에 가장 강력한 조직은 용구동접龍洞接)"이라고 했다.

2차 기포 시기 담양 동학농민군 활동과 지도자 남응삼

남응삼은 2차 기포 시기에 김개남 군의 전량관(典糧官) 소임을 맡고 9월 30일에 동학농민군 병력을 이끌고 남원을 떠나 담양으로 돌아왔다. 정석모(鄭碩謨)가 쓴 「갑오약력」에 따르면 남응삼이 담양에 이르자 "온 고을의 동학도 수천 명과 이졸들이 모두 나와 맞이하니 그 위용이 대단했다."고 했을 만큼 담양 지역에서 남응삼이 덕망 있는 인물로 알려졌다.

10월에 김개남이 기병하여 북상하기 위해 남원을 떠날 무렵 남응삼에게 동학 무리를 이끌고 남원으로 들어오라는 명을 내렸으나 남응삼은 처음에 병을 핑계로 움직이지 않았다.

남응삼, 남원으로 출동

10월 24일, 담양에 있던 남응삼은 김개남이 떠난 남원성을 운봉

담양 동학농민혁명군 전적 기념비. 1894년 동학농민혁명 시기에 용구동에서 벌어졌던 동학농민군과 일본군의 전투를 기념하여 담양군과 담양향토문화연구회에서 수북면 주평리 마을회관 앞에 건립했다.

의 박봉양군이 점령했다는 급보를 받고 담양에서 수백 명의 동학농민군을 이끌고 남원으로 향했다. 남응삼은 병력을 증강하기 위해 태인 오공리 김삼묵에게 들러 그 휘하 수천 명의 병력을 합류시켰으며, 25일에는 임실로 내려와 다시 증원했다.

한편, 남원성을 점령하고 있던 박봉양은 3일 동안 동학농민군을 체포하고 군량을 빼앗는 등 갖은 횡포를 자행하고 있었다. 남응삼이 동학농민군을 이끌고 남원성을 향해 내려온다는 소식을 접하자 박봉양은 양곡을 그 지역 백성과 관리들에게 맡기고 운봉으로 달아났다.

대군을 확보한 남응삼은 남원 동학농민군과 합세하여 박봉양이 달아나 비어 있던 남원성에 입성했으나, 뒷날 다시 공격해 온 박봉양 군에 패하고 말았다. (이하 남원 편 참조) 정확한 시기는 알 수 없으나 용구동 뒷산(현, 담양군 수북면 주평리)에서 동학농민군과 수성군이 전투를 벌였다는 기록은 있으나, 전황은 뚜렷하지 않다.

「갑오군정실기」로 본 담양 동학농민군 토벌 활동

담양 지역에 토벌군은 가장 빠른 시기인 12월 1일에 들어왔다. 현재 창평 국밥집 거리 일대는 토벌 당시 체포된 동학농민군이 처형된 장소로 알려졌다.

위의 기록 11월 4일 조에 임금께 아뢰기를, "남원 출신 전동석(田東錫)을 호남소모관, 소모관 이경섭(李暻燮), 진사 이속의(李涑儀)와 창평(昌平) 사는 유학 고현주(高顯柱)를 참모사, 윤용수(尹龍洙), 전 중군 이종진(李宗珍), 전 만호 이지효(李志孝), 전 사과 남주송(南周松, 司果) 김윤창(金潤昌), 유학 김형진(金馨鎭), 추시안(秋時安), 김중화(金重華) 등을 모두 별군관으로 임명하여 각 진에 보내 군대 맨 앞에서 힘을 다하도록 하는 것이 어떠하겠습니까?"라고 했다. 이로 보아 담양에는 어느 지역보다 많은 유학 출신 선비가 적극적으로 토벌대 조직에 참여한 사실을 알 수 있다.

「갑오군정실기」에 따르면 "12월 1일 미시쯤 일본군 대위 모리오 마사이치(森尾雅一)가 대관 신창희(申昌熙)·오창성(吳昌成), 별군관 이지효(李志孝)·황범수(黃凡秀) 이주서(李周瑞), 교장 박상길(朴相吉)·황수옥(黃水玉) 등과 아군(관군) 및 일본 군사를 거느리고 담양의 비류를 소탕하기 위하여 출발했으며, … 어제 신시쯤에 대관 신창희가 담양부에서 부대로 돌아왔는데, 그곳 부의 접주 두 놈을 잡아왔지만 일본군 진영에서 잡아갔습니다."라고 했다. 이 밖에 토벌 활동 기록이 자세하지 않다.

참여자 기록을 통해서 본 담양 동학농민군 활동

■ 담양군 창평현에서는 1894년 봄에 백학(白鶴)과 유형로(柳亨魯)가 기포했다. 기포 시기와 장소는 알 수 없으나 정황으로 보아 창평현 장터로 추측하고 있다.

■ 황정욱(黃正旭) 남주송 등은 1894년 3월에 기포하여 동학농민군을 이끌고 백산 대회에 참여했다.

■ 남응삼(南應三, 접주)은 1894년 8월 26일 김개남의 전량관 소임을 수행했고, 그해 10월 동학농민군을 이끌고 남원과 운봉 공격에 나섰다.

■ 이시(李시)는 담양과 나주에서 활동하다가 1894년 11월 나주로 피신했다.

■ 김중화(金重華)는 1889년 전라도 담양에서 동학에 입교한 뒤 널리 포덕했고, 동학농민혁명 시기에는 3천여 동학농민군을 이끌고 김개남 장군 휘하로 들어가 선봉장이 되었다.

■ 이원(李源)은 1894년 12월에 체포되어 나주로 이송됐다.

■ 장대진(張大辰), 채대로미(蔡大老末), 이문영(李汶永, 異名: 文永, 지도자)은 1894년 12월 순천에서 관군에 체포되었고, 장대진 채대로미는 총살됐다.

■ 김춘완(金春完)은 1895년 1월 담양에서 체포됐다.

■ 유형로(柳亨魯)는 창평 출신으로, 1894년 10월 2차 기포 때 동학농민군을 이끌고 전라도 보성에서 활동하다가 1894년 12월 6일에 창평에서 체포되어 옥에 갇혔다. 이들과 함께 옥에 갇혔던 동학농민군은 강판석(姜判石), 이석용(李石用), 원만석(元萬石), 한성옥

(韓成玉), 백준수(白俊水), 김봉철(金奉哲), 하재원(河在元), 장영옥(張永玉), 조공서(曹公瑞), 백처사(白處士), 한충상(韓忠相), 백학(白鶴) 등이라고 했으나 처리 결과는 전해지지 않는다.

■국문보(鞠文甫)는 동학농민혁명에 참여했다가 1895년 1월 전라도 담양에서 체포됐다.

■이장태(李長太, 접주)는 장성 전투 등에서 활동하다가 1895년 1월 전라도 담양에서 체포되어 일본군 진영에서 처형됐다.

■『천도교백년약사』(상)에는 담양 접주로 황정욱(黃正旭), 이경섭(李暻燮), 윤용수(尹龍洙), 남주송(南周松), 김중화(金重華), 김의안(金義安) 6명이 언급되었고, 창평 접주로 유형노(柳亨魯, 창평군수), 백학(白鶴) 2명이 거론됐다. 특이하게 유형노가 창평 군수로 소개됐다.

주요 사적지

■담양 용구동접: (현, 담양군 수북면 주평리) 용구동 일대에 동학교도가 많았고 활동이 왕성한 것으로 알려졌다.
■담양 관아 점령터: (현, 담양군 담양읍 객사리 271, 담양동초등학교) 1894년 6월 1차 봉기 때 동학농민군이 관아를 점령했고, 수성별장이던 국인묵의 집을 불태웠다. 토벌 시기에는 동학농민군의 처형장이 됐다.
■담양 용구동 동학농민군 전투지: (현, 용구동 뒷산) 자세한 전투 상황 기록은 없다.
■금성산성 전투지: (현, 담양군 금성면 금성리, 대성리 일대) 자세한 전투 상황 기록은 없다.
■가산리 동학농민군 은거지: (현, 담양군 담양읍 가산리, 화룡동 일대)
■성산리 동학농민군 은거지: (현, 담양군 대전면 성산리 행성리 일대)
■창평 동학농민군 처형지: (현, 창평 국밥집 거리) 당시 시장에서 동학농민군이 처형됐다.
■창평 관아 동학농민군 처형터: (현, 전라남도 담양군 창평면 의병로 173, 창평초등학교)
■담양 동학농민혁명군 전적지 기념비: (현, 담양군 수북면 주평리 245, 마을회관 앞) 용구동에서 있었던 동학농민군과 일본군의 전투를 기념하여 담양군과 담양향토문화연구회에서 건립했다.

동학 활동 기록은 적지만 희생자는 많아 곡성

「구례교구사」에 1892년 봄에 남원 동학교도가 곡성으로 들어와 기봉진(奇鳳鎭) 강치언(姜致彦)에게 포덕했다는 기록이 보인다. 또 『천도교창건사』에 조석하, 조재영, 기봉진, 오정선, 강일수, 김현기 등이 입도했다는 기록으로 보아 곡성에 동학이 들어온 시기는 1892년 초반으로 보인다. 옥과에 동학이 유입된 시기도 곡성과 비슷한 시기로 추정된다.

1894년 봄, 곡성에서 4명의 접주가 기포

『순무선봉진등록』에 곡성의 이웃 고을인 옥과 지역 기록이 보이는데, "처음에는 거괴가 없었고 단지 협종자로 전재석(全在錫), 김낙유(金洛有), 황찬묵(黃贊黙) 3인 있었다."고 하여 '교세가 약했다'고 했다. 그러나 『천도교창건록』에 "1894년 동학농민혁명에 이병춘, 김기영(金琪泳), 전홍기(全洪基), 조석하(趙錫夏), 조재영(趙在英), 강일수(姜日洙), 김현기(金玄基) 등 4명의 접주가 곡성에서 기포했다."고 했다. 이로 보아 동학 교세가 미약했다는 관의 판단은 착오로 보인다.

『양호초토등록』에 "1894년 4월 19일, 동학농민군 수천 명이 옥

곡성 관아터. 6월부터 10월까지 동학농민군이 관아를 점령하고 있었다.

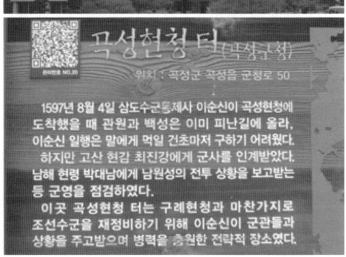

곡성 관아터 표지판. 동학농민혁명 시기에 동학농민군이 곡성 관아를 점령했다.

과현 관아에 들어와 현감을 묶고 무기와 관곡을 탈취하여 정읍으로 물러났다."는 기록이 있다.

동학농민혁명 참여자 기록에는 "1894년 3월 백산봉기 때 강일수(姜日洙), 김현기(金玄基, 교수), 우학로(禹學魯, 교장), 조재영(趙在英) 등 4인이 동학교도를 이끌고 참여했다."고 했다.

곡성 관아 옥 터. 곡성 성당 자리는 원래 관아의 옥 터로, 동학농민군이 핍박을 받은 곳이다. 그러나 안내판은 동학농민군 활동 사실은 없고 모두 이순신의 이야기 뿐이다.

옥과현청터 표지판. 동학농민군이 옥과현을 점령했고, 토벌 시기에는 "옥과 유정효가 벽송정리에서 (동학농민군) 159명을 죽이고, 최경선과 이형백과 63명을 현의 옥에 가뒀다."고 했다.

6월, 7월, 10월에 곡성 관아 점령하여 무장

6월에 김개남 부대가 곡성 관아 공격에 나섰다. 당시 김개남 부대가 워낙 큰 군세를 형성하고 있어서 무혈 점령했다가 철수한 듯하다. 그리고 "7월에 이사홍(李士弘), 기봉진(奇鳳鎭)이 곡성 관아를 습격했다."는 기록으로 보아 동학교단의 9월 18일 재기포 선언보다 두 달 정도 빨리 기포했고, 전봉준이 이끄는 동학대도소에서

"곡성 함열에 군수물자를 요구"한 사실로 보아 곡성 관아가 이미 동학농민군 수중에 있었던 것으로 보인다.

또, "10월에는 곡성의 조석하(趙錫夏)가 동학농민군을 이끌고 기포했다."고 했다. 이로 보면 7월과 10월 2차례 기포했거나, 7월에 기포하여 계속 관아를 점령하고 있었다는 뜻이다.

토벌 시기에 일본군 동학농민군 소살 만행

일본군 후비보병 19대대에서 동학농민군 토벌 작전에 참여했던 미야모토 다케타로(宮本竹太郎) 소위의 편지와 쿠스노키 비요키치(楠美代吉) 상등병의 종군일지에 따르면 "12월 31일(음12.4) 전라도 곡성에서 농가 수십 호를 불태웠고, 그날 밤에 동학농민군 10명을 체포해 조선 사람들을 시켜 소살(燒殺)하도록 했다."는 끔찍한 만행 기록이 보인다. 일본 동로군이 곡성 옥과 동복으로 진군한 날짜가 12월 5일(음)이었던 점으로 미뤄 곡성에서 동학농민군이 소살된 날짜는 12월 6일이다. 왜냐하면 일본 토벌대는 "1895년 1월 2일(음12.7) 오전 8시 30분 곡성 출발하여 오후 2시 40분에 옥과현에 도착했고, 그날 밤에 조선인이 체포해 온 동학농민군 5명을 고문한 뒤 총살하고 시체는 불태웠다."고 했다. 미야모토 소위와 구스노키 비요키치 상등병의 종군일지 내용이 일치하는 기록이다.

옥과 현감 홍우석(洪佑奭)의 보고에 따르면 "옥과현은 규모가 작은 곳으로 애초에 거괴가 없었다."고 했고, 옥과 현감 주도로 민보군인 부의군(赴義軍) 100여 명이 조직되어 있었다. 옥과현의 부의군은 순창의 소모 중군 신기찬과 군관 임민학이 이끄는 병사 150

옥과 옛 현청 터. 지금
은 작은 공원이 조성
되었고, 그 안에 인근
의 공덕비를 모아 놓
았다.

옥과 현청 터 자리 설
산정(雪山亭). 동학농
민군이 이곳에서 처
형됐다.

명과 함께 일본군 주력 부대가 담양의 동학농민군을 진압하러 들
어갈 때 함께 담양으로 들어가기도 했다.

12월 초 전재석(全在錫), 김낙유(金洛有), 황찬묵(黃贊黙) 등이 동
학농민군으로 활동한 죄목으로 체포됐다. 현감 홍우석은 이들이
협박에 못 이겨 따른 것으로 보고했으나, 12월 7일 양호 소모관과
일본군 150여 명이 옥과현에 들어오자마자 그 자리에서 3명을 때
려 죽였고, 동학농민군에 호의적이었던 현감 홍우석은 파직되었
다.

「갑오군정실기」 12월 19일 조에 "…옥과(玉果)에 사는 전 감찰
유정효(劉正孝) 아전 오윤술(吳潤述)이 함께 모의하여 수행하면서,
옥과현 벽송정리에 도착하여 최경선과 차괴(次魁) 이형백(李亨伯)
및 수종자들 63명을 현의 옥에 가두었으며, 또 159명을 죽였습니

다. 동 죄인 경선은 일본 부대에서 압송해갔습니다. 대저 이 일은 유정효가 계획하고 오윤술이 목숨을 돌보지 않고 이 거괴를 붙잡은 것이니 참으로 가상한 일입니다. … 의병소에서 (유정효, 오윤술에게) 1천 냥을 상금으로 주어 격려하였습니다."라 보고했다. 그렇다면 동학농민군 159명을 죽인 곳은 어디일까. 아마 벽송정리 전투에서 거둔 전과를 이르는 말일 것이다. 그렇지만 옥과 현청에서 동학농민군을 처형했다는 기록도 사실이다. 옥과 현청 터에는 현재 설산정(雪山亭)이라는 정자가 들어서 있다.

이 밖에 관군의 정토 기록에 "오정선(吳正善, 접주)이 1894년 12월에 일본군에게 체포되어 남원에서 처형했으며, 곡성 접주 김재홍(金在弘)이 곡성 임실 순창 등지에서 활동하다 완주군 구이면 항가리에 피신했다가 살아났다."고 했다.

박영태(朴永台)는 1894년 부상당한 동학농민군을 치료하면서 군수품 조달 책임을 맡았고, 남원 운봉 방아치 전투에서 큰 부상을 입었다.

주요 사적지

- 곡성 관아 점령터: (현, 곡성읍 군청로 50, 곡성군청) 동학농민군이 동학농민혁명 시기인 6~10월까지 관아를 점령했다.
- 동학농민군 소살 터: (현, 장소 불상) 일본군들이 들어와 농가를 불태우고 동학농민군 11명을 소살했다.
- 옥과 현청 터 및 동학농민군 처형터: (현, 곡성군 옥과면 옥과리 104-9/90-1일대) 동학농민군이 옥과현을 점령했고, 토벌 시기에는 옥과에 사는 전 감찰 유정효가 화순 동복 벽송정 전투에 참전하여 159명을 죽이고 최경선 등 63명을 체포하는 공을 세웠다.

구례 전·현 현감의 동조로 동학 교세 빠르게 성장

    구례 지역에서는 동학 활동이 다양한 양상으로 전개되었다. 임춘봉(林奉春)은 1894년 3월에 구례의 동학농민군을 이끌고 백산 대회에 참가했다가, 10월에 재기포한 인물로, 『천도교백년약사』(상)에 소개됐다. 참여자 기록에 의하면, 구례 지역 동학농민군은 9월에 김병국(金炳國)과 류태홍(柳泰洪) 류시도 형제가 남원성 전투에 참가했으며, 어떤 동학농민군은 순천 광양 등지로 이동하여 활동한 특징을 보였다.

1889년 10월부터 1890년 대 초에 본격적인 동학 포교

    『천도교회월보』에 따르면, 구례에 동학이 유입된 시기는 1889년 10월 28일에 용방면 용정리에 사는 강철수(姜喆秀)가 입교했다는 기록이 보인다. 그리고 이듬해인 1890년 1월 18일에는 광의면 수일리 김석진(金錫振)이, 1892년에는 곡성의 기봉진(奇鳳鎭) 접주가 구례의 허탁(許鐸), 임양순(林良淳), 임태순(林泰淳), 조경묵(趙慶默), 우공정(禹公鼎)에게 포덕했다. 이들은 각기 수백 호의 동학교도를 포교했다. 그러나 『남원군종리원사』 부록인 『구례군교구사』에 따르면 1892년 봄에 남원에 사는 동학교도가 곡성군 기봉진에게 전도

구례 현청 터 구례읍사무소. 동학농민혁명 당시는 전·현 현감이 모두 동학농민군에 우호적이었다.

구례 현청 옆 명협정. 체포된 동학농민군은 주로 의병소와 구례 관아 남문에서 처형됐다.

한 것이 처음이라고 하여 앞의 기록과 차이를 보이고 있다. 곡성군 오곡면 승법리의 강치언도 1892년에 입도했다는 기록이 보이지만 구례 지역에는 1889년 말이나 1890년대 초에 본격적인 포덕이 된 듯하다. 『천도교창건록』에는 "김기영과 전홍기가 1894년에 입교했다."고 했다. 다소 늦은 입교에 비해 이 지역 동학 교세는 빠르게 성장하여 "1894년 동학농민혁명 시기에는 조석하, 조재영, 강일수, 김현기 등 4명의 접주가 동학교도를 이끌고 기포했다."고 했다.

전·현임 현감의 동조로 동학 교세 급성장

구례 지역이 다른 지역과 달리 짧은 시간에 동학 교세가 빠르게 성장한 이유는 관의 묵인 혹은 동조가 가장 큰 이유로 보인다. 『오하기문』에 "전 구례 현감 남궁표와 당시 현감 조규하가 동학에 입교하여 포교에 앞장섰다."고 했다. 또, "구례 현감을 지냈던 남궁표는 현감에서 물러난 뒤에도 구례에서 살았으며, 구례의 적(동학농민군) 임정연을 통해 입교한 뒤 현민들에게 입교를 권유하였다."고 했다. 심지어 현임 현감 조규하는 "적(동학농민군-필자)이 오면 주연을 베풀어 잘 대접하면서 … 전속하는 일에 정성을 다했다. … 사촌의 아들을 개남에게 딸려 보냈고, 자신도 입교하여 자칭 구도인(舊道人)이라 하였다."고 했다.

토벌전에 희생된 이들

구례의 동학농민군 토벌전은 이기(李沂)에 의해 주도되었다. 「갑오군정실기」에 따르면 "구례현 의병으로 이기(李沂)가 의병 맹주(義兵盟主)"라고 호칭되고 있다.

죽산부사(竹山府使) 이두황(李斗璜)이 "일본군 사관 미나미 고시로의 지시로 인하여 본진이 이달 7일에 순창에서 출발하여 구례와 곡성으로 향한 연유는 이미 보고하였습니다. 순창에 있을 때에 구례현 공형의 보고 내용에, '본현의 민인들이 유생 이기를 추대하여 맹주로 삼아 적을 토벌하여 지키려고 계획했으나, 순천과 광양 등의 적도들이 항상 침범하려고 하기 때문에 성을 비우고 종군(從軍)할 수 없습니다.'라고 하였는데… (이두황이) 8일에 곡성에 도착하

였고, 9일에는 구례현에 도착하였는데, 이기가 민병을 이끌고 힘
껏 성을 지키고 있었습니다."라고 하는 것으로 보아 구례현은 의
려(민보군) 이기가 굳게 지킨 것으로 보인다. 이기는 전라도 부안
출신의 개화파 인사로 알려졌다.

토벌 시기인 12월 10일에 구례 의병소에서 처형된 이로 고성권
(高成權), 김기철(金己哲), 원현덕(元賢德), 이기한(李起漢) 등이다. 이
중 김기철은 광양에서 총살됐다. 다음날인 12월 11일에는 김귀철
(金貴哲), 김기만(金基萬), 양갑동(梁甲同), 양주신(梁柱臣), 임정연(林
定然, 접주), 정영수(鄭永水) 등이 구례에서 의병장 이기에게 체포되
어 처형되거나 구금됐다.

12월 13일에는 고광신(高光臣), 이치년(李致年)이 광양 옥곡에서
하동의 민포군에게 체포되어 비촌(현, 광양시 진상면 비평리)에서 처
형됐다.

주요 사적지

- ■ 구례 현청 터 명협정: (현, 구례읍 봉성산길 12, 구례읍 봉동리 295-1, 구례읍사무소) 동학농민혁명 시기에 전 · 현직 두 현감이 동학농민군 편에 있었지만, 민보군 이기가 성을 지켰다.
- ■ 구례 동학농민군 주둔지: (현, 구례군 산동면 위안리 월계마을)
- ■ 동학 접주 임정연 거주지: (현, 구례군 광의면 수월리 당촌마을, 사직동)
- ■ 화엄사 동학농민군 군수물자 저장소: (현, 구례군 마산면 황전리12, 화엄사)
- ■ 연파리 동학농민군 집결지: (현, 구례군 광의면 연파리 412-1, 면사무소 일대)
- ■ 구례 의병소 동학농민군 처형지: (현, 장소 불상) 이곳에서 고성권 김기철 원현덕 이기한 등이 민보군 이기에 의해 처형됐다.
- ■ 구례 현감 남궁표 선정비: (현, 구례군 구례읍 봉성산길 31-24)
- ■ 만수동 구안실터 『오하기문』 저술지: (현, 구례군 간전면 수평리 산67번지 외) 동학에 대해 비판적인 황현은 아이러니하게도 동학의 투쟁지인 이곳에서 『오하기문』을 집필했다.
- ■ 구례 관아 남문 동학농민군 처형지: (현, 구례군 구례읍 봉동리, 현청터) 토벌 시기에 동학농민군을 구례 남문에서 처형했다.

함평 영광, 나주, 무안, 광주 지역 동학농민군과 연계 활동

동학농민혁명 시기 함평의 동학농민군 활동은 이화진 대접주를 중심으로 김경옥, 이춘익, 이재민 등이 이끌었다. 이들은 고창 여시뫼봉 기포, 백산 대회, 정읍 황토재 전투, 장성 황룡강 전투, 전주성 전투를 치러냈다. 2차 기포 때는 고막포 전투에서 많은 희생자를 냈다. 그리고 인근 지역인 영광 나주 무안 광주 지역 동학농민군과 연계한 활동을 벌였다.

1890년대 초기에 동학 유입

함평에 동학이 언제 들어왔는지 정확한 기록은 없다. 영광 나주 무안 광주 등 인근 고을과 마찬가지로 1890년 초기에 유입됐을 것으로 보인다.

대접주 이화진의 본거지가 함평이었으며, 그의 고숙으로 덕망이 있던 흥성(興城) 장씨 장옥삼(張玉三)·장경삼(張京三)·장공삼(張公三) 3형제가 참여했다. 함평읍 출신으로 군산 첨사를 역임한 이태형이나 학식이 있던 해보면 정평오의 참여로 함평 동학 활동의 중심이 되었다.

함평 집강소 경모제
(敬慕齊). 함평읍 옥산
리 소재의 이 시설은
낡아가고 있다.

1차 봉기 시기, 함평 관아 점령하여 7일 동안 머물러

전봉준이 이끄는 동학농민군 주력이 정읍 황토재 전투에서 감
영군을 물리치고 함평으로 들어온 것은 4월 16일이었다. 당시 현
감 권풍식(權豊植)은 관아에 150명의 수성군과 100여 명의 유림군
이 있었다. 이들과 접전하여 관아를 접수하고, 7일 동안 머물면서
큰길을 행진하며 기세를 돋우었다. 초토사에게 봉기 목적을 알리
는 글을 보내거나 동학농민군 일부는 18일 무안 접경으로 진입하
기도 했다.

19일에는 무안의 동학농민군이 함평으로 이동해 왔다. 이날 동
학농민군이 양호초토사 홍계훈에게 군전, 환전, 세미 등 8개 조항
의 개혁안을 내걸고 폐정 개혁을 요구했다. 이 시기의 함평 동학농
민군 활동은 「갑오군정실기」 나주 쪽에서 보고된 기록에서 활동
에 대한 추론이 가능한데, "(함평의 동학농민군)이 6월 17일에 수천
명의 무리가 남평(南平)을 점거하고 기필코 우리(나주성)를 침범하
겠다는 형세가 분명히 있었지만 우리들이 이미 굳게 지키고 있었

기 때문에 저들이 과연 가까이 다가오지 못했습니다."라고 한 것으로 보아 난공불락의 나주성을 치기 위해 또 다른 세력의 동학농민군이 함평에 머문 것으로 보인다.

또, "7월 5일에 비괴 최경선이 또 만여 명을 이끌고 불을 지르고 총을 쏘며 곧바로 서문으로 쳐들어왔습니다. 목사와 우영장이 직접 포와 돌을 무릅쓰고 군민을 격려했으며 먼저 대포를 쏘고 계속하여 총을 쏘고 돌을 던져 저 비도들 중에서 넘어져 죽은 자들을 모두 합하면 1백 명은 되었으며, 나머지 무리들은 도망가 흩어졌습니다."라고 한 기록으로 보아 함평 동학농민군은 최경선이 이끄는 동학농민군과 연합하여 나주성 전투에 참여한 사실과, 많은 희생자가 있었던 사실을 알 수 있다. 뒷날 현감 권풍식이 '동학당을 엄호했다'는 혐의로 체포되어 1895년 3월 법무아문 재판에서 '장일백(杖一百)'의 형을 받았다.

집강소 설치 시기, 함평 집강소 설치

함평 동학농민군은 읍내에 집강소를 설치하기로 하고, 1894년 6월 경 인동 장씨 소유의 경모재(敬慕齋)에 집강소를 설치했다. 집강 대행 서기로 장경광이 임명되었지만 구체적인 활동은 알려진 바가 없다. 어떤 기록에는 "함평의 동학농민혁명은 적촌리 장터 등 함평 읍내를 중심으로 일어났지만, 집강소는 함평 외곽 지역인 월야면에 위치했다."는 다른 설도 있다.

1894년 12월에 동학농민군에 대한 진압이 시작되자 집강소도 폐쇄됐다. 경모제는 인동 장씨 선산의 일부로, 박정희 정권 때 해안경비 전투경찰대 본부로 사용되다가 현재는 예비군훈련장으로 사용되고 있다.

2차 기포 때 이화진 함평 동학농민군, 고막포 전투에 참여

괴치마을 부지는 당시 동학농민군이 군사훈련장으로 사용했으며, 삼정들(혹은 삼장들)은 장경삼, 장옥삼, 장공삼 삼장군의 이름을 따서 지었다.

2차 기포 시기에 함평의 동학농민군은 전봉준 군에 합류하기 위해 북상한 세력과 나주성을 치기 위해 남하하여 고막포 전투에 참여한 두 세력으로 나뉘었다.

당시 함평 동학농민군을 이끌고 남하한 지도자는 대접주 이화진 외에 김경옥, 이춘익, 이재민, 이곤진, 김성필, 김인오, 김성오, 김성서, 노덕팔 등이 있었다.

고막원은 함평과 무안의 경계에 있다. 함평 무안 나주 지역에서 모인 수만 명의 동학농민군이 고막원 일대에 집결해 있었다. 동학

동학농민혁명 장경삼·옥삼·공삼 선생 공적비(東學農民革命 張京三 玉三 公三 先生 功績碑). 함평군 신광면 계천리 사천마을 장산들 입구에 서 있다. 공적비 너머 들판은 동학농민혁명 기포 시기에 동학농민군의 훈련 터였다.

농민군이 장차 나주를 공격할 계획이라는 소식을 접한 민종렬은 나주성 북쪽의 수성군을 급히 불러들이는 한편 일본군과 좌선봉장 이규태에게 지원을 요청했다.

11월 18일 아침, 민종렬이 나주 수성군을 출동시켜 고막원 동쪽 청림산과 호장산 진등참 일대에 모여 있던 동학농민군을 선제 공격에 나섰다. 동학농민군은 수성군이 쏘아대는 대포의 위력에 견딜 수 없었다. 어쩔 수 없이 후퇴하던 동학농민군은 좁은 고막교를 한꺼번에 건너다가 많은 이들이 물에 빠져 희생됐다. 일설에 따르면 때마침 밀물 때여서 많은 동학농민군이 익사했다고 전한다.

고막원 전투에서 동학농민군을 크게 물리친 나주 수성군은 배후의 공격이 두려워 일단 나주로 돌아갔다. 그 뒤 11월 21일 포군 300명을 앞세우고 고막리 일대의 동학농민군을 다시 공격해 왔다. 동학농민군들은 대포와 신식 무기에 밀려 후퇴할 수밖에 없었으니, 고막리 전투에서 동학농민군은 두 차례나 패하여 큰 타격을 입은 셈이다.

함평 동학농민군, 민보군과 일본군에 의해 보복 살육 당해

함평을 포함한 전남 지역은 동학농민혁명 막바지에 동학농민군이 내몰린 지역으로, 살육의 현장이 되었다. 동학농민군의 뒤를 쫓으며 남하하던 일본군과 관군에 의해서, 또 기득권을 되찾으려는 지역 토호들이 조직한 민보군에 의해서 동학농민군이나 그 가족 그리고 양민이 곳곳에서 학살되었다. 당시 관-일본군은 동학농민군을 색출하기 위해 현상금을 걸어 밀고제를 시행하기도 했다.

12월 5일, 함평 현감이 민보군을 모군한 다음날인 6일부터 동학농민군 체포에 나서 접주 김치오 정원오 등을 체포하여 포살, 7일에는 접주 이두연 김정필을 붙잡아 포살, 8일에는 접주 이재복 김원숙을 체포하여 포살, 9일에는 윤정보 장경삼 정평오를 포살했다. 일본 서로군이 10일에 함평에 들어와 16인을 총살했다. 민보군은 12월 30일에 다시 토벌을 시작해 이듬해 2월 17일까지 동학농민군 처형을 계속했다.

당시 비참하게 죽은 장옥삼 3형제를 비롯한 동학농민군의 넋을 기리기 위해 1997년 후손들과 추진위원의 노력으로 '함평동학농민운동기념탑'이 세워졌다.

고막포 전투지 고막교. 동학농민군이 나주 수성군에 패해 이곳에서 많은 익사자가 생겼고, 수많은 동학농민군이 체포되었다. 체포자는 대부분 무안 관아에서 참수 처형됐다.

참여자 기록을 통해서 본 함평 동학농민군 활동

■ 강봉희(姜鳳熙)는 1887년 동학에 입도하여 1892년 삼례 취회, 1894년 3월 백산 대회에 참여했고, 함평을 점령하고 나주성 공격

에 나섰다가 전사했다.

■ 임경윤(林京允)은 4월 23일 장성 전투에 참여하고 2차 기포 때 이화진 장공삼 등과 동학농민군을 규합하여 전봉준 부대에 출전했다.

■ 이상삼(李相三 異名: 李象三)은 아전 출신 동학농민군 지도자. 함평에서 동학농민혁명에 참여하여 수성장(守城將)으로 활약하다가 붙잡혀 처형됐다.

■ 김용택(金容宅, 접주)은 함평 지역 접주로, 영광·함평 지역에서 활동하다가 장성 황룡 전투에서 전사했다.

■ 김복환(金卜煥, 접주), 김진환(金鎭煥, 접주)은 장성에서 활약하다가 공주 전투 패전 후 남하하면서 관군과 일본군의 살육전에 맞서 싸우다가 함평에서 전사했다.

■ 전창섭(全昌燮)은 1894년 나주 지역에서 활동하다가, 나주성 북문 전투 중에 사망했다.

■ 이태형(李泰亨)은 1894년 함평접주 이화진과 함께 동학농민군으로 활동했으며, 이고창의 밀고로 체포되어 그해 12월 24일 처형됐다.

■ 1894년 12월 30일 일본군 진영에서 총살당한 이로 윤상근(尹相近), 박문팔(朴文八), 이순백(李順伯), 이창주(李昌朱), 이계성(李季成), 서치운(徐致雲, 접주), 장현국(張賢局), 이오서(李五瑞), 노홍상(魯洪尙), 노인경(盧仁京), 박겸오(朴兼五), 장소회(張所回), 박용무(朴用武), 최유헌(崔有憲), 이경식(李京植), 이익성(李益成) 등 16인이다.

■ 홍곤삼(洪坤三)은 함평에서 동학농민혁명에 참여했다가 1895

년 1월 19일 체포되어 나주로 압송됐다.

■ 장공삼(張公三), 장경삼(張京三), 장옥삼(張玉三) 3형제는 1894년 영광 무안 지역에서 벌어진 전투에 참여했다가 부상을 입고 피신했으나 체포되어 12월 9일, 1895년 2월 17일에 각각 처형됐다.

■ 이관현(李官現)은 영광, 함평, 나주 등지의 전투에 참여했다가 행방불명됐다.

■ 전희중(田希仲), 이헌조(李獻祚), 김익수(金益洙)는 1894년 함평에서 동학농민혁명에 참여했다가 1895년 수성군에게 체포됐다.

■ 김태서(金台書, 접주)는 이은중을 따라 동학농민혁명에 참여했다가 피신한 뒤 1899년 고창 재봉기 운동을 하다가 체포됐다.

■ 이 밖에 참여자 명단에 등재된 함평의 62명의 동학농민군은 다음과 같다. 임춘경(林春京), 한백룡(韓白龍, 대정), 송담신(宋談臣, 대정), 이목헌(李穆憲, 집강), 이돈창(李敦倡, 집강), 이돈섭(李敦

함평 집강소 터. 표지판에 옛 경모제(敬慕齊) 모습을 고증해 놓았다. 그러나 현재 이 시설마저도 낡아 가고 있다.

爕, 집강), 이유수(李儒洙, 집강), 이유영(李儒英, 교수), 전기섭(全琪爕, 도집), 정해욱(鄭海郁, 접사), 정안면(鄭安冕, 접주), 이백인(李白仁, 접주), 김태원(金泰元), 장경광(張京光), 김경선(金京先, 접주), 이두연(李斗連, 접주), 이창규(李昌奎), 노덕팔(盧德八, 접주), 이재민(李在民, 접주), 김성오(金成五, 접주), 이응모(李應模), 박준상(朴俊尙), 김문조(金文祚), 이재면(異名: 滋冕, 접주), 이화량(李化良), 김경오(金京五), 노덕휘(魯德輝), 김인오(金仁五), 김성서(金成西), 이곤진(李坤辰), 이춘익(李春益, 접주), 이화진(李化辰), 조병묵(曺丙默), 정원오(鄭元五), 정곤서(鄭坤西), 윤경욱(尹景郁), 김치오(金治五), 김시선(金是先), 이관섭(李觀爕), 김학필(金學必), 김정필(金定必, 접주), 공명오(孔明五), 이재복(李在卜, 접주), 김원숙(金元叔), 윤정보(尹正甫, 지도자), 박경중(朴京仲), 김시환(金時煥), 박춘서(朴春西), 김봉규(金奉奎), 윤찬진(尹贊辰), 서기현(徐基鉉), 정경택(鄭京宅, 異名: 敬澤), 윤정보(尹正甫), 박만종(朴萬宗), 김춘경(金春京, 접주), 김덕홍(金德洪), 윤영국(尹永菊), 최이현(崔二玄), 정평오(鄭平五, 대접주), 이은중(李殷仲)

인물지

○장경삼·옥삼·공삼(張京三 玉三 公三): 홍성 장씨 삼형제가 살던 곳은 현재의 신광면 계천리 사천마을이었다. 이 마을은 홍성 장씨의 동족마을로 중조 영(英)의 8세손인 이길(以吉)이 임진왜란 때 의병으로 참여하고 사간원 대사간, 이조참판 등을 역임한 뒤 벼슬에서 물러나 이곳에 은거하면서 형성된 마을이다.

동학농민혁명 당시 인근 지역에서 학식과 후덕한 성품으로 인정받던 이들 3형제가 동학농민혁명에 참여하자 부근의 많은 농민들이 참여했다. 이들은 괴치마을 앞들에서 군사 훈련을 했는데, 장씨 삼형제가 군사를 조련한 곳이라는 뜻으로 "삼장들"이라 불리게 되었고, 시간이 지나면서 "삼정들"로 변음되었다. 장경삼은 동학농민군 토벌 시기인 1894년 12월 9일에, 장옥삼, 공삼은 이듬해 2월 17일 함평에서 처형됐다. 이들의 집은 헐리어 함평 관아 객사 재목으로 사용되는 비운을 맞았다.

○ 이화진(李化辰, 1861~1894): 출생지는 전라남도 함평군 손불면(孫佛面) 죽장리(竹長里) 장돌마을. 함평의 동학 대접주로, 그의 고숙 홍덕 장씨 장옥삼에게 동학농민혁명의 참여를 권유하여 그의 형제들이 참여하고 가족도 참여했다. 전봉준이 이끄는 동학농민군 주력 부대가 4월 16일 함평에 당도하자 힘을 합쳐 함평 관아를 점령했다. 이화진은 함평 동학농민군을 이끌고 전봉준과 함께 전투에 참여했다가 붙잡혀 처형됐다.

주요 사적지
- 함평 집강소 터 경모제(敬慕齊): (현, 함평읍 옥산리 321) 1894년 6월, 인동 장씨 소유의 재각인 경모재(敬慕齋)에 집강소를 설치했다.
- 함평 관아 점령터: (현, 함평읍 함평리 123-1, 함평군청) 동학농민혁명 당시 동학농민군이 관아를 점령했고, 6월에는 집강소가 설치됐다.
- 고막포 전투 터: (현, 함평군 학교면 고막리 112일대) 전투에서 패한 뒤 마침 밀물 때여서 이곳에서 익사한 동학농민군도 많았다.
- 서남부 동학군 집결지 고막원(古幕院) 터: (현, 나주군 문평면 옥당리) 서남부 지역의 동학농민군이 이곳에 집결하여 고막원 전투를 치렀다.
- 동학농민혁명 장경삼·옥삼·공삼 선생 공적비(東學農民革命 張京三 玉三 公三 先生 功績碑): (현, 함평군 신광면 계천리 사천마을 장산입구) 공적비 너머 들판은 기포 시기에는 동학농민군의 훈련 터였다.
- 함평 집강소 집강대행 서기 장경광 묘지: (현, 함평읍 옥산리 10-10)

무안 남부 도호소 배상옥을 중심으로 활동

1892년, 무안에 동학 포교 시작

1892년 무안 지역 입도자는 고군제(청계면 도림리), 김의환, 이병경, 이병대(청계면 남안리), 조병연(청계면 남성리), 한용준(몽탄면 당호리), 함기연(청계면) 등이다. 1893년에는 송두욱, 송두옥(청계면 상마리), 한택률(청계면 청계리), 송군병과 박인화(청계면 하마리), 정인섭(외읍면 교촌리) 등이 입도했다. 일시에 여러 지역으로 포교된 사실을 알 수 있다.

무안 동학교도 활동은 1893년 2월 광화문복합상소 때부터이다. 동학교도 대표로 배상옥(裵相玉, 일명 배규인, 裵圭仁)의 동생인 배규찬(裵奎贊)이 참여했다. 1893년 3월 원평취회 보은 취회에 영암접에서 40명, 나주접에서 70명, 무안접에서 80명이 참석했다고 하여 근동에서 가장 많은 동학교도가 참여한 사실을 알 수 있다.

1차 봉기 때부터 활발한 투쟁 활동

전봉준 손화중 대접주가 1894년 3월 15일 고창 당산에 모였을 때 무안의 배상옥과 해남의 김춘두가 동학교도를 이끌고 참가한 것으로 보인다. 3월 25일, 백산에서 동학혁명의 깃발이 오르자 무

안 해남 진도 동학농민군이 본격적으로 활동에 나섰다. 백산 대
회 당시 기록에 무안 출신 장령이 15명이었는데, 배상옥, 배규찬
(裵圭贊), 송환호(宋寬浩), 박기운(朴琪雲), 정경택(鄭敬澤), 박연교(朴
淵敎), 노영학(魯榮學), 노윤하(魯允夏), 박인화(朴仁和), 송두옥(宋斗
玉), 김행노(金行魯), 김민홍(李敏弘), 임춘경(林春京), 이동근(李東
根), 김응문(金應文) 등이다.

　4월 6일, 동학농민군은 황토현에서 승리를 거두고 정읍과 흥덕,
그리고 무장을 지나 4월 12일에 영광을 점령하고 4일간 머물다 16
일 함평 관아를 점령했다. 동학농민군은 함평과 무안에서 5일간
체류했다. 이 시기는 무안과 해남의 동학농민군이 대대적으로 기
포할 때였다. 일본 부산총영사관 무로다(室田義文)가 작성한 「동
학당에 관한 휘보」 4월 21일 자에 "무안에서 보낸 보고를 접하니
본 현 삼내면(三內面) 동학농민군 7~8천 명이 절반은 말을 타고 절
반은 걸어서 몸에는 갑주(甲冑)를 입고 각기 긴 창과 큰 칼을 지니
고 18일에 들어와 하룻밤을 자고 나주로 향했다."라고 당시 무안
의 동학농민군의 활동 상황을 전했다. 여기서는 무안에서 관아와
충돌했다는 기록이 없는데, 이는 관아를 비워 놓았기 때문일 것이
다. 「전라도 출정군의 위로를 위한 내탕전 하사의 건」에는 "동학도
는 셋으로 나뉘었는데 하나는 영광에 주둔하고 (다른) 하나는 무안
에 주둔하고 (또 다른) 하나는 함평에 주둔하면서 서로 연계하며 성
원하고 있다."고 했다. 4월 18일에 동학농민군이 무안을 점령했다
는 소식을 접한 전라병사 이문영은 "순천과 창평에서 병력 2백 명
(순천에서 150명, 창평에서 50명)을 동원하여 4월 20일에 무안으로 급

히 파송하여 성을 지키는 데 돕도록 하였다."고 했다. 이들이 무안에 들어왔을 때는 이미 동학농민군이 성을 점령하고 있었기 때문에 별다른 역할을 못했다. 이 시기에 삼향면에서 7, 8천 명이 올라왔다고 한 것은 배상옥 대접주가 이끈 동학농민군을 말한다.

배상옥은 자신이 태어나 살던 삼향면 대양리(大陽里, 大朴山 북쪽에 있는 대월리)에서 출정하여 청계면을 거쳐 무안읍으로 들어왔다.

배상옥 대접주 집강소 설치

무안의 집강소는 전주 화약 이후인 1894년 6월에 무안읍을 비롯해 여러 곳에 설치된 것으로 보인다. 무안읍에서 10리쯤 떨어진 재실(청계면 청천리)에 집강소를 설치했다. 집강소는 폐정 개혁에 힘을 기울여 탐관오리의 징계, 신분 해방 운동과 사회 신분제의 폐지 추진, 횡포한 부호의 응징과 그들의 전곡 몰수, 삼정의 개혁과 무명잡세의 폐지 등을 실시했다.

1894년 4월에 부임한 무안 현감 이중익은 보은 취회 당시 보은 군수로 있어서 일찍이 동학교도의 위세에 대해 잘 알고 있었기 때문에 동학에 비교적 우호적이었다. 그는 9월까지 재임 기간 중에 동학교도와 큰 마찰이 없었다. 『일성록』 8월 25일 자에 의금사(義禁司)에서 전라도 관찰사에게 "무안 현감 이중익을 공납 전곡을 지키지 못했다는 죄목으로 압상(押上)하라."는 명을 내린 바 있다. 이는 이중익이 공납 전곡을 동학농민군에게 내어주고 동학농민군에게 약탈당했다고 보고한 데 따른 문책으로 보인다.

배상옥, 동학혁명 초기 무안을 비롯한 서남부 지역 점령

무안을 점령한 배상옥은 식량 문제 등을 감안하여 정예 병력만을 추려 전봉준 군에 합류시킨 것으로 추정되며, 배상옥 접주는 독자적인 활동을 벌였다.

배상옥 대접주는 집강소 설치에 앞서 목포진(木浦鎭)을 공격하여 무기를 거두어 무안으로 들여왔다. 「순무선봉진등록」의 목포 만호 보고에 "지난 6월에 전 만호가 있을 때 동학의 무리 수천이 본진에 돌입하여 군기를 몽땅 약탈하여 갔다."고 했다. 그런데 7월 말에는 무안 동학농민군이 전라 우수영을 공격하여 무기를 탈취했다. 연이어 여러 읍성에서 무기 탈취가 이루어졌는데, 무안 주변의 다경진이나 임치진의 경우도 예외가 아니었다. 이 같은 추정은 12월에 목포진의 군사들이 대월리에서 되찾은 곡물 100여 석과 돈 1,000여 냥과 수습 물건 중에 무기는 목포진에서 빼앗겼던 양보다 훨씬 많았다는 사실이 이를 뒷받침한다.

동학농민혁명 당시 전투지였던 무안읍성 객사인 면성관 터(현, 무안초등학교). 무안 관아는 동학농민혁명 초기부터 동학농민군에 접수되었다.

동학농민혁명 당시
기포지이자 훈련터였
던 해제면 석용리

2차 기포 시기 무안 동학농민군의 활동

전봉준이 재기포할 때 전라도 일대 집강소를 통해 많은 군량미와 군수전을 거둬들였는데, 10월에 이응식(李膺植)이 무안 현감으로 부임하면서부터 동학교도와 갈등이 나타나기 시작했다. 10월 초에 집강소가 폐쇄되고 대신 수성소로 전환되면서 대월리로 옮겨간 것으로 보인다.

9월 20일, 배상옥은 이로면 대월리에 남호도소를 설치하여 무안현 등 주위 29개소에서 무기를 탈취하고 군량을 확보하는 등 재기포에 나섰다. 영광군 홍농면 이현숙 공초문에 "무안의 배 접주(배상옥)는 거짓의 성을 쓰는 사람이며, 이현숙이 탈취해 온 벼를 배상옥이 '내 배에 옮겨 실으라 했다' 했다"는 사실로 미뤄 당시 배상옥의 영향력이 영광까지 미치고 있으며, 대대적으로 군량을 조달한 사실을 알 수 있다.

10월 12일, 전봉준이 1만 명의 동학농민군을 거느리고 삼례를 출발하여 북상했다. 이때 손화중과 최경선, 배상옥은 아직 공략하지 못한 나주성과 일본군이 서남쪽 바다로 온다는 소문 때문에 합류하지 않았다. 따라서 무안 동학농민군은 손화중 최경선 오권선 등과 연계된 전투를 치렀는데, 이 같은 사정은 나주목사 민종렬의 〈나주평적비〉에도 잘 나타난다. 민종렬은 1894년 9월 29일 호남소모사로, 10월 28일 호남초토사로 임명되어 총 여섯 차례의 크고 작은 전투를 치렀지만 한 번도 패하지 않았다. 달리 말하면 동학농민군이 나주를 점령하지 못했다.

동학농민군의 희생이 컸던 고막포 전투, 이어 대월리 집결

11월 17일에 무안 함평 동학농민군이 고막원 일대에 집결했다. 「금성정의록」은 이때 모인 동학농민군의 수가 5만에서 6만이라고 했다. 11월 18일에는 무안 함평 동학농민군이 나주 수성군과 치열한 공방전을 펼쳤다. 11월 21일에는 수성군이 고막원 일대에 포진해 있던 동학농민군을 공격하여 동학농민군이 참패했다. 이를 나주성 쪽 기록에 "11월 16일에 무안의 거괴가 나주의 서쪽으로 30리 떨어져 있는 고막포에 집결한다는 급보가 연달아 도착했다. 적의 형세를 탐문하니 적의 숫자가 숲처럼 많아서 단번에 격퇴하기가 어려웠다. 적의 수효가 많아 (…) 먼저 포를 잘 쏘는 포군 100여 명을 장등(長嶝, 산등성이)의 요충지에 매복시키고 의병(민보군-필자)을 지휘하여 멀리서 호응하는 형세를 만들었고, 병사를 3개 진영으로 나누어 또한 기각지세(掎角之勢, 앞뒤에서 적을 몰아치는 태세)

를 이루었으며 깃발을 내리고 북을 멈추어 잠시 겁을 먹어 위축된 형세를 보였다. 11월 17일 사시에 과연 적(동학군-필자)들이 가볍게 보고 두 길로 나누어 불을 지르고 포를 쏘며 서로 바라보는 곳에서 삼대처럼 모여 있었다. 관군은 한편으로 대완포를 쏘고, 앞뒤로 매복한 병사들은 일제히 함성을 지르고 포를 쏘면서 바람처럼 내달아 번개처럼 공격했다. 적들은 본래 오합지졸인데, 어찌 수백 명의 충성스럽고 의로운 군대를 감당하겠는가? 일시에 풍비박산되었는데, 태완이 병사보다 앞장을 서서 10리를 추격하니 시체가 뒤엉켜 쌓여 있었고, 노획한 기계는 이루 다 셀 수가 없었다. 또 밤에 전투하여 죽인 자는 셀 수가 없었다. 한밤중이 되어서야 군사들에게 음식을 주고 날이 밝기를 기다려 다시 공격하기로 했다."고 했다. 비록 승자의 기록이긴 하지만 작전도 치밀하고 무기도 동학농민군보다 우세했다. 비록 과장되긴 했지만 여기서 중요한 것은 희생된 동학농민군 숫자인데, 많은 희생자가 난 것은 사실로 보인다.

청계면 청천리 동학농민군 집강소로 쓰인 것으로 알려진 청천재. 달성 배씨 제각이다.

고막원 전투에서 패퇴한 동학농민군은 11월 27일 광주에 들어
왔다. 그러나 전봉준이 태인 성황산 전투를 끝으로 동학농민군을
해산하고 은신했다는 소식을 접하자 손화중 최경선 등 동학농민
군 지도자들은 12월 1일 동학농민군을 해산시켰다. 배상옥은 휘
하의 동학농민군을 이끌고 무안으로 돌아오다 수성군과 충돌하여
다시 많은 인명 피해를 입었다.

12월 8일, 배상옥은 무안 지역 동학농민군 수천 명을 삼향면 대
월리에 집결시켰다. 「순무선봉진등록」에는 "12월 8일에 무안 경내
동학배 수천 명이 대월리 앞에 모였다가 경군이 내려온다는 소식
을 듣고 거의 해산했다."고 했다. 이날은 동학농민군이 장흥을 함
락하고 강진성이 떨어지던 날이다.

배상옥은 경군과 일본군이 내려온다는 소식을 알고 있었다. 배
상옥은 수백 명의 장정들을 추려서 장흥으로 보내기 위해 모였
던 것으로 보인다. 「전라도소착소획동도성책(全羅道所捉所獲東徒成

청계면 청천리 마을
유래비. 동학농민혁
명 당시 기포지인 동
시에 동학농민군의
훈련 터었다.

삼의사비. 무안군 해제면 석산 마을 어귀에 최장현, 최기현, 최선현 3의사를 기리기 위해 세워진 비.

冊)」에 의하면 "12월 8일에 접주인 배정규(裵正圭)와 박순서(朴順西)를 체포하여 즉시 포살하고, 동당 서여칠(徐汝七) 등 6명도 체포하여 경중을 가려 처분하도록 했다. 9일에는 적당 19명을 잡아 그 중 거괴인 김응문(金應文), 김자문(金子文), 정여삼(鄭汝三), 김여정(金汝正), 장용진(張用辰), 조덕근(趙德根)은 심문을 마치자 곧 처형했고, 나머지 12명은 경중을 가려 처분하라 했다."고 했다. 접주급인, 김응문, 김자문, 정여삼, 김여정, 장용진, 조덕근 등은 혹독한 고문을 당했다. 이어 "무안 망운 목장의 동학 우두머리인 이익선 등 4명은 체포 후 우진영에 압송하고 엄중 심문하여 정보를 얻도록 했다."고 했다.

토벌 시기 토벌군의 참혹한 학살극 자행

「순무사정보첩」에 따르면 "무안은 비류의 소굴로, 거괴들이 많았다. 그래서 수성군을 설치하고 각 면의 민정들과 힘을 모아 접주만 70여 명을 붙잡았으며, 이 밖에 도망한 자도 많았다. 본관은 민원에 따라 30명을 처단하고 40명은 가두게" 했다.

12월 12일, 토포사 이규태가 무안현에 보내는 감결(『先鋒陣各邑了發關及甘結』)에 구체적인 인명이 나오는데, "(배상옥은 도망치고) 배규찬, 오덕민, 조광오, 김문일, 박경지, 박기운, 김효문, 양대숙, 서여칠, 박기년 등 10명을 붙잡았다고 했다. 이들을 삼향면 군민들이 보는 앞에서 배상옥의 동생인 배규찬을 효수하고 나머지 9명은 총살했다."고 했다.

나주의 일본 진영에서 12월 30일, 94명 중에서 73명을 일본 진영에서 총살했는데, 최문빈(崔文彬: 최장현), 최이현(崔二玄: 최선현) 최기현(崔基玄) 등은 무안 출신 접주였다.

「금성정의록」 갑 편에 "무안의 동학농민군이 영암으로 넘어왔다."고 했다. 이들은 좌선봉진 이규태 군이 무안으로 내려온다는 소식을 듣고 주룡나루를 건너 영암으로 들어간 것으로 보인다. 12월 23일에 장흥 회령면 통수에게 무안의 박치경, 박채현(접주), 임학(접사), 김몽길 4명이 체포되었는데, 이들은 장흥 전투에 합류한 것으로 보인다.

「양호우선봉일기(兩湖右先鋒日記)」에 이두황은 12월 무안의 동학농민군이 해남으로 도피했을 것을 예측하고 작전을 수행했다. 선봉장 이규태는 12월 14일 해남으로 피신한 배상옥을 잡기 위해 무안 수성군 오한수와 정춘섭에게 체포를 명했고, 12월 24일 배상옥은 관군의 추적을 피해서 해남으로 내려왔다가 은소면에 사는 윤규룡의 밀고로 붙잡혔다. 윤규룡은 배상옥을 일본군 대위 마쓰모토 마사히로(松本正保)에게 인계했는데, 마사히로는 그 자리에서 배상옥을 처형했다. 그 대가로 윤규룡은 현상금 천 냥을 받았다.

무안읍 해제 출신 최장현, 최선현, 최기현 등 3의사도 나주성 싸움에서 패한 뒤 관-일본군의 눈을 피해 고향으로 돌아왔다. 그러나 12월 25일 마을 사람의 밀고로 체포되어 나주로 끌려갔다가 27일 일본군에 의해 처형됐다. 12월 28일에는 배상옥을 수행했던 김종곤, 윤석호, 윤문여도 청계 사람들에게 붙잡혀 죽임을 당했다.

무안 지역의 동학군 추격전은 이듬해까지 이어졌다. 1895년 1월 5일에는 무안읍 교동(향교마을)에 사는 박정환이 죽었다. 무안읍 몽탄에 거처를 두고 나주와 함평 지역을 오가며 동학농민혁명에 활동한 접주 김응문, 김효문, 김자문, 김여정 등 형제 혹은 부자, 3대가 한꺼번에 희생된 예도 있다. 『전라도각읍매사읍작통규모관사조약별록성책』 작통질(作統秩)은 동학도의 토벌을 담당한 호남초토사 민종렬이 1895년 1월 29일에 도내 각읍에 내린 문서인데, 무안 나주 남평 함평(4읍)과 함께 한 통(統)으로 편성되어 동학농민군 소탕에 빈틈없이 준비를 갖추게 했다.

무안의 동학농민군 집단 처형지

지금까지 무안 동학농민군 집단 처형지는 여섯 곳으로 알려졌다. ① 차밭머리: 상사지나 경신동 사람들의 증언에 "갑오년 끝판

무안 동학농민혁명지도자 김응문 일가족 현창비. 무안의 동학 지도자 김응문 김효문 김사문 3형제와 김응문의 아들 김여정이 고막원 전투 때 체포되어 무안 관아에서 참수 처형됐다.

에 이곳에서 동학농민군을 떡시루처럼 켜켜이 쌓아놓고 불태워서 죽였는데 사흘이 넘게 노린내가 나서 오가지 못할 정도였다." 고 했다. 12월 12일에 배규찬을 비롯한 김효문 현경의 박규상 박기옥이 이곳에서 처형됐다. ② 붉은고개: 동학농민군이 처형된 자리로, 많은 사람들이 피를 흘리며 죽어 길이 붉게 물들어 붙은 이름이다. ③ 창포만의 바우백이: 동학농민군이 전투에서 패하여 도피하다가 관군들에게 붙잡혀 죽은 곳이다. ④ 삼향의 마갈잔등과 유교리의 작은 샛골: 동학농민군이 무더기로 죽은 곳이다. ⑤ 광암리 개산재: 기산난리라 부를 만큼 많은 동학농민군이 희생된 곳이다. ⑥ 해제면 석용리와 삼향면 대월리: 동학농민군의 훈련장과 청계면 청천리에 집강소가 있었다.

참여자 기록을 통해서 본 무안 지역 동학농민혁명

참여자로 등재된 무안 동학농민군은 60여 명이다.

■1894년 3월 백산 기포에 참여한 무안 동학농민군으로 노윤하(魯允夏), 노영학(魯榮學), 박연교(朴淵敎), 송관호(宋寬浩), 이민홍(李敏弘), 김행로(金行魯), 임운홍(林雲洪), 송두욱(宋斗旭), 박인화(朴仁和) 등의 이름이 전한다.

■1894년 12월 7일부터 이듬해 1월 5일까지, 총살에서 화형에 이르기까지 다양한 방법으로 희생됐다. 명단은 아래와 같다. 박규상(朴奎相), 최성모(崔聖模), 김덕구(金德九), 박순서(朴順西), 정삼여(鄭三汝), 조덕근(趙德根), 장용진(張用辰), 김여옥(金汝玉), 정여삼(鄭汝三), 정경택(鄭京宅, 異名: 敬澤), 배규찬(裵奎瓚, 배상옥의 동생), 김기봉(金基鳳), 김영구(金永九), 박기옥(朴淇玉, 접주), 이병렬(李炳烈), 박돌암(朴乭岩), 배병만(裵炳慢), 배병현(裵炳顯, 배상옥의 종질), 배상옥(裵相玉, 대접주), 윤석호(尹石浩), 윤문여(尹文汝,) 김종곤(金鍾坤), 배병환(裵炳煥, 배상옥의 종질).

석산마을 앞 들판. 동학농민혁명 당시 3의사는 여기서 기포하여 동학농민군을 훈련을 시켰다.

■ 김응문(金應文, 접주)은 무안 몽탄면 접주로 동생 김효문 김자문, 아들 김여정과 함께 무안 지역 동학농민군으로 활동하다가 고막원 전투 때 체포되어 12월 8일 처형됐다.

■ 김영구(金永九, 김효문)는 1894년 형 김응문, 동생 김자문, 조카 김여정과 함께 고막원 전투 때 체포되어 12월 12일에 처형됐다.

■ 1894년 12월 27일, 최선현(崔善鉉), 최장현(崔璋鉉, 접주), 최기현(崔琪鉉, 접주)이 나주 전투에서 전사했다.

■ 김우백(金禹栢)은 1894년 11월에 체포되어 고문을 받고 나서 방면되었으나 후유증으로 1904년에 사망했다.

■ 1894년 12월에 김몽길(金夢吉), 임학(林鶴), 박채현(朴采玄), 박치경(朴致京), 서여칠(徐汝七), 박영삼(朴永三), 조광오(趙光五), 오덕민(吳德敏), 양대숙(梁大叔), 박기운(朴沂雲), 박기연(朴淇年)이 무안에서 체포됐다. 김문조(金文祚)는 함평 사람으로 무안에서 활동하다가 12월 4일 무안에서 체포됐다.

■ 이익선(李益善, 접주)은 무안군 망운목에서 12월에 체포되어 나주로 압송됐다.

■ 백용선(白用善)은 무안에서 12월에 동학농민군들에게 소를 잡아 준 뒤 관에 쫓기다 이듬해(1895) 사망했다.

■ 이 밖에 무안 지역 동학농민혁명 참여자로, 박병하(朴炳夏, 이서면 접주), 배용보(裵用甫), 박경지(朴京之, 異名: 京知, 접주), 임기운(林琪雲), 박성실(朴成實), 배정기(裵禎基, 접주), 윤태한(尹泰翰, 접주) 등의 이름이 전한다.

주요 사적지

- 무안 읍성 전투지 면성관: (현, 무안읍 연성2길 무안초등학교) 기포 초기에 동학농민군에 의해 점령됐다.
- 배상옥 생가터 및 기포 및 훈련 터: (현, 목포시 대양동 137, 옛적 무안군 삼향면 대월리) 무안과 목포를 무대로 활동한 배상옥이 기포한 장소.
- 청천재(淸川齋) 동학농민군 집강소: (현, 무안군 청계면 청천리 488) 달성 배씨의 제각으로, 혁명 당시 동학농민군 집강소가 설치됐다.
- 동학농민군의 기포 및 훈련터(동학골): (현, 무안읍 성남리 419, 초당대학교)
- 마갈잔등과 유교리의 작은 샛골 동학농민군 전사 터: (현, 무안군 삼향읍 초의길 30, 초의선사 생가터) 수많은 동학농민군이 처형된 곳이다.
- 고막교 전투지: (당시, 무안현 금동면, 현, 함평군 학교면 고막리 629번지) 혁명 당시 무안 함평 등지에 모인 동학농민군과 나주 수성군 사이에 치열한 전투가 벌어져 많은 동학농민군이 전사했다.
- 광암리의 개산재 동학농민군 전사 터: (현, 무안군 일로읍 광암리) '기산난리'라 불릴 정도로 많은 동학농민군이 희생된 곳이다.
- 붉은고개 희생 동학농민군 현창비: (현, 무안군 몽탄면 다산리 292-1, 차뫼경로당 앞) 이 마을 동학농민군의 희생을 기리기 위해 세워진 비. 차뫼마을 사람들의 증언에 따라 전남 소재 31사단장의 국가유공자 발굴기획단의 지원으로 세워졌다.
- 불무제다리 동학농민군 처형터: (현, 무안군 무안읍 성남리 75-3 인근 사거리) 무안 지역에서 체포된 동학농민군이 처형된 장소이다.
- 동학농민군 지도자 김응문 일가족 현창비: (현, 무안군 몽탄면 다산리 359-2) 몽탄 접주 김응문(金應文)은 형제인 김효문 김자문, 아들 김여정이 함께 체포되었다가 무안 관아에서 처형됐다. 마을에 무기를 제작했다는 김응문 집터(다신리 265)가 있다.
- 효자 최공기실비(孝子崔公記實碑): (현, 무안군 몽탄면 다산리 산 82-2) 동학에 참여한 아버지를 구하기 위해 불속으로 뛰어든 최윤삼의 효행을 기려 지역 유림이 세운 비와 비각(최근 비각이 헐리고 비만 남음).
- 무안 해주 최씨 삼의사비: (현, 무안군 해제면 석룡리 638-2) 최장현(崔璋鉉), 최기현(崔奇鉉), 최선현(崔善鉉) 3형제의 희생을 기리기 위해 1973년 후손과 마을 주민들이 세운 비.
- 동학농민군 박규상의 묘: (현, 무안군 무안읍 매곡리 양림마을 입구)

전라 서남부 지역 동학농민혁명 활동의 요충지 광주

동학농민혁명 초기, 백산 기포에 참여 활동

강대열(姜大悅), 김문화(金文化), 송영직(宋永直)은 1894년 3월 백산 대회에 광주 지역에서 동학농민군을 이끌고 참여했다. 특히 송영직은 장성 황룡 전투 때 사용된 장태 제작에 쓸 대나무를 제공한 인물로 기록되어 있어서, 이들은 장성 전투, 전주성 전투까지 수행한 것으로 보인다.

동학농민혁명 초기부터 나주성 공략 실패

광주 무안 지역 동학농민군의 나주성 공격 상황은 「갑오군정실기」에, "지난 4월에 무안의 비류 5백 명이 본주(本州, 나주)의 서쪽을 침범하여 백성들이 모두 놀라서 흩어졌습니다. 이에 격분하여 즉시 아전과 군교들을 이끌며 영장과 협력하고 걸음을 재촉하여 비류를 습격하여 30여 명을 붙잡았습니다. 그중에서 거괴 이여춘(李汝春)과 채중빈(蔡仲斌) 나순후(羅順厚)는 진영으로 압송하고 효수하여 사람을 경계시켰습니다. 그 나머지 안계현(安啓玄) 등 27명은 읍에서 처결하였습니다. 4월 16일에 거괴 전봉준과 손화중 등 여러 놈은 고부에서 나와 함평에 진을 치고 있다가 장차 본주로 오려고 하였지만 우리가 준비된 것을 보고는 감히 경계를 침범하지 못했습니다."라 했다. 이는 동학농민군 주력이 전주성에 들어가기 전 상황으로, 동학농민군은 동학농민혁명 초기부터 나주성을 넘보았고, 사정이 여의치 않았던 사실을 알 수 있다.

집강소 시기 광주와 주변 지역 동학농민군 활동

동학농민군이 집강소 설치 시기가 되자 광주 무안 나주 등 인근의 동학 지도부는 다시 나주성 공격에 나서게 된다. 이 상황이 「갑오군정실기」에 언급되었다. "6월 17일에 그들 수천 명의 무리가 남평을 무너뜨려 점거하고 기필코 우리를 침범하겠다는 형세가 분명히 있었지만 우리들이 이미 굳게 지키고 있었기 때문에 저들이 과연 가까이 다가오지 못했습니다." 즉, 동학농민군이 광주와 나주의 경계에 있는 남평을 점거했지만 나주성 공략에 실패한 것이다.

7월 5일 최경선이 다시 나주성 공격에 나섰다. 「갑오군정실기」에 "…비괴 최경선이 또 만여 명을 이끌고 불을 지르고 총을 쏘며 곧바로 서문으로 쳐들어왔습니다. 목사와 우영장이 직접 포와 돌을 무릅쓰고 군민을 격려했으며 먼저 대포를 쏘고 계속하여 총을 쏘고 돌을 던져 저 비도들 중에서 넘어져 죽은 자들을 모두 합하면 1백 명은 되었으며, 나머지 무리들은 도망가 흩어졌습니다."라고 했다. 최경선이 이끄는 동학농민군이 크게 패해 물러난 것이다.

재기포 시기 활동

전봉준이 이끄는 호남의 동학농민군이 논산으로 출정할 때 손화중 최경선 오권선이 이끄는 광주 지역 동학농민군은 보급을 조달하기 위해, 그리고 점거하지 못한 나주성 때문에, 또한 9월 일본군이 해로를 통해 전라도 해안을 공격해 온다는 정보 때문에 전봉준이 이끄는 주력에 합류하지 않고 광주에 방어선을 구축했다.

10월 들어 손화중 최경선이 다시 나주성 공략에 나선다. 「갑오군정실기」에 "10월에 손화중이 만여 명이나 되는 많은 수를 이끌고 광주를 빼앗아 점거하고 본주(=나주)의 동북쪽으로 침략해 왔습니다. 이에 퇴교 김창균(金蒼均), 호장 정태완(鄭台完), 전 첨사 김성진(金聲振), 이방 손상문(孫商文), 난후장(攔後將) 전학권(錢鶴權), 하리(下吏) 박시홍(朴時泓), 이돈기(李敦祺) 등으로 하여금 포사(砲士) 3백 명을 거느리고 나가게 하였습니다. 저 비도들은 아군의 수가 적은 것을 업신여겨 먼저 침범하여 접전을 벌이다가 대포를 쏘자 놀라 사방으로 흩어져 달아났으며, 조총과 화약과 탄환 등을 빼앗았습니다. 뒤이어 수천여 명의 비도들이 사창(社倉)에 가득했기 때문에 일시에 쫓아가 죽였으며, 일제히 대포를 쏘니 탄환에 맞아 죽은 자들이 23명이었습니다."라고 한 것으로 보아 나주성 전투에서 동학농민군이 엄청난 희생자를 내고 패했다.

당시 광주시 광산구 남산동의 와우산과 독배산은 동학농민군의 집결지였다. 독배산은 광산구 송산동 죽산마을에 있는 해발 40여 미터 높이의 대나무가 우거진 산인데, 동학농민혁명 당시 동학농민군이 기포하여 진을 치고 유숙했다. 호남대학교 앞의 선암나루나 나주 노안면과의 경계인 하산동, 그리고 10월 20일 침산(砧山)과 사창(社倉) 두 곳은 접전을 벌인 격전장이다. 장성의 유생 변만

광주 동학농민혁명
기념공원이 남구 대
촌동(이장동 216번지 일
원)에 조성되었다.

기(邊萬基)가 쓴 『봉남일기』에 따르면 광산구 밖의 서구 유덕동에 있는 덕산 언덕이 동학농민군의 집결지였다. 전투 상황을 『난파유고(蘭坡遺稿)』의 「초토사가 군공을 보고하는 별지」와 「갑오토평일기」와 「금성정의록」의 기록을 종합하여 정리하면 다음과 같다.

광주 침산 전투(1894년 10월 21일): "광주 침산의 적도가 거괴 손화중과 연계하여 1만여 명을 이끌고 곧 나주를 도륙할 것이라고 했다. 날마다 위급한 소식을 보내와서 사람들의 마음이 놀라서 위태로웠고, 성안이 크게 동요했으나, 태완은 도통장의 직임으로 장령을 격려하고 군민의 전군과 후군을 인솔하여 침산 아래에 당도했다. 적도 수천 명이 침산 뒤의 봉우리에 진을 치고 있었고, 그 뒤에 무수히 많은 무리들이 넓은 들판에 포진해 있었다. 태완은 조금도 동요하지 않고 직접 포군 100여 명을 인솔하여 병사보다 앞장서서 먼저 침산을 격파했다. 파죽지세로 어지럽게 포를 쏘며 습격하니 뒤에 주둔하고 있던 적도들은 손 쓸 방도가 없이 기세에 눌려 도주했다. … 추격하여 적의 소굴인 사창에 들어가서 기계를 빼앗고 소굴을 불태웠으며 사로잡은 자가 매우 많았다."

전투는 다음날도 계속 됐다. "이때 접응장 손상문(孫商文), 박재구(朴在九), 구유술(具有述), 김학술(金鶴述), 전학권(錢學權) 등이 아군에 실패가 있을 것을 걱정하여 포군 100명을 이끌고 크게 깃발을 내걸고 바람에 휘날리며 (응원을)왔다. (이때) 광주의 선암(仙巖) 등지를 바라보니 수만 명의 적들이 강가에 진을 쳐서 깃발을 세우고 포를 쏘면서 성세를 과장하고 있었다. (…마침내 공격에 나서기로 결정하여) 병사들이 모두 앞을 다투어 한꺼번에 전진했고 후군이 호응하여 군사가 이어졌다. 우리의 진영과 적과의 거리가 하천 하나를 사이에 두고 있는 곳에서 적이 조총을 난사하니 정 장군(鄭將軍, 정석진)과 강춘삼(姜春三)이 강 언덕에 가까이 다가가서 먼저 대완포를 쏘자 포환이 이르는 곳마다 적들이 많이 죽었다. 천보대(千步隊), 전공서(錢公西), 김기옥(金奇玉) 등이 천보조총을 연달아 쏘니 적들이 크게 무너지고 사람과 말이 서로 밟혀서 죽은 자를 셀 수가 없었다. (관군이) 승세를 타서 추격하려고 했으나 깊이 들어가면 고립될 것을 걱정하여 깃발을 흔들어 군사를 불러들였다. 이름을 불러 점검을 했더니 다친 사람이 1명도 없었다." 이를 통해 광주의 동학농민군이 연패하면서도 끈질기게 저항한 사실을 알 수 있다.

용진산 전투(1894년 11월 10일): "11월 11일에 동괴가 창궐하여 수만 명을 인솔해서 나주 북쪽 40리 북창 등지에 집결하여 불을 지르고 재물을 빼앗으며 사람을 죽이고 겁탈하니 5~6개 면의 마을에서 인적이 끊겼다. 도통장 정태완이 분통을 견디지 못하고 군장을 인솔하여 우영과 합세해서 출군하여 신속하게 일제히 토벌을 하니 적도들이 패배하여 용진산(聳珍山) 위로 돌아갔다. 산길이 험악하고 적들이 매우 많았기 때문에 의병을 모집하여 산허리의 사면을 포위하고 한걸음씩 전진하며 총을 난사하여 적들을 죽였다. 적들이 산의 험악함을 사수하며 공격을 피하지 않았다. 태완도 각 부의 장졸들과 적들의 양식과 식수의 보급로를 끊고 3개 방면은 지키되 1개 방면의 작은 길을 열어놓고 요충지에 병사를 매복시키기로 약속했다. 날이 저물자 도적이 정말로 물고기를 꼬챙이에 꿰이

독배산 동학농민군 기포지와 용진산 전투지. 동학농민혁명 당시 동학농민군이 유숙했고, 전투를 치렀으나 크게 패했다. 멀리 오른쪽 뒤로 보이는 산이 마지막 전투지인 용진산이 보인다.

죽산마을 어귀

듯이 산을 내려왔는데, 매복한 병사들이 일시에 총을 쏘았고, 적의 우두머리 수십 명을 추격하여 사로잡았으며 노획한 무기도 매우 많았다." 침산 전투도 광주 동학농민군의 허망한 연패 기록 중 하나이다.

나주 남산 전투(1894년 11월 23-24일): "11월 24일에 태완이 그들 (손화중, 최경선, 오권선)이 조금 나태해진 것을 보고 총을 잘 쏘는 포군 수백 명을 세 갈래의 기병(奇兵)으로 나누고 갑절이나 빨리 추

용진산 전투 유적지로, 광주 동학농민군이 크게 패했다.

격하게 하여 금안면 남산마을 뒤편 산등성이에 이르러서 일제히 쏘아 죽이니 적들이 사방으로 흩어졌다. 쏘아 죽인 자가 350여 명이었고, 노획한 무기와 말은 그 수를 셀 수가 없었다. 이때부터 적의 기세가 크게 꺾여 다시는 광주·나주·함평·무안 땅에서 난리를 일으키지 못했다." 이외에도 「금성정의록」에 더 상세한 전황을 볼 수 있는데, 이날의 전투를 마지막으로 광주 지역 동학농민군 세력이 급격하게 와해된 사실을 알 수 있다.

'여자 통령' 엄소사의 활약

광주시 광산구 평동에 속하는 동산마을은 당시 동학 접주 전경선(일명 전유창)의 고향이다. 동학농민혁명이 끝나자 이로 인해 천안 전씨 일족이 많은 고초를 당했다.

1894년 12월 광주 지역 동학농민혁명이 관-일본군의 무력 진압에 의해 와해되었을 즈음 광주 관아에 한 여자가 자수해왔다. 엄소사(嚴召史, 일명 엄조이)인데, 문헌에 따르면 엄소사의 별명이 '여자통령'으로 소문이 날 정도였으니, 엄소사가 광주 지역 동학농민군 활동에서 비중 있는 역할을 했던 것 같다. 관 기록에 따르면 엄소사가 다른 동학 관련자들과 함께 광주 관아에 끌려와 곤장을 맞았다고 했다. 동학농민혁명사에서 여성의 역할이 언급되었다는 점에서 각별하다.

이상에서 살펴본 바와 같이 광주 지역 동학농민군은 인근 여러 지역에서 끈질긴 투쟁이 전개되었지만 무기의 열세로 많은 희생자를 내고 연패를 면치 못했다.

가혹하게 전개된 토벌전

광주 지역 동학농민군에 대한 토벌전이 12월 초부터 전개됐다. 12월 2일에 전수지(全秀志)가 나주로 압송되어 효수되었고, 3일에는 허인(許仁, 접주), 박원화(朴元化)가 곤장을 맞고 사망했다. 4일에는 이병조(李秉祚)가 총살되었고, 6일에는 국영신(鞠永信), 이규석(李圭錫, 대접주)이 나주로 압송됐다. 28일은 광주 동학농민군 최대 비극의 날로 꼽힌다. 이날 12명의 동학농민군이 곤장을 맞고 사망하거나 처형되었는데 김민성(金民成), 김성춘(金成春), 김유복(金有卜), 김찬숙(金贊叔), 박윤식(朴允植), 백반석(白般石), 신재석(申在石), 심필중(沈必仲), 우복록(禹福록), 이선규(李先圭), 이여일(李汝日), 최서중(崔西仲) 등이다. 처형된 동학농민군은 광주성 북문 밖에 있던 누각 공북루에 머리를 매달았다.

침산(砧山)과 사창(社倉)전투 사적지. 호남대학교 앞의 선암나루나 나주 노안면과의 경계인 하산동의 사창 침산 일대는 동학농민군 집결지이자 격전지였다.

참여자 행적을 통해서 본 동학 활동

　광주 지역 참여자 기록에 참여자 수는 약 38명이고, 이 중 접주 및 대접주는 18명이다. 광주 동학농민혁명 기념공원(광주시 남구 이장동)에 소개된 참여자 명단에는 51명의 명단이 기록됐다.

　■ 강대열(姜大悅)은 1894년 3월 백산 기포에 광주의 동학농민군을 이끌고 참여했다.

　■ 이병기(李秉基, 나주 접주)는 백산 대회에 참여한 뒤 광주에서

활약했으며, 12월 7일 수성군과의 전투에 패해 후퇴하다 체포되어 나주로 압송 도중 사망했다.

■ 송영직(宋永直)은 광주에서 동학농민혁명에 참여하여 장성 전투 때 사용한 장태 제작에 쓸 대나무를 이춘영에게 제공했다.

■ 고광문(高光文)·고광룡·고광인 3형제가 동학농민군으로 참가 하여 1894년 10월과 11월 광주에 근거지를 둔 동학농민군과 나주 수성군 사이의 전투에 참여한 뒤 피신했다. 고광문은 1898년 화병 으로 사망했다.

■ 오권선(吳權善, 異名 勸善, 대접주)은 나주에서 동학농민혁명에 참여, 11월 광주 용진산 전투에 참전했다가 패한 뒤 피신했다.

■ 주윤철(朱允哲, 접주), 정수해(鄭水海, 접주), 이봉조(李奉祚, 접 주), 박윤화(朴允化, 접주)는 1894년 11월 광주에서 체포되어 곤장을 맞고 사망했다.

■ 박사집(朴士執, 접주)은 1894년 11월 광주에서 체포되어 초토 영(나주)으로 압송됐다.

■ 12월 2일부터 28일까지 12명이 처형됐다. 처형된 이들은 김 민성(金民成), 김성춘(金成春), 김유복(金有卜), 김찬숙(金贊叔), 박윤 식(朴允植), 백반석(白般石), 신재석(申在石), 심필중(沈必仲), 우복록 (禹福록), 이선규(李先圭), 이여일(李汝日), 최서중(崔西仲)이다.

■ 김문화(金文化), 임몽기(林蒙基)는 1894년 광주에서 동학농민 혁명에 참여했다가 1898년 1월 정읍에서, 김형순(金亨順)은 태인에 서 각각 체포됐다.

■ 박현동(朴玄同, 성찰)은 "광주에서 동학농민혁명에 참여했다

가 1894년 12월 순천에서 체포되어 타살되었다."는 기록이 보이지만 광주 지역 활동 사실은 구체적이지 않다.

■동학농민혁명이 끝난 시기에도 단죄가 계속됐다. 1895년 7월에 김중렬(金仲烈)이 붙잡혀서 처형되었고, 1898년 1월에는 김형순(金亨順)이 태인에서, 임몽기(林蒙基)가 정읍에서 각각 체포됐다.

■이 밖에 참여자로 우치옥(禹致玉, 접주), 문영보(文永甫, 접주), 지중화(池仲化, 접주) 등의 이름이 전하며, 『천도교백년약사』에는 김유현(金裕鉉), 박성동(朴成東)이 참여했다는 기록이 있다.

주요 사적지

- 광주 관아 집강소 터: (현, 광주광역시 동구 광산동 13 일대, 현재 아시아문화전당과 옛 전남도청과 옛 상무관 일대) 동학농민군의 집강소가 설치됐다.
- 광주 동학농민군 학살 터 공북루: (현, 광주광역시 북구 독립로 광주제일고등학교 인근) 동학농민혁명 토벌 시기에 처형된 동학농민군의 머리가 누각과 성문에 효시됐다.
- 와우산 기포지: (현, 광산구 남산동. 중흥3동과 우산동이 자리 잡고 있으며, 말바우시장 건너편과 동신중고등학교앞, 그리고 효동초등학교 뒤편)
- 독배산 동학농민군 전투지: (현, 광산구 송산동 죽산마을)
- 용진산 전투 사적지: (현, 광주광역시 광산구 선동 산69/광산구 지산동 산4 일대) 손화중이 동학농민군과 나주 수성군 사이에 전투를 벌인 곳.
- 침산과 사창 전투 사적지: (현, 광주광역시 광산구 하산동 446-2, 동곡동 침산마을 뒷산) 현재 호남대학교 앞의 선암나루와 나주 노안면과의 경계인 하산동의 사창 침산 일대는 동학농민군의 집결지이자, 전투지.
- 덕산 동학농민군의 최후 집결지: (현, 광산구 밖 서구 유덕동에 있는 덕산)
- 광주 동학농민혁명 기념공원: (현, 광주광역시 남구 대촌동, 이장동 216번지 일원) 이 마을 고광문, 고광룡, 고광인 등 고 씨 삼 형제 후손의 토지 기부로 공원이 조성됐다.

동학농민군이 끝내 점령하지 못한 철옹성 나주

나주 동학 유입 과정

나주 지역 동학 유입에 대해서는, 오중문(吳中文)이 1885년에 입도했다는 기록이 보인다. 참여자 기록에 나주 지역 동학농민군 지도자 108명이 등재된 것으로 미뤄 나주는 주변의 어느 지역보다 동학교도가 많았다는 사실을 알 수 있다.

동학농민혁명 초기에 기포하여 백산으로 이동

『나주군지』(1980)에 따르면 나주 지역 초기 동학농민군 활동에 대해 "오중문(吳中文) 김유(金有) 두 장령급"을 언급하면서 "주변 지역에 비해 나주 지역의 동학 교세가 약했다"고 기술하고 있다.

이병수의 「금성정의록」에 따르면 "오중문은 같은 집안인 오 씨들이 삼가면을 중심으로 본양 도림 일대에 수백 호가 집성촌을 이루고 사는 향반촌이었다. 이들은 기포 참여와 기포 반대 두 편으로 갈라져 각기 동학농민군과 민보군으로 싸움에 가담했다."라는 기록으로 보아 나주 읍성에서 벗어난 지역에서는 동학 활동이 왕성했던 사실을 짐작할 수 있다.

나주성은 동학농민혁명 시기에 동학농민군이 끝내 점령하지 못한 철옹성이었다. 같은 기록에 오중문에 대해 "(…동학농민군이) 나주 읍내에 들어오려고 백 가지 꾀로 성을 공격하려 했는데, 5~6월 사이에 매일이다시피 더욱 창궐했다. 고을의 북쪽 40리는 모조리 큰 고난 속에 빠져 있었다. 그들이 행군할 적에 나발을 불고 대포를 쏘았으며, 큰 깃발을 내걸고 좋은 말을 타고 다녔다. 평림의 세 장터와 북창 등지에서 백성을 약탈하고 소를 잡아먹고 양식을 빼앗으면서, 낮과 밤으로 배불리 먹고 떠들어댔다. 그리하여 마을마다 텅텅 비고 집마다 뒤주가 바닥이 났다." 즉, 나주 북쪽 지역에서 동학농민군의 왕성한 활동을 보여준다.

참여자 기록에는 백산으로 이동한 나주 동학농민군 지도자로 오중문 김유를 들었고, 김덕구(金德九)는 1894년 3월 형제들과 함께 백산 대회에 이어 고막원 전투에 참전했다가 12월 8일 관군에 체포되어 처형됐다. 전유창(全有暢, 접주)은 나주 접주로 백산 대회에 참여했다가 12월 수성군과의 전투 중에 체포되어 나주로 압송하는 도중에 사망했다. 유희원(柳熙源)은 3월 백산 기포 등 여러 전투에 참여했다가 패퇴 시기에 만경으로 피신했으나 피체되어 1895년 1월 27일 나주에서 처형됐다. 이로 보아 오중문 김유가 이끄는 동학농민군 외에 많은 나주의 동학농민군이 백산 기포와 그 뒤에 전개된 동학농민군 활동에 참여했다.

혁명 초기의 나주 동학농민군 활동, 고막포 전투

나주 지역 동학농민군에게 가장 큰 문제는 나주성 공략이었다. 영광 함평 무안을 차례로 석권한 동학농민군 주 세력은 처음에는

나주성 남문. 토벌 시
기에 많은 동학농민
군이 남문 밖에서 처
형됐다.

내처 나주를 단숨에 칠 기세였다. 동학 지도부는 나주성을 나주 동학농민군과 무안 배상옥 접주에게 맡기고 장성으로 이동하여 장성 전투에서 대승을 거둔 뒤 기수를 북으로 돌려 갈재를 넘어 전주성에 입성했다.

이 시기에 민종렬은 "거괴 전봉준 손화중이 고부에서 함평에 와 주둔하며 나주를 엿보았으나 감히 범경(犯境)을 하지 못했다."고 했다. 배상옥이 이끄는 동학농민군은 나주성 공략의 첫 단초라 할 고막포 전투에서 크게 패했다. 고막포는 무안과 나주의 경계 지역으로, 당시는 나주에 속했다. 민종렬 나주 목사가 4월 16일 "그동안 나주는 몇 차례 공격을 받았으나 이를 막아냈다. 4월에 무안에서 5백 명이 나주 서부로 들어와서 백성들이 놀란 까닭에 즉시 향리와 포교를 거느리고 영장과 협동해서 급히 공격하여 30여 명을 체포했다. 그중 거괴 이여춘 채중빈 나순후는 진영으로 압송하여 효수했고, 27명은 읍에서 처형했다."고 했다.(이하 무안 광주 편 참조)

집강소 설치 시기에 동학농민군 나주성 공략에 나서

오중문은 남평을 점령하고 집강소를 설치한 뒤 나주성 공격에 나섰다. 「금성정의록」에 "6월 17일에는 '몇천 명'이 남평을 함락하고 (나주성을) 범해 올 기세였으나 우리가 굳게 지키자 감히 핍박하지 못했다."고 했다. 오중문도 패했다.

7월 들어 태인의 최경선이 전봉준의 나주성 함락 지시에 따라 남쪽으로 내려왔는데, 광주 등지에 연고가 있었기 때문이다. 최경선은 오중문과 힘을 합쳐 나주성 공격에 나섰지만 역시 실패했다. 같은 기록에 "7월 5일에는 최경선이 또 '수만여 명'을 거느리고 불을 지르고 총을 쏘며 서문을 직접 공격했으나 나주 목사와 우영장이 포석을 무릅쓰고 직접 독려해서 군민이 대포를 쏘고 연속하여 총을 쏘았는데 그 무리 중 죽은 자가 거의 1백 명이나 되고 나머지는 도망해서 흩어졌다."고 했다. 이렇게 나주의 관군 민보군이 초여름부터 연합하여 방비를 튼튼히 하고 수차례에 걸쳐 전개된 동학농민군의 공세를 끝까지 막아낸 것은 호남의 동학농민군에게는 뼈아픈 패배가 되었으며, 목에 가시 같은 나주성은 두고두고 위협적인 존재가 되었다. 당시 오중문은 비록 나주성은 공략하지 못했지만, 성 밖에서 집강소 활동을 벌이며 모순된 세상의 비리를 척결하는 민정을 펼쳤다.

전봉준의 나주성 담판 일화

사정이 이렇게 되자 8월 13일에는 전봉준이 수하 몇을 데리고 나주성에 찾아와 목사 민종렬과 담판을 시도했다. 전봉준은 "전라

나주성 내 금성관. 동학농민혁명 시기에 일본군은 호남 지역 동학농민군을 토벌하는 본부였다.

나주관아 안에 즐비하게 늘어선 불망비

나주관아 어귀에 선 망화루. 나주성은 동학농민혁명 시기 내내 함락되지 않은 철옹성이었다.

감사와 합의하여 전라도 온 고을이 집강소 활동을 벌이고 있으니 협조하라."라고 요구한 것이다. 민종렬은 단호하게 이를 거부했다. 오히려 그 수하 장령들은 전봉준을 사로잡으려 했다. 이를 눈치 챈 전봉준은 살아서 나주성을 빠져나가는 것이 시급했다. 전봉준이 꾀를 내어 수행원 십여 명의 옷을 벗어주며 말했다. "우리 수행인들은 몇 달 동안 더위 속에 지내다 보니 옷에 땀과 때가 절었다. 영암 지역을 돌아 3~4일 뒤에 와서 갈아입겠으니 빨아서 기다려 달라."고 했다. 나주 장청의 장령들은 그때 가서 잡아 죽여도 늦지 않겠다고 판단하고 전봉준 일행을 보내줬다. 전봉준 일행이 그 뒤에 다시 나타나지 않자 장령들은 그제야 속은 줄 알고 분해했다. 이 일 뒤에도 오중문은 손화중, 최경선과 힘을 합쳐 계속 나주성 공략에 나섰다.

재기포 시기에 다시 나주성 공략에 나서

재기포 시기에 손화중과 최경선 부대는 전봉준 부대에 합류하지 않고 나주 광주 부근에 주둔했다. 이는 서남쪽 해안으로 상륙할지도 모를 일본군 공격에 대비하고, 군수품을 조달하기 위해서였다. 함평의 이화진, 담양의 국문보, 무안의 배상옥, 장흥의 이방언도 많은 수의 동학농민군을 이끌면서 지역을 방어하고 있었다. 동학농민군과 나주 수성군은 10월 21일, 11월 12일, 11월 24일에 걸쳐 나주 주변 지역인 용진산 등지에서 크고 작은 전투를 벌였지만 동학농민군은 번번이 큰 희생을 낸 채 패했다. (이하 광주 편 참조)

당시 수성군에는 오중문 아버지의 제자들, 곧 유림 세력이 주축을 이뤘다. 이들 중에는 오중문의 친구도 있어서 어제의 친구가 서로 칼을 겨눠야 하는 얄궂은 운명에 처했다. 여기에 오중문과 같은 문중의 형뻘 되는 오준선은 동학농민군 토벌을 위해 5백 냥을 수성군의 경비로 내놓기도 했다. 그도 살아남기 위한 계책이었겠지만, 한 문중이 두 패로 갈라진 것이다.

동학농민군이 나주성을 함락할 뻔한 아슬한 순간도 있었다. 「갑오군정실기」 11월 말의 나주 공형 보고에 "'적도들이 성을 포위하고 있어서 그 형세가 매우 위급합니다.'라고 하였습니다. 이에 28일에 선봉이 통위영의 병사 2개 소대와 일본군 1백여 명을 거느리고 구원하러 갔다고 하기에 이와 같이 아룁니다."라고 하여, 나주성이 위기에 빠지자 일본군과 통위영 병사가 긴급히 나주성에 투입되어 위험에서 벗어났다는 사실을 알 수 있다.

이렇게, 손화중 최경선이 이끄는 동학농민군 부대와 나주 오중문 부대가 연합하여 수차례에 걸쳐 나주성을 공격했지만 끝내 패했다. 광주 나주 일대의 동학농민군은 토벌대의 맹렬한 공격에 떠밀려 11월 27일 광주로 물러났다가 12월 1일 끝내 해산하게 된다.

나주성, 초토영 설치와 동학농민군 학살

광주 나주의 동학농민군이 해산하던 12월 1일, 공주 우금티에서 동학농민군을 물리친 일본군과 관군이 동학농민군 토벌을 위해 장성 갈재를 넘었다. 나주 관군과 민보군의 적극적인 공세가 이어지면서, 전라 지역 동학농민군은 최악의 상황으로 치닫는다.

나주 금성관에는 토벌군의 본부 초토영이 설치되었다. 동학농민군 수색에 나선 관군 일본군 민보군은 동학농민군을 체포하는 즉시 현장에서 총살하거나, 나주 초토영으로 압송했다. 초토영에 끌려온 동학농민군은 심문하여 처형하거나 서울로 이송했다. 전라 지역 도처에서 동학농민군을 수색하거나 체포하는 과정에서 동학과 연관된 마을을 통째로 불태우거나 무고한 양민과 동학농민군 가족들까지 약탈, 폭행, 살육을 자행했다. 동학농민군은 전라도의 남쪽 끝이나 섬으로 내몰릴 수밖에 없었다.

일본 후비보병 800명 나주 금성관에 숙영

일본군 진압부대인 후비보병 19대대 800여 명이 서울에서 세 갈래로 남하했다가 이곳 나주에서 다시 합쳐져 나주 객사 금성관에 숙영했다. 당시 후비보병 19대대는 잔인하기가 이루 형언할 수 없었는데, 이들은 '3광(光) 작전'이라고 해서 보이는 사람은 모두 죽이고, 보이는 것은 모두 태우고, 뺏을 수 있는 것은 모두 빼앗았다. 일본군은 영암, 강진, 장흥, 해남, 진도 쪽으로 포위망을 좁혀오면서 동학농민군을 붙잡는 대로 살육을 자행했다. 이 시기에 나주성 남문 밖이 동학농민군의 처형장이었다. 12월 말부터 1월 초까지, 거의 날마다 처형이 자행되어 "동학농민군 시신 600여 구가 산처럼 쌓였다"고 했다. 답사 중에 나주초등학교 후문에 사는 박규경(57세) 씨의 증언에 따르면 "부친(박병준, 별세)이 지금의 초등학교 체육관 건물 자리가 동학농민군 주된 처형장이었으며, 구 나주경찰서 자리에서도 처형됐다고 들었다."고 했다. 산처럼 쌓였던 시신은 곁에 위치한 공동묘지로 옮겨졌다. 공동묘지는 현재 부영아파트와 LG화학 자리로 알려졌다. 처형장과 공동묘지의 직선거리는 약 300미터 정도이다. 당시 참상은 후비보병 19대대 소속 구스노키 비요키치 상등병의 종군일지에 사실적으로 묘사됐다. 곧, "(1895년 2월 4일, 이하 양력) 나주 남문에서 4정 정도 떨어진 곳에 작은 산이 있었고, 그곳에는 사람의 시신이 산을 이루고 있었다. 지난 장흥부 전투(1895년 1월 8~10일) 이후 수색을 강화하자 숨을 곳을 찾기 어려 워진 동학농민군이 민보군 또는 일본군에 포획당해, 책문(責問, 고문) 뒤에 죽은 중죄인이 매일 12명 이상으로 103명을 넘었다. 버려진 시신이 680구에 달해 땅은 죽은 사람의 기름이 하얀 은(백은)처럼 얼어붙어 있었다."라고 했다. 같은 날 종군일지에 "1월 14일 전라도 장흥에서 동학농민군 17명을 체포해 죽였다. 그날 다리에 관통상을 입은 최동이라는 17살 동학 지휘관을 체포했다. 1월 이래 죽인 농민들이 300명에 달했다."고 썼다. 기록에 등장하는 최동이라는 소년 장수는 장흥 전투의 전설적인 인물이다. 종군일지에는 극도의 잔혹한 기록도 있다. "(1895.1.31) 동학농민군 7명을 밭 가운데 일렬로 세워놓고 총에 착검을 하고 돌격하여 찔러 죽였다."고

동학농민군 처형터였던 나주초등학교. 더 정확하게는 체육관 자리를 지목한다.

했다.

　참여자 기록에, 나주로 피신한 금구 출신
동학 지도자 백낙중(白樂中) 김순여(金順汝)
황준삼(黃俊三) 이경태(李敬泰)는 1896년 봄
나주에서 재봉기를 계획하다가 사전에 발각
되어 체포됐다. 이들은 그해 8월에 전주 감영
에서 처형됐다.

나주성은 1894년 4월
부터 9개월 동안 동학
군의 공격을 막아냈다.
보수 세력은 이를 기념
하는 비를 세웠다.

참여자 기록을 통해서 본 나주 출신 참여자 행적

　현재 나주 지역 참여자는 108명에 이르며,
다양한 활동을 볼 수 있다.

　■나주 초토영으로 끌려와 12월부터 이듬
해 초에 처형되거나 고문 중에, 혹은 전투 중
에 사망한 이로 김덕구(金德九), 유희원(柳熙源), 김선오(金善五), 정
무경(鄭武京), 주심언(朱心彦), 정사심(鄭士心), 강도수(姜道守), 손여
옥(孫如玉), 주경노(朱京老), 전창섭(全昌燮), 이화삼(李化三), 전유창
(全有暢, 접주) 등 12명의 이름이 전한다.

　■박정원(朴正元), 박동만(朴東萬), 이귀표(李貴杓) 3인의 동학농
민군은 체포되어 나주 진영으로 압송되었으나 생사를 알 수 없다.

　■허영재(許暎才), 양순달(梁順達), 나치현(羅致炫), 나봉익(羅奉
益), 김광윤(金光允) 등은 고막원 전투에 참여했다.

　■김유창(金有昌), 전천옥(全天玉), 최정삼(崔正三)은 광주 강대열
(姜大悅)과 함께 1894년 9월 2차 기포 때 전봉준의 명으로 나주성

공격에 앞장섰다.

■ 윤태한(尹泰翰, 접주)은 1894년 2차 기포 시기에 고막원 전투, 침산 전투, 용진산 전투 등에 참전하고 은신했다가 귀가했고, 강영희(姜永禧)는 영산강 건너 다시들 전투에 참여했다가 피신했다.

■ 나주 출신 동학 지도자는 58명으로 다음과 같다. 김유(金有, 지도자), 김진대(金鎭大, 집강 겸 교수), 김명국(金明國, 교수), 이영근(李永根, 교수), 김진한(金鎭漢 집강), 김진상(金鎭相, 대정), 김정섭(金貞攝, 집강), 한달문(韓達文, 접주), 김치범(金治範, 접주), 전장하(全章夏, 군포관 및 군자금 조달), 전성업(全成業, 보급 담당), 김진필(金鎭必, 접사 겸 교수), 김세현(金世顯, 교장), 문영도(文永道, 집강), 김종선(金宗善, 교수), 장양윤(張良允, 집강), 백종삼(白宗三, 교수), 이두성(李斗星, 중정), 김학성(金學成, 봉도), 김낙교(金洛敎, 대정), 송재옥(宋在玉, 대정), 신옥랑(申玉郎, 대정), 김진곤(金鎭坤, 집강 겸 교수), 김진구(金鎭龜, 집강 겸 교수), 신효재(申孝才, 중정), 김창용(金倉用, 대정), 박장룡(朴長龍, 중정), 박몽실(朴夢實, 異名: 蒙實, 중정), 김재현(金才鉉, 대정), 김낙중(金洛仲, 대정 겸 집강), 신영모(申永謀, 집강), 박봉옥(朴鳳玉, 집강), 김진호(金鎭湖, 집강), 박종택(朴宗擇, 異名: 宗澤, 대정), 최대현(崔大賢, 집강), 김상열(金相悅, 異名: 相烈, 대정), 신석봉(申碩逢, 집강), 임양서(林良書, 집강), 김진환(金鎭煥, 교수), 김맹종(金孟宗, 집강 겸 교수), 하계헌(河啓獻, 집강 겸 교수), 김낙윤(金洛允, 집강금찰(執綱禁察), 김낙환(金洛煥, 집강 겸 접사), 고기학(高起學, 異名: 氣學, 집강), 김상업(金相業, 교수), 김진우(金鎭佑, 교수), 김진효(金鎭孝, 교수), 김진방(金鎭邦, 교수), 신석필(申錫必, 교수), 신석규(申錫圭, 도집 겸 금찰), 김

세표(金世表, 도집), 김진욱(金鎭郁, 교수 겸 접주), 김진선(金鎭善, 교장 겸 도금찰), 김진석(金鎭錫, 교장), 김낙운(金洛雲, 대정), 황성룡(黃成龍, 교수), 이신수(李信守, 집강), 장찬모(張贊謨, 도집)

■ 이 밖에 나주 지역 참여자로 등록된 이는 21명으로 이상영(李相永), 김재환(金在煥), 김봉서(金逢書), 김진학(金鎭學), 김세복(金世福), 김남서(金南書), 장정영(張丁永), 조병규(曺秉圭), 이영규(李永奎), 송정권(宋正勸), 김화조(金華祚), 김자갈(金玆碣), 김갑수(金甲秀), 김낙종(金洛種), 김만엽(金萬葉), 김상수(金相秀), 김낙현(金洛現), 김만순(金萬順), 박몽국(朴蒙國), 김막동(金幕童), 황정묵(黃丁默) 등이다.

인물지

○ 오중문(吳中文, 일명 吳權善, 1861~미상): 동학 접주, 나주 삼가면 세동에서 태어났다. 나주 지역 노인들의 증언에 "잘났다 오중문, 글 잘한다 오중문, 쌈 잘한다 오중문"은 노래가 불릴 만큼 출중하여 동학농민혁명 당시 나주 사람들에게 잘 알려진 인물이었다. 1885년에 동학에 입도한 오중문은 동학농민운동이 일어나자 지도자가 되어 수천 명의 동학농민군을 거느리고 백산 대회와 황토재 전투, 황룡 전투, 전주성 전투를 수행하고, 나주로 돌아와 집강소를 설치하고자 했다. 그러나 나주 목사 민종렬과 향리들의 완강한 저항에 부딪쳐 나주성 집강소 설치는 실패했다. 그해 5월부터 무력으로 나주성을 점령하고자 수차례 공격에 나섰으나 끝내 함락하지 못했다. 7월에는 광주에 주둔하던 최경선, 손화중 등이 이끄

는 동학농민군 수천 명과 힘을 규합하여 나주성 공략에 나섰으나 번번이 패했다. 오중문의 마지막 전투에 대한 일화로, 민보군이 상여 행렬로 가장하여 접전을 벌여 오중문이 죽을 위기에 놓였다. 평소에 오중문의 사람됨이나 재주를 아낀 지인이 좋은 말을 주면서 "달아나 생명을 보존하라."는 권유에 따라 말을 타고 행적을 감췄다. 51세 늦은 나이에 얻은 아들과 손자까지 확인됐지만 정작 오중문의 삶은 오리무중이다.

주요 사적지

- 나주 목사 내아 전봉준 민종렬 담판 장소 금성관: (현, 나주시 금계동 33-31) 1894년 8월 동학농민군 지도자 전봉준과 집강소 설치를 반대하는 나주 목사 민종렬과 담판을 시도했다.
- 나주성 서성문 전투지: (현, 나주시 교동 42, 사적 제337호) 광주 나주 동학농민군과 나주 수성군 사이에 수차례 치열한 전투가 벌어졌다.
- 나주 남산 전투지: (현, 나주시 죽림동 남산공원) 동학농민군의 패배로 끝났다.
- 금성산 동학농민군 주둔지: (현, 나주시 경현동 산 8-1/대호동 산 226-1 일대) 동학농민군이 나주성을 공략하기 위해 나주 광주 일대에 진을 쳤다.
- 금성관 나주 초토영: (현, 나주시 금성관길 8, 과원동) 동학농민혁명 시기에 민종렬 목사가 민보군을 지휘하여 성을 지켜냈다. 토벌 시기에는 일본군이 주둔하여 초토영을 설치하고 680명(일본군 기록)의 동학농민군을 학살했다.
- 동학농민군 처형장: (현, 나주시 남외동 128, 남외1길 16, 나주초등학교) 당시 남문 밖이었고, 처형된 동학농민군 680구의 시신이 쌓였다.
- 동학농민군 매몰지: (현, 부영아파트와 LG화학 나주공장(나주시 송월동 1)) 초토영에서 처형된 동학농민군을 공동묘지에 옮겨 묻었다.
- 함박산(咸朴山) 전투지: (현, 나주시 대호동 산 62일대, 나주성향공원 뒷산) 동학농민혁명 시기에 나주지역 동학농민군과 나주 수성군이 전투를 벌였다.
- 나동환 의적비와 진주 정씨 행적비(의열각): (현, 나주시 과원동 121-10) 동학농민군 나동환의 행적과 그의 부인 진주 정씨의 효열(孝烈)을 기려 세운 비.
- 금성토평비(錦城討平碑): (현, 금성관길8, 금성관 경내) 동학농민혁명 시기에 민종렬 나주 목사가 동학농민군에 저항하여 나주성을 지켜낸 일을 기념하여 세운 비.

화순 전라 서남부 지역 동학농민혁명 요충지

화순, 능주 관아 점령, 집강소 설치

화순 지역 동학농민군은 1894년 7월 능주 관아를 점령하여 집강소를 설치했다. 당시 능주에 왔던 우미우라(海浦篤彌)가 쓴 「동학당 시찰기」에 집강소를 사실적으로 전하고 있다. "대도소는 능주 관청을 본영으로 삼았으며, 사람과 말이 많았고 흰색 목면 천으로 깃발을 만들어 문밖에 둘렀다. 영기(令旗)를 마당 가운데 세워 위엄을 높였다." 장흥 동학농민군이 "수차례 능주 지역으로 넘어와 소와 말, 재물들을 빼앗아갔다"는 기록을 참고하면 능주가 장흥 일대 동학농민군과 일정한 영향 아래 있었을 것으로 보인다. 당시 화순과 능주 동복 지역의 동학 세력이 장흥 광주 등 인근 지역에 비해 동학교세가 약하지 않았을 것으로 보인다.

2차 기포 시기 남면 벽송리 전투

1894년 12월 1일 광주에서 퇴각한 최경선은 동학농민군 220여 명을 이끌고 동복으로 내려와 남면의 벽송리와 사평리에 머물며 전열을 가다듬었다. 동학농민군은 그동안 나주성 공격과 패배로 큰 상처를 입었고, 추위에 먼 길을 걸어와 지쳐 있었다. 이 소식을 접한 나주 초토영의 군사 300명과 화순의 민보군이 12월 4일 벽송마을 동학농민군을 급습함으로써 치명적인 피해를 입었다. 이 전투에서 159명의 동학농민군이 죽고 63명이 포로가 됐다. 벽송마을 전투를 끝으로 사실상 화순 지역의 동학농민혁명은 막을 내리게 되었다. 최경선은 전봉준의 오른팔로, 화순 남면에서 생포돼 서울에 압송되어 처형됐다.

토벌군이 처형한 동학농민군을 통해 활동 짐작

화순 지역 동학농민군의 활동 기록은 많지 않다. 단지 관 기록을 통해 활동 양상을 짐작할 뿐이다. 관군이 처형한 기록에 의하면 화순 동학의 지도자는 왕왈신과 김용보, 조번개, 김자근, 최성칠, 최범구 등이다. 능주에서는 조종순과 권익득, 손영기, 오병채, 이중채 등이 활약했다. 이외에도 이름을 알 수 없는 13명의 동학농민군이 능주 출신인 것으로 관군 기록에 나타나 있다. 동복에서는 이형백, 장운학, 박건양, 김중현, 김병혁, 최자중, 노익호, 전경선 등이 관군에게 잡혀 처형당했다. 이들의 행적을 보면 광주 최경선, 손화중 세력에 참여하거나 전봉준 장군 휘하로 들어가 활동하거나, 혹은 장흥 보성 쪽에서의 활동이 확인된다.

화순 동학농민군이 사살된 이십곡리

너릿재는 광주와 화순 읍내를 잇는 중요한 교통로였다. 너릿재는 노루목, 노릇재, 누릿재로도 불렸는데, 주된 길(목) 혹은 주요 통로라는 의미도 담겼다. 너릿재 아랫마을 이십곡리도 '숨은 곡(스무곡)'에서 '이십곡리'로 이름이 바뀌었다.

벽송마을에서 참극을 맞은 화순 동학농민군은 장흥으로 물러났다. 그러나 1894년 12월 16일 석대들에서 조선 관군과 일본군을 상대로 최후의 일전을 벌여 패한 뒤 화순 동학군은 살길을 찾아 섬으로 혹은 무등산이나 지리산으로 숨어들었다. 장흥에서 능주와 화순을 거쳐 무등산 쪽으로 도주하던 동학농민군이 관군의 공격을 받아 처참하게 목숨을 잃은 곳이 '수무실마을'이라 불리는 이십곡리(二十谷里)이다. 마을에 전해오는 이야기로는 상당히 많은 동학농민군들이 관군의 공격을 받아 마을 입구와 마을 뒷산에서 숨지거나 체포됐다. 이로 인해 수무실마을 입구를 일러 '원 모퉁이'라고 부른다.

1907년에는 능주 출신의 의병장 양회일이 이끄는 부대가 화순을 점령하고 광주를 공략하기 위해 너릿재를 넘다가 매복했던 관군의 공격을 받아 많은 희생자를 내고 양회일은 체포됐다. 아픈 사연이 현대사로 이어져 1946년 8월 15일 화순탄광의 광부들이 광주에서 열리는 해방 1주년 기념식에 참석하기 위해 이 고개를 넘다가 미군과 경찰의 총격을 받아 30여 명이 죽고, 500여 명이 부상당했다. 1950년 7월에는 국민보도연맹원들이 이곳에서 학살됐고, 1980년 5.18 민중항쟁 때에는 화순과 광주를 오가던 시민군이 공수부대의 총격으로 사망했다.

관-일본 토벌대와 동학농민군의 후원자, 양한묵

화순 지역 동학농민군 토벌은 1894년 말 민보군이 지역에서 활

봄꽃 흐드러진 화순 너릿재 아래 이십곡 리. 이곳에서 동학농 민군이 관군과 전투 중에 사살됐다.

동하고 이듬해 1월 초에 관-일본군이 들어온 듯하다. 일본 후비보병 19대대 소속 구스노키 비요키치 상등병의 종군일지에 따르면 "능주에서 동학농민군 70~80명을 체포하여 20명을 총살했다."고 했다. 당시 양한묵이 능주 고을 관리였는데, 능주에는 김개남 휘하의 동학농민군이 진출하여 활동하고 있었고, 전투의 막바지 시기에는 장흥 보성 등지에서 활동하던 동학농민군이 체포되어 능주목으로 압송돼 왔다. 이때 양한묵은 사형을 당할 처지에 놓인 많은 동학농민군을 구했다고 전한다. 결국 양한묵은 천도교 지도자가 되었고, 독립운동가가 되었다.(인물지 참조)

참여자 기록을 통해서 본 화순 동학농민군 활동

현재 화순 지역 동학농민혁명 참여자는 34명이며, 다양한 지역에서 활동했다.

■노익호(盧益浩, 지도자), 이성하(李成夏)는 백산 기포 때부터 전기간에 걸쳐 동학농민혁명에 참여했다.

■김병혁(金炳赫, 도성찰)은 1894년 6월 화순 능주에서 동학농민

혁명에 참여했다가 1894년 12월 3일 동복에서 체포되어 신문을 받은 뒤 사망했다.

■ 조용순(趙龍純), 문장열(文章烈)은 1894년 9월 전봉준이 재기포하자 능주에서 동학농민군을 이끌고 참전했다.

■ 서상조(徐尙祚)는 동학농민혁명에 참여했다가 화순에서 12월 10일 체포됐다.

■ 1894년 12월에 처형된 이로 이규석(李圭錫, 대접주), 최성칠(崔星七), 김자근(金自斤, 접주), 왕왈신(王曰臣), 조번개(曺番介, 접주), 서상명(徐相鳴), 최범구(崔範九) 등이다. 이들은 나주 화순 남평 벽송 전투에 참여했다.

■ 이수갑(李洙甲), 조종춘(趙宗椿, 異名: 鍾純)은 1894년 12월 장흥 전투에 참전했다가 1895년 1월 3일 능주면 호암리에서 관군에 체포되어 총살됐다.

■ 권익득(權益得), 손영기(孫永己)는 능주에서 동학농민혁명에 참여했다가 1895년 1월 22일 장흥 김영집에게 체포되어 처형됐다.

■ 김학준(金學俊), 박채중(朴采仲), 서민수(徐民洙), 이도춘(李道春), 이득수(李得洙), 이춘서(李春西), 이학서(李學西), 장강다구(張江多九), 오병채(吳秉采), 이중백(李仲伯)은 능주에서 동학농민혁명에 참여했다가 1895년 1월 방수장(防守將)에 의해 체포되었으나, 읍에서 징계 받고 풀려났다. 이중백은 처형됐다.

■ 유광화(劉光華)는 동학농민군 700여 명을 이끌고 군수물자를 조달했으며, 화순 전투 중에 전사했다.

■ 김기홍(金基弘), 정치구(鄭致九)는 능주에서 동학농민혁명에

참여했다가 1895년 1월 전 현감 이득수에 의해 체포됐다.

■ 김수근(金秀根, 지도자), 조종화(趙鐘化, 지도자), 임원화(任元化), 임찬선(林贊善), 지만일(池萬日)은 보성에서 활동하다가 1895년 1월 22일 보성에서 체포되어 능주로 압송됐다.

인물지

○ 한달문(韓達文, 1859~1895): 도장면 동두산(현, 화순군 도암면 원천리 동산) 출신으로, 나주와 화순 지역에서 동학농민군 지도자로 활동했던 인물이다. 동학 접주로서 나주 지역 대장으로 활동 중 1894년 12월 나주 동의면에서 민보군에 붙잡혀 동학농민군 27명과 함께 나주 초토영으로 끌려가 모진 심문을 받았다. 심문 끝에 강도수(姜道守), 정사심(鄭士心), 이화삼(李化三) 등 13명은 총살됐고, 한달문과 주심언(朱心彦) 등 남은 14명은 고문 휴유증에 시달렸다. 한달문은 돈을 쓰면 목숨을 부지할 수 있는 방법을 찾아 어머니에게 돈을 마련해줄 것을 요청하는 편지를 썼는데 〈한달문 옥중서한〉이다. 한달문은 어머니 쌍동댁(雙同宅)에게 보낸 편지에서 "300냥을 보내주면 목숨을 건질 수 있을 것 같다"고 애절하게 하소연하고 있다. 이 옥중서한은 그의 종제(從弟)였던 한일수의 손자 한병만(韓秉萬) 씨 족보 속에서 발견돼 일반에 공개됐다. 한달문은 우여곡절 끝에 돈을 써서 감옥에서 풀려나오는데 성공했지만 옥에서 받은 모진 매질의 후유증으로 이틀 만에 숨을 거두고 만다. 한달문의 옥중서한은 2022년 국가문화재로 등록됐다.

○ 양한묵(梁漢默, 1862~1919): 전남 해남군 옥천면 영계리에서 태

어났다. 1894년 탁지부주사가 되어 능주의 세무관으로 활동했다.
1897년 관직에서 물러나 중국으로 건너가 베이징 등지를 돌아보
고, 이듬해 일본으로 건너가 국정(國政)과 세계 대세를 살펴보았
다. 일본에서 개화파 인사 조희연, 권동진, 오세창 등과 교유하면
서 세계 열강의 정세를 살피고, 당시 일본에서 망명 중이던 동학
교주 손병희의 영향을 받아 1904년에 동학에 입교했다. 양한묵은
초기 천도교 핵심 간부로 교단을 운영하면서 천도교인에게 민족
의식을 고취시켜 3·1운동 당시 많은 천도교인들이 앞장서서 독립
만세운동을 주도했다. 양한묵은 3월 1일 오후 2시 천도교계 민족
대표로 독립선언식에 참여했고, 일제의 가혹한 고문으로 그해 5월
26일 서대문형무소에서 순국했다.

　○유광화(劉光華, 1858~1894)는 나주 다도에서 태어났다. 본명은
유재희(劉載熙)이며, 광화(光華)는 자(字), 호(號)는 죽산(竹山)이다.
그는 어려서부터 효성이 지극해 부모를 봉양하는데 정성을 다했
으며, 학문에 정진해 문장가로 이름을 알렸다. 그는 동학농민군의
지도부에서 활동하며 군수물자를 조달하고 화순전투 등에 참여

했다. 그가 남긴 "동학군 유광화의 편지"는 동생 유광팔에게 보내는 편지로, "내가 집을 나와 수 년을 떠돌아다니며 집안일을 돌보지 않았으니 자식된 도리를 다하지 못한 것"을 안타깝게 여기고 있다. "우리가 왜군과 함께 오랫동안 싸우는 것은 은혜에 보답하고자 함이며, 하늘을 이불 삼고 땅을 자리 삼는 고초가 이루 다 말할

벽송리 동학농민군 싸움터. 1894년 12월 4일, 관군이 급습하여 최경선이 이끄는 동학농민군 159명이 전사하고 63명이 생포됐다.

수 없다"는 말로 자신(동학농민군)이 싸우는 이유와 고통스러운 야전의 실상을 전하고 있다. 그리고 "요 근래 상황이 극심하여 다시 돈과 비단을 청하니 다음 편에 살펴 보내주길 바라네.…"라고 썼다. 동학농민군이 재물을 강탈했다는 관 기록이 많지만, 이를 보면 극심한 물자난에 시달려 집에다 부탁하고 있다. 유광화는 갑오년 늦가을에 편지를 쓰고 얼마 지나지 않아 화순전투에서 전사했다. 편지는 2021년 7월 1일 국가등록문화재로 지정됐다.

주요 사적지

- 집강소였던 능주 관아: (현, 화순군 능주면 죽수길 73, 능주면사무소) 동학농민혁명 시기에 집강소가 설치됐다.
- 벽송리(碧松里) 동학농민군 싸움터: (현, 화순군 남면 벽송리) 최경선이 이끄는 동학농민군이 광주에서 퇴각하여 벽송리와 사평리(沙坪里)에 진을 쳤다가 지방군의 급습으로 동학농민군 159명이 전사하고 63명이 생포됐다. 희생자 숫자를 기준으로 보면 엄청나게 큰 전투였음을 알 수 있다.
- 너릿재 이십곡리 동학농민군 처형지: (화순군 화순읍 이십곡리 입구, 위치 불상) 너릿재 아래 '숨은 곡(스무곡)'에서 '이십곡리(스무곡)'로 이름이 바뀌었다. 이곳에서 동학농민군이 처형됐다는 기록은 있지만 정확한 위치는 알 수 없다.
- 한달문 묘와 기념비: (현, 화순군 도암면 원천리 171-2) 접주 한달문은 1894년 11월 민보군에게 체포되어 1895년 4월에 옥중 사망했다.

순천 남부 해안 지역 투쟁의 중심지

동학 포교 시기 순천 동학

천도교 문서에는 박낙양 접주가 순천을 대표하는 인물로 등장한다. 박낙양은 1893년 3월 보은 취회, 동학농민혁명 시기인 3월과 9월 재기포 때 순천 동학교도를 인솔하여 참여했다.

집강소 시기, 박낙양 김인배 두 세력 형성

순천의 영호대도소는 지역 토착 동학을 기반으로 한 박낙양 계열과 외지에서 들어온 김인배를 따르던 동학농민군 두 세력이 주축이었다.

박낙양이 이끄는 순천 동학농민군은 전주 화약 이후 김인배와 거의 같은 시기에 들어온 것으로 보인다. 금구 출신 김인배는 5월 10일 전봉준 김개남과 함께 태인에 도착했다가 김개남을 따라 남원으로 내려왔다가 김개남의 지시로 곧장 순천으로 내려왔다. 김인배 대접주는 순천에 들어올 때 금구에서 인솔해서 들어온 동학농민군 외에 광양 수접주 유하덕(劉夏德)과 같이 인근 지역 동학교도 수만을 동원하여 크게 위세를 떨쳤다. 김인배는 6월 순천부를 장악하여 영호대도소를 설치했다.

「순무선봉진등록(巡撫先鋒陣謄錄)」에도 "작년 6월 이후 금구의 적괴(賊魁) 김인배의 무리가 각처의 비도 10만의 무리를 모아 이끌고 성중(순천성)을 점거한 다음 곧 영호도회소(嶺湖都會所)를 설치하라"고 했다. 그렇다고 두 세력 간에 불협화음은 전혀 보이지 않았다.

영호도회소, 주변 지역과 하동 진주까지 세력 뻗쳐

김인배 대접주가 이끄는 집강소 활동은 관측과 타협 국면이어서 큰 충돌 없이 원활하게 통치되었다. 김인배는 순천을 기반으로 인접한 광양을 점령하고, 인근 지역인 보성, 낙안, 흥양, 고흥 등지의 동학농민군을 지원하면서 섬진강 건너 경상도 하동과 진주까지 점령하고 지원했다.

김인배, 섬진강을 둘러싼 치열한 공방전

1894년 8월에 신임 순천 부사 이수홍(李秀弘)이 부임할 때는 박낙양 김인배가 읍성을 장악하고 있을 때였다. 순천 지역뿐만 아니라 광양을 비롯하여 낙양 승주, 전라도 경계를 넘어 경상도 하동 진주까지 영향을 끼치고 있었다. 새로 부임한 순천 부사 이수홍은 동학농민군에 매우 협조적이었고, 광양 현감은 공석 중이었으므로 동학농민군 활동이 비교적 자유로웠다.

그런데 이상한 장계가 등장한다. 전라 병사 장계에 "10월 16일 저녁 9시경에 사사롭게 사또(순천 부사 이수홍)를 모시고 전주참으로 올라가다 신원참(新院站)에 당도했을 때 마침 남원 대접주 김개남이 도착하여 붙잡혔다.···(김개남) 대접주는 군수전 10만 냥과 백목 1백 동을 마련하여 5일 내에 실어 오라고 했다.··· 순천 읍중은 그를 살려내기 위해 서둘러 전목(錢木)을 마련하여 밤을 새워 20일에 실어다 바치고 살아났다."라고 했다. 이는 이수홍이 실제로는 동학농민군을 지원했으나 뒷날 책임 추궁이 따를 것을 대비하여 협박과 강제에 못 이겨 군수물자를 바친 것처럼 꾸미려 했던 것으로 보인다.

남원의 김개남 등이 영남으로의 진출을 결의하고 있을 때인 8월 말~9월 초 김인배가 이끄는 순천 광양의 동학농민군이 섬진강을 건너 하동 진주 방면으로 진출하여 경상 남부 지역을 석권하고 돌아왔다.

승승장구하던 김인배, 남부 해안 지역으로 밀려나기 시작

전라 남부 해안 지역 동학농민군의 투쟁은 장흥, 강진, 해남 일대에서 모여든 연합군의 활동 형태로 전개됐다. 이방언과 이사경이 중심이 된 장흥의 동학농민군 세력은 일찍부터 집강소를 설치하여 세력을 과시하고 있었다. 이후 공주 전투와 나주 전투의 연이은 패배 소식이 전해지고, 남부 지역 동학농민군은 장흥일대를 동학농민군 최후의 거점으로 확보해야 한다는 필요성을 인식하게 되었다. 이에 장흥 일대의 동학농민군 수만 명은 석대들에서 필사적으로 저항했으나 관-일본군의 신무기 앞에서는 어쩔 수가 없었다. (장흥 편 참조)

순천에서 전열을 가다듬은 김인배는 하동 광양에 남아 있던 동

낙안읍성. 동학농민혁명 시기에 양하일 영호도회소 동학농민군 1천여 명이 낙안 읍성을 점령했다.

학농민군의 요청에 따라 광양으로 재차 출전하여 동학농민군을 광양의 성부역(成阜驛)에 주둔시켰다가 섬진과 망덕 두 방향으로 나누어 진격시켰다. 그러자 지석영이 이끄는 포군과 일본군이 섬진강을 건너 세 방향으로 동학농민군을 포위 공격했다. 이 전투에서 동학농민군은 크게 패하여 광양 쪽으로 퇴각했다. 영호대접주 김인배도 야밤에 광양으로 후퇴하여 흩어진 동학민군을 불러 모아 유하덕과 함께 순천으로 되돌아왔다. 뼈아픈 패배였다. 오지영의 『동학사』에 따르면 그 당시 섬진강에 빠져죽은 동학농민군이 3천 명에 이르렀다고 했다.

좌수영 공격에 나섰다가 패한 김인배

11월 10일, 영남에서 퇴각한 김인배 대접주는 3만여 동학농민군을 이끌고 좌수영 공격에 나섰다. 덕양역을 거쳐 종고산성을 공격했으나 크게 패했다. 전라 좌수사 김철규는 통영에 정박 중인 일본 함대에 지원을 요청하여 일본군이 동학농민군 토벌에 나섰는데, 이때 90여 명의 동학농민군이 체포됐다. 이들은 대부분 모래목 공터에서 타살됐다. 동학농민군은 관-일본군에 밀려 광양 쪽으로 후퇴하게 되었고, 동학농민군 지도자들 대부분이 이곳에서 총살 참수 혹은 타살됐다.

김인배의 목이 내걸렸던 광양 객사 터

순천의 영호대도소 기반이 붕괴될 즈음, 김인배가 이끄는 동학농민군 주력은 광양에 있었다. 광양에 집결한 동학농민군에게 점차 전세가 불리해지기 시작했고, 동학농민군 대열에서 이탈하는 자가 늘어났다. 12월 7일, 급기야 전 군수였던 김석하(金碩廈)가 이끄는 아전들과 일부 백성들이 순천의 동학농민군 본진을 습격하여 크게 이겼다. 김석하는 이 공으로 정부로부터 포상을 받았다. 이렇게 12월 7일 일부 광양 백성들의 배신 행위로 인하여 광양에 있던 순천 동학농민군 주력 부대는 돌이킬 수 없는 타격을 입었다. 이날 김인배는 효수되어 객사(현 광양 군수 관사)에 목이 내걸렸고, 봉강 접주 박흥서 외 20명이 총살됐다.

다음날인 8일에는 영호대도소 수접주이자 전라·경상도 부통령 유하덕이 효수되었고, 인덕 접주 성석하 외 8명이 총살됐다. 그리고 10일에는 5명이, 11일에는 47명이 연이어 총살됐다.(광양 편 참조)

이 같은 소식을 접한 일본의 쓰쿠바군함은 12월 9일 여수 앞바

다에서 광양으로 급히 회항하여 1개 분대를 토벌대로 파견했다.

일본군이 상륙하자 일부 백성은 농악대를 동원하여 일본군을 환영하여 성안으로 인도한 뒤 김인배와 유하덕의 수급과 30여 명의 동학농민군 시체를 일본군 앞에 가져와 전공을 자랑했다. 또한 민보군 1,600명을 모집하여 하동과 인접한 월하포로 보내 흩어져 달아난 동학농민군을 추격하도록 했다. 이로써 순천 지역을 중심으로 활동하던 영호대도소의 동학농민군은 궤멸되고 말았다.

순천을 초토화시킨 좌수영군 1백여 명은 중군 신완(申椀)과 중초영장 정경환(鄭景煥)의 인솔 하에 남해도를 거쳐 9일 하동 교장터(橋場)에 이르러 부산에서 온 스즈끼 대위가 이끄는 일본군 1개 중대와 합세했다. 스즈끼는 한반도 남부 지역 동학농민군을 토벌하는 데 중심 역할을 한 인물이다. 이들 부대는 10일 하동에서 광양으로 건너와 다압면과 월포면에 있던 동학농민군 잔여 부대를

순천부 읍성 남문터 광장. 1894년 6월 김인배가 순천으로 내려와 읍성 안에다 영호도회소 집강소를 설치했다. 집강소 자리는 현재 순천시 중앙로 101번지 삼성생명 건물 자리로 추정하고 있다.(사진 순천시청 제공)

공격했다. 쓰쿠바 군함도 10일 광양 하포로 분견대를 파견해 동학 농민군 정찰과 수색에 들어갔다. 이렇게, 일본군은 조직적으로 여수 순천 광양지역 동학농민군을 토벌하는 데 앞장섰다.

광양에서 동학농민군을 초토화시킨 일본군과 좌수영병은 12월 12일 순천으로 들어왔다. 일본군과 좌수영병이 순천에 왔을 때는 민보군과 영관 이주희가 이끄는 좌수영병이 이미 많은 동학농민군을 색출하여 처형한 400여 구의 시신이 성안에 버려져 있었으며, 살아남은 동학농민군은 장흥이나 흥양 지역으로 달아난 뒤였다.

영관 이주희가 인솔한 50여 명의 좌수영병과 스즈키 대위가 이끄는 일본군은 12월 14일에 낙안 보성으로 향했고, 동학농민군은 전라도 남단 장흥·강진 지역으로 내몰려 포위되고 있었다. 이는 일본군의 토벌 전략에 따른 결과이기도하다.

정토 기록에 따르면 "순천에서 동학농민군 150여 명이 학살되고, 능주 전투에서 20여 명이 사살되었다"고 보고했는데, 이 같은 사실은 참여자 기록이 뒷받침하고 있다.

낙안, 강사원·안귀복·이수희 세 동학 지도자 중심으로 활동

낙안현에 동학이 언제부터 유입되었는지 뚜렷한 기록은 없으나, 1894년 당시 강사원(姜士元), 안귀복(安貴福), 이수희(李秀希) 등 3명의 낙안 지역 접주가 남원 지역 김개남의 동학 세력과 연계하여 활동을 벌였다. 특히 이 세 동학 지도자는 2차 기포 시기에 김개남이 청주성을 공격할 때 선봉으로 나섰다.

2차 기포 시기에 영호(嶺湖)의 동학농민군 주력 부대가 순천을

떠나 광양을 거쳐 하동 쪽으로 진출하면서 후방 방비와 군수 물자 조달을 위해 양하일(梁河一)이 이끄는 동학농민군 1천여 명을 잔류케 했다. 평소에 동학농민군에 비우호적이던 낙안의 지방군이 뒤에서 공격할 가능성이 있다고 판단했기 때문이다.

1894년 9월 15일, 양하일이 이끄는 1천여 동학농민군은 낙안읍성을 점령하기 위해 순천을 출발하여 선암사에 집결했다. 동학농민군은 오금재를 넘어 낙안읍성을 공략하여 성을 장악했다. 낙안읍성을 점령한 동학농민군은 이교청(吏校廳)에 들어가 그동안 농민들을 수탈한 아전들을 징치하고 필요한 군수물자를 성 내외에서 확보했다.

이때 낙안읍성은 많은 피해를 입었다. 불에 탄 집이 무려 194호에 달했으며, 빼앗긴 농우가 55마리나 되었다고 했다. 당시 낙안은 김개남의 선봉장인 강사원, 안규복, 이수희의 출신 지역으로, 낙안 지역에는 강력한 동학 세력이 기세를 떨치고 있었다. 당시 낙안 읍성에는 고흥, 보성, 화순, 순천 등 인근 지역의 동학농민군이 집결했으며, 이에 따르는 피해도 컸다. 당시 낙안 군수는 순천, 홍양, 광양 지역 동학농민군 토벌 임무를 수행하고 있었다. 순천의 동학농민군은 낙안 읍성에 4일간 머물다가 19일에 군기고를 방화하고 선암사를 거쳐 다시 순천으로 돌아왔다.

12월 25일, 낙안군 동면 이수희는 남상면 쌍전에서 민보군에 붙잡혀 효수당했다. 이수희는 태인 접주 유복만을 따르던 사람으로, 10월 이후 김인배가 좌수영을 재점령할 때 중군으로 활약했고, 안규복(安圭福)은 호좌도접주(湖左都接柱)로서 동학농민군의 거두(巨

頭)였다.

안규복이 낙안으로 들어오자 낙안 동학농민군의 사기는 하늘을 찌를 듯 높았다. 안규복이 낙안 동학농민군을 지휘한 것은 27일간이었다. 당시 제폭구민의 기치를 내건 싸움이었지만 민폐도 컸다. 12월 22일, 안규복은 낙안 수성군의 추격을 받고 외서면 돌이치(突伊峙)에서 체포되어 당일 효수됐다. 안규복 이수희는 김개남 장군 휘하의 선봉장으로, 청주성 싸움에 참여했다가 돌아왔다.

낙안의 수성군은 동학농민군을 토벌하는 데 큰 전과를 올려 조정으로부터 공을 인정받았다. 1895년 1월 12일 낙안 군수 보고서에 따르면 일본군 50명이 1월 3일 흥양(고흥)으로부터 들어와 다음 날 보성으로 출발했다는 기록으로 보아 낙안 지역 동학농민군 토벌에 일본군이 참여한 사실을 말해준다.

참여자 기록을 통해서 본 순천 동학농민군 활동

■ 장익열(張益烈), 정우영(鄭宇永), 장기주(張箕周), 문상혁(文相

승주군 선암사. 동학농민혁명 시기에 이곳에 동학농민군이 주둔했다.

赫), 박낙양(朴洛陽), 박낙석(朴洛錫)은 1894년 9월, 10월 전봉준의 동학농민혁명 재기포 때 유하덕과 함께 순천에서 동학농민군을 이끌고 참여했다.

■ 양철교(梁哲敎, 錢米都攝)는 순천에서 동학농민혁명에 참여했다가 1894년 12월 6일 민보군에 체포되어 처형됐다.

■ 양하일(梁河一)은 금구의 동학농민군 지도자로서 남원 동학농민군과 합세하여 순천, 낙안에서 활동하다가 1894년 12월 순천에서 민보군에 체포되어 처형됐다.

■ 이수희(李守喜, 異名: 秀希)는 남원의 김개남과 함께 청주성 공격에 나섰다가 패하고 내려와 김인배와 함께 순천 좌수영을 공격한 뒤 1894년 12월 25일 낙안에서 체포되어 처형됐다.

■ 유복만(柳卜萬, 접주)은 순천 출신으로 1894년 태인에서 동학농민혁명에 참여했다.

■ 김이갑(金以甲, 도접주)은 순천과 하동에서 동학농민혁명에 참여했다가 체포되어 1894년 12월에 처형됐다.

■ 한진유(韓辰有, 접주), 이차겸(李且兼), 황재숙(黃在淑)은 순천 광양에서 활동하다가 체포되어 1894년 12월 10일 총살됐다.

■ 남정일(南正日, 접주), 김영우(金永友, 접주), 권병택(權炳宅, 성찰)은 순천에서 활동하다가 체포되어 1894년 12월 12일 전라 좌수영 진중에서 처형됐다.

■ 정완석(鄭完石)은 김개남의 명사원(明査員)으로 활동하다가 순천에서 관군에게 체포된 뒤 1894년 12월 장흥에서 처형되어 머리가 장흥 시장가에 묻혔다.

■ 이문영(李汶永, 異名: 文永)은 동학농민군 지도자로서 담양에서 참여했다가 1894년 12월 순천에서 관군에게 체포되어 총살됐다.

■ 김학식(金鶴植, 수접주), 박한진(朴汗辰), 김윤실(金允實), 이석기(李石基), 김홍두(金洪斗)는 광양 순천에서 활동하다가 1894년 12월 광양에서 관군-일본군에 체포되어 처형됐다.

■ 최종복(崔宗卜), 김배옥(金培玉), 이복근(李卜根), 김순옥(金順玉), 위광석(魏光石), 정지규(鄭志圭), 황학련(黃學連), 정재철(鄭在哲)은 순천부에서 활동하다가 1894년 12월 수영진에 체포되어 장방에 수감됐다.

■ 오준기(吳準己, 동외접 서기), 박현동(朴玄同, 성찰), 황두화(黃斗化, 접주)는 남원, 운봉, 광주, 경상도 양산에서 활동하다가 1894년 12월 순천에서 체포되어 타살됐다.

■ 정우형(鄭虞炯, 영호도집강)은 순천에서 활동하다가 체포되어 1894년 12월 6일 전라 좌수영 진중에서 총살됐다.

■ 김인배(金仁培, 영호대접주)는 1894년 김덕명과 함께 고부·무장 기포부터 참여한 뒤 순천으로 내려와 영호대접주가 되어 순천, 광양, 하동, 진주 등 영호남 지역에서 활동하다가 체포되어 1894년 12월 7일 효수됐다.

■ 유하덕(劉夏德, 영호수접주)은 1894년 7월 광양에서 활동했고, 체포되어 12월 8일 처형됐다.

■ 이우회(李友會)는 아들과 함께 순천부 쌍암면에서 참여했다가 1894년 12월 11일 체포되어 수영진에서 효수됐다.

■ 순천 광양에서 활동하다가 체포되어 1894년 12월 8일과 9일,

혹은 이듬해 1월 15일에 총살된 이는 12명이다. 박정섭(朴正涉), 김선명(金善明), 성석하(成石河, 접주), 서윤약(徐允若, 접주), 박홍서(朴興西, 접주), 박치서(朴治西, 접주), 김영표(金永杓), 박석순(朴石巡), 김진돌(金眞乭), 김화서(金化西), 이원채(李元采), 정항식(鄭恒植, 접주)

■ 조승현(趙升鉉)은 매형인 영호대접주 김인배와 함께 고부 봉기부터 참여하여 전주화약 이후 순천, 하동, 진주 등 영호남을 넘나들며 활약했다.

■ 이사계(李士繼, 접주), 서백원(徐白元, 접주), 조귀성(趙貴星, 접주), 심능관(沈能冠), 류태홍(柳泰洪)은 11월 순천 지역에서 활동했다. 특히 류태홍은 동생 류시도와 함께 9월 남원성 점령에 참여한 뒤 구례 순천에서 활동했다.

주요 사적지

■ 순천부 영호도회소 집강소 터: (현, 순천시 중앙로 101, 삼성생명 건물 자리) 전주 화약 이후 6월부터 영호대접주 김인배가 집강소를 설치했다.
■ 선암사 동학농민군 주둔지: (현, 순천시 승주읍 죽학리 산 802, 선암사, 사적 제507호) 동학농민혁명 시기에 스님들이 지지하여 동학농민군이 주둔했다.
■ 낙안읍성 전투 터: (현, 순천시 낙안면 동내리 401-1일대, 낙안읍성, 사적 제302호) 동학농민군이 이곳을 점령했다.
■ 동학농민군 처형터: (현, 순천시 월등면 월림리 섬계마을) 순천 지역 동학농민군이 처형됐다.
■ 순천 동학농민군 처형터: (현, 순천시 남상면 쌍전) 동학농민군 지도자 이수희가 처형됐다.
■ 보성 대접주 안규복 체포지: (현, 순천시 낙안음 외서면 돌이치(突伊峙)) 1894년 12월 22일 낙안의 수성군과 외서면(外西面) 백성에게 붙잡혀 효수됐다.

광양 민란의 전통이 동학농민혁명으로 연결

동학교도, 1890년 이전부터 활동

광양에는 1890년 이전부터 동학교도가 있었다. 광양 봉강 출신 조두환(趙斗煥)이 광양 류수덕(劉壽德)에게 동학을 전수받았다. 이들은 포덕에 힘써서 광화문복합상소 보은 취회 등 교조신원운동에 동학교도를 이끌고 적극 가담했다. 광양의 동학 지도자로 봉강 박홍서, 인덕 성석하·박소재·박치서, 사곡 한군협·한진유, 옥룡 서윤약 형제와 이중례·하종범·서통보, 월포 김명숙, 섬거역 전갑이 등이 대표적이다.

지역 동학 접주와 김인배가 영호대도소 이끌어

영호대도소는 외부 세력과 토착 세력의 연합이지만, 기본적으로 순천·광양지역 동학 세력을 기반으로 한 동학 접주 중심으로 운영되었다. 영호대도소 대접주는 김인배와 유하덕이 담당했다. 이들은 진주 지역 출정 때에도 '전라 경상도 도통령과 부통령' 직함으로 동학농민군을 지휘했다. 영호대도소의 인적 구성은 순천·광양의 동학 접주들이었기 때문에 한꺼번에 많은 숫자의 동학농민군을 동원할 수 있었다.

광양 관아 희양관 터
에 들어선 불망비.
1894년 12월 6일, 동
학지도자 김인배와 유
하덕 등 수십 명의 동
학농민군을 이곳 희양
관에서 처형했다.

1894년 6, 7월 무렵 광양 동학농민군과 하동의 부사와 토호들이
조직한 민병 사이에 섬진강 일대에서 몇 차례 크고 작은 충돌이 있
었다. 조정이나 지방관아에 불만이 쌓여 있던 광양의 동학농민군
이 7월 26일 수탈을 일삼던 섬진진(蟾津鎭) 병사 몇 명을 붙잡아 곤
장을 치는 사건이 일어났다.

8월, 경상도 하동의 민보군이 하동의 동학농민군을 공격하고 나
서자 하동 접주 여장협의 구원 요청을 받은 김인배는 9월 1일 광
양·여수·순천 지역 동학농민군을 이끌고 경계를 넘어 하동 공격

에 나섰다. 하동을 점령하고 그곳에 동학 도소를 설치했다. 이 소식을 전해 들은 진주의 동학농민군도 크게 고무되어 다시 움직이기 시작했다. 한동안 진주 동학농민군 세력은 고을의 보수 세력에 눌려 활동이 소강상태에 빠져 있었다. 영호대접주 김인배는 진주 쪽으로 진출하여 남해, 사천, 곤양, 고성 관아를 차례로 점령했다. 9월 14일에는 진주 동학농민군이 목사를 항복시켰다. 17일 김인배가 이끄는 동학농민군이 들어가자, 목사 유석과 병사 민준호가 마중을 나와 맞이했다. 진주 병영을 무혈 점령한 것이다. 김인배는 진주 병영을 점령한 지 며칠 만에 그 지역 출신 정운승에게 치안과 행정을 맡기고 주변 고을을 차례로 석권했다.(이하 하동 편 참조)

이때 경상 감영의 판관 지석영과 일본군은 부산에서 일본 상선 2척과 화륜선 1척에 배꾼, 관군 그리고 일본군이 새로 모집한 조선군 260여 명을 나누어 태우고 마산을 거쳐 진주로 향하고 있었다.(이하 진주 편 참조)

남부 동학농민군 주력, 고성당산 싸움의 패배

당시 김인배가 이끄는 진주 동학농민군은 진주 백목리에 있었다. 김인배의 동학농민군은 진양군 수곡에 집결해 있다가 격전지 고성당산으로 진을 옮겼다. 10월 13일 동학농민군 5천여 명은 일본군 170여 명과 관군 지원 부대와 전투를 벌였으나 큰 희생을 당하고 흩어졌다.(이하 하동 편 참조) 그러나 김인배가 이끄는 동학농민군은 위축되지 않고 여전히 군세가 막강했다. 사천, 남해, 단성, 적량을 석권하여 군기를 빼앗아 그들이 지나는 동네는 텅텅 비다시

피 했다.

11월 10일에는 여수 좌수영으로 진격하여 덕양역(德陽驛)에서 수영군을 격파하고 여수 종고산을 점령하고 좌수영을 엿봤지만 사정이 여의치 않아 회군했다.

11월 16일, 11월 20일 두 차례에 걸쳐 좌수영을 진격하여 서문(西門)에서 접전을 벌였으나 수사 김철규(金澈圭)와 신무기로 무장한 일본군의 저항 때문에 공략에 실패했다. 관-일본군은 후퇴하는 동학농민군을 추격하여 하동으로 들어갔다. 이때 김인배가 이끄는 동학농민군은 순천·광양 지역의 동학농민군 세력과 규합하여 다시 하동 공격에 나섰으나 패했다. 김인배의 잔여 동학농민군 세력은 승주 선암사에 근거를 두고 있던 동학농민군과 세를 규합하여 세 차례나 여수 좌수영 공격에 나섰지만 끝내 함락하지 못했다.

관-일본군의 광양 토벌전

12월 6일 관-일본군이 남하하여 순천에서 광양으로 밀려들어왔다. 순천의 영호대도소 기반이 붕괴될 무렵 김인배가 이끄는 동학농민군 주력은 광양에 머물고 있었다. 전세는 광양에 집결해 있는 동학농민군에게 점차 불리해지기 시작했다. 이렇게 되자 동학농민군 대열에서 이탈하는 자가 늘어났고, 급기야 12월 7일 광양의 아전들과 일부 백성들이 동학농민군 본진을 습격했다. 주동 인물은 전 군수였던 김석하(金碩廈)였다. 김석하와 일부 광양 백성들의 배신으로 광양에 있던 동학농민군 주력 부대는 돌이킬 수 없는 타격을 입었다. 이 싸움에서 김인배는 순천 수접주 유하덕과 함께 피체되었다가 효수되어 객사(현재 광양 군수 관사 자리)에 목이 내걸렸다. 김인배의 당질 김현익(金顯翼)도 광양 전투에서 전사했다.

다음날인 8일에는 영호대도소 수접주이자 전라 경상도 부통령 유하덕이 효수되고, 인덕 접주 성석하 외 8명이 총살됐다. 그리고 10일에는 5명이, 11일에는 47명이 연이어 붙잡혀 총살됐다. 이 시기에 이 사실을 전해 들은 쓰쿠바 함은 9일 급히 여수 앞바다에서 광양으로 회항하여 1개 분대를 파견했다. 일본군 분대가 상륙하자 일부 백성들은 농악대를 보내 일본군을 환영하며 성안으로 인도한 뒤 김인배와 유하덕의 수급과 30여 명의 동학농민군 시체를 일본군 앞에 가져와 자랑했다. 또한 민보군 1,600명을 모집하여 하동과 인접한 월하포로 보내 흩어져 달아난 동학농민군을 추격하도록 했다.

하동 민보군이 12월 10일 광양지역으로 건너와 옥룡(玉龍)에서 동학농민군 31명을 체포해 좌수영군에 넘겨주었고, 닥치는 대로 살육하고, 민가를 무차별 방화하여 소각된 집이 천여 호에 이를 정도였다. 더욱이 동학농민군이 백운산으로 숨어들자 하동 민보군은 온 산에 불을 질러 동학농민군을 소살했다.

순천을 초토화한 좌수영군 1백여 명은 중군 신완(申椀)과 중초영장 정경환(鄭景煥)의 인솔로 남해도를 거쳐 9일 하동 교장(橋場) 터에 이르러 부산에서 온 스즈끼 대위가 이끄는 일본군 1개 중대와 합세했다. 이들 부대는 10일 하동에서 광양으로 건너와 다압면과 월포면에 있던 동학농민군 잔여 부대를 토벌했다.

10일 다압면과 월포면에서 동학농민군을 크게 격퇴시킨 일본군

광양 관아 희양관 터.
광양 지역 동학지도자
김인배와 유하덕 등
수십 명의 동학농민군
을 처형하고 머리를
이곳에 효시했다.

과 좌수영군은 오후 4시쯤 섬거역에 집결해 있던 동학농민군을 공
격했다. 섬거역은 당시 동학농민군 대장이 살던 곳이었고, 모든 마
을 사람들이 그를 따랐다. 이 전투가 광양의 마지막 전투가 되었
다. 이날 체포돼 효수 혹은 총살된 광양 지역 동학농민군은 도접
주 김갑이와 도집강 정홍섭 등 37명에 달한다. 「광양섬계역포착동
도성명성책(光陽蟾溪驛捕捉東徒姓名成册)」은 1894년 12월 10일 광양
현 섬계역 동네 사람들이 동학교도를 잡아 올린 공적을 중앙에 보
고하기 위해 작성한 보고 자료로, 1책 3면으로 되어 있다. 이 기록
을 보면, 1894년 12월에 광양 섬계역에서 체포된 동학교도는 38인
으로, 다음과 같다. 홍정기(洪正其), 최학렬(崔學列), 최경천(崔京千),
조백원(趙伯元, 童蒙), 정이성(鄭以成), 정득조(鄭得祚), 전소로미(全
小老未), 전갑이(全甲伊, 도접주), 윤윤원(尹允元), 정덕원(鄭德元), 유
연금(柳連金), 염동필(廉東必), 안정근(安正根), 심이준(沈以俊), 박영
조(朴永祚), 박만이(朴萬伊), 나시돌(羅時乭), 김종진(金宗辰), 김일
선(金日先), 김용이(金用伊), 김용수(金用守), 김성이(金性伊), 김석준

(金石俊), 이현두(李玄斗), 강성화(姜性化), 강관옥(姜寬玉), 박치서(朴治西, 접주), 이현두(李玄斗), 정항식(鄭恒植), 김학식(金鶴植, 수접주), 정홍섭(丁洪燮, 도집강), 박학목(朴鶴目), 성석하(成石河, 접주), 서윤약(徐允若, 접주), 박흥서(朴興西, 접주), 한진유(韓辰有, 접주), 황재숙(黃在淑), 염순필(廉順必)

섬계역은 오늘날 순천시 월등면 월림리 섬계마을이다. 섬거역에 있던 동학농민군을 완전히 진압한 일본군과 좌수영병은 12월 11일 광양 읍내로 들어와 잔여 동학농민군을 수색하여 90여 명을 총살했다. 이로써 광양에 있던 동학농민군이 일망타진되었고, 효수되거나 총살된 자는 최소한 240여 명에서 1천여 명에 이른다. 이밖에도 천여 호의 민가가 불타고, 많은 양민이 죽었다.

참여자 기록에 따른 활동 양상

1894년 12월 광양에서 체포되어 총살된 72명은 다음과 같다.

■박종률(朴宗律, 옥룡면), 정문명(程文明, 칠성면), 박동실(朴東實), 유수복(劉水卜, 인덕면), 오창순(吳昌淳), 오석곤(吳石坤), 유우석(劉又石), 조군선(趙君先), 정재오(鄭在午), 서성화(徐性化), 강재윤(姜在允), 김두화(金斗化), 추성관(秋成官), 김백공(金白工), 우암두(禹巖斗), 박일조(朴日祚), 김종지(金宗之), 김봉기(金奉己, 옥룡면), 이관첨(李官僉), 정경순(鄭京順), 김원일(金元日), 박계련(朴啓連), 김차금(金且金), 서통보(徐通甫), 하종범(河宗凡), 이중례(李仲禮), 김원일(칠성면), 김필성(金必成), 남상집(南相集), 최독독(崔獨獨, 우장면), 이만수(李萬水), 강종오(姜宗午), 임수완(林水完), 한군협(韓君夾, 사곡면, 접

주), 강재만(姜在晩), 하원준(河元俊, 경상도 삼가현), 고여진(高汝眞), 고백준(高百俊), 서달영(徐達永, 인덕면), 박치우(朴治右, 봉강면), 김상득(金尙得), 주병서(朱炳西), 박기문(朴己文), 강채수(姜采水), 손몽일(孫夢日), 유성삼(柳成三), 우낙겸(禹洛兼), 조경보(趙京甫), 나광집(羅光集), 최경호(崔京浩), 양천일(楊千一), 김낙용(金洛用), 배진규(裴辰圭), 백모난(白模難), 안효묵(安孝默), 최학지(崔鶴之), 이이철(李以哲), 박정인(朴丁仁), 정길용(鄭吉用), 김천학(金千學), 박후원(朴后元), 김말용(金末用), 김기렬(金己烈), 유덕원(柳德元), 김학일(金學日), 전재렴(全在廉), 안홍석(安洪石), 서백보(徐白甫), 박학일(朴鶴日), 김재원(金在元), 김순용(金順用)

■ 김인배(金仁培, 영호대접주), 유하덕(劉夏德, 영호 수접주)은 김개남과 함께 기포했다가 전주 화약 이후 순천, 광양, 하동 진주로 진출하여 영호남 일대에서 활동하다 체포되어 처형됐다.

■ 광양 동학농민군 박한진(朴汗辰), 김윤실(金允實), 이석기(李石基), 김홍두(金洪斗), 김재좌(金在左)는 12월 순천에서 총살됐다.

■ 장학용(張鶴用, 경상도 곤양), 임재석(林在石), 김기철(金己哲, 구례)은 12월 광양에서 체포되어 총살됐다.

■ 김현익(金顯翼)은 당질 김인배와 함께 백산 기포에 참여하고, 우금티 전투에서 패한 뒤 12월 광양에서 체포되어 처형됐다.

■ 고광신(高光臣, 영호도회소 접주), 김명숙(金明淑, 접주), 이치년(李致年)은 구례, 경상도 하동 등지에서 활동하다가 광양 옥곡에서 하동 민포군에게 체포되어 12월 13일에 비촌(진상면 비평리)에서 처형됐다.

■서주흠(徐周欽)은 동생 서길흠과 함께 광양 지역에서 동학농민군으로 활동한 뒤 백운산으로 피신했다가 체포되어, 12월 8일 일본군에 의해 총살당했다.

■손상옥(孫相玉)은 광양 섬진강 전투에서, 유화종(劉化鍾)은 광양 싸움터에서 전사했다.

■유수덕(劉壽德, 異名: 水德, 접주)은 광양에서 참여하여 전주성 전투에 이어 충청도 홍성 전투에 참가했다가 체포되어 조정으로 압송됐다가 처형됐다.

■김창의(金昌宜), 김창문(金昌文)은 9월 전봉준의 2차 기포 때 조두환 등과 함께 광양에서 동학농민군을 이끌고 참여했다.

■조두환(趙斗桓, 접사)은 광양에서 활동하다가 1894년 12월 7일 백운산으로 피신하여 살아남았다. 이후 동학교인으로서 활동했다.

주요 사적지

■동학 지도자 김인배, 유하덕 처형지: (현, 광양시 광양읍 읍내리 264, 객사 터, 희양관 터) 12월 6일, 김인배와 수접주 유하덕 등 수십 명의 동학농민군을 처형하여 머리를 이곳에 효시하고 몸통은 빙고등(뻥기똥)에 버렸다.
■동학농민군 시체가 버려진 곳: (현, 광양읍의 빙고등(冰庫嶝, 우산공원 일대) 광양읍성 객사 앞에서 효수된 시체를 이곳에 버렸다.
■동학농민군 비촌 처형터: (현, 광양시 진상면 비평리) 12월 13일, 동학농민군이 이곳에서 처형됐다.
■유달공원 동학농민군 처형지: (현, 광양읍 광양읍 목성리 193-1)
■섬거역 전투지와 동학정: (현, 광양시 진상면 섬거리 622-7 일대) 섬진나루는 광양과 하동을 연결하는 길목으로, 동학농민군과 관-일본군-민보군 사이에 수차례 전투가 벌어졌고, 많은 동학농민군이 전사하거나 처형됐다. 〈동학정〉은 이를 기념하기 위해 마을 백성들이 세운 정자각.
■백운산 동학농민군 은거지: (현, 광양시 다압면 봉강면, 옥룡면, 진상면 일대)
■섬진진(蟾津鎭) 동학농민군 공격 터: (현, 광양시 다압면 도사리 1455 섬진마을) 김인배가 이끄는 영남 동학농민군은 섬진관 나루를 건너 만지등(晩池嶝)을 거쳐 하동 읍성 공격에 나서 화심리와 두곡리 일대를 장악했다.

동학교도 장찬빈이 참여자로 체포되어 압송 신안

　신안 군청이 있는 압해도는 신라 경덕왕 때부터 붙은 이름이다. 1914년에는 무안군으로 통폐합되었다가, 1969년에는 무안군으로부터 분리되어 '새로운 무안'이라는 뜻에서 '신안(新安)'이라 했으니 신안의 옛땅인 셈이다. 지리적으로 신안은 동쪽으로는 무안군 해제면과 인접하고, 남쪽으로는 압해도를 기준으로 목포와 마주하는 지역이다.

　동학농민군 활동은 무안과 목포와 연관이 있을 것 같은데 기록이 거의 없다. 참여자 기록에 "장찬빈(張贊彬)은 동학농민혁명에 참여했다가 1895년 1월 3일 신안 임자진(荏子鎭)에서 체포되어 조사를 받은 뒤 상부로 압송됐다"라고 기록되었고, 그에 대한 뒷소식은 없다. 그래도 이곳에서도 일정한 동학농민군 활동이 있었을 것으로 추정된다.

진리 마을의 노두(露頭, 바닷물이 들고나면서 드러나는 암반이나 길), 진리 공동 작업장(뻘마당의 보리 베눌, 1936년 8월 17일 촬영) 임자진에서 동학교도 장찬빈이 체포되어 압송됐다.(사진 임자면사무소 제공)

주요 사적지

- 임자진(荏子鎭) 동학농민군 체포 터: (현, 신안군 임자면 진리 466-2, 진리마을) 동학교도 장찬빈이 임자진에서 체포됐다고 하지만 정확한 위치는 알 수 없다. 수군이 진을 치고 있던 마을이어서 진리라 불렸다.

목포진에서 탈취된 무기를 되찾아오다 목포

목포진, 1894년 6월 무안 동학농민군이 무기 탈취

　동학농민혁명 시기에 목포 지역 동학농민군 활동 기록은 많지 않다. 다만 무안 배상옥(일명 배규인) 대접주가 집강소 설치에 앞선 6월 무렵 "목포진을 공격하여 무기를 거둔 다음 무안으로 올라왔다."는 기록이 보일 뿐이다. 당시 전투했다는 기록이 없는 것으로 보아 전 만호는 배상옥의 동학농민군에게 무기를 순순히 내어주고 약탈당했다고 보고한 것으로 보인다.

　목포진은 조선시대 수군의 진영으로 1500년에 초축하여 1502년에 완성되었다가 1895년에 폐진되었다. 뒷날 일본영사관 해관으로 임시 사용되다가 진지 주변은 영국영사관 기지로 편입되었고, 일제강점기 이후에는 민가로 전용되었다. 현재 목포진지의 성이나 유적은 남아 있지 않으며, 진성은 현재 만호동 일대로 추정하며 공원이 조성됐다.

무안 대월촌에서 빼앗긴 무기보다 더 많은 무기 회수

　1894년 12월 20일 자 「순무선봉진등록」에 목포 만호 보고에 "지난 6월 모일 전 만호 재임 시에 동도 수천 명이 갑자기 목포진을

배상옥 접주 생가터. 배상옥은 목포 무안 신안 나주 일대에서 투쟁 활동을 벌인 동학 지도자였다.

침입하여 내려오던(진에 보관해 오던) 무기를 모조리 빼앗아 갔습니다. 이 때문에 만호가 지난 10월 모일에 이곳에 도착하여 집기를 살펴보니 창과 총 등은 하나도 남은 것이 없었습니다. 변경을 방어하고 뜻하지 않은 일에 대비해야 할 처지에 적지 아니 염려하였더니, 이달(12월) 초 8일에 무안의 경내에 있는 동도 수천 명이 그곳 현(무안)의 대월촌(對月村, 大月里의 오기) 앞에 모였다가 경군이 내려온다는 소문을 듣고 조금씩 해산한다고 하기에, 만호와 진졸(鎭卒) 진속(鎭屬) 30여 명이 칼을 뽑아들고 뒤를 쫓아가서 총과 창, 칼 등을 낱낱이 도로 빼앗아왔습니다. 그 수효를 계산해 보니 전 만호 때에 빼앗긴 수효보다 많습니다. 이를 창고에 넣어둔 뒤에 찾아온 실제 수효를 헤아려서 책자로 작성하여 급히 보고합니다."라고 했다. 이는 배상옥이 군사를 흩을 때의 상황이고, 빼앗겼던 무기 수효보다 많은 것은 다른 지역에서 탈취한 무기가 합쳐졌기 때문이다.

토벌대 좌선봉진 이규태가 목포진에 도착한 날은 1894년 12월

목포진 관아. 배상옥
이 이끄는 동학농민군
이 무기를 탈취했다.

13일 밤이고, 파도가 크게 일어 16일까지 그치지 않았다고 했다.
14일에 "진도 세곡선에서 쌀 40석을 빌린 뒤 18일 목포를 떠나 해
남 화원반도의 등산진을 거쳐 화원 감목관에 들렀다가 우수영에
도착했다"는 보고로 볼 때 당시 목포에는 동학농민군이 없었던 것
으로 보인다.

무안 출신 동학교도가 목포교구 관리

　무안의 동학교도 노영학(魯榮學)과 박인화(朴仁和)가 뒷날 천도
교 목포교구장을 지냈다. 이로 보아 목포 토박이 동학 세력은 그다
지 많지 않았던 것으로 짐작된다.

주요 사적지

- ■목포진 관아: (현, 목포시 만호동 1-56) 무안의 배상옥이 이끄는 동학농민군이 무기를 탈취했다.
- ■배상옥 접주 생가터: (현, 목포시 대양동 지적로 56, 맞은 편 텃밭 자리) 배상옥은 무안 동학농민군을 이끈 지도
  자였다.

영암 전라 서남부 지역에서 투쟁 활동 전개

1890년 초기 동학 유입과 활동

영암 지역에 동학이 유입된 시기는 무안, 해남, 진도 지역과 비슷한 1893년 1월 7일 김의태의 동학 입교로 시작됐다. 「천도교보(天道敎譜)」에 따르면 "1892, 1893년에 입도한 동학교도가 많았는데, 이는 삼례 교조신원운동과 광화문복합상소 보은 취회, 원평 취회가 전개되던 시기에 동학교도가 늘어났던 다른 지역의 예"와 같다.

보은 취회 기록인 「취어(聚語)」에 "영암 무안…등지에서 260여 명이 3월 30일에… (보은으로) 들어왔다"고 했다. 또 보은 취회에 대한 관원 보고에 "4월 3일에 보은 장내리를 떠나간 동학교도 수는 영암 접에서 40여 명, 무안 접에서 80여 명이 돌아갔다,"고 했다. 이로 보아 영암 지역 동학교도가 보은 취회 때부터 왕성한 활동을 했다는 사실을 알 수 있다.

동학농민혁명 초기, 배상옥, 전봉준 부대에서 활동

동학농민혁명 초기에 영암 지역 동학농민군은 1894년 3월 백산 기포에 참여했고, 이후부터는 무안 대접주 배상옥과 전봉준 주력 부대에 참여하는 두 갈래로 나뉘어 활동했다.

4월 16일 함평 관아를 점령한 동학농민군 주력 부대 가운데 절반 정도인 6천-7천 명이 4월 18일 무안으로 넘어가 하루를 머물렀다. 이때 영암 동학농민군 일부는 배상옥이 이끄는 무안 동학농민군과 함께했고, 일부는 전봉준의 주력 부대에 합세하여 전주성 점령까지 함께했다. 『동학사』에 따르면 "전주 화약 이후 전주에서 내려온 영암 동학농민군은 영암 관아에 집강소를 설치하고 폐정개혁 활동을 전개했다."고 했다.

영암 지역 동학농민군, 월출산성을 근거지로 활동

재기포 시기에 영암, 해남 지역 동학교도들은 월출산성에 의지하여 활동한 것으로 보인다. 관군 기록에 "나주에 있던 이규태가 이끄는 관군이 영암에 모여 있던 2만여 명의 동학농민군을 공격했다."는 단편적인 기록이 보이지만 구체적인 때와 장소는 알 길 없다. 다만, 구전으로 확인되는 영암군 군서면 구림리 동정사 출신 동학농민군 지도자 조경환(曺景煥)의 행적을 통해 추정할 뿐이다

또 「순무선봉진등록」에 따르면 1894년 7월 진도 조도면의 접주 박중진이 영암과 무장 등지에서 동학농민군을 모아 "배를 타고 진도로 들어와 성을 공략하고 살해하고 재물을 노략질했으며, 군기도 약탈하고 마을에 계속 머물면서 불을 지르고 가산을 부수며 백성의 재물을 겁탈하였다"고 하여 진도를 공략하는 세력에도 영암의 동학농민군이 포함된 것으로 보인다.

동학농민혁명 당시에 집강소였던 영암 관아 (현 영암 군청). 전주 화약 이후 전주에서 내려온 영암 동학농민군은 영암 관아에 집강소를 설치하고 폐정 개혁 활동을 전개했다.(사진 영암 군청 제공)

영암 동학농민군, 10월부터 활동에 나서

갑오년 10월에 들어 강진 병영에서 관과 유림 세력이 동학농민군 집강소를 철파하고 수성소를 세우자 인근 지역 동학농민군이 이에 대응하여 10월 16일 동학농민군 1천여 명이 장흥 사창 장터에 모였으며, 영암 덕교(德橋)와 강진 석전(石廛) 장터에서 집회를 여는 등 실력 행사에 나서게 된다.

나주 도통장 정진석 동창, 용두리, 죽엽정까지 진출

나주 지역 동학농민군 토벌 기록인 「갑오토평일기」 11월 8일 자에 "…(영암 공형에서) 경보가 시급했고, 동면에서 위급함을 알리는 보고가 답지했다. 11월 9일에 민공(민종렬)이 정석진을 도통장으로 포군 300명을 인솔하고 동창(東倉, 현 나주시 세지면 봉오리)으로 나오자 적들이 도망갔다. …11월 12일에 북창(北倉)으로 진군했는데, 광주 두동(斗洞)의 뒷산에 (동학농민군이) 주둔해 있고, 무리가 수만

명"이라는 보고를 받고 광주로 출동한다.

위 기록을 종합하면, 영암 공형이 나주 민종렬에게 원군을 요청하여 도통장 정석진이 출동했다. 해남과 강진 병영성을 연거푸 점령한 동학농민군이 영암 관아를 공격하려다 장흥으로 이동하는 바람에 영암 관아는 무사했고, 이에 따라 영암으로 가려던 나주 수성군은 광주 용진산 전투에 투입된 것이다.

한편, 병영성에서 장흥으로 되돌아간 동학농민군 세력에 영암 동학농민군이 합류했다. 이렇게 장흥으로 들어간 영암 동학농민군은 석대들 전투에서 관-일본군에 패한 뒤 영암으로 돌아오게 된다. 풀치재 전투는 이 상황에서 벌어졌다.

11월 18일, 21일, 고막원 전투에서 영암 동학농민군 참패

손화중, 최경선, 오권선 등이 이끄는 동학농민군과 함평 일부 동학농민군이 나주성으로 공격해 들어가고, 영암 동학농민군이 합류한 무안 대접주 배상옥의 동학농민군은 고막원에 모여 나주성을 공격하기로 했다. 이를 알아차린 나주 수성군이 출동하여 고막교 일대에서 동학농민군과 전투가 벌어져 동학농민군이 패했고, 21일에 다시 전투를 벌였으나 동학농민군이 다시 패했다. (이하 함평 편, 고막원 전투 참조)

「갑오토평일기」에 따르면, "광주, 나주, 함평, 무안의 동학농민군을 평정한 도통장 정태완이 11월 24일 이후 남쪽으로 영암, 동보(東保), 남평(南平)을 구원하여 6차례 출전해서 크게 이겼다."고 했다. 이로 보아 영암 지역 동학농민군이 위 지역 전투에 참여했지만 연이어 패한 것으로 보인다.

장흥·해남 병영성 점령에 이어 영암 관아 위협

1894년 12월 초까지 손화중, 최경선, 배상옥 등 전라 남서부 쪽 동학 지도자들은 나주성을 공략하기 위해 심혈을 기울였으나 끝내 실패했다. 광주 나주 등지에서 활동하던 이방언 부대와 공주성 전투에서 패한 일부 동학농민군이 12월초 마지막 거점 확보를 위해 장흥으로 이동했다. 이때 운집한 3만여 동학농민군은 장흥·강진 병영을 차례로 공략하고 여세를 몰아 영암을 공격하려 했다. 이때 영암 군수 남기원은 나주 목사 민종열에게 "이제 공격 목표는 영암이므로 빨리 진압군을 보내 줄 것"을 요청했다. 당시 영암 군아는 수성장 하태명, 군관은 손창식이 지키고 있었다.

장흥 지역 동학농민군이 12월 4일 벽사역, 5일 장흥성, 7일 강진을 차례로 함락할 때 영암과 해남 지역에서는 1천여 동학농민군이 기포하여 합류했다. 12월 10일 장흥 동학농민군이 강진 병영을 공격할 때 영암의 동학 지도자 양빈(梁彬), 신란(申欄), 최영기(崔永基) 등이 참가했다.

12월 15일에는 이인환, 이방언이 이끄는 장흥의 동학농민군과 영암, 보성, 강진, 해남 등지의 동학농민군, 그리고 공주 전투 이후 남으로 밀려 내려온 동학농민군이 합세하여 장흥 석대에서 관-일본 연합군과 최후의 일전을 벌였으나, 크게 패하여 물러났다.

12월에 경상도 하동 고성당산 전투 패배와 전라도 장흥 석대들 전투에서 패한 뒤부터 동학농민군은 속절없이 쫓기는 처지가 되

영암군 군서면 구림로 회사정. 동학농민혁명 시기에 영암의 동학지도자 조경환이 이곳에서 활동했다고 전해지지만 구체적인 기록은 없다. 1919년 4월 10일 독립만세 때는 집회 장소가 되었다.

었다. 영암 월출산성 아래 풀치재(불티재) 전투는 이런 상황에서 전개되었고, 동학농민군은 관-일본군에게 크게 패했다. 풀치재 전투에서 많은 영암 동학농민군이 포로로 붙잡혀 총살됐다.

토벌 시기에 영암 군수, 동학농민군 9명 처형 보고

「갑오군정실록」 1894년 12월 15일 조에 영암 군수가 "영암군의 군병이 출진하였다가 돌아오는 길에 동도의 괴수 주성빈(朱成彬), 강군오(姜君五), 김순범(金順凡), 정용달(鄭用達), 김순천, 김권서(金權西), 박맹룡(朴孟龍) 등 7놈을 모두 붙잡아서 총살하였습니다."라 했고, 12월 29일 보고에 "…비류의 거괴 최영기(崔永奇), 양아시(梁阿時, 다른 기록에는 양씨아시(梁氏阿時)) 2놈은 당일 압송하여 왔습니다.…조사한 후에 병영문으로 압송하고자 하였으나 온 경내의 백성이 분함을 씻고자 하는 자가 많았기 때문에 아울러 최영기와 함께 법대로 처치"했다고 보고 했다.

당시 나주 초토영 일본군 소좌 미나미가 전라도 각 지역의 수령들로부터 동학농민군 처단 상황을 보고받았는데, "해남 250명, 강진 320명, 장흥 320명, 나주 230명, 그리고 함평, 무안, 영암, 광주, 능주, 담양, 장성, 영광, 순창, 운봉, 무장 등에서는 30~50명씩 처단했다."고 했다.

월출산과 그 아래 영암군 읍내. 동학농민혁명 시기에 영암 동학농민군은 월출산에 의지하여 활동했다.

참여자 기록으로 본 영암 동학농민군 활동

■ 신란(申欄), 신성(申聖)은 영암 지역 동학농민군 지도자로 1894년 3월 백산 기포에 영암의 동학농민군을 이끌고 참여했다.

■ 김의태(金義泰), 양빈(梁彬), 신정(申楨)은 1893년 1월 7일 영암에서 동학에 입교한 뒤 1894년 5월부터 영암, 해남, 강진, 진도에서 활동했고, 같은 해 9월에 기포하여 관군과 수차례 교전했으나 살아남았다.

■ 1894년 영암에서 활동을 하다가 12월에 체포되어 총살된 이로는 주성빈(朱成彬), 정용달(鄭用達), 박맹룡(朴孟龍, 異名: 孟用), 김순범(金順凡), 김권서(金權西), 강군오(姜君五), 김재득(金在得), 한재명(韓在明) 등이다.

■ 김재득, 한재명은 12월 장흥, 강진 전투에 참여한 뒤 월출산 아래 풀치재에서 체포되어 처형됐다.

■ 양씨아시(梁氏阿時), 최영기(崔永奇), 최필기(崔必奇)는 강진 지역 동학농민군으로 영암에서 체포되어 처형됐다.

■ 박홍조(朴洪祚)는 1894년 영암에서 활동했으며, 1895년 1월 4일에 민보군에 체포되어 유회소(儒會所)에 수감됐다.

인물지

○ 김의태(金義泰, 도호 恭菴, 1867-1923): 영암군 곤일종면(삼호면) 봉고리에서 태어나 1893년 1월 7일 동학에 입도했다. 같은 해 2월 광화문과 보은에서 열린 교조신원운동에 참여하여 해월 최시형을 배알했다. 1894년 5월 동학혁명 때 지도자가 되어 영암, 해남, 강

진, 진도 등지에서 관군과 수차례 교전을 했다. 1904년 갑진개혁 운동 당시에 경성, 강경, 광주 등지에서 수천의 진보회원을 지도했다. 1908년 교령으로 피선되었다. 1928년 1월 환원했다.

○ 조경환(曺景煥, 1858-1899): 동학농민혁명 당시 관아의 태형으로 인해 신음하다 기해년(1899) 7월 17일 41세에 사망했다. 족보에 동학당 두령으로 기술된 것으로 미뤄 영암 접주로 추정된다. "미망인과 후손(조희도, 영암 3.1독립 만세 사건과 관련된 독립 유공자)의 말에 따르면 조경환이 살았던 집은 군서면 구림리 동정사(집은 현재 미장원이 자리하고 있음)로, 동학교도가 마련해준 집"이라고 말해 왔다.

주요 사적지

- 영암 관아 집강소 터: (현, 영암읍 군청로1, 동무리 158, 영암군청) 영암 관아에 동학농민군 집강소가 설치됐다.
- 영암 집회 터: (현, 영암군 영암읍 망호리, 덕교) 10월에 들어 강진병영에서 관과 유림세력이 동학농민군 집강소를 철파하고 수성소를 세우자 이에 항의하고자 영암 덕교와 강진 석전 장터에서 집회를 열었다.
- 풀치재 싸움터: (현, 829번 지방도로 풀치재 삼거리 부근) 장흥 석대들 전투에서 패한 영암 동학농민군이 풀치재 전투에서 다시 패했다.
- 영암 동학 지도자 조경환 활동 추정지: (현, 영암군 군서면 구림로 140. 회사정(會社亭))
- 영암 동학 지도자 조경환이 살았던 곳: (현, 영암군 군서면 구림리 동정사, 현재 미장원 자리)

전라 서남부 지역 최대 격전지 장흥전투　**장흥**

장흥 지역 동학 포교와 교조신원 활동

장흥 동학은 강진 약산 어두리와 관산리를 통해 들어왔다. 장흥 동학 지도자로 이름을 떨친 이인환, 이방언 등이 동학에 입도한 것은 1891년 무렵이다.

장흥 지역 동학교도가 교조신원운동에 참여한 것은 1893년 3월 보은 취회 때부터였다. 천도교 측 기록에 장흥 지역에서 수십 명의 동학교도가 참가했다고 했다. 동학 교세 확장과 신원운동 과정에서 장흥 향촌 사회 유생들로부터 조직적인 배척을 받았을 만큼 동학 교세가 급격히 성장했다.

1894년 3월, 장흥 접주 이방언은 동학혁명이 일어나자 이인환 강봉수, 강진의 김병태, 해남의 김도일, 영암의 신성 등과 함께 3월 기포에 참여했다. 1894년 4월 23일에 벌어진 장성 황룡 전투에 사용된 '장태'라는 무기가 이방언이 창안한 것이라 했다.

장흥 동학농민군, 5월부터 집강소 설치

전주 화약 이후, 이방언은 장흥으로 돌아와 집강소 활동을 했다. 장흥 지역 집강소는 1894년 6월, 가장 먼저 용계면 자라번지에 설

회령진성(會寧鎭城).
장흥 동학농민군 지
도자 이인환이 동학
농민혁명 초기에 이
곳에 있던 무기를 탈
취했다.

회령성에서 본 회진.
장흥 동학농민혁명
당시 활동이 두드러
진 곳이다.

치됐다. 같은 시기에 이방언은 묵촌에 집강소를 설치하여 막강한
영향력을 행사했다. 이런 집강소 활동은 인근 지역에도 영향을 주
어 7월 초에는 병영과 강진현에서도 집강소를 설치하여 활동을 전
개했다.

2차 기포와 장흥 동학농민군 활동

재기포 시기에 이방언 휘하에는 5천여 동학농민군이 기포했다.
그러나 장흥의 동학농민군은 전봉준이 이끄는 동학농민군 본군에
참여하지 않았다. 왜냐하면 당시 장흥의 상황이 심상치 않았기 때

문이다. 장흥 부사 박헌양은 7월 30일 부사로 부임하자마자 향촌 유림들과 동학농민군 토벌 방안을 상의했다.

10월이 되자 박헌양 부사는 동학농민군을 진압하기 위해 수성소를 설치하는 한편 동학교도를 체포하여 포살하는 등 강경한 탄압책을 전개했다. 이는 2차 기포로 동학농민군 주력이 북상하자 취해진 움직임이었다. 여기에는 몇 가지 다른 배경이 작용했다. 먼저, 인근에 병영이 위치하고 있어서 동학농민군 진압에 필요한 병력과 무기를 쉽게 확보할 수 있었기 때문이다. 장흥부 바로 앞에 벽사역(碧沙驛)이 있어 즉시 역졸 800명이 동원될 수 있었고, 유림을 중심으로 하는 민보군을 움직일 수 있었기 때문이다.

1894년 11월, 장흥에 동학농민군 수천 명 집결

11월이 되자 장흥 동학농민군의 움직임이 먼저 나타났다. 주력은 묵촌의 이방언(李芳彦, 접주), 자라번지의 이사경(李士京 접주), 웅치를 중심으로 한 구교철(具敎轍, 접주), 고읍(관산)을 중심으로 한 김학삼(金學三, 접주)이 이끄는 세력이 모여서 큰 군세가 형성되었다. 이들의 기포는 장흥 동학농민군에 대한 대대적인 탄압과 공세를 가하려던 강진 병영과 장흥부 수성군에 대응하기 위한 기포였다. 11월 25일에 대흥에서 기포한 이인환(李仁煥)도 장흥의 대표적인 동학 지도자 중 한 사람이다.

12월 초, 동학농민군, 장흥부 강진 병영현 대공세

12월 3일, 사창에 집결했던 동학농민군이 벽사역과 장흥부 인근

장흥 동학농민혁명기
념탑. 이곳에 서면 사
흘 동안 치열하게 전
개된 호남 서남부 지
역 최대의 전투지 석
대들이 한눈에 내려
다보인다.

까지 진출했다. 이들 중에는 금구, 광주, 남평, 화순, 보성 등지에서
물러난 동학농민군 세력이 합세하고 있었으며, 장흥의 이방언이
이끄는 1만여 대병력이 포함되어 있었다. 이처럼 장흥 인근의 동
학농민군이 벽사역을 사방에서 포위하자, 찰방 김일원은 가족을
데리고 장흥부 성안으로 피신했고, 수성군 역시 벽사역에서 장흥
부 안으로 도피했다. 김일원이 병영으로 말을 타고 달려가 구원을
요청했으나 병사 서병무는 "(현재) 비류들이 병영을 향해 육박해
오고 있으니 구원군을 파견할 수 없으며, 초토영에 보고하라"면서
응하지 않았다.

12월 4일 아침, 동학농민군이 벽사역을 단숨에 점령하고 각 공
해와 역졸들이 살던 민가를 불태웠다. 이어서 동학농민군은 장흥

부로 향했다. 벽사역 함락에 충격을 받은 장흥 부사 박헌양은 불리한 사태에도 수성 장졸과 부내 백성들을 독려하여 동학농민군과의 일전에 대비하고 있었다. 장흥 부성은 주변의 산을 이용하여 쌓은 산성으로, 동쪽만이 평지이고 그 외 삼면은 산으로 둘러싸여 있다. 남쪽 방향으로는 남산이 솟아 있는데 남산은 탐진천 쪽으로 급경사를 이루면서 성벽을 높여 주는 역할을 하고 있어 천혜의 요새였다.

12월 5일 새벽, 장흥성을 에워싸고 있던 동학농민군이 총공세를 펼쳤다. 동학농민군 구성은 용산면의 어산접(이방언) 1천여 명, 부산면의 용반접(이사경) 5백여 명, 웅치접(구교철) 1천여 명이 주력을 형성하고 있었다. 동학농민군은 천주 부적이 찍힌 수건을 머리에 두르고 주문을 외면서 동학농민군의 일대는 우회 공격했고, 주력은 정면에 있는 동문으로 쳐들어갔다. 죽창을 휘두르는 소리를 신호로 세 방면에서 총공격해 들어갔다. 동문 쪽은 성문이 굳게 닫혀 있어서 동학농민군 수십 명이 거목으로 동문을 파괴하여 물밀듯이 성안으로 들어갔으며, 이와 동시에 석대 군은 남문에, 웅치접군은 북문으로 입성하여 관아를 불태우고 아전 집 세 채를 비롯해 성내의 집들이 거의 불탔다. 부사 박헌양은 선회당에 있었는데, 항복하지 않고 그 자리에서 칼을 맞아 죽었다. 부사의 시체는 동문 밖 사람의 눈에 띄지 않는 곳에 버려졌는데, 동촌의 어느 과부가 거두어 매장해 주었다.

장흥성을 함락한 동학농민군은 여세를 몰아 바로 강진현과 병영을 함락하게 된다. 내처 나주까지 들어가려 했으나 토벌대가 남

하한다는 소문에 장흥으로 돌아오게 된다. (이하 강진편 참조)

관-일본군과 최후의 석대들 대접전

　병영성이 동학농민군의 수중에 함락되던 12월 10일, 나주의 관군은 미나미(南小四郎)의 지시에 따라 세 길로 나누어 강진으로 향했다. 한 길은 영암 쪽, 다른 한 길은 장흥 쪽, 또 다른 한 길은 능주 쪽이었다. 이규태 군은 12일 강진을 거쳐 장흥으로 들어왔으며, 일본군은 15일, 이두황 군은 20일에 장흥으로 들어왔다. 이에 대적할 동학농민군 진영도 그 수가 엄청나게 불어나고 있었다. 동학농민군은 장흥 남문 밖과 모정 뒷산에 주둔했는데, 이날은 동학농민군 토벌 임무를 띠고 내려온 경군의 선발대가 들어오는 12일이었다.

　12월 12일, 남문 밖과 모정에 주둔하고 있던 동학농민군은 13일 새벽 통위대 교장 황수옥(黃水玉)이 이끄는 30명과 12일 밤늦게 장흥에 도착한 일본군과 접전하여 동학농민군 20여 명이 희생되어 퇴각했다. 수천 명이나 되는 동학농민군이 30명의 토벌군 선발대에 밀려 패한 것은 일본의 신무기 때문이었다.

　장흥성에서 퇴각한 동학농민군은 13, 14일 사이에 재집결하여 수만의 군세를 이루면서 장흥성을 다시 포위했다. 그러나 교도중대와 일본군이 장흥에 도착함으로써 전세는 한층 급박하게 돌아갔다. 당시 장흥 지역 동학농민군의 싸움은 우금티 전투와 청주성 전투, 나주성 전투 패배로 위축된 동학농민혁명의 불씨를 되살리기 위한 최후의 항전이었다.

　12월 15일, 동학농민군은 압도적인 병력 수를 앞세워 관산 방향

탐진강에서 본 장흥 읍내, 동학농민혁명 당시 장흥성 안팎에 서 수차례 격전을 치 렀다.

에서 자울재를 넘어 장흥성 앞의 석대 들녘으로 진격해 들어갔다. 관-일본군은 석대들을 가득 메운 동학농민군을 향해 기관총 등의 신식 무기로 일제 사격을 가했다. 기껏 화승총과 대창, 몽둥이로 무장한 동학농민군은 수백 명의 희생자를 낸 채 자울재 너머로 물 러나야 했다.

자울재 너머로 퇴각한 동학농민군은 17일에 옥산리에 재집결하 여 항전을 계속했다. 옥산리 전투에서 동학농민군 백여 명이 포살 되고 20여 명이 생포되었으며, 19일 강진에서는 생포자 15명이 포 살됐다. 이렇게 연전연패하면서 장흥 일대에서 위세를 떨치던 동 학농민군의 항전은 기세가 꺾이고 말았다.

관-일본군의 참혹한 토벌전 전개

패퇴한 동학농민군은 더 이상 항전할 여력을 잃고 피신에 나선 다. 그렇다고 동학농민군은 고향마을로 숨어들 수 없었다. 이미 유 생들을 중심으로 결성된 수성군 혹은 민보군이 마을을 지키고 있었기 때문이다. 동학농민군은 인근의 천관산 산속, 혹은 강진의 대구(大口), 칠량 방향을 거쳐 해남, 혹은 보성·회령 방향, 회진 등 남쪽 해안 마을로 쫓겨 배를 타고 섬으로 숨어들었다. 20일에는 우선봉장 이두황이 이끄는 경군이, 29일에는 출진 참모관 별군관이 이끄는 경군이 장흥으로 들어왔다. 이들은 일본군과 함께 집집마다 색출하여 매일 동학농민군을 수십 명씩 잡아다가 장흥 장대와 벽사역 뒤 저수지 둑에서 포살하고, 시신을 불태웠다. 「주한일본공사관기록」에 의하면 당시 강진 부근에서는 320명, 장흥부근에서는 300명 정도 포살했다고 했다. 정토 기록에 따르면 일본군과 관군에 의해 장흥 자오현(自吾峴, 자울재)에서도 수백 명이 학살되는 등 곳곳에서 살육이 자행됐다. 장흥 지역 학살 관련 사적은 용산면 관산읍, 회진과 덕도, 대덕읍, 유치면 등 곳곳에 산재했다.

일본군 토벌 일지를 통해서 본 동학농민군의 희생

1895년 1월 7일~14일까지 일본군의 학살 종군기록이다. "(장흥에서) 통행하는 남자를 모두 잡아 고문하고, 저항하면 옷에 불을 붙여 태워 죽였다."(후비보병 18대대 소속 미야모토 다케타로(宮本竹太郎) 소위의 편지), "1895년 1월 7일, 장흥에 들어가 40~50호의 농가를 불태우고 동학농민군 10명을 죽였으며…", "1월 8일, 장흥에서 착검하여 돌살(突殺)과 일제사격, 방화를 자행한 뒤 '대일본 만세!'를 삼창하게 했다.", "1월 9일, 장흥에서 8명의 농민을 생포해 3명을 타살했고, 이어 도망치던 농민을 추격해서 48명을 타살하고 다친 사람 10명을 생포해 고문한 다음 소살했다.", "1월 11일에는 장

영회당. 장흥 읍성 전투 때 동학농민군에 의해 희생된 부사 박헌양과 지방군의 희생을 기리는 시설로 지어졌다.

흥 죽천 장터에서 18명을 죽였다. 대흥면 쪽으로 가다가 11명의 농민을 붙잡아 죽였고, 3명은 옷에 불을 붙여 바다 쪽에 빠져죽게 했다.", "1월 11일, 죽청동 인근에서는 12살 아이를 꾀어 동학군을 지목하게 한 다음 16명을 고문하고 8명을 총살하여 시신은 불태웠다.", "1월 13일, 장흥 대흥면 산에서 동학농민군 수십 명을 잡아 죽였다. 길 옆과 도랑에 버린 시신이 수십 구였다.", "1월 14일, 전라도 장흥에서 동학농민군 17명을 체포해서 죽였다. 그날 다리에 관통상을 입은 최동이라는 17살 동학 지휘관을 체포했다. 1월 이래 죽인 농민들이 300명에 달했다."(이상, 후비보병 19대대 구스노키 비요키치 상등병의 종군일지 중 일부 내용)

참여자 기록을 통해서 본 장흥 동학농민군 활동

장흥 지역 참여자는 전국 참여자 3,644명(명예회복을 위한 참여자 명부 기준) 중 386여 명에 이른다. 대개 1890년대에 동학에 입교한 교도와 접주급 동학 지도자들이며, 교조신원운동 시기에 금구취회, 보은 취회 참여로부터 백산 기포, 황토재 전투, 황룡 전투, 전주성 전투에 참여하고 있다. 2차 기포 이후에는 공주 우금티 전투, 남원성 전투, 강진성 전투, 병영성 전투, 회령진 전투, 벽사역 전투, 석대들 전투, 대내장 전투, 옥산 전투, 자울재 전투, 월출산 불티재 전투 등에 참여했다.

이들은 장흥 지역에서 체포되어 심문을 받아 처형되기도 했지만, 강진, 해남, 보성, 영암, 진도, 나주 지역으로 도피 중에 붙잡혀 희생된 이들이 많다. 사망자로는 전사 18명, 총살 116명, 처형 77명, 분살 1명, 자결 1명, 옥사 2명, 압송 5명에 이르기까지 다양한 방법으로 희생됐다. 특히 벽사역 희생자는 102명에 이른다.

■ 홍관범(洪官範, 성찰), 김양한(金揚漢)은 전주성 전투에서 전사했다.

■ 이원찬(李源瓚)은 동생 이원종과 함께 10월 23일 자울재에서 처형됐다.

■ 김철석(金哲碩)은 10월 30일 장흥 용산 풍치 전투에서 전사했다.

■ 김계현(金啓炫), 김태삼(金太三), 김재득(金在得)은 1894년 12월 장흥 강진 전투에 참여했다가 영암 월출산 불티재에서 체포되어 처형됐다.

■ 12월에 전사하거나 처형된 이는 78명이다. 최창업(崔昌業), 이호신(李浩信), 박영근, 박광률, 박광오, 박순진, 이회근(李會根), 이사경(접주), 이병영(李竝永), 백재인(白在寅), 이인숙(李仁淑), 윤태환

(尹泰煥), 윤주진(尹柱珍), 윤주은(尹柱殷), 마세기(馬世基), 신태일(申泰一, 성찰), 김평삼(金平三), 곽암우(郭岩又), 강일오(姜日五), 윤주성(尹柱盛), 윤광하(尹光夏), 김재우(金在宇), 김진옥(金振玉), 배성오(裵成五), 신문옥(申文玉), 강위노(姜委老), 손인태(孫仁太), 이치선(李治先), 김영삼(金永三), 김춘배(金春培, 異名: 春盃, 春杯, 도성찰), 박병현(朴秉鉉), 강윤노(姜尹魯), 이사경 박기조(朴基祚), 김달매(金達每), 구자익(具子益), 김시언(金時彦), 정덕흠(鄭德欽), 김성한(金成漢), 김보열(金寶烈), 김문유(金文有), 선경채(宣景采), 위치도(魏致道), 이흥기(李興基), 김필문(金必文), 백영희(白永喜), 고중진(高仲辰), 최양운(崔良云, 접주), 최동린(崔東麟 13세 소년), 김수봉(金守奉), 고윤천(高允天, 성찰), 이세근(李世根), 이수공(李洙恭), 이사경(접주), 박치경(朴致京), 박채현(朴采炫, 異名: 彩現, 접주), 백기철(白基喆), 한서길(韓瑞吉), 백좌인(白佐寅), 장만년(張萬年, 도포수(都砲手), 마경삼(馬京三, 도성찰), 고순칠(高順七, 대정), 최동의(崔童儀), 정완석(鄭完石), 고응삼(高應三, 접주), 김창환(金昌煥, 접주), 문치화(文致化), 김재황(金在璜), 김철현(金轍鉉), 김시현, 박성구(朴成九, 성찰), 고재열(高在烈, 접사), 마향일(馬向日), 문생조(文生祚), 김일지(金一祉), 이매안(李賣安, 성찰), 채수빈(蔡洙彬, 성찰), 이춘삼(李春三, 성찰), 이명화(李明化), 김시현(金始鉉)

■1894년 장흥 전투에서 패한 동학농민군은 수성군과 민보군에게 체포되어 1895년 1월에 처형되거나, 옥사 혹은 전사한 이들이 60여 명이다. 윤정헌(尹鼎憲), 안명한(安命漢), 백창흠(白昌欽), 김두순(金斗順), 이인환(李仁煥, 접주), 윤주호(尹柱鎬), 이수갑(李洙甲),

위계항(魏啓恒), 조병결(曹秉결), 최진문(崔進文), 최승문(崔昇文), 변중환(邊重煥), 고채화(高采化), 백계복(白季卜), 이봉수(李奉水), 이은호(李殷浩), 최효선(崔孝先), 이서홍(李西洪), 박기성(朴基成), 백치홍(白致洪), 백왈성(白曰成), 박재봉(朴在奉), 전정술(田正述), 이수동(李水同), 김봉달(金奉達), 전승국(全升局), 김학동(金學同), 김정조(金正祚), 강세종(姜世鍾), 김점산(金占山), 조민용(曹民用), 박수방(朴水芳), 양근묵(梁謹默), 문정학(文正學), 김준수(金俊洙), 이달현(李達玄), 이금동(李今同), 최창한(崔昌漢), 김호영(金浩英), 김원량(金元良), 신태문(申泰文), 이수홍(李水弘), 이엽(李燁), 박점수(朴占守), 김치일(金致日), 오두구이(吳斗九伊), 고용현(高用玄), 최두홍(崔斗洪), 현장록(玄長祿), 이숭이(李崇伊), 안영아(安永牙), 위계봉(魏季鳳), 최국신(崔局信), 위대원(魏大元), 방희운(方喜云), 방두근(方斗根), 문윤권(文允權), 양인삼(梁仁三), 노판기(盧判己), 안윤서(安允西), 정인숙(鄭仁淑), 김용모(金用模), 김수근(金秀根)

■ 1895년 1월 8일, 장흥 벽사역에서 75인이 총살됐다. 백학준(白學俊), 정동보(鄭同甫), 주한구(朱汗九), 위중신(魏仲信), 유판용(柳判用), 김치종(金致宗), 김봉안(金奉安), 김이자홍(李子洪), 문순경(文順京), 임중서(任仲西), 안영오(安永五), 강망여(姜望汝), 강덕서(姜德西), 노덕수(盧德水), 위경집(魏京集), 노한경(盧汗京), 김봉서(金奉西), 안사원(安士元), 윤봉삼(尹奉三), 안양완(安良完), 안기권(安基權), 안만선(安萬先), 강석보(姜石甫), 문명중(文明仲), 강학지(姜學之), 문맹곤(文孟坤), 김수만(金水萬), 최달진(崔達辰), 정순성(鄭順星), 안덕삼(安德三), 배성련(裵成連), 임봉준(林奉俊), 한억백(韓

抑白), 위판암(魏判巖), 선찬흠(宣贊欽), 최찬용(崔贊用), 김환렬(金煥烈), 이덕준(李德俊), 신석표(申石杓), 박명손(朴明孫), 정영오(鄭永五), 김재문(金在文), 임용현(任用玄), 이신기(李信己), 유영조(劉永祚), 김치행(金致行), 위양이(魏良伊), 위경숙(魏京淑), 위정갑(魏丁甲), 이원실(李元實), 최종수(崔宗水), 천다줄(千多苗), 김양삼(金良三), 이양중(李良仲), 한양복(韓良卜), 이묘성(李卯成), 김우삼(金友三), 허경칠(許京七), 백홍채(白興采), 오용운(吳用云), 이경백(李京白), 위명신(魏明信), 위치운(魏治云), 유대권(劉大權), 최성욱(崔成郁), 나은동(羅殷同), 김치선(金致先), 김승현(金升玄), 장학성(張學成), 박정환(朴正煥), 김현기(金玄己), 김성칠(金成七), 이영근(李永根), 김종수(金宗水), 김영진(金永辰), 손치경(孫致京), 변운경(邊云京, 접주), 백홍거(白洪巨, 異名: 洪擧, 접주)

■이 밖에 1월에 총살되거나 일본군에 총살 분살된 27명으로 다음과 같다. 이공빈(李公彬), 천동순(千同順), 김윤성(金允成), 박용안(朴用安), 김방진(金邦辰), 박만조(朴萬祚), 김사중(金仕仲), 김영기(金永己), 강성조(姜成祚), 안만길(安萬吉, 접주), 이의호(李懿浩), 김학삼(金學三), 이사경(李仕京, 자라번지 대접주), 홍영안(洪永安, 접주), 홍순서(洪順瑞, 접주), 박수동(朴水東), 이백호(李栢浩, 안양면 모령, 분살), 김수권(金守權), 문찬필(文贊弼), 김희도(金熙道, 異名: 希道, 접주), 권익득(權益得, 능주인), 이용수(李用水), 김승언(金昇彦, 접주), 백우흠(白瑀欽), 김화삼(金化三), 변규상(邊圭庠), 변중한(변규상의 아버지)

■1895년 1월에 장흥 동학농민군 14인이 보성에서 총살됐다.

이성용(李成用), 손양순(孫良順), 손형수(孫亨水), 손치선(孫致善), 손학중(孫學仲), 이천수(李千水), 손종용(孫宗用), 문원칠(文元七), 손중권(孫仲權), 손병언(孫丙彦), 백천여(白千汝), 최쌍옥(崔雙玉), 손만덕(孫萬德), 강운선(姜云先), 문명원(文明源), 문달현(文達鉉, 문명원의 아버지)

■문공진(文公振)은 12월 19일 보성에서 체포된 후 나주로 이송되어 1895년 1월 3일 총살됐다.

■백인명(白仁命, 異名: 寅明, 仁明, 접주)은 1895년 1월 25일 3대가 한꺼번에 처형됐다.

■손자삼(孫子三, 접주)은 1895년 2월 2일 총살됐다.

■강종수(姜宗秀)는 동학농민혁명에 참여하여 활동하던 중 관군에 붙잡혀 동생 강공수가 대신 처형당했다.

■이원종(李源鍾)은 이사경 접주와 함께 동학농민혁명에 참여한 뒤 1895년 4월 21일 관군에 체포되어 벽사역에서 처형됐다.

■장흥의 대표적인 동학 지도자 이방언(李芳彦, 대접주), 김방서(金方瑞, 異名: 方西, 芳瑞, 邦瑞, 대접주)는 풀려났다가 전라 감사 이도재에 의해 1895년 4월에 다시 붙잡혀 장흥 장대에서 처형됐다. 이방언의 아들 이성호(李聖浩)도 함께 처형됐다.

■박명순(朴明順)은 아들 박재순, 형 박재성(朴載聖)과 아들 박순진 등 일가친척 11명이 장흥 지역 전투에 참여했다가 체포되어 1894년 말부터 1895년 6월 6일에 처형되는 참극을 빚었다.

■이 밖에 1894년 전라도 장흥에서 동학농민혁명에 참여했다가 살아남은 101명의 이름이 전하는데 다음과 같다.

위중현(魏仲玄), 이사환(李仕煥), 노양옥(盧良玉), 신원실(申元實), 서정필(徐正必), 문광현(文光玄), 윤주석(尹柱石), 윤주장(尹柱漲), 변규창(邊圭彰), 강상근(姜尙根), 홍순(洪淳), 이양우(李良宇), 박순진(朴順鎭), 박재성, 문흥채(文興采), 채봉학(蔡奉學), 곽윤중(郭允仲), 손계환(孫桂煥), 이겸호(李兼浩), 윤주우(尹柱祐, 부친과 4형제가 참전), 김두민(金斗玟), 김운하(金雲河, 접주), 이정실(李正實), 조병앙(曺炳양), 양군성(梁君成, 접주), 김일(金一, 접주), 박필문(朴弼文), 김하석(金河錫), 김규현(金圭炫), 박춘식(朴春植), 김사길(金仕吉), 강봉수(姜琒秀), 방계환(房啓煥), 윤수홍(尹秀弘), 이영기(李永基), 김유근(金有根), 김자성(金子成), 마영문(馬榮文), 박중채(朴重采), 조영민(趙永敏), 윤덕홍(尹德弘), 윤성곤(尹成坤), 박동일(朴東日, 異名: 東一), 백기천(白其天), 임완삼(林完三), 윤맹곤(尹孟坤), 김명화(金明化), 고성의(高聖義), 김형재(金瑩載), 김오산(金五山), 임태현(任泰鉉), 홍기

장흥동학농민혁명기념관. 호남 서남부 지역 동학농민혁명사를 집약했다.

서(洪其瑞), 최군일(崔君一), 김서삼(金瑞三), 이주범(李枉凡), 김계침(金啓沈), 정여범(鄭汝範), 구교철(具教轍, 지도자), 김보현(金甫鉉), 김일만(金日萬), 박귀홍(朴貴弘), 김상중(金相重), 김태립(金太立), 홍종태(洪鍾泰), 윤주일(尹枉一), 홍자범(洪子範), 이중전(李重銓), 김두민(金斗玟), 홍응안(洪應安), 윤재영(尹在英), 이학모(李學模), 이맹조(李孟祚), 박백환(朴白煥), 정일채(鄭日采), 권치국(權治局), 김화준(金化俊), 윤재명(尹在明), 김봉태(金奉泰), 김명순(金明順), 박항조(朴恒祚),이몽근(李蒙根), 윤주달(尹枉달, 부친과 5형제 참여), 최창범(崔昌凡, 수성군 출신, 1997년에 체포됨), 홍우범(洪禹範), 황의온(黃義溫), 이양서(李良西), 황원필(黃元必), 김영찬(金永贊), 김원두(金元斗), 이의만(李義萬), 박종지(朴鍾之), 황화춘(黃化春), 홍장안(洪長安), 김양익(金良益), 지동식(池東湜), 윤성도(尹成道).

특히 마지막에 언급된 윤성도는 당시 소년 뱃사공으로 많은 동학농민군을 외딴섬에 피신시켜 생명을 보전해 주기도 했다.

주요 사적지

- **자라번지 집강소 터:** (현, 장흥군 부산면 금자리 980일대) 동학농민혁명 시기 이방언 접주 주도로 장흥 지역 최초로 집강소가 설치됐다.
- **푸조나무 동학농민군 집결터:** (현, 장흥읍 용산면 어산리, 느릅나무과의 천연기념물, 400년 수령) 이방언 접주가 이끄는 동학농민군이 이곳에 집결했다.
- **회진과 덕도의 회령성:** (현, 장흥군 회진면 회진리 1755번지 일원) 이인환이 이끄는 동학농민군이 회령성의 화포와 조총 등 무기를 탈취하여 무장했다.
- **용산 도르뫼 들판 동학농민군 훈련 터:** (현, 장흥군 용산면 접정리 2구 목촌마을 앞 들판) 1894년 봄, 이방언이 기포하여 동학농민군 훈련 터로 사용했다.
- **사창 동학농민군 기포지:** (현, 장흥군 장평면 용강리 27-1, 장평면사무소 일대, 창몰마을) 1894년 10월 1천여 동학농민군이 벽사역과 장흥성 공격에 앞장서 1천여 명이 집결했으며, 12월에는 남평 능주 동학농민군이 합류했다.

- 옥산 전투지: (현, 장흥군 관산읍 옥당리 421-3 일대, 관산읍사무소) 죽천을 가운데 두고 솔치재 쪽 일본군과 동학농민군이 전투를 벌였다.
- 흑석장터 동학농민군 진 터: (현 장평면 봉림리 흑석마을): 1894년 11월 7일, 동학농민군이 광주, 남평, 보성, 장흥, 금구, 능주를 거쳐 들어와 진을 쳤다.
- 월전 전투지: (현, 장흥군 대흥면 월전1길, 월전마을) 석대들 전투 이후 이인환 부대가 월전리에서 진을 쳤다가 관-일본군 480명과 전투를 벌여 패했다. 패한 동학농민군은 천관산과 덕도 등지로 숨어들어 갔다.
- 연지리 동학농민군 사령부: (현, 대덕읍 연지리) 이곳에 동학농민군 사령부가 있었다. 조양리와 신풍리 일대에 영암에서 넘어온 동학농민군이 일본군과 전투를 벌였지만 패했다.
- 장흥 장대 처형터: (현, 장흥군 장흥읍 예양리 120-2, 장흥서초등학교) 석대들에서 패해 생포되거나 체포된 동학농민군이 이곳에서 처형됐다.
- 석대들 전적지: (현, 장흥읍 남외리 164-5일대, 국가지정문화재인 사적 제498호) 이방언이 이끄는 동학농민군을 중심으로 형성된 전라남부 연합군과 관-일본 연합군 사이에 벌어진 전투로, 동학농민군 2천여 명의 사상자가 발생했다.
- 벽사역 동학농민군 처형터: (현, 장흥읍 건산리 75-2 일대) 동학농민혁명 당시 동학농민군이 점령했지만, 장흥 일대에서 체포된 동학농민군이 이곳에서 처형됐다.
- 장흥 동학농민혁명기념탑: (현, 장흥군 충열리 산 8-3(기념탑)/산 8(동학루)) 장흥 지역 동학농민군의 뜻을 기리기 위해 1992년 봄에 세워졌다.
- 남송마을 동학농민군 묘지: (현, 장흥군 관산읍 남송리) 옥산 전투 때 희생된 수백 기의 무명 동학농민군이 묻혔다.
- 이방언 대접주 묘와 묘비: (현, 장흥군 용산면 접정리 산 26-1) 1895년 4월 이도재에 의해 다시 붙잡혀 부자가 함께 처형됐다.
- 장흥 관아 터: (현, 장흥군 동동리 187-1일대, 장흥 동헌 터) 장흥 동학농민군의 점령지이자 옛 동헌 터, 현재 장원연립아파트가 들어섰다.
- 일본군 주둔지 장흥향교: (현, 장흥군 장흥읍 교촌리4, 유형문화재 제107호) 동학농민혁명 당시 동학농민군 진압을 위해 들어온 일본군이 주둔했다. 그 앞에는 고부 농민봉기 당시 안핵사로 파견되어 고부 백성을 폭압하여 동학농민혁명에 단초를 제공했던 장흥부사 이용태의 〈이용태흥학애사비(李容泰興學愛士碑)〉가 서 있다.
- 영회단(永懷壇)과 〈갑오동란수성장졸 순절비〉: (현, 장흥읍 예양리 산 6-3) 장흥성 전투에서 전사한 박헌양 및 관군 96명의 넋을 기리기 위해 지은 사당. 처음에는 장흥의 동문 안쪽에 있다가 현재의 자리로 이전했다. 목조비각 안에 공적비가 있다. 곁에 동학농민혁명 당시 경군에게 장흥성의 위급한 상황을 알려 장흥성 탈환에 공을 세운 벽사역 찰방 김일원의 공을 기리는 비도 있다.
- 장흥군 부산면, 흥룡단(興龍壇), 용동단 유허비(龍洞壇 遺墟碑): (현, 장흥군 부산면 내안리 837-1) 한때 이방언과 동문수학하다가 강진성 전투에서 민보군을 이끌고 동학농민군과 싸우다 전사한 김한섭의 단비(壇碑).
- 천도교장흥교당(天道敎長興敎堂: (현, 장흥읍 충열교촌길 35, 시도기념물 제218호) 1906년 4월에 동학의 후예인 교구장 강봉수(姜琫秀) 등이 주축이 되어 천도교인의 모금운동으로 지어졌다. 〈천도교장흥군교구역사〉와 교당 내부에 걸린 〈교구실기(敎區室記)〉(1920)에 장흥교구의 역사가 기술돼 있다.

보성 장흥 등 주변 지역과 연계 투쟁

창도주 재세 시기 입도, 1891년부터 본격 포교 활동

장흥종리원 「천도교보(天道敎譜)」에 따르면 보성군 웅치면 강산리의 박병락(朴炳樂), 문방례(文方禮) 부부가 1864년 7월 7일에 입도했다고 했다. 박병락은 1852년생이고, 문방례는 1860년생이니 13세, 5세에 동학에 입도한 셈이다. 이는 아버지 박재성(朴在成)과 문성기(文成基)가 최제우 재세 시기인 1862~1863년 무렵 입도했고, 대를 이어 이들을 입도시켰기 때문이다. 그러나 이들의 구체적인 활동 기록은 없다.

보성 지역에 동학이 본격적으로 포교된 시기는 1891년이다. 보성 지역 포교 기록에 "포덕 32년(1891)에 본군 이인환(李仁煥), 이방언(李芳彦), 문남택(文南澤) 제씨가 교문에 입하다. 시시(是時)에 장흥, 보성, 강진, 완도 각 군에 포덕이 대진하여 신도가 수만에 달하다."라고 했다. 염현두(廉鉉斗)의 비석에 "안암(安菴). 보성인. 처 김현화(金炫嬅) 지명당(知明堂). 포덕삼십이년 입도(布德三十二年 入道, 1891). 집강(執綱), 접주(接主), 수접주(首接主), 봉훈(奉訓)…"이라고 기록되었다.

그러나 보성 지역도 여느 지역과 마찬가지로 지역 보수 세력과

의 갈등이 불가피했다. "송곡면 집강에게 보고하는 일(松谷面 執綱 爲到事)…본 면에서 사학(동학)을 금지하도록 지시를 내렸으므로 지시에 의하여 일일이 적발할 것을 보고합니다(本面邪學禁斷 下帖來 致故 依令飭一摘發爲乎事狀)…계사(1893) 4월 8일 집강 양ㅇㅇ(癸巳 四月 初八日 執綱 梁ㅇㅇ)…"이라는 기록에서 이를 확인할 수 있다. 이는 1893년 4월에 보성 군수가 동학당을 금지하도록 지시를 내리자 송곡면 집강이 4월 8일 자로 군수에게 그 지시를 따르겠다고 보고하는 내용이다. 이는 보성 군수와 유생들이 동학교도의 움직임에 민감하게 대응하고 있다는 사실을 보여준다.

동학농민혁명 초기 활동

보성의 동학농민군 지도자 박태길(朴泰吉)은 동학농민군을 이끌고 백산 기포에서 전주 화약 시기까지 동학농민혁명에 참여했다. 참여자 기록에 "보성에서는 문장형(文章衡)과 이치의(李致義)가 동학농민군을 이끌고 1894년 백산 기포에 참여했다." "장성 황룡 전투에서 승리를 거둔 동학농민군은 전주 화약 이후 보성으로 돌

보성군 웅치면사무소. 구교철이 이끄는 동학농민군이 이곳에서 봉기했다.

아왔다."고 했다.

집강소 시기에는 보성 군수 유원규(柳遠奎)와 비교적 우호적인 관계에서 무난하게 폐정개혁을 추진했기 때문에 보성 지역보다 주변 지역 활동에 더 신경을 쓴 듯하다.

동학농민혁명 재기포 시기 활동

재봉기 시기에 보성에서는 문장형의 주도로 동학농민군 3천 명이 기포했다. 보성 현감 유원규는 여전히 협조적이었다. 7월 중순 보성의 동학농민군 수백 명이 장흥으로 진출하여 보성과 장흥의 동학농민군이 연계하고 강진 병영에서 동학교도를 모았다. 동학농민군 지도자 구교철(具敎澈)은 보성과 장흥의 경계에 위치한 웅치와 회천을 중심으로 활동했다. 보성 동학농민군은 장흥을 점령하기 위해 10월 말부터 보성 광주 남평 금구 능주의 동학농민군과 연합했다. 구교철은 11월 장흥 회령진을 공격하여 무장했다.

한편, 안규복(安奎馥)은 호좌도접주(湖左都接主)로서 보성에서 활동하다가 1894년 10월 김개남을 따라 출정하여 청주성을 공격했다가 돌아와 12월 22일 낙안에서 수성군에 체포되어 처형됐다.

11, 12월에 보성 동학농민군은 장흥 지역 동학농민군과 연합하여 장흥 사창에 집결했다. 동학농민군은 벽사역, 장흥 읍성, 강진 읍성, 병영성을 차례로 점령하며 기세를 올렸으나 12월 15일 장흥 석대들 전투에서 관-일본 연합군에 패하고 말았다.(이하 장흥 편 참조)

토벌 시기의 보성 동학농민군 비참한 최후

보성의 동학농민군은 장흥 석대들 전투에서 패한 뒤부터 수성 군의 집요한 추적을 받았고, 관-일본군에게 붙잡혀 처형됐다.

여수 앞바다 함대에서 상륙한 일본 스즈키 대위가 이끄는 일본 군과 이주희가 인솔한 50여 명의 좌수영병은 12월 14일 이후 낙안 보성 쪽으로 향했다. 이렇게 되자 동학농민군은 전라도 남단 장흥·강진 지역으로 내몰려 포위되는 양상이 되었다. 일본 스즈키 부대의 기록에 따르면, "1894년 12월 19일에 보성군 해창산(海倉山)에서 동학농민군과 전투를 벌여 11명을 사로잡았다."고 했다.

보성 시내 전경. 보성 군수 유원규는 동학 농민군 지도자 박태길과 타협하여 보성 관아에 집강소를 설치했다. 보성 동학농민군은 주로 장흥, 능주 등 이웃 고을 투쟁에 참여했다.

보성관아 집강소 터 (현 보성군청). 전주 화약 이후 보성 군수 유원규는 동학농민군 지도자 박태길과 타협하여 관아에 집강소를 설치했다. (보성군청 제공)

일본군의 지휘에 따라 관군은 동학농민군 색출에 전력을 다했다. 순천의 손작란(孫作亂, 도성찰)은 보성읍 우산(牛山)의 토굴에 숨어 있다가 체포됐다. 12월 22일 보성 출신의 안규복은 낙안의 수성군과 외서면 사람들에 의해 돌이치(突伊峙)에서 붙잡혀 효수됐다. 안규복은 수많은 동학농민군을 지휘하며 보성을 비롯한 인접 군현을 중심으로 활약했는데, 관군은 군민을 모아놓은 자리에서 안규복을 효수한 뒤 머리를 좌수영으로 보냈다. 구자익(具子益)은 접주로서 장흥에서 동학농민혁명에 참여했다가 1894년 12월 24일 보성에서 관군에게 체포되어 처형됐다.

12월 26일, 일본군과 수성군이 협력하여 보성의 동학농민군 30여 명을 포살했다. 27일 보성의 수성군은 낙안군 남상면 칠동(현 벌교읍 칠동리) 최환구(崔煥九)가 숨어 있는 하화리 집에서 조보여(趙甫汝)와 최덕화(崔德和)를 체포했다. 그러나 두 사람이 다음날 탈출하자 그 보복으로 80세가 다 된 최덕화의 부친 최득수(崔得洙)를 모진 고문으로 죽였고, 그의 집과 황소 2두, 벼 11석을 빼앗았다.

1895년 1월 1일 보성 군수의 보고에 따르면 "(보성에서) 동학농민군 65명이 체포되고 33명이 처형됐다."고 했다. 박태길은 1894년 말 체포되어 서울로 압송 후 재판을 받았으나 무죄로 석방됐다. 그는 보성 군수 유원규를 비롯해 이방언, 김낙철 등과 같이 풀려났다. 하지만 전라 관찰사 이도재의 명으로 이듬해 다시 붙잡혀 처형됐다.

보성 군수 유원규는 1895년 1월경 동학농민군을 도왔다는 혐의로 함평 현감과 함께 체포되어 서울로 압송됐다. 이는 일본군이

"보성과 함평의 수령이 동학당"이라는 보고를 했기 때문이다. 하지만 당시 보성 군수 유원규는 나주의 관군을 지휘하며 동학농민군 지도자 체포에 기여했고, 이를 인정한 조정에서는 1895년 3월 21일 이방언 등과 함께 무죄로 방면됐다.

참여자 기록을 통해서 본 보성 동학농민군 활동

■ 이관기(李觀起), 염현두(廉鉉斗), 이민재(李敏在)는 1894년 9월 재기포 시기에 보성에서 동학농민군을 이끌고 전봉준의 진영에 참여했다.

■ 유형로(柳亨魯), 문장형(文章衡)은 1894년 10월 2차 기포 때 보성에서 동학농민군을 이끌고 창평으로 진출하여 활동을 벌였다.

■ 1894년 12월 19일, 문공진(文公振)은 장흥에서 동학 활동을 하다가 보성에서 체포되어 나주로 압송됐다.

■ 1894년 12월 24일, 26일, 28일에 보성 동학농민군 10여 명이 처형됐는데 김보열(金寶烈), 김성한(金成漢), 김시언(金時彦), 박윤지(朴允之), 양성좌(梁成佐), 정덕흠(鄭德欽), 배윤경(裵允景), 손자화(孫自和), 허극(許極), 허원(許?) 등이다.

■ 1895년 1월에 보성에서 체포되어 총살된 동학농민군은 34명이다. 김대진(金大辰), 김문범(金文範), 김박보(金博保), 김봉진(金奉辰), 김영준(金永俊), 김작귀(金作貴), 김춘일(金春日), 박성근(朴成根), 박영표(朴永杓), 박이석(朴利錫), 서영춘(徐永春), 안두영(安斗泳), 안명한(安命漢), 양화중(梁化中), 백천여(白千汝), 손만덕(孫萬德), 손병언(孫丙彦), 손양순(孫良順), 손종용(孫宗用), 손중권(孫仲

權), 손치선(孫致善), 손학중(孫學仲), 손형수, 송평서(宋平瑞), 윤경만(尹京萬), 윤덕함(尹德咸), 윤희숙(尹希淑), 이돌무치(李乭毋致), 임차성(任且成), 조보여(趙甫汝), 채수석(蔡守石), 이성용(李成用), 이천수(李千水), 최쌍옥(崔雙玉).

■ 문원칠(文元七), 문의지(文義芝)는 1895년 1월, 동학농민혁명에 참여했다가 붙잡혀 일본 진영으로 압송됐다.

■ 박태로(朴泰魯, 異名: 泰老)는 1894년 전주성 점령에 참여한 뒤 보성에서 활동하다가 1895년 1월 체포됐다.

■ 임원화(任元化), 임찬선(林贊善), 지만일(池萬日)은 1895년 1월 22일 보성에서 체포되어 능주로 압송 후 조사를 받았다.

■ 박태길(朴泰吉)은 1894년 보성에서 활동하다가 체포되어 1895년 3월 21일 재판을 받고 풀려났다.

■ 이 밖에 김유근(金有根), 조종화(趙鐘化)는 보성과 능주에서 동학농민군으로 활동했다.

주요 사적지

■ 보성관아 집강소 터: (현, 보성읍 보성리 807-2, 보성군청) 전주 화약 이후 보성 군수 유원규는 동학농민군 지도자 박태길과 타협하여 집강소를 설치했다.

■ 웅치면 동학농민군 봉기 터: (현, 보성군 웅치면 중산리 57-6, 웅치면사무소) 1894년 구교철이 이끄는 웅치 지역 동학농민군이 이곳에서 봉기했다.

■ 보성 해창산 전투지: 장흥 천포면과 보성 득량면 사이에 있는 해창산. 1894년 12월 19일 일본 스즈키 부대가 해창산에서 전투를 벌여 동학농민군 11명을 사로잡았다.

■ 보성 동학농민군 포살 터: (장소 불상) 1895년 1월 1일, 11일, 18일, 19일에 강도유(姜道裕) 외 22명이 군민들 앞에서 처형됐다.

영호대도소 동학농민군이 좌수영을 공격했으나 실패 **여수**

전라 좌수사 이봉호, 동학농민군에 우호적

영호도회소 주력 부대가 광양을 거쳐 하동 방면으로 출정하자 남은 동학농민군은 영호도회소의 본거지는 물론 후방 수비 임무를 맡고 있었다.

전라 좌수영은 동학교도 활동이 두드러진 곳이 아니었다. 당시 전라 좌수사 이봉호는 동학교인에 대해 비교적 호의적이어서 부하 중에서도 상당수가 동학농민군에 동조하고 있었다. 이 때문에 이봉호가 면직되고, 1894년 7월 3일 후임으로 김철규가 전라 좌수사로 부임했다. 김철규가 부임하여 내려올 때 동학농민군에게 봉변을 당했는데, 그 소식을 들은 전봉준이 집강소의 성찰들에게 그를 호위케 하여 무사히 여수에 도착했다. 그러나 김철규는 부임하자마자 군교들과 숙의하여 동학농민군 토벌 방안을 구상했고, 전라 좌수영의 전력을 대폭 증강하여 동학농민군 토벌을 준비했다.

김철규는 전라 좌수영 안의 군사들과 백성들을 결속시켜 동학농민군의 체포와 탄압에 힘을 기울였다. 이때부터 여수의 동학농민군 세력은 급격히 약화되었다. 그뿐만 아니라 김철규는 서울 사람 이풍영으로 하여금 일본군 수백 명을 끌어들이게 하여 전라 좌수영 밖에 주둔시켜 백성의 동요를 차단했다. 이와 같은 전라 좌수사 김철규의 대응에 여수 동학농민군이 좌수영 공격에 나섰다.

1894년 9월, 여수 쌍봉면 출신의 박군하와 윤경삼이 이끄는 영호도회소의 동학농민군이 전라 좌수영 남문 공격에 나섰다. 그러나 전라 좌수영의 철저한 방비로 공격은 실패로 돌아갔다. 이후 영호도회소의 좌수영 공격은 위축될 수밖에 없었다. 영호도회소의 주력 부대가 경상도 남서부 지역으로 진출한 상황에서 전라 좌수영을 쉽게 공략할 수 없다고 판단했기 때문이다.

김인배가 이끄는 영호도회소 주력 부대에 합류

한편, 경상도 남서부 지역으로 진출을 시도했던 김인배가 이끄는 영호도회소 주력 부대가 일본군과 관군의 연합 부대와 몇 차례 접전했으나 무기의 열세로 말미암아 거듭 패하고 말았다. 김인배는 한때 경상도 서부 지역에 거점을 확보한 뒤 부산까지 진격하여 일본 세력을 완전히 쫓아내려던 계획을 세웠으나 좌절된 것이다.

11월 10일, 김인배는 동학농민군 수만 명을 이끌고 전라 좌수영 공격에 나섰다. 동학농민군 4만여 명은 여수시 소라면에 위치한 덕양역(德陽驛)에서 전라 좌수영의 정찰병을 물리치고 좌수영의 뒷산인 종고산(鍾鼓山)에 진을 치고 좌수영성을 공격할 기회를 엿보고 있었다. 그러나 성의 공격이 여의치 않자 3일간 머물다가 순천으로 철수하고 말았다.

11월 16일, 전열을 재정비한 김인배는 낙안 출신 이수희를 중군장으로 삼아 다시 전라 좌수영 공격에 나섰다. 이때는 쌍봉면 출신 박군하, 윤경삼과 돌산읍 출신 황종래 등이 좌수영 공격을 선도했다. 전라 좌수영 성 안에 지방군은 동학농민군 공격에 대비해 성을 견고하게 지키고 있었다. 이에 맞서 동학농민군이 야간 공격을 단행했으나, 많은 사상자를 낸 끝에 덕양역으로 퇴각했다.

여수시 화양면 장수리 양명주(86세) 씨가 동학농민군 처형터를 증언해줬다. 등 뒤 산 모퉁이가 동학농민군 처형터 날갯등이다.

11월 20일, 며칠간 소강상태에 있던 전라 좌수영의 관군은 동학농민군이 진을 치고 있던 덕양역을 기습 공격했다. 그러나 좌수영 군졸은 여수에서 급히 달려와 지쳐 있었고, 날씨도 몹시 춥고 어두워 제대로 싸울 수 없었다. 이에 동학농민군은 승기를 잡고 흩어져 달아나는 관군을 좌수영까지 추격했다. 이 과정에서 좌수영 군대는 거의 궤멸되다시피 했다.

동학농민군은 여세를 몰아 전라 좌수영을 함락하고자 했다. 좌수영을 포위한 동학농민군과 성내 관군 사이에 치열한 공방전이 벌어졌다. 상황은 점차 좌수영 군에게 불리해지기 시작했다. 그러자 전라 좌수사 김철규는 11월 25일 여수 앞바다에 정박해 있던 일본 쓰쿠바[筑波]함에 비밀 서찰을 보내 급히 구원을 요청했다.

1894년 11월 28일, 일본 군함 쓰쿠바 호는 전라 좌수영에 전투부대를 파견하고 덕양리의 동학농민군을 공격하여 격퇴시켰다. 동학농민군은 수많은 희생자를 낸 채 물러나고 말았다.

12월 초순, 이런 와중에 관-일본군은 공주 우금티와 청주에서 전봉준과 김개남이 이끄는 동학농민군을 대파하고 파죽지세로 남

전라 좌수영 진남관에서 바라본 여수 시내와 먼 바다. 정면에 보이는 섬이 장군도. 12월 27일, 화양면 출신 동학농민군 지도자 김처홍이 체포되어 장군도목에 수장됐다.

전라 좌수영 진남관에서 바라본 여수 시내 전경. 동학농민군은 수차례 전라 좌수영 공략에 나섰으나 번번이 패했다.

진하고 있었다. 위기를 느낀 김인배는 전라 좌도 지역에서 활동 중인 여러 접주들과 협의하여 전라 좌수영을 다시 점령하기로 결정했다. 여수반도의 남단에 위치한 전라 좌수영을 확보하여 지구전을 벌이다가 여의치 않으면 바다를 통해 남해의 수많은 섬으로 들어가 투쟁을 이어가겠다는 계획이었다. 그러나 영호도회소 동학농민군은 1895년 1월까지 좌수영 군과 수차례 소규모의 전투를 벌였으나, 거듭 패하여 김인배가 이끄는 영호도회소의 주력 부대는 와해되고 말았다. 순천, 광양 등지에서 동학농민군과 관-일본군의 교전이 산발적으로 일어났으나 동학농민군이 거듭 패했고, 그 이후로 동학농민군은 처참하게 살육당했다.

김철규는 여수, 광양, 순천, 낙안, 보성 등지에 수성군을 풀어 은 신하거나 패주 중인 동학농민군을 색출하여 살해했다.

여수시 화양면 장수리는 자매·수문·장척·장등 4개 자연마을로 구성되어 있다. 수문동에 거주하는 양명주(86세) 씨 증언에 따르면 "마을 모퉁이에 '날개등'이 동학농민군의 공동묘지 터"라고 증언 했다. 또, "수문동에는 당시 동학농민군을 숨겨줬던 최부자집 기와 집이 있었다."고 했다.

참여자 기록을 통해서 본 여수 동학농민군 활동

■ 김처홍(金處洪)은 1894년 화양면 일대에서 종형 김지홍과 함 께 동학농민군으로 활동했으며, 관군과 맞서 싸우다 12월 27일 체 포되어 장군도목에서 수장 당했다.

■ 김성오(金成五)는 동학 지도자로, 1894년 전라도 여수에서 참 여했다.

■ 심송학(沈松鶴, 도집강)은 1894년 전라도 여수, 경상도 하동 등 지에서 활동했다.

주요 사적지

■ 전라 좌수영 진남관: (현, 여수시 동문로 11, 군자동, 국보 제304호) 1894년 9월, 여수 동학농민군이 전라 좌수 영 남문 공격을 시작으로, 11월까지 수차례 진남관 함락을 시도했으나 끝내 점령하지 못했다.

■ 덕양역 싸움터: (현, 여수시 소라면 덕양리, 위치 불상) 11월 20일, 전라 좌수영의 지방군은 동학농민군이 진 을 치고 있던 덕양역을 기습했으나 동학농민군이 오히려 크게 이겨 전라 좌수영까지 포위 공격했다.

■ 동학농민군 돌무덤: (현, 여수시 화양면 장수리, 수문동의 마을 앞 어귀 '날개등') 이곳에서 토벌군에 의해 많은 동 학농민군이 학살됐고, 그 자리에 돌무덤이 남았다.

■ 장군도목 수장터: (현, 여수시 중앙동) 화양면 출신 동학농민군 지도자 김처홍이 관군에 체포되어 12월 27 일 장군도목에 수장됐다.

진도 땅끝, 거대한 동학농민군의 처형장

포교 초기에 동학 교세 급성장

1892년 1월에 나주 접사 나치현(羅致炫)이 진도에 들어와 포덕했다. 의신면 만길리 자라머리 마을 나봉익, 양순달 두 사람이 입도하면서 진도에 동학이 뿌리내렸다. 교도가 빠르게 늘어났으며, 특히 의신면, 고군내면, 조도면, 진도면에 동학교도가 많았다. 의신면 만길리와 원두리는 나주 나씨와 제주 양씨 집성촌으로, 동학교도가 특히 많았다. 「진도종리원연혁」 1893년 기록에 "… 포덕 34년(1893) 계사 2월에 보은 장내리 집회에 나치환, 나봉익, 양순달, 이문규, 허영재 제씨가 참석했다."는 기록으로 보아 1년 남짓 시기에 교세가 빠르게 확장된 사실을 알 수 있다.

1차 봉기 때부터 활동 전개

1894년 4월 27일, 전주 감영이 동학농민군에 의해 함락됐다는 소식이 진도에 전해지자 진도 부사 이희승이 종적을 감췄다. 이로 인해 진도의 인심이 흉흉해졌다. 5월에는 영암 출신 김의태가 영암, 해남, 강진, 진도 지역의 동학농민군이 연합하여 수차례 관군과 접전을 벌였다. 이에 동학농민군에 대항하여 진도의 보수 유생과 서리를 중심으로 치안 유지를 위한 수성대가 결성되어, 초대 수성 장에 고군면 석현 출신 김익현을 추대했다가 나이가 많아 읍내 출신 조용기로 교체되었다. 이렇게 임명된 조용기는 동학농민군 토벌에 앞장섰다.

『천도교회월보』에 보면 무안 영암 해남의 동학농민군이 진도성 공격에 참여한 정황을 "진도 부사 이희승 잠적으로 생긴 행정 공백을 관아에 동학 집강소를 설치하여 흉년으로 굶주린 성내의 백성 구휼을 위해 힘썼다. 당시 진도 동학 집강소는 해산물을 싣고 해남, 무안 등지로 가서 그곳 동학도소와 교섭하여 식량을 교환하여 죽이라도 쑤어 먹게 하는 등 구휼 활동을 벌였다."고 했다.

진도에 집강소가 설치되었지만 이후 문제가 생겼다. 6월 중순경에 동학 집강소가 처음 설치될 때는 관찰사의 명령에 따른 조치여서 보수 세력들은 서로 눈치만 보면서 묵인하고 있었다. 그러나 동학농민군이 엄청난 병력을 동원하여 나주성을 공격했지만 민종렬이 이끄는 수성군에게 패했다는 소식을 접하자 태도가 돌변하여 민보군 조직에 나섰다.

7월로 들어서자 고군면 내동 출신 손행권, 석현리 김수종 등의 동학도들이 금갑만호진과 남도만호진을 급습하여 병기고에서 조총, 화약, 삼지창, 환도 등 무기를 탈취하여 읍내 중심에서 수성 민보군과 싸움이 벌어졌다. 같은 시기에 진도집강소 개설을 위해 조도 출신 박중진이 일부의 동학농민군을 이끌고 읍내로 들어와 저항하는 수성군과 전투가 벌어졌다. 이때 박중진은 수성군에 붙잡혀 죽고(옥에서 자살), 그의 딸은 '역적의 딸'이 되어 동외리 청년들

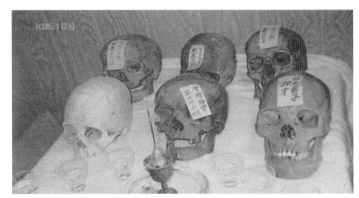

1995년 일본 홋카이도대학 연구실에서 발견된 동학농민군 지도자의 유골.

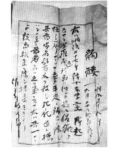

'1906년 9월 20일 진도에서 사토 마사지로가 채집했다'는 문서(사진 아래 왼쪽)

미나미 고시로의 「동학당 정토경력서」(1895) 표지. 동학농민군 학살 집행 내역을 기록한 문서이다.(사진 아래 오른쪽)

의 전리품이 되었다. 이러한 박중진의 활동은 12월 20일 자 진도도호부사 보고를 통해 확인된다. "올해(1894) 7월 어느 날, 본 고을 진도부의 조도면에 사는 괴수 박중진이 영광, 무장 등지에서 무리를 불러 모아 배를 타고 와서 성을 공격하여 죽이고 약탈하고 무기를 빼앗고 이어서 촌락으로 가서 불을 지르고 재산을 부수며 백성의 물건을 약탈함에 끝 간 데가 없었기 때문에, 여러 백성들이 모여저 괴수 몇 놈을 붙잡았는데, 잡아서 옥에 가둔 지가 여러 날이 되자 실낱 같은 목숨을 스스로 끊은 것입니다."라는 보고 내용으로 미루어 진도성을 공격한 세력은 영광, 무장 등 바깥 세력과 연합하

동학농민군 집단 매
몰지 솔계치. 현재 이
자리에는 빌라가 들
어섰다.

였고, 박중진은 고문에 의해서이거나 굶겨서 죽음에 이르게 한 정
황으로 보인다.

9월, 재기포 시기에 긴박한 대치

8월 14일, 그동안 공백이던 진도 부사에 윤석신이 부임하고, 9
월 18일에는 진도 감목관이 도착했다. 이 무렵 전 부사 이희승은
동학농민군에게 무기를 빼앗긴 책임을 물어 압상 조치되었다.

재기포 시기가 되자 전라 남서부 지역에서 가장 먼저 민감하게
반응한 곳이 진도였다. 「순무선봉진등록」에 "10월 10일 … 민정 1
천3백22명을 모아 … 우수영과 힘을 합쳐 남북에 걸쳐 방비하도록
하고, 첫째로 무안 지역의 사포진에 대처케 하고 두 번째는 영문과
좁은 출입구를 잘 지키도록 했다."라고 했다. 이에 맞서 일본군과
관군은 여러 방면에서 동학농민군을 압박해 들어왔다.

한편, 진도 동학농민군이 진도를 비운 10월 10일 진도감목관은

관노와 서리 등 1,300여 명을 모아 수성군을 조직하여 동학농민군과 싸울 준비를 했다.

11월 18일, 진도 동학농민군 나봉익(羅奉益), 양순달(梁順達), 허영재(許映才), 김광윤, 나치현 등이 무안 고막포 전투에 참가했으나 나봉익, 양순달, 허영재 등이 전사하고 많은 진도 동학농민군이 포로가 되었다. (이하 무안 편 참조)

연패한 동학농민군 막다른 섬 진도로 몰려

12월에 들어 공주 전투에 참가했던 동학농민군이 패해 내려왔다. 이 시기에 장흥 접주 이방언이 이끌던 동학농민군은 12월 5일 장흥군을 점령하고 10일 병영성을 격파하여 불태웠으나, 15일의 장흥 석대들 전투에서 일본군에 의해 궤멸되었다. 이때 패잔한 동학농민군이 관산을 거쳐 섬으로 숨거나 강진 칠량만을 거쳐 완도와 진도, 조도 일대로 몸을 피해 들어왔다.

「진도종리원연혁」에 "당시 본군에서 관군에 학살당한 도인만도 무려 7, 80명이었다."라고 사망자 숫자를 제시하고 있다.

12월 26일, 일본군과 관군이 진도에 상륙하여 벽파진에서 1박하고 27일에 진도읍으로 들어왔다. 이들은 동학농민군 활동이 없다는 것을 확인하고, 4일 후인 30일에 해남 우수영(문내면)으로 건너갔다. 「순무선봉진등록」에 따르면 "본 현 경내의 비도(匪徒) 손행권(孫行權) 김수종(金秀宗) 양한을 체포한 경위를 이미 보고하자 읍에서 처리하라는 명을 받았다. 더욱 자세하게 탐색하여 이방현(李方鉉), 김윤선(金允善), 주영백(朱永白), 김대욱(金大旭), 서기택(徐奇宅)

마산 의병골창 앞바다. 동학농민군 최종 피신지였고, 이곳에서 제주도로 피신했다. (사진 왼쪽)

마산 의병골창, 동학농민군이 최종 피신한 자리였고, 여기서 제주도 가는 배를 탔다고 전한다. 증언자 진도 향토사학자 박주언 씨. (사진 오른쪽)

등을 추가로 체포하여 잠시 가두고 조사 보고하려 했는데, 금월 26일에 경군 영관이 솔병하고 경내에 들어와 벽파진에서 1박하고 다음날 27일 아침 읍에 이르렀다. 본부의 수성군과 민정을 같이 파송하여 수감된 죄인을 차례로 취조한 결과 손행권, 김윤선, 김대욱, 서기택 등을 처단했다. 나머지는 방면하여 생업에 힘쓰게 했다."라고 했다.

「진도종리원연혁」에서 말한 '70~80여 명 학살'에 대해서는 언급이 없으나 관군-일본군이 떠난 뒤 지역 사정을 잘 아는 수성군이 나서서 한 학살 활동으로 보인다.

진도읍 성내리 박주언(朴柱彦)과 송현리 소문영(蘇文永) 양 씨의 증언으로, "동학농민군 30여 명이 수성군에 타살되어 남문 밖에 내버렸다가 썩은 냄새가 나서 솔계치에 내다 버렸다."는 이야기를 어른들로부터 전해 들었다고 했다. 또, 『진도군지』(1976)에도 "조도면 출신인 박중진 등 50여 명을 잡아다…수성군이 타살하여 읍의 서편 솔계치에 버렸다"는 기록이 이를 뒷받침한다.

진도의 바다 끝에 내몰렸던 동학농민군이 배를 타고 제주도로 피신했다는 설도 있다. 진도 향토사학자 박주언은 "관군과 일본군이 들어오자 일부 동학농민군은 의신면에서 배를 타고 제주도로 피신했다."는 증언을 전했지만 아직은 확인할 길이 없다. 다만, 1894년 12월 24일 제19대대장 미나미 고시로가 "동학농민군 2~3천 명이 해남으로부터 진도와 제주에 와 있다."고 보고했고, 본부에서는 토벌령이 내려졌다.

'진도 동학 수괴'의 유골 일본 무단 반출과 1백년 만의 귀환

일제 식민지 시절이던 1906년 9월 20일, 목포권업모범장출장소 직원 사토마사지로(佐藤政次郞)가 진도에 출장을 와서 솔계치(率溪峙) 공동묘지에서 두개골 1구를 채집해 갔다. 이 유골이 1995년 7월 15일 일본 북해도(홋카이도) 대학 인류학 표본 창고에서 수많은 아이누족 유골과 함께 '진도동학수괴(珍島東學首魁)'라는 글씨가 쓰여진 채 청소 중이던 아이누족에 발견되어 이 사실이 당시 아이누족의 피해를 조사하던 일본인 학자에 의해 일본 일간지에 일제히 보도됐다. 한국에서는 1995년 8월 14일 자《한겨레신문》의 보도를 통해 알려졌고, 10월 13일 일본 북해도 대학 인권문제 조사위원회 조사위원 2명이 진도를 방문했다. 1996년 5월 30일 유해가 귀환하여 정읍시 황토현 동학혁명기념관에 봉환 안치되었다가, 우여곡절 끝에 아무런 연고도 없는 전주 다가산 자락에 안치됐다.

참여자 기록을 통해서 본 진도 동학농민군 활동

■ 박중진(朴仲辰)은 동학농민군 지도자로서 전라도 진도 조도 면에서 동학농민혁명에 참여했다가 그해 7월 백성들에게 체포되어 옥에 갇혔으나 자살했으며, 같은 시기에 손행요(孫行搖), 김종수가 관군에 체포됐다.

■ 김수종(金秀宗), 이방현(李方鉉), 주영백(朱永白)은 진도에서 활동하다가 1894년 12월 진도에서 체포됐다.

■ 김중야(金仲也)는 1894년 12월 21일 체포되어 총살되었고, 27일에는 김대욱(金大旭), 김윤선(金允善), 서기택(徐奇宅), 손행권(孫行權), 김수종(金秀宗)이 체포되어 처형됐다.

주요 사적지

■ 진도 동학 집강소 터: (현, 진도읍 성내리 64-1, 진도군청) 동학농민혁명 시기에 동학농민군 집강소가 설치되었다.
■ 철마광장 동학농민군 학살터: (현, 진도읍 철마길 17, 당시 장터이자 남문 밖) 진도로 들어온 관-일본군은 이곳에서 동학농민군을 총살했다.
■ 진도 동학농민군 집단 무덤: (현, 진도읍 교동리 438, 솔계치(率溪峙, 솔개재)) 관-일본군에 의해 처형된 동학농민군은 남문 밖에 버려져 방치되었다가 이곳으로 옮겼다.
■ 벽파항 일본군 상륙지: (현, 고군면 벽파리 740-1, 벽파진항) 동학농민혁명 당시 동학농민군을 토벌하기 위해 관-일본군이 상륙했다.
■ 의병골창 동학농민군 도항지: (현, 고군면 내산리 485) 막판까지 내몰린 동학농민군이 제주도로 피신하기 위해 2백여 명이 이곳에서 배를 탔다고 전해진다.
■ 진도 동학농민군 지도자 손행권의 묘: (현, 진도군 고군면 내산리 마산마을)
■ 진도 동학농민군 지도자 박중진의 묘: (현, 진도군 조도면 창유리 산행마을 앞개[前浦])

해남 전라 서남해안과 무안·진도 지역을 연계한 활동

포교 시기의 해남 동학

해남에는 1892년부터 1893년 사이에 김도일(金道一), 김춘두(金春斗), 김춘인(金春仁), 나치운(羅致雲), 김병태(金炳泰), 김의태(金義泰), 홍순(洪淳), 김순근(金順根), 김원태(金源泰) 등 많은 동학 지도자들이 입도했다는 기록으로 미뤄 해남지역 동학 포교는 이 시기에 집중된 듯하다. 지역별로 보면 파일면 김민국·박인철, 현산면 장국서(접사)·이중호(교수)·임재환(도집)·최원규(집강), 녹산면 김경재(접주)·박홍녕(접사), 해남읍 강준호(접사)이며, 계곡면 주정호(접주), 황산 남리역 김신영(대접주) 등이 기록되었다.

동학농민혁명 1차 봉기 시기 활동

해남 지역에서는 김도일, 김춘두, 김병태가 앞장서서 봉기했다. 이 시기에 전라 남서부 지역인 무안, 해남, 진도 지역은 배상옥 대접주가 이끌고 있었다.

해남 동학농민군은 6월에 직접 현감을 찾아가 집강소 설치 문제를 의논했고, 집강소는 읍내 남동(南洞)에 설치됐다. 초기에 집강소 활동은 별스런 갈등 없이 순조롭게 운영되었다. 집강소 시기에 활동한 인물로 호동리 이정률과 원호리 박선유가 산일면 집강을, 황원면 집강은 춘정리 출신 김찬익(金贊翼)이 맡았다.

「도인경과내력(道人經過來歷)」에 "6월 12일에 동학농민군 20인, 17일에는 2천 여 인, 23일에는 30여 인, 29일에는 60여 인, 7월 3일에는 2백여 인, 8일에는 2백여 인, 16일에는 2천2백여 인으로, 집강소 시기에 지나간 동학농민군 수는 4천7백여 인이나 되었다."라고 했다. 이는 기존의 토호나 보수 세력에 위압감을 주기 위해 동학농민군을 최대한 동원하여 시위를 벌인 것으로 보인다.

또 다른 기록에, "백장안은 원래 삼촌면(현 삼산면) 구림리에서 태어나 무과에 급제한 한량으로, 1893년에 동학에 입도한 뒤 삼산 비곡 현산 해남읍 남동리 지역 접주로 활동했다."고 했다. 그리고, "동학농민군은 각기 창과 총검을 가지고 입성하여 쏘아대니 기세가 위태롭고 두려웠다."고 했다. 이런 움직임은 7월 5일 동학농민군이 나주성 공격에 실패하자 지역 보수 세력들의 움직임이 심상치 않게 되자 이를 사전에 제압하기 위한 것으로 보인다.

해남의 동학농민군은 당시 "수성군의 무장을 막기 위해 (관아의)

1912년 해남읍성 동리에 천도교 해남교구를 설립하여 홍순(洪淳)이 교구장이 되었다. 앞에 보이는 우슬치에서 전투가 있었다고 전해진다.

무기고에서 조총 25자루와 천보총 6자루, 환도 3자루, 화약 5두, 연환 1천 개를 거두어 갔으며, 해남의 아전 안씨의 집을 불태우기도 했다"고 했다.

집강은 수많은 동학교도를 거느리던 해남 읍내 출신 김춘두가 맡았으며, 집강소 활동을 통해 하층민의 생활고를 보살폈다. 「도인경과내력」에 "악덕 양반 윤 병사로부터 돈을 빼앗아 소봉(所捧) 4천3백 냥 중에서 1천1백십 냥을 민간에 나누어 주었고, 5백 냥은 관노사령과 각 남녀 종과 고인(鼓人)들에게 나누어주었다"고 했다. 그리고 "제공하는 공찬(供饌) 비용은 6천4백82냥9전4푼이 소용되었는데, 그중 1천 냥은 관아가 부담하고 나머지는 각 면의 요호(饒戶)들에게 배정하여 거두었다."고 했다.

이 밖에 『천도교회월보』에 9월 재기포 이전의 우수영에 대한 해남 동학농민군 활동 기록이 보이는데, 동학농민혁명 초기에 "우수영에서 동학교도 수백 명을 잡아 가두자 해남의 김병태(金炳泰)가 수사 이규환(李奎桓)을 찾아가 설득하여 전원 석방시켰다."고 했다.

홍교 쪽에서 본 남동리. 1894년 6월부터 집강소를 설치하고 폐정개혁을 단행하여 일시적이나마 동학 세상을 열었다.

2차 기포 시기 우수영 공방과 해남 읍성 전투

　9월 18일 동학 지도부가 재기포를 선언하자 해남의 동학농민군은 기포하여 행동에 나섰다. 『천도교회월보』에 따르면 9월 재기포 시기에 해남의 김병태가 "동학농민군 3천을 거느리고 기포했다"라고 했다. 벽사, 장흥, 강진, 병영, 영암, 해남 지역이 동학농민군의 수중에 들어갔다. 여기에 대응하여 인근 지역의 동학농민군은 장흥 부근으로 속속들이 모여들었다. 그리하여 전라 남서부지역의 동학혁명사에서 장렬한 최후 전투라 할 장흥 전투의 서막이 오르게 된다. 이 같은 급보를 받은 일본군은 즉시 병력을 투입했고, 동학농민군은 수적 우세에도 불구하고 신무기로 무장한 일본군과 관군을 당해낼 수가 없었다. 결국 여러 지역으로 옮겨 다니며 관-일본군과 혈전을 벌였지만 관-일본군의 신무기에 수백 명의 희생자를 내는 참극을 맞게 된다.

　장흥 석대들 전투에서 패한 동학농민군은 해남과 진도 땅끝으로 내몰리게 된다. 장흥과 강진 출신 일부의 동학농민군 지도자들

동학농민군 근거지 별진역 터(계곡면사무소) 동학농민군이 기포하여 이곳에 진을 쳤다.

동학농민군이 기포한
별진역 터. 해남 동학
농민군은 이곳에 모
여 진을 쳤다.

은 천관산(天冠山)과 여러 산속으로 숨어들었고, 무안과 해남 지역 동학농민군은 해남과 진도 쪽으로 내몰렸다.

장흥 석대들 전투와 대내장 전투가 벌어지던 시기인 12월 16일에 남리 대접주 김신영과 삼촌면 접주 백장안, 산림동(현 평활리) 교장 윤종무 등은 1천여 명을 동원하여 우수영을 공격하기 위해 남리역에 모였다. 그러나 신무기로 무장한 관군이 도착하자 뜻을 이루지 못하고 흩어졌다.

우수영을 점령하지 못한 해남 대접주 김춘두를 비롯한 여러 접주들은 12월 18일 저녁부터 무안과 영암 쪽에서 내려온 동학농민군이 합세하여 해남읍을 공격하기 위해 읍성 밖으로 모여들었다. 19일 새벽에 통위영병이 당도하여 전투가 벌어졌으나 동학농민군이 패하여 해산하고 말았다. 「순무선봉진등록」에 당시 해남읍성 전투 상황을 전하는데, "(통위영병이) 12월 18일 밤 축시경에 행군하여 해남현 근경에 이르러 적정을 탐문하니 동학농민군 1천여 명이 성 외곽에 집결해 있다고 했다. 2개 소대를 둘로 나누어 접근시키자 그들이 수삼 차 방포하며 저항했다. 경군이 일제히 응사하며 공격하자 적도들은 사방으로 흩어져 달아났으며 8~9명이 사살되었다"고 했다. 해남읍성 전투는 희생자만 남긴 채 끝나버렸다.

관-일본군의 가혹한 토벌전

일본군은 조선 침략에 장애가 될 동학농민군을 괴멸시킬 작전을 세웠는데, 땅끝으로 몰아 한꺼번에 몰살하는 작전이었다. 일본군은 지역 사정에 밝은 민보군을 시켜 동학농민군을 색출토록 하고, 잡혀오는 대로 다양한 방식으로 학살했다. 군민들에게 동학농민군을 비호한 사실이 드러나면 엄중히 처벌하겠다고 위협하자, 민보군은 마을 단위로 동학농민군을 철저하게 색출했다. 이 과정에서 무고한 사람들을 동학도로 몰아 재물을 약탈하기도 했다.

무안에서 피신해 온 배상옥 대접주가 해남 남쪽 은소면(현 송지면) 바닷가에서 윤규룡(尹奎龍)에게 붙잡혀 일본군에 넘겨졌다.

인근 지역 무안, 해남, 진도 세 고을 중 해남에 희생자가 집중됐다. 1894년 12월 26일 좌선봉진의 보고에 따르면 "통위병정은 12월 19일에, 일본군은 21일과 22일에 해남으로 들어와 동학농민군 색출을 시작했다."고 했다. 해남에서는 12월 20일부터 동학농민군 색출에 들어가 전유희(全由禧, 모사)와 대접주 김신영이 삼촌 면(현 삼산면 남리)에서 민보군에 체포되었으며, 윤주헌(접주)과 김 동 박인생(교수)도 체포됐다. 김신영과 윤주헌은 해남읍 옥에 갇혔 고, 김동과 박인생은 즉시 포살됐다. 같은 날인 22일 이도면(梨道 面) 김순오(金順五, 접주), 박익현(朴益賢, 교장), 이은좌(李銀佐, 집강), 박사인(朴士仁, 별장), 김하진(金夏振, 교수) 등 5명도 체포됐다. 이후 해남의 대표적 지도자인 대접주 김춘두와 김춘인(金春仁) 형제, 백 장안이 연이어 체포됐다. 곧 "12월 25일에는 본 읍을 어지럽게 한 비도의 괴수 김춘두 형제와 화일면(현 화산면)의 김만국(金萬國) 박 헌철(朴憲徹) 등을 붙잡아 일본군에 넘겼다."고 했다.

김춘두는 해남 일해리(현 해리) 출신으로, 중요 인물이라 일본군 나주로 이송하여 총살했고, 김춘인은 해남 옥에 가두었다가 처형 했다. 29일에는 현산면(縣山面)에서도 장극서(張克瑞, 접사), 이중호 (李重鎬, 교수), 임제환(林濟煥, 도집), 최원규(崔元圭, 집강) 등이 체포 됐다. 녹산 산람동 접주 김경재(金京在), 해남의 박흥녕(朴興寧), 강 준호(姜準浩, 접사)도 28일에 포살됐다. 그리고 25일에는 해남 녹산 면 수성군이 완도로 출동하여 군외면 불목리(佛目里)에서 백장안 을 밤중에 급습하여 체포해 해남으로 끌고 와 28일에 포살했다.

이 밖에 송두옥(宋斗玉)은 청계 상마리 출신으로 살아남아 천도 교 활동을 했으며, 노영학(魯榮學)과 박인화(朴仁和)도 살아남아 뒷 날 목포교구장을 지냈다.

이 시기에 해남 인근에서 처형된 동학농민군 수에 대해 "해남 250명, 강진 320명, 장흥 300명, 나주 230명이고, 기타 함평, 무안,

대흥사 전경. 우슬치 전투에서 패한 해남 동학농민군이 이곳에서 마지막 전투를 치렀다.

영암 등 각지에서도 모두 30명 내지 50명 정도씩 잔적을 처형했다.”고 했다.

당시 민건호(마산면 장촌리)의 일록에는 “1894년 장흥 석대들에서 동학농민군이 관군의 신식무기의 위력 앞에 패한 뒤, 해남에서도 동학교도들과 관군의 대결이 여기저기서 일어났다.”고 적고 있다. 이어, 청계면(계곡면 하부지역)에서 수백 명의 동학농민군을 뒤쫓은 일본군과 관군들이 쏘아대는 대포 소리가 산천을 진동했다는 기록, 그리고 황산면 우항리 이재량 참판과 마산 장촌리 민건호 씨가 동학농민군에게 돈과 식량을 제공했다는 기록으로 보아 활발했던 동학농민군 활동과 해남 고을에 많은 희생자가 발생한 사실을 알 수 있다.

동학농민혁명 당시 토벌 전투를 수행한 일본 후비보병 19대대 병사의 진중일기 중 눈길을 끄는 대목이 있다. 도쿠시마(德島) 현 출신인 이 병사는 1895년 1월 나주와 해남에서 토벌활동을 했는데, "오늘(1.31) 동학 무리 잔당 7명을 붙잡아 (해남의) 성 밖에 있는 밭에 일렬로 세워 놓고 모리타 일등군조(一等軍曹·일등상사)의 호령에 따라 일제히 총검으로 찔러 죽였다."고 기록했다.

김지하 시인이 1990년대《동아일보》에 기고한 글 '고향 땅의 회상'에서, 그의 외가인 산이면 상공리의 외할아버지가 "동학농민군 5천 명이 싸움에 져서 도망치다 해남 우슬치를 넘었다. 고개에서 또 싸움이 붙었는데, 그만 져서 몽땅 죽었어. 그래서 그 뒤로는 그 고개에서 밤마다 새야새야 파랑새야 노래가 들리고, 바람이 불고 달이 뜨면 여기 저기 하얀 뼈다귀에서 피리소리가 한없이 났더란다."고 했다. 그리고 해남 동학농민군의 "최후의 항전지는 대흥사가 자리한 삼산면 구림리"라고 들었다고 했다.

1909년 소안도 '당사도 등대원 살해 사건'에 참여

1909년 1월 소안도 출신 동학농민군 이준화는 해남의 의병 4명

배상옥 무안 대접주가 체포된 송지면 바닷가. 12월 24일 윤규룡 등에게 붙잡혀 일본군에게 넘겨져 처형됐다.

과 함께 당사도 등대를 습격하여 일본인 등대지기 4명을 살해하고
바다에 던져버린 사건에 참여했다.

참여자 기록으로 본 해남의 동학농민군 활동

　참여자 기록에 등록된 해남 동학농민군은 41명이다.

　■ 김의태(金義泰)는 1893년 1월 7일 영암에서 동학에 입교한 뒤
1894년 5월 영암, 해남, 강진, 진도에서 동학농민군 지도자로 활동
했고, 같은 해 9월에 기포하여 영암, 해남 등지에서 수차례 관군과
교전을 벌였다.

　■ 김병태(金炳泰)는 1892년 동학에 입교하여, 1894년 10월 강진
에서 참여하여 수영(水營)에 체포됐다가 풀려났으며, 이갑흠(李甲
欽)은 1894년 6월에 동학에 입도하여 같은 해 9월에 동학농민혁명
에 참여했다가 12월에 가산을 빼앗기고 관남산(官南山)으로 피신
하여 연명했다.

남리역 기포터. 12월
16일에 김신영 백장
안 윤종무가 이끄는
동학농민군 1천여 명
이 우수영을 공격하
기 위해 이곳에 진을
쳤다.

■1894년 12월 해남에서 체포된 인물로 이은좌(李銀佐, 집강), 한마치(韓馬致), 김봉두(金奉斗), 마성팔(馬成八), 주정호(朱珽浩), 김순오(金順五), 김춘인(金春仁), 박사인(朴士仁, 별장), 박익현(朴益賢, 교장), 김하진(金夏振, 교수), 김신영, 김춘두 등의 기록이 전하며, 이 중 김춘두는 나주 일본군 진영으로 이송되었다.

■다음 15인은 백장안, 배상옥이 주도한 무안 나주 전투에 참여했고, 1894년 12월을 전후하여 해남, 장흥 등지에서 전투를 벌였다. 이들은 1894년 12월에서 이듬해 1월까지 관군 일본군 민보군에 의해 해남에서 체포되어 처형됐다. 최원규(崔元圭, 異名: 元奎, 집강), 임제환(林濟煥, 도집), 이중호(李重鎬, 교수), 백장안(白壯安, 접주), 김경재(金京在, 접주), 강준호(姜準浩, 접사), 윤종무(尹鍾武, 교장), 강서옥(姜瑞玉), 강점암(姜点岩), 김동열(金東說), 김학필(金學必, 접주), 남처성(南處成), 성신인(成臣仁), 정채호(鄭釆鎬), 박창회(朴昌會)

■장극서(張克瑞, 접사), 박인생(朴仁生, 교수), 김형(金逈, 교수), 윤주헌(尹周憲, 접주), 김유희(金由禧) 등은 해남 산촌면 출신으로, 1894년 12월 체포됐다. 장극서 박인생 김형은 12월에 총살되었고 윤주헌, 김유희는 뒷일을 알 수 없다.

■김도일(金道日, 異名: 金道一), 박홍녕(朴興寧, 접사), 최이희(崔以喜), 이건교(李建敎), 박인경(朴仁京)은 해남에서 동학농민군으로 활동했다.

인물지

○ 백장안(白帳安, 1852~1894): 생가는 해남군 삼산면 평안리. 1888년에 무과 병과에 급제. 순장 벼슬을 지냈다. 백장안은 동학 농민혁명 시기에 해남 동학 지도자로 활약하다가 완도군 군외면 불목리에서 체포됐다. 총살됐다는 말도 있지만, 해남읍에서 장작 10단으로 화형을 당했다는 증언이 더 유력해 보인다. 그의 불에 탄 시신은 그의 아내 문화 유씨가 수습하여 삼산면 상가리에 있는 선산에 묻었다. 유씨는 네 살 된 백화인(1891년 생)을 데리고 대흥사로 들어가 몸을 숨겼다. 백장안은 형과 동생들이 있었지만 손이 끊기거나 행방을 알 수 없다. 제사는 12월 27일에 지내는데, 그 마을에 같은 날 제사 든 집이 여럿이다.

주요 사적지

- 동학집회 집강소: (현, 해남읍 남동리) 1894년 6월부터 이곳에 집강소를 설치하고 폐정개혁을 단행했다.
- 동학농민군 근거지 별진역 터: (현, 해남군 계곡면 성진리 89-2, 계곡면사무소) 동학농민군이 기포하여 진을 쳤던 곳이다.
- 남리역 기포터: (현, 해남군 황산면 남리리) 12월 16일에 김신영 백장안 윤종무가 이끄는 동학농민군 1천여 명이 우수영을 공격하기 위해 이곳에 진을 쳤다.
- 해남 읍성 전투지: (현, 해남군청, 해남읍 군청길 4) 1894년 12월 18일 저녁부터 무안에서 내려온 동학농민군과 합세하여 성 밖에 모였다. 19일 새벽에 통위영병이 도착하여 전투가 벌어져 동학농민군 8-9명이 사살됐다.
- 해남 대접주 백장안 체포지: (현, 완도군 군외면 불목리(佛目里)) 1894년 12월 26일에 수성군에 의해 체포되어 해남읍에 데려와 28일에 처형됐다.
- 배상옥 무안 대접주 체포터: (현, 송지면 바닷가) 무안 고막 전투에서 패한 뒤 나주성을 공격하다가 쫓겨 이곳에 몸을 숨겼으나 12월 24일 윤규룡에게 붙잡혀 관군에게 넘겨졌다가 일본군에 의해 처형됐다.
- 전라우수영 전투지: (현, 해남군 문내면 선두리 371-37 일대, 전남 기념물 제139호) 당시 해남 지역 농민군과 일본군 및 관군 사이에 전투가 치러졌다.
- 해남 동학 지도자 백장안의 생가터: (현, 해남 삼산면 평활리 마을회관)

강진 땅끝 고을로 밀려온 개벽의 기운

강진 약산에 동학이 자리 잡았다

'사람이 사람답게 사는 세상을 열자'는 동학이 조선팔도로 들불처럼 퍼져나갈 때, 강진 약산(현 완도군 약산면 관산리)에 동학이 자리 잡았다. 당시 어두리와 관산리에 서당이 있었는데, 젊은 혈기의 윤수하(尹秀夏), 윤숙하(尹淑夏), 권재국(權在局), 곽중(郭仲), 박명규(朴明圭), 박백규(朴白圭), 신명희(申明熙) 7인이 입도했다. 이어 수동리 윤세현이 입도했다. 강진에서는 3월에 김병태(金炳泰), 남도균(南道均), 윤시환(尹時煥), 안병수(安炳洙), 윤세현(尹世顯) 등이 동학농민군을 이끌고 기포했다. 참여자 기록에, 강진 접주 김종태(金鍾泰)는 1894년 4월 장성 황룡강 전투에 참전하여 머리에 부상을 입고 치료하던 중 사망했다.

2차 기포 시기, 강진 병영성 점령

1894년 11월 11일, 공주성 공격에 나섰던 전봉준, 손병희 동학 연합군이 우금티 전투에서 패배하고 우회하여 청주성을 공격하던 김개남의 동학농민군 마저 패하자 동학농민군은 동요하기 시작했다. 이에 움츠렸던 보수 세력들이 도처에서 움직이기 시작했다. 이

때 보수 세력이 가장 먼저 반기를 든 대표적인 군현은 나주와 화순, 능주, 장흥, 강진, 병영, 해남, 보성 등 전라 남부 고을이었다.

나주성 공략에 실패한 동학농민군, 금구에서 내려온 김방서(金邦瑞) 동학농민군, 능주 및 동복 동학농민군이 장흥 동학농민군과 연합하여 12월 4일에 장흥 벽사를, 5일에 장흥성을 점령하고 여세를 몰아 강진 공략에 나섰다.

12월 6일, 장흥의 동학농민군은 장흥성을 출발하여 오후 2시경 장흥과 강진의 경계인 사인점(舍人店, 현 장흥읍 송암리) 앞들에 집결했다. 새로 부임한 강진 현감 이규하(李奎夏)는 장흥이 함락되었다

전라병사영지(全羅兵 使營址) 사적비. 이곳 은 병영성과 함께 동 학농민군의 표적이 되었다.

는 보고를 받자 다급한 나머지 6 일 새벽에 병영으로 달려가 원병 을 요청했다. 병사 서병무가 난 색을 표하자 나주 순무영으로 달 려갔지만 역시 "상부의 허가를 받아야 한다"며 거절했다.

12월 7일 오전 8시경 동학농민 군이 강진 읍성을 포위했다. 이 때 강진 읍성은 의병장 김한섭이 그를 따르던 유생을 중심으로 조 직된 민보군을 이끌고 성을 지키고 있었다. 김한섭은 유학자 임헌 회의 문하생으로, 이방언과는 한때 동문수학하던 사이였다. 전날 의 친구가 적이 되어 전투를 벌이게 된 것이다. 그러나 애초부터 강진 수성군은 수만 명이나 되는 동학농민군의 상대가 되지 못했 다. 더구나 이웃 고을 해남, 영암의 수령들은 각기 제 고을 방어에 급급하여 도움을 줄 여력이 없었다. 제자들 수십 명과 함께 서문을 지키던 김한섭이 대포를 쏘며 대항했으나 동학농민군이 동문과 남문을 깨뜨리고 서문으로 밀려들어 왔다. 외로이 수성하던 김한 섭은 제자들과 함께 동학농민군에 의해 희생됐고, 동학농민군은 강진 읍성을 점령했다.

당시 강진 읍성이 함락된 상황을 「순무선봉진등록」은 이렇게 기 록했다. "사세가 급박하여 병영으로 급보를 알려 원병을 청했는데, 구원병도 도착하기 전에 동학농민군은 7일 8시께 성 밖 5리까지 육박하여 왔다. 그리하여 성내의 장리(將吏)와 별포군은 민군을 동원하여 최후의 결전을 준비하고 있었는데, 별안간 짙은 안개가 끼기 시작하여 지척을 분간할 수 없게 되니 동학농민군이 삽시간에 성을 포위하고, '죄 없는 민군은 즉시 성 밖으로 나오라 그렇지 않으면 이속 포군과 섞여 죽음을 당하리라' 외치자 민군이 뿔뿔이 흩어지고, 곧 성이 함락되었다."

강진 읍성을 점령한 동학농민군은 읍내 아전들의 집을 불태우고 총이나 칼로 적을 처단했다. 이어서 병영성 공격에 나섰다. 병영성을 지키던 병사 서병무는 다급한 나머지 12월 6일 선봉진에 급박한 상황을 보고하고 '살려달라'고 간청했다. 병영성은 태종 1417년에 축성된 성으로, 호남에서 전주성 다음으로 중요한 전략적 요새였다. 그동안 강진병영은 병영 안에 설치됐던 동학농민군의 집강소를 철폐하고 수성소를 설치했다. 유생 수백 명으로 민병을 조직하여 병영 장대에서 훈련을 시켜왔고, 수많은 동학농민군을 체포하여 포살하는 등 동학농민군 탄압에 기세를 올리고 있을 때였다. 따라서 동학농민군 입장에서는 병영성 공격은 보복의 의미도 있었다. 동학농민군은 12월 9일 수천 명씩 무리를 지어 병영과 10-20리 떨어진 장흥, 강진, 보성 세 곳에 주둔해 있었다. 10일 새벽 2시쯤 동학농민군은 병영성 총공격에 나섰다. 동학농민군은 병영의 안산인 삼봉을 먼저 점거한 뒤 일제히 대포를 쏘았다. 포화는 성을 향해 쏟아지고 화약 연기가 하늘을 가렸다. 목책(木柵)을 불사르고 성가퀴를 올라가자 수성군은 스스로 무너졌다. 동학농민군의 공격에 수성군, 민보군은 모두 도망치기에 급급했다. 『오하기문』에 따르면 "서병무가 크게 놀라 소매 좁은 두루마기 차림으로 해 가리개를 쓰고 옥로(玉鷺, 갓 머리의 옥장식)는 떼어 감추고 인부(印符)는 가슴에 품고 짚신을 신고 피난민에 섞여 성을 빠져나가 영암으로 달아났다."라고 했다.

관-일본군에 쫓긴 동학농민군, 풀무치에서 패배

이렇게 위세를 떨치던 강진 동학농민군은 장흥 석대들 패배 이후 위기에 내몰렸다. 월출산 자락 풀치재(불티재)에서 싸움이 벌어진 것은 12월 말쯤이었다. 거듭 쫓기는 중에 벌어진 풀치재 전투에서 많은 동학농민군이 생포되거나 전사했다. 이때 강진 동학농민군 희생자가 많았다. (이하 영암 편 참조)

강진 동학농민군 토벌 과정

강진 지역에서 동학농민군 토벌 과정은 「갑오군정실록」에서 강진 현감의 12월 26일, 28일, 29일 세 차례의 보고 문서에 잘 나타나 있다. 26일 보고에 "…본 현은 비류의 침탈을 두루 겪었다. '토벌로 저들이 이미 흩어진 듯하지만, 부대를 옮긴 뒤에 과연 다시 방자하게 날뛸 염려는 없는지, 요사이 정형을 자세히 살펴서 보고하라'고 하셨습니다. (과연) 비류가 무리를 불러 모아 잔여 무리들이 본 현의 칠량면(七良面) 대구면(大口面) 등지로 흩어져 산과 들로 숨었기 때문에 막 경군과 일본 병사와 민포군과 더불어 각기 중요한 입구를 지키며, 정탐하고 뒤좇아 체포하고 있습니다."라고 했다. 28일 보고에 "그간 본 현에서 민간의 병사를 출동하여 접주인 윤세환(尹

世煥)을 잡아서 즉시 총살했으며, 교장 이무주(李茂朱), 접주 남도균(南道均)은 거괴로서 잡은 즉시 일본 병사에게 내주었습니다. 나머지 놈들은 경군, 일본 병사와 힘을 합쳐 뒤쫓아 체포한 자가 백여 명에 이르렀기 때문에 이제 겨우 총살했습니다. 그 나머지 접주 접사로서 아직 붙잡지 못한 자는 그 숫자가 오히려 많습니다. 모두 한꺼번에 섬멸하지 못한 것이 지극히 분하고 한탄스러우며, 경군과 일본 군대가 한창 기찰하고 정탐하고 있습니다."라고 했다.

고금도 가는 길. 동학농민혁명의 단초를 제공한 조병갑이 고금도에서 유배 생활을 한 뒤 풀려났다. 뒷날 조병갑이 화려하게 부활하여 1898년 7월 최시형에게 사형 판결을 내린 것은 역사의 아이러니이다.

1894년 12월 29일(출진한 참모관 별군관 보고)에 "…해남에서 출발하여 40리를 가서 강진현에 도착하니 성 안팎의 민가가 모두 불에 타버렸으며, 놀라고 겁먹은 백성들의 실정은 매우 근심스럽고 참혹했습니다. 이에 경내의 상황을 정탐하니 남면 칠량 등에서 놓친 비류는 혹 산골짜기에 숨어 있거나 혹 바다를 넘어 섬으로 들어간 경우가 많습니다. 그래서 본 현감이 각별히 수성소(守城所)를 설치하여 날마다 저들의 뒤를 쫓아 체포하는 것을 일삼고 있습니다. 점심을 먹은 후에 여기서 군대를 행군하여 장흥부 근처 마을 순지동(筍芝洞)에 도착하여 무사히 머물러 지냈고…."라고 했다.

즉, 토벌군이 강진현으로 들어왔을 때 동학농민군은 바닷가 막다른 쪽으로 쫓기면서 수많은 희생자가 생겨났다. 특히 28일 보고에서는 "1백여 명을 처단했다"고 했다.

참여자 기록을 통해서 본 강진 동학농민군 활동

　정토 기록에 따르면 "강진에서 포로 320여 명을 집단 처결했다."
고 하여 참여자들의 희생 규모를 뒷받침하고 있다

　■강진 출신 지도자로 김의태(金義泰), 김병태(金炳泰), 양씨아시
(梁氏阿時), 윤세환(尹世煥), 강위노(姜委老), 이무주(李茂朱) 등이 거론
되는데, 이들은 영암, 해남, 강진, 진도 등 여러 지역에서 활약했다.

　■이외에 강진 출신 참여자로 확인된 이는 78명에 이르는데, 이
들 중에는 살아남은 사람도 있지만, 12월에서 이듬해 초까지 대부
분 붙잡혀 총살당했다. 이들 희생자 중에 '강종수(姜宗秀)는 형 강
공수(姜恭秀)를 대신하여 유지기를 쓰고 화형(火刑)에 처해졌다'고
기록했는데, 이런 화형 처단은 최근 입수된 후비보병 제19대대 일
본 토벌군 군병의 일기에도 실증적으로 나타나고 있다.

　■위에서 언급한 총살된 동학농민군 75명은 다음과 같다.

　신오삼(申五三), 김옥일(金玉一), 강운백(姜雲伯), 윤시환(尹時煥),
안병수(安炳洙), 장의운(張儀運), 윤주석(尹柱石), 윤주장(尹柱漲), 윤
주우(尹柱祐), 윤주호(尹柱鎬), 백재인(白在寅), 윤주은(尹柱殷), 윤태
환(尹泰煥), 김재득(金在得), 한재명(韓在明), 박순진(朴順鎭), 조낙
환(曺樂煥), 황기문(黃基文), 지동식(池東湜), 김태삼(金太三), 황원
필(黃元必), 김계현(金啓炫), 김영찬(金永贊), 김원두(金元斗), 이의
만(李義萬), 박종지(朴鍾之), 황화춘(黃化春), 홍장안(洪長安), 박낙운
(朴洛云), 윤성도(尹成道), 김관태(金寬泰, 접주), 양해일(梁海日), 조
문환(曺文煥), 임대현(任大鉉), 정양화(鄭良化), 홍종태(洪鍾泰), 윤
주성(尹柱盛), 윤광하(尹光夏), 이원종(李源鍾), 최창업(崔昌業), 이회

근(李會根), 윤세현(尹世顯), 조병결(曺秉결), 윤정헌(尹鼎憲), 윤주일(尹柱一), 윤주진(尹柱珍), 김수봉(金守奉), 홍자범(洪子範), 홍응안(洪應安), 윤재영(尹在英), 이병영(李竝永), 정일채(鄭日采), 강일오(姜日五), 김화준(金化俊), 윤재명(尹在明), 박항조(朴恒祚), 이수공(李洙恭), 이세근(李世根), 이몽근(李蒙根), 이호신(李浩信), 이사경(李仕京), 백우흠(白瑀欽), 이수갑(李洙甲), 김종태(金鍾泰), 윤주달(尹柱闥), 최창범(崔昌凡), 이세화(李細和一, 異名: 世和), 윤주현(尹柱玄), 박이현(朴而顯), 김응일(金應日)

■ 양씨아시(梁氏阿時), 최영기(崔永奇)는 강진 동학 지도자로서 동학농민혁명에 참여했다가 1894년 12월 영암에서 체포되어 처벌을 받았다.

신정엽의 강진 유배 생활과 병영성 전투

신정엽은 동학 2세 교주 최시형과 밀접한 서울의 교단 지도자이다. 신정엽은 내관(內官) 출신으로, 1890년 12월 서울 도성에서 서장옥과 함께 체포되어 전라도 강진으로 유배된 뒤 1894년 7월 2일에 풀려나 병영성 전투에 참여했다. 신정엽은 다시 체포되어 1895년 3월 '장일백(杖一百) 유삼천리(流三千里)'의 형을 받은 특이한 이력의 인물이다.

조병갑의 강진 고금도 유배와 화려한 정치적 부활

조병갑의 탐학으로 고부 민란이 일어났고, 동학농민혁명의 단초를 제공했다. 동학농민군이 일어나자 조병갑은 전라감영으로 도피했다가 1894년 4월 20일 한양으로 압송되어 의금부의 심문을 받았다. 조병갑은 세미 660석을 부정 축재한 죄로 강진 고금도에 유배되었다. 1895년 3월 총리대신 김홍집과 법무대신 서광범이 "조병갑에 대한 처벌이 너무 가벼워 다시 조사를 해서 처벌할 필요가 있다."는 보고서에 따라 재조사를 결정하여, 조병갑은 한양으로 압상되었다가 4개월 만인 1895년 7월 3일 돌연 석방됐다. 그리고 1897년 12월 10일 조병갑은 법부 민사국장에 임용된 뒤 고등재판소 판사가 되었다. 당시 사돈인 심상훈은 탁지부 대신으로 건재했고, 친족 조병식이 법부대신 서리로 있었다. 대한제국의 판사로 화려하게 부활한 조병갑이 1898년 7월 최시형에게 사형 판결을 내린 것은 역사의 아이러니이다.

주요 사적지

- **강진 읍성 전투지**: (현, 강진군 강진읍 남성리 산 1-17외 17필지, 기념물 제233호) 12월 7일 아침, 동학농민군이 의병장 김한섭의 민보군이 지키던 읍성을 단숨에 점령했다.
- **병영성 집강소 설치지 및 전투지**: (현, 강진군 병영면 성동리137) 당시 동학농민군의 집강소가 설치되었다가, 다시 동학농민군에 의해 점령됐다.
- **전라병사영지(全羅兵使營址) 기념비**: (현, 강진군 병영면 성동리137, 모개나무거리) 병영성 왼편 835번 도로 가에 위치해 있다.
- **사인점(舍人店) 동학농민군 집결지**: (현, 장흥읍 송암리) 장흥 강진 보성 해남 동학농민군은 송암리 앞에 집결했다.
- **용정리 『강재일사(剛齋日史)』 저술지**: (현, 강진군 작천면 용상리 203) 강진 장흥 지역 동학농민군의 활동 기록이 강진 유생 박기현에 의해 저술됐다. 현재 집터에 그의 후손이 새로운 집을 지어 살고 있다.
- **김한섭 묘갈명(金漢燮 墓碣銘)**: (현, 강진군 신전면 수양리 170-16, 신전면 사무소 입구 왼편 화단) 동학농민군 지도자 이방언과 동문수학했으나, 강진성 전투에서 패해 전사한 김한섭의 묘갈명

남원, 장흥 등 주변 지역과 연계한 투쟁 활동 고흥

1890년 무렵부터 포교 시작

「고흥군교구역사(高興郡敎區歷史)」에 따르면 고흥 지역 동학 포교는 1890년 송연호로 비롯되었다. 같은 기록에 "포두면 중흥마을 교훈장 정영순 씨는 포덕 31년 경인년(1890)에 태인에 사는 류명실(劉明實)에게 교를 받아 포덕에 힘써 교도가 수천 명이나 되었다"고 했고, "송연섭(宋年燮)은 1890년 11월 전라도 고흥에서 동학에 입교하여 대접주가 됐다."고 하여 고흥에 동학이 유입된 경로와 막강한 교세를 짐작할 수 있다. 같은 책에 "한 해 뒤인 1891년 11월에 장경채(張景采), 박백년(朴百年), 정창도(鄭昌道), 송홍길(宋洪佶) 등이 입도했으며, 이 밖에 정영순, 송홍길, 김종문, 송주혁, 박성재, 김창규(金昌圭, 고읍면 봉양리), 정일봉(鄭一鳳, 도양면 비선동) 등 50명의 고흥 동학교도의 행적"을 약전(略傳)으로 소개하여 교조신원운동과 동학농민혁명 시기의 활동을 짐작할 수 있다.

1894년 동학농민혁명 시기에 고흥 지역 동학농민군은 교단 지도자 중심으로 활동했다. 오지영의 『동학사』에 따르면 "동학농민혁명 시기에 유희도(柳希道), 구기서(具起瑞), 송년호(宋年浩) 접주가 흥양에서 기포했고, 3천 명의 동학군이 백산 대회에 참여했으

고흥관아 객사 존심당

고흥아문. 1차 기포 시
기에 동학농민군에 의
해 관아가 점령됐다.

며, 1894년 10월 2차 기포 때도 참여했다.”고 했다.

또, 『천도교서』에 “구기서(具起瑞), 송두호(宋斗浩), 정영순(丁永
詢), 송연섭(宋年燮), 임기서(任琪瑞), 유동환(柳東煥) 접주가 기포했
다”고 썼다. 특히 “유희도는 4천 동학농민군을 거느리고 흥양에서
일어났다.”는 기록으로 보아 고흥 지역을 중심으로 막강한 교세가
형성된 사실을 알 수 있다.

동학농민혁명 초기에 고흥에서는 동학농민군이 큰 싸움없이 무
혈 점령으로 동헌의 무기를 탈취했으며, 주변 고을로 옮겨 투쟁 활
동을 벌인 듯하다. 당시 「갑오군정실기」 11월 14일 조에 “… 조시

영은 전에 흥양 현감으로 재임 시에 관아를 비워 무기를 분실한 일로 현재 잡혀서 심문 중에 있으니 특별히 용서하는 것이 어떻겠습니까?"라고 한 사실이 이를 뒷받침한다.

동학농민혁명 초기에 고흥 지역 동학농민군은 전봉준을 따라 백산 기포, 황토재 전투, 황룡 전투, 전주성 전투에 참여했다.

2차 기포 때 남원으로 진출한 유희도

2차 기포 시기에 고흥 동학농민군은 남원 전투, (전봉준과) 우금티 전투, (김개남과) 청주성 전투를 치렀다. 유희도는 남원에서 고흥으로 돌아와 수성군과 고흥성 전투를 치렀다. 그리고 일부는 강진 병영성 전투, 장흥과 보성 일대의 전투, 광양과 여수 좌수영 전투 등 주변 지역 전투에 참여했다.

고흥의 동학 지도자 유희도가 이끄는 동학농민군은 남원성에 있다가 북상하는 김개남을 따라 올라가지 않고 남원성에 남았다. 당시 남원성에는 화산당 접주 이문경이 있었지만, 남원성은 거의 빈 것이나 다름없었다. 11월 24일, 운봉의 박봉양이 민보군 2천 명을 이끌고 남원성을 공격하자 남원성에 남아 있던 동학농민군은 성을 비우고 흩어져 박봉양의 부대는 힘들이지 않고 남원성을 점령했다. 당시 유희도가 이끄는 고흥 동학농민군은 곡성에 진출해 있었다. 남원성을 점령한 박봉양 부대는 동학농민군을 학살하고 민가의 재산을 약탈하여 원성이 높았다. 동학농민군이 다시 남원성을 탈환했다가 12월 3일 일본군을 앞세운 경군이 남원에 입성하면서 남원성 전투는 막을 내렸다. 상황이 이렇게 되자 유희도가 이

끄는 1천여 동학농민군은 12월 초 고흥으로 돌아온 것이다.

고흥 동학농민군과 수성군의 흥양성 전투와 팔영산 전투

유희도가 고흥에서 떠날 때는 휘하에 동학농민군이 1천600여 명이었으며 전투 중에 죽거나 이탈했지만 1천여 명이 남아 온전한 전투력을 유지하고 있었다. 당시 전라도 해안 지역 주력 동학농민군 세력은 장흥에서 최후의 결전을 준비하고 있을 때였다. 이전에 일어난 상황으로, 장흥 이인환의 대흥접을 주축으로 웅치접과 흥양접이 가세하여 흥양성을 공격하고 관아의 병부와 인부를 탈취했다. 하지만 이인환은 흥양에 오래 머물지 않고 장흥으로 들어갔고, 이후 흥양의 동학농민군은 수성군에게 성을 내준 상태였다.

고흥 동학농민군은 독자적으로 흥양성 공격 준비에 들어갔다. 유희도가 이끄는 고흥 동학농민군은 먼저 낙안, 벌교 동강 등지에서 세곡을 탈취하여 군량미를 확보했다. 일본 부산 수비대 후지사

고흥 읍성. 동학농민 혁명 당시 이곳은 치열한 전투지였다.

카 부대가 압박해 오자, 12월 4일에 흥양성을 공격하기로 하고 동쪽과 북쪽 운암산과 주월산에 진을 쳐서 흥양성 수성군을 위협했다. 고흥 지역 수성군은 8월부터 공형을 중심으로 결성됐고, 관내 4포의 지방군이 연합하여 수성군을 구성하고 있었기 때문에 성을 지키는 군사 수가 많았다. 수성군은 동학농민군에 포위됐지만 차분하게 대응했다. 오히려 흥양성을 지키던 수성군 포군 대장 김정태가 성의 남문을 열고 포를 앞세워 동학농민군 선제 공격에 나섰다. 수성군은 운암산 아래에 목책을 세우고 포를 쏘며 동학농민군을 거세게 몰아붙였다. 이 전투에서 동학농민군은 대부분 사살되거나 포로가 되거나 흩어졌다.

주된 싸움터는 팔영산 쪽 두원면 일대로 추정하고 있다. 이 전투에서 동학농민군 측은 오준언, 임태인, 박몽용, 이기순, 명사홍, 노경칠, 김양두, 사인석이 체포됐다. 유희도와 이칠선은 팔영산으로 도망쳤으나 수성군 정재홍에게 체포됐다가 12월 11일 고흥읍 관풍정에서 총살됐다.

　그 뒤로도 오경서와 이태서, 신기환, 모이원, 함양진, 김길주 등이 관풍정 터에서 총살됐다. 당시 수성군은 군민들을 모아놓고 법정을 열어 동학농민군에게 변론의 기회를 주었으나 동학농민군은 죽음 앞에서도 동학 주문을 외우고 자신의 신념을 굽히지 않았다. 수성군의 첩보에 "중군(中軍)이 장시(場市)에서 법정을 열어 총살했는데, 흉악한 저들은 독사처럼 독하고 올빼미와 같은 소리(주문)를 고치지 않았으며, 눈빛이 땅에 떨어지는 지경에 이르러서도 오히려 요사스런 주문을 외워 지극히 악독했습니다."라고 당시 최후의 상황을 전하고 있다.

　당시 고흥 동학농민군의 무기 수준은 수성군의 보고를 통해 짐작할 수 있다. 곧, "포군 정재홍이 유복만을 붙잡을 때 회룡총(回龍銃) 1정을 소지하고 있어서 노획했고, 포군 김연삼이 거괴 함양진을 체포할 때는 모젤총 1정을 빼앗았다."고 했다. 고흥 동학농민군의 무기에 대해서는 다른 기록에서도 나타난다. 즉, "홍양성 전투

동학농민혁명 당시 관풍정 터는 동학농민군의 처형지였다.

뒤에 포군총장 김정태로 하여금 포군을 거느리고 그 인근 지역을 살피도록 했는데, 당시 노획하거나 찾아낸 군기가 조총 13자루, 화약 8근, 연환 300개, 화살 300여 개"라고 하여 고흥 동학농민군이 어느 정도 전투력을 지니고 있었음을 보여준다.

고흥 동학농민군의 토벌 과정

1894년 말부터 이듬해 1월까지 고흥지역의 동학농민군 토벌이 본격화됐다. 『고흥군 향토인물사』에 따르면, 우진성(禹鎭星, 풍양면), 우제륜(禹濟倫, 풍양면), 송경섭(宋京燮, 동강면), 신승휴(申升休, 동강면) 등이 일본군에게 붙잡혀 효수됐다. 고흥 동학농민군 상당수가 관풍정 터에서 처형당한 뒤 불태워졌다.

고흥 지역 수성군이 동학농민군 색출 활동을 벌이던 12월 28일, 일본군 후지사카 부대가 고흥으로 들어왔다. 일본군 소위 후지이 다쇼다로(藤板松太郎)가 병사 60명과 좌수영의 초관1, 순검1, 통역 1명과 함께 흥양읍에 들어와 3일 동안 주둔했다. 흥양읍을 평정한 뒤 양강역원이 있던 남양면으로 이동한 후지사카 부대는 1895년 1월 5일(음)까지 고흥지역에 머물면서 동학농민군 13명을 붙잡아 8명을 처형하고, 효수한 뒤 화형을 자행했다. 희생자 가족들은 시신이라도 찾으려 했으나 시신을 불태워 구별할 수 없게 했다.

순천대 사학과 홍영기 교수 연구팀이 1894년 11, 12월 고흥에서 동학농민군과 전투를 벌인 흥양현 동면 출신 수성군 102명의 명단이 적힌 문서를 발굴했다. 97명은 동면 백성이고 5명은 고흥읍에 살던 향리였다. 동학농민군 중에는 재산을 헌납하거나 평소 친

분이 있던 관군을 이용해 화를 면한 예도 있었다. 고흥 지역 수성 군 일부는 서울의 좌포도 대장이나 중앙 정부에 손을 써 동학농민 군들을 구명해 주는 중간 역할을 하기도 했다. 고흥의 수성군 중에 는 정규군도 있었으나 민간 출신이 많았기 때문에 동학농민군과 직간접적으로 혈연관계였거나 친분이 있어 그들의 목숨을 구하는 데 일정한 역할을 했다. 예로, 진사 출신으로 동학농민혁명에 참가 했던 도화면 신석우는 2년 뒤인 1897년에 체포됐지만 재산을 헌납 하여 살아남았다. 정창도는 신석우와 함께 체포됐지만 당시 흥양 군수였던 이순하에 의해 구명되어 1897년 8월에 석방되었다. 오윤 영은 포두면 봉림마을에서 군사 훈련 책임을 맡았으나 전 재산을 헌납하고 살아났다. 당시 나주부에 보고한 흥양군 문서에 "동학난 으로 인해 고흥지역에 있던 4천905가구 중 676가구가 불에 탔다." 고 보고하여 당시 고흥 지역 피해 상황을 짐작할 수 있다.

동학농민혁명 이후 고흥교구 상황

1906년에 천도교 고흥교구가 설립됐다. 교당이 송년호의 고향 마을 점암면 봉남 마을에 있다가 교세가 확장되어 고흥읍으로 이 전됐다. 동학도들은 사회 참여도가 두드러져 갑진개혁운동에 참 여했다. 교구의 교세 확장과 동학의 사회 진출은 일제강점기에 활 발해졌다. 1920년대 천도교 활동 중심 인물로 유공삼이 있었다. 그 는 당시 고흥군 대접주였던 송연섭과 같은 마을 출신이었다. 하지 만 동학의 교세 확장과 사회 활동은 1927년 이후 차츰 약화됐다.

참여자 기록을 통해서 본 고흥 지역 동학농민군 활동과 희생

■유복만(劉福萬, 異名: 劉奉滿)은 동학농민군 지도자로서 흥양에서 활동했고, 1894년 7월, 11월 남원성을 점령했다가 흥양에서 관군에게 체포되어 12월 11일 흥양읍 관풍정에서 처형됐다.

■1894년 12월 19일 관군에 체포되어 총살된 흥양 출신 동학농민군은 임태인(林泰仁), 박몽용(朴夢用), 이기순(李基淳), 명사홍(明士洪), 노경칠(盧敬七), 김양두(金良斗), 사인석(史仁石), 이칠선(李七善) 등이다.

■1895년 1월에 체포되어 총살된 동학농민군은 오경서(吳敬瑞), 이태서(李泰瑞), 신기환(申基煥), 모이원(牟以元), 김자명(金子明), 신국명(申國明), 조상현(趙相鉉), 임낙중(林洛中), 송낙삼(宋洛三), 김길주(金吉柱), 송규하(宋圭河), 오재형(吳再亨), 유동호(柳東浩), 우진성(禹辰成), 함양진(咸良振) 등이다.

■이 밖에 참여자로 구기서(具起瑞), 송평호(宋平浩), 오기서(吳起瑞), 임기서(任琪瑞), 유동환(柳東煥), 정영순(丁永詢), 송홍길(宋洪佶), 장경채(張景采, 고읍면 당두리), 박백년(朴百年), 정창도(鄭昌道), 송연섭(宋年燮, 대접주) 등의 이름이 전한다. 이 중 송연섭은 1894년 12월 수성군에게 체포된 뒤 탈출하여 살아남았다.

■신학구(申學求, 포두면 봉림리)는 조련장의 도집을 맡아 식량과 부식 보급책을 맡았고, 신춘휴(申春休, 포두면 봉림리)는 동학농민군 조련장에서 기마술을 훈련시켰으며, 박중송(朴重松)은 관군으로 천거되었으나 난이 평정되자 귀환했다.

「고흥군교구역사(高興郡敎區歷史)」. 이 자료에는 고흥 동학농민군 활동이 비교적 상세하게 기술되었다. 도양면 관리 비선마을 정상현 씨 소장.

고흥 동학 지도자 유희도 관련 상고

　동학농민혁명 기념재단의 참여자 기록에 유복만 관련 인물이 ①148 유복만(劉福萬, 異名: 劉奉滿, 동학농민군지도자) 남원과 홍양에서 활동 ②151 유복만(柳卜萬, 태인접주) 태인 활동 ③1606 유희도(柳希道) 태인 활동 등 3명이다.

　『고흥군지』(1984)에 따르면 "유희도(柳希道) 장령은 고흥(홍양)에서 잡혀 효수당했으며, 당시 유희도 장령의 한이 서린 동요가 오늘날까지 전해오고 있다."고 했다. 동요는 "복만아 복만아 너 군사 어데 두고 젯당 위에서 홀로 쟁을 치느냐"라 불러 유희도와 유복만을 동일인으로 보았다. 또, 동학혁명 당시 "본군(本郡) 장령(將領) 및 의사(義士)에 유희도(柳希道, 一名 福萬) 고흥군수접주(高興郡首接主) 및 영장(領將)으로서 전봉준 휘하에서 활약, 고흥군청에 피랍(被拉) 효수(梟首)당했다."고 하여 남원 지역에서 활동했고, 고흥에서 붙잡혀 처형된 인물로 기술했다. 당시의 『고흥군지』는 구기서, 송년호, 정영순 등 홍양 출신 접주에 대해 "전봉준 장군을 따라 전투에 참가했다가 전사했다"고 기록한 것으로 미뤄 『고흥군지』는 「고흥군교구역사(高興郡敎區歷史)」가 발굴되기 이전 기록임을 알 수 있다. 「고흥군교구역사」에 "태인으로부터 고흥에 동학이 유입됐다"는 기록으로 보아 유희도(柳希道)는 김개남과 같은 태인 지역 연원에 속한 인물이며, "유희도는 홍양군 점암면 간천리(현, 영남면 간천리 간천마을) 사람이며, 아들 유선덕의 처가인 영남면 의령 남씨들이 사는 백운동으로 피신했다."는 기록 등 주변 인물 소개가 실증적이다. 즉, 유희도는 태인보다 고흥에 근거를 둔 인물이다. 당시 수성군의 보고에도 "포군 정재홍이 류복만을 붙잡았을 때 회룡총(回龍銃) 1정을 소지하고 있어 노획했다"라고 하여 유희도와 유복만이 동일인이라는 사실을 뒷받침한다. 따라서 참여자 기록 ①②③은 바로잡아야 한다.

주요 사적지

- **고흥아문 및 존심당**: (현, 고흥읍 고흥군청로1) 동학농민혁명 1차 기포 때 고흥관아가 동학농민군에 의해 점령됐다. 2차 기포 때는 수성군이 점령하여 진을 쳤다.
- **관풍정(觀風亭) 동학농민군 처형터**: (현, 고흥읍 서문리 269-1, 옥하리 247-1) 이곳은 성의 서문(西門) 자리이며 관풍루(觀風樓)가 있었다. 동학농민군 토벌 시기에는 동학농민군의 처형지로, 수성군은 동학농민군 시신을 장작 위에 쌓아 놓고 불태웠다.
- **고흥읍성 남문 터 동학농민군 처형지**: (현, 고흥읍 남문외리) 수백 년이 된 당산나무가 섰고, 곁에 있는 홍교정(虹橋亭) 자리로 추정한다. 동학농민군 지도자 유복만, 오준언 등 동학농민군 27명이 수성군에 붙잡혀 처형됐다.
- **운암산 싸움터**: (현, 고흥군 두원면 쪽 운암산, 추정) 수성군은 목책을 세우고 포를 쏘며 동학농민군을 공격하여 동학농민군은 많은 전사자를 내거나 포로가 됐다.
- **도양 동학농민군 훈련터**: (현, 고흥읍 도양읍 관리) 훈련대장 정창도가 훈련을 주도했다.
- **포두면 봉림마을 동학농민군 훈련터**: (현, 고흥군 포두면 봉림리) 오윤영이 동학농민군 군사 훈련 책임자였다.
- **박학준 접주 거주지**: (현, 고흥군 남양면 신흥리 주교리 28-1)
- **송연섭 대접주 생가터**: (현, 고흥군 두원면 신송리 동산마을)
- **송연섭 대접주 묘**: (현, 고흥군 점암면 신안리 251-9)
- **유복만 대접주 은거지**: (현, 고흥군 영남면 능정리 백운동 및 팔영산)
- **관풍정에서 처형당한 모이원의 처 밀양 박씨 효열비**: (현, 고흥읍 도화면 덕촌마을)
- **고흥 오치음성(烏峙陰城) 동학농민군 포살 터**: (현, 고흥군 고흥읍 도화면 신호리 산178-2, 178-3 일대) 1895년 1월 10일, 동학농민군 9명이 총살됐다.
- **고흥 동학농민군 지도자 정창도 기념비**: (현 고흥군 도양면 원동)

완도 소안도를 중심으로 전개된 사회 변혁 운동

완도의 계미 민요와 동학농민혁명 투쟁

1882년에 부임한 가리포진 첨사 이상돈은 군선 제조를 빙자하여 날마다 백성들을 동원시켜 국유 봉산의 황장목(黃腸木)을 베어 진의 선소에 거둬들였다. 이를 상가선으로 지어 팔아 제 주머니를 채웠다. 이때 허사겸은 첨사 이상돈의 명에 따라 황장목을 베어 나르는 일을 했는데, 배로 원목을 운반하던 중에 폭풍으로 모두 유실하는 사태가 발생하자 이에 대한 책임을 지게 되었다. 허사겸은 문사순과 함께 사발통문을 작성하고 불만을 품은 민중을 규합하여 '거사'에 나섰으나 실패했다. 그 결과 허사겸이 사형에, 나머지 사람들은 먼 곳에 유배형으로 사태가 마무리됐다. 이른바 계미 민요(癸未民擾, 1882) 사건이다. 불법적인 수탈에 대한 완도의 저항 전통은 1894년의 동학농민혁명과 항일운동으로 투쟁의 맥을 이었다.

1886년, 일본인 횡포에 견디다 못한 소안 백성 일본인 상점 방화

1885년부터 맹선리 해변 짝지에서 야마다(山田)는 일본 어선을 대상으로 입어세를 갈취했다. 이런 외딴섬에 일본인들이 일찌감치 진출한 것도 주목할 만한 일이다. 일본 어민의 고발로 야마다는

배달청년회노농회 기념사진(1919년, 소안항일운동기념사업회 이대욱 회장 제공)

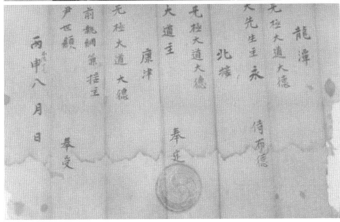

윤세현 접주의 첩지, 윤세현 접주의 손자 윤재라 천도교 전 장흥교구장이 소장하고 있다.

1886년 재판에 회부되었지만 일본 재판소는 그를 무죄 방면했다. 그해, 일본 어선들이 소안도 백성들에게 끼친 민폐를 견디지 못한 소안군도 맹선리 사람들이 일본인 상점을 방화하는 사건이 벌어졌다. 부산 주재 일본 외교관 미아모토가 현지에 파견되어 맹선리 사람들을 조사했다. 이에 백성들은 1891년 연판장을 작성해 조정에 탄원서를 냈지만, 조정의 회신은 끝내 없었다.

소안도 물치기미 전
망대에서 본 당사도.
1909년 1월 '당사도
일본인 등대원 살해사
건'이 일어났다. 이들
은 소안도 출신 동학
농민군 이준화와 해남
의 의병들이었다.

관산 신명희로부터 동학 전파

완도 동학은 장흥, 강진, 약산을 거쳐 장흥 관산 신명희에게 전
해졌다. 관산에 정착한 동학은 완도로 교세를 확장하여 교인 가구
가 3백여 호에 달했다. 이후 완도 동학은 장흥, 강진, 해남, 영암, 임
실까지 아우르는 대도소로 성장했다.

동학농민혁명 시기, 동학군 군사 훈련, 소안도에 접 설치

1894년 6월 영암, 장흥을 거쳐 노화 소안도에 상륙한 동학농민
군이 세를 규합하여 완도 대야소까지 들어왔다.

나성대 접주가 동학농민군을 이끌고 소안도로 들어와 군사훈련
을 시켰다. 이때 소안도 출신 이준화, 이순보, 이강락이 훈련에 합
류했고, 소안도 백성들은 동학농민군에게 식량을 조달했다.

「갑오군정실기」에 "소안도에 있는 난류 이강욱(李康郁)과 나민
홍(羅敏弘), 이순칙(李順則)이 해당 섬에 접(接)을 설치했다."는 기

록으로 보아 집강소를 설치한 것으로 보이지만, 정확한 장소에 대한 기록은 없다.

소안항일운동기념관과 기념탑. 소안도 항일운동은 천도교도를 중심으로 전개됐다.

장흥 강진으로 나가 동학 투쟁 활동

이인환 대접주는 기포령에 따라 완도의 동학농민군을 이끌고 1894년 12월 장흥, 강진, 해남 일대에서 전개된 여러 전투에 참여했다. 장흥 석대들 전투, 관산 전투, 옥산 전투에서 패한 뒤 동학농민군이 막다른 곳으로 내몰리게 되면서 섬들은 도피처가 되었다.

소안도 동학 지도자 처형

거문도 첨사 권동진의 보고에 "본진(本鎭)의 소안도에 있는 난류 이강욱과 나민홍, 이순칙이 장흥의 비류와 연결하여 해당 섬에 접을 설치하였기 때문에 생업에 편안히 종사하도록 여러 번 엄히 타이르고 설득하였습니다. 그러나 바깥의 비도를 끌어들여 민간

완도 동학은 강진 약
산을 거쳐 장흥 관산
의 신명희에게 포교되
어 완도로 들어왔다.

을 침범해서 여러 가지 악행을 저지름에
끝이 없었으며, 흉년이 들어 도민들이
견딜 수가 없었으므로 즉시 별포(別砲)
를 보내 비류 7놈을 붙잡아 왔습니다. 그
러자 해당 섬에 사는 수백 명의 사람들
이 본진에 와서 이들 비류를 죽인 뒤에
야 도민들이 편안히 살 수 있다고 한결
같이 호소하였습니다. 따라서 동 이강욱
등 3놈을 당일 오시(午時)에 군민(軍民)
을 크게 모아 놓고 총살하여 사람들을
경계하고, 나머지 박경삼 등 4놈은 모두
죽도록 엄하게 곤장을 때리고 풀어 주었

습니다.(「갑오군정실기(甲午軍政實記)8」, 140쪽, 1894년 12월 16일자)"라
고 했다.

동학농민혁명이 거듭 패하는 시기에 김옥균을 살해했던 홍종우
의 밀고로 관군이 소안도에 들어와 동학농민군 이순보, 이강락과
백성 몇 명을 청산도로 끌고 가 총살했다.

백장안(白壯安)은 해남 접주로, 해남 읍성을 점령하는 데 앞장섰
고, 우수영 전투를 이끌었다. 백장안은 12월 25일 완도 불목리에서
관군에 체포되어 12월 28일 해남에서 처형됐다.

이 밖에 참여자 기록에 따르면, 완도 출신 전상률(全尙律)은
1894년 전라도 전주에서 동학농민혁명에 참여한 뒤 그해 9월에는
완도로 내려와 활동했다.

1905년 토지 반환 소송은 소안도의 본격적인 항일운동

1905년 일제는 토지조사사업을 통해 많은 토지 소유권을 친일 파나 동양척식주식회사와 일본 이민자에게 넘겼다. 이로써 수백 만의 조선 농민은 소작농으로 전락했다. 당시 일제가 소안도 토지 소유권을 이기용 자작(사도세자의 5대손)에게 넘겨 소안도 백성들 이 소작농으로 전락할 위기에 놓였다. 이기용은 그전까지는 수조 권(국가 대신 조세를 받을 권리)만 가지고 있었고, 경작권은 백성에게 있었다. 백성들에게는 '마른하늘에 날벼락'이었다. 소안도 백성들 은 대표로 최성태, 김사홍, 신완희, 이한재를 뽑아 소유권 반환 소 송에 나섰다. 소송은 무려 13년간이나 이어진 끝에 1921년 2월 14 일 마침내 소안도의 백성들이 승소했다. 당시 신문은 "소안은 집요 한 토지 계쟁 사건에 귀가 익은 곳이다. 13년 동안 다투어 얻은 토 지는 이미 민유지로 해결됐다."고 전했다.

당사도 일본인 등대원 살해 사건

1909년 1월 어느 밤, 짙은 어둠 속으로 소안도 남쪽의 작은 섬 당사도에 배가 닿았고, 장정 다섯이 상륙했다. 당시 당사도에는 개 항을 요구하던 일제가 상선의 항해를 위해 설치한 등대가 있었다. 상륙한 장정들은 가파른 절벽을 기어올라 일본인 등대원 네 명을 살해하고 시체를 바다에 던져 버렸다. 이어 독일제 등대 램프를 떼 어 깨 버리려고 했으나 깨지지 않자 바다에 던져 버렸다. 뒷날 일 제가 이를 찾기 위해 잠수부까지 동원했지만 결국 찾아내지 못했 다. 이른바 '당사도 등대원 살해사건'이다. 장정들은 소안도 출신 동학농민군 이준화와 해남의 의병들이었다.

배달청년회 결성과 3.1운동 전개

1915년 4월에 송내호, 정남국 등은 마을백성 100명을 모아 '배달청년회(倍達青年會)'를 조직했다.

1919년 3.1운동 때는 비교적 빠른 3월 18일 장산에서 만세 시위가 일어났다. 3.1운동 이후 배달청년회는 마을 자치 단위였던 리(里)를 중심으로 노농 단체를 조직하는데 힘썼다. 그리고 1924년에는 소안노농대성회(所安勞農大成會)가 결성되어 공동경작계와 공동어장계를 만들어 공동 노농에 힘썼다. 배달청년회는 독서회와 강연회를 열고 생산조합 방식으로 협동 노동을 실시했다. 노농대성회는 당시 천도교 노선의 조선농민사가 추진하던 공동경작계를 받아들였다는 점에서 각별한 의미가 있다.

주요 사적지

- 소안항일운동기념관, 기념탑: (현, 소안면 가학리 236) 소안도 항일운동은 천도교도를 중심으로 전개됐다.
- 백장안 체포 터: (현, 군외면 불목리, 위치 불상) 해남의 동학농민군 지도자 백장안이 이곳에서 체포되어 해남에서 처형됐다.
- 소안도 동학농민군 훈련터: (현, 위치 불상) 동학농민혁명이 전개되자 접주 나성대가 동학군농민군을 이끌고 소안도에 들어와 훈련을 했다.
- 소안도 동학농민군 처형터: (현, 위치 불상) 1894년 12월 16일 동학농민군 이강욱, 나민흥, 이순칙이 군민들 앞에서 총살됐다.
- 청산도 동학농민군 처형터: (현, 완도군 청산면, 위치 불상) 소안도에서 체포된 동학농민군 이순보, 이강락과 백성 몇이 청산도에 끌려가 총살됐다.

제10부
제주도

제주도의 동학 활동에 대한 확실한 문헌 기록은 거의 없다. 다만, 1894년 12월 24일 제19대대장 미나미 고시로가 "동학농민군 2~3천 명이 해남으로부터 진도와 제주에 와 있다."라는 보고와 이에 따른 토벌령이 내려졌다. 또, '방성칠의 난'이 동학교도의 난이라고 주장하는 사람이 일부 있지만 확실한 증거는 없다.

총론/ 동학교도 활동 정황은 많으나 기록 없어

제주 동학교도 활동 기록은 갑오년 봄부터

　제주도의 동학교도에 대한 언급은 "1894년 3월 25일, 제주도의 동학당이 사포(沙浦=법성포)에 상륙하였다."는『주한일본공사관기록』에 실려 있는 「전라도고부민요일기」에서 확인된다.

　『김낙철역사』에서도 제주 동학교도 활동을 엿볼 수 있다. 즉 "… 제주도가 계사(1893) 갑오(1894) 두 해에 홀로 큰 가뭄을 만나 경내 몇만 명 생령들이 거의 죽을 지경에 이르러 생선 등을 배에 싣고 전라도 각 포구에 이르러 곡식과 바꾸려고 할 즈음에 다른 포구에서는 탁란군(濁亂軍=동학농민군)에게 배에 싣고 있던 물건을 모두 빼앗겼으나, 오직 부안의 각 포구에서는 혹시라도 탁란군에게 물건을 빼앗기면 김 모(김낙철·낙봉 형제)가 즉시 사람을 보내어 추급(推給, 물건 값을 셈하여 지불함)했기 때문에 단 한 홉의 곡식도 잃어버리지 않아 (무사히 곡식을 싣고 귀환하여) 제주 경내 인민들이 부안군의 조맥(租麥, 쌀과 보리)으로 모두 목숨을 유지할 수 있었으니, 이것은 바로 김 모 형제의 덕화가 아니겠습니까?"라고 했다. 이는 당시 '제주도의 동학당이 사포(沙浦)에 상륙했다'는 기록과도 관

"갑오 흉년에 굶주린 제주도민을 구했다"고 기록된 『김낙철역사』의 부분

런이 있다. 이 밖에도 여성동학다큐소설 『피어라 꽃(해남 진도 제주 편)』(정이춘자, 모시는사람들)에서도 제주도 동학 활동을 다뤘다.

2차 봉기와 토벌 시기 제주 동학교도 행적

2차 봉기 이후 토벌 시기에 제주 동학 관련 기록은 제주와 뱃길이 연결된 해남 진도와 같은 남해 도서 지역에서 만날 수 있다. 먼저, 부안의 동학대접주 김낙철 김낙봉 형제가 나주옥에 투옥되자 제주 뱃사람 사오십 명이 배를 타고 영광 등지를 지나다가 부안 대접주 김낙철 김낙봉 형제가 나주 진영에 수감되었다는 소식을 듣고 "(우리가) '김 모 형제를 구활(救活)하는 것이 옳은 일'이라 하고 일제히 나주군으로 들어가 목사 민 모 씨에게 등장(等狀)을 올려 호소했다. … '만일 김 모 형제를 죽이시려면 소인들을 죽이시고, 김 모 형제는 생명을 보존하게 하여 주시옵소서'라 호소하니… 목

사가 탄복하면서 폐하에게 장계(狀啓)를 올리겠다고 하였다.(『김낙
철역사』)"라고 했다. 이렇게 살아남은 김낙철 김낙봉 형제는 여주,
이천, 홍천 등지로 피신하는 만년의 최시형을 가까이에서 보좌하
는 역할을 했다.

남해 지역 섬 곳곳에 동학농민군 제주도 피신 사연

　땅끝까지 밀려난 동학농민군의 연명책으로 제주도 피신은 자
연스러운 일이다. "동학당 정토대(征討隊)" 대장으로 조선에 파견
되었던 독립후비보병 제19대대 대장 미나미 코시로(南小四郎)의
1894년 12월 24일 자 보고에 "동학농민군 2~3천 명이 해남으로부터
진도와 제주에 와 있다."고 보고했고, 본부에서는 이에 대한 토벌령
이 내려졌다. 다만 토벌 상황이 없다. 진도군 의신면 만길과 원두는
나주 나씨와 제주 양씨들의 집성촌이자 진도에서 알려진 부자마을
이었다. 여기에 최초로 입도한 나봉익(羅奉益)과 양순달(梁順達)이
살았으며, 마을 사람들 모두 동학을 신봉했다. 동학농민혁명이 일
어나자 교도는 급속히 늘어나 진도군 의신면, 고군내면, 조도면, 진
도면에 동학교도가 특히 많았다.

　진도군 성내리에 사는 향토사학자 박주언(朴柱彦) 씨는 "(토벌대)
관군과 일본군이 들어오자 막판에 내몰린 동학농민군이 의신면
에서 배를 타고 제주도로 피신했다는 이야기를 들었다."고 증언했
다. 정황으로 보아 당시 나익본은 양순달과 배를 타고 제주도로 피
신한 것으로 보이는데, 좀 더 실증적인 연구가 필요하다.

　『천도교회월보』에 따르면 "1894년 12월에는 수성군의 눈을 피

수운교 법회실. 신앙
대상인 천과 불이 모
셔진 천법당. 전면 유
리에 궁을 도형이 보
인다.(사진 왼쪽)

수운교 수산지부 입
구(사진 오른쪽)(사진 김
성주 제공)

해 밤중에 배를 타고 제주도로 건너가 절연지도에 숨었다가… 동
학도인 10여 인을 만나 다시 배를 타고 진도의 구자도(狗子島)로
건너와 숨었다가 살아났다."고 했다. 여기서 "동학도인 10여 인"이
란 제주도 동학교도이다.

방성칠의 난

   제1차 제주민란으로 불리는 '방성칠(房星七)의 난'은 1898년 2월
장두 방성칠과 당시 대정군 중면 광청리(현, 서귀포시 안덕면 동광리
와 서광리) 백성 수백 명이 모여 제주목 관아에 몰려가 '가혹한 세제
징수의 시정을 요구하는 소장 제출'을 시작으로 민란으로 번졌다.
방성칠이 이끄는 부대는 애월읍 귀일리에서 토벌군에 의해 궤멸
되었고, 방성칠이 4월 4일에 처단됨으로써 막을 내린다. 방성칠은
전라도 출신으로, 1891년에 제주도에 들어왔다. 신정일의 『신택리
지: 제주』 편에는 "동학도였던 방성칠과 그 일행이 일으켰던 민란"
으로 기술하고 있다. 그의 말대로라면 동학농민혁명의 저항적 전
통이 이어진 셈이다.

1929년, 제주에 상륙한 수운교

천도교의 분파인 수운교(水雲敎)가 1929년 3월 최주억 포덕사에 의해 제주도에 전래되었다. 김성주(74세, 수운교 수산지부장, 시인) 씨의 증언에 "(제주의 수운교는) 서귀포시와 대정읍 사이 안덕면 산방산 부근 작은 마을 5명 포교로 시작되었다. …1960년대 초까지 23개 지부에 신도가 6만여 명이었으며, 감무원 1개, 지부 19개소, 교도 2만여 명이었다. 제주 4대 종단에 속할 만큼 교세가 성했다."고 했다. 동학농민혁명 시기에 동학농민군의 제주도 도피처에 대한 질문에 "당시 수운교 포교가 산방산 아래 덕수리에서 시작되었고, 대정(모슬포) 지역은 방성칠의 난(1898), 이재수의 난(1901) 두 사건이 일어난 지역으로, 저항적 전통이 있는 이 지역이었을 것"이라고 추측했다. 그는 수운교에 대해 "동학농민혁명이 끝난 시기에 이상룡 선생이 북으로 가서 널리 포덕했고, 권병덕이 수운교에 합류하면서 국내 최대 항일 세력이 되었다. 그래서 수운교에 독립유공자가 많다"고 했다. 이어 "지금도 제주도에 수운교 계통 봉사단체의 인원이 가장 많은데, 이는 동학의 유무상자의 사상적 전통 때문이 아닌가 싶다."라는 견해를 피력한다.

주요 사적지

- 동학농민군 제주 상륙 추정지: (장소 불상) 김성주 씨는 "수운교 최초 포교지가 안덕면 산방산 아래 덕수리였고, 당시 동학농민군 상륙 장소도 이곳이었을 것"으로 추정했다. 이곳은 '방성칠의 난' '이재수의 난'이 일어난 곳이기도 하다.
- 수운교법회실: (현, 제주시 애월읍 엄수로 132) 수운교는 1929년 일제 강점기에 제주에 포교를 시작했다.

찾아보기

[인명]

새로 쓰는 동학기행3

등록 1994.7.1 제1-1071
1쇄 발행 2022년 7월 15일

지은이 채길순
펴낸이 박길수
편집장 소경희
편 집 조영준
관 리 위현정
디자인 이주향
펴낸곳 도서출판 모시는사람들
      03147 서울시 종로구 삼일대로 457(경운동 수운회관) 1207호
전 화 02-735-7173, 02-737-7173 / 팩스 02-730-7173
홈페이지 http://www.mosinsaram.com/

인 쇄 (주)성광인쇄(031-942-4814)
배 본 문화유통북스(031-937-6100)

값은 뒤표지에 있습니다.
ISBN 979-11-6629-122-7   03810

* 이 책은 해남 〈백련재 문학의집〉, 횡성 〈예버덩 문학의집〉에서 집필되었습니다.